文学与影视比较大观丛书

爱与成长

李　华　黄春燕　　著

张绍杰　插画

世界知识 出版社

总　序

　　文学创作来源于生活点滴，影视艺术来源于文学作品的改编与创作。文学作为人类最古老的艺术形式之一，随着历史长河的延续已经取得了辉煌的成就，积累了成熟而丰富的精神财富和艺术经验。文学以优美深刻的语言文字、精彩生动的故事情节、立体感人的人物形象和独特创新的叙事手法，散发着永久无限的艺术魅力。文学创作由来已久，而影视艺术的发明不过一百多年的历史，自1895月12月28日，卢米埃尔兄弟在巴黎卡铺辛路十四号的"大咖啡馆"地下室中第一次公开售票播放电影，才标志着电影的正式诞生。早在电影诞生之初就出现了改编名著的现象，古今中外有很多文学名著不断被搬上银幕，影视作品在一定程度上弥补了文学作品视觉叙事的不足又能适时引发思考而逐步被人们所认可。电影艺术发展的历史在某种意义上就是电影文学的改编史，文学为电影艺术提供了取之不竭用之不尽的源泉，而电影的综合艺术手法也让更多的文学作品走向大众，为各种各样的人群所接受和欣赏，从而形成影视与文学之间良好的互动关系。电影和文学都要在时间的流动中再现生活的真谛、表现人物的内在情感，并通过读者和观众的理解和鉴赏获得情感的共鸣和审美的愉悦。相比于文学名著，改编后的影视作品，画面逼真，场景宏大，形象直观，表达清楚，能给人们带来一种身临其境的感觉，所以越来越多的人尤其是广大青少年更愿意去影院看一部由名著改编成的电影，而不愿亲自去翻阅原著感受文字带来的震撼与想象，加之现代人内心浮躁难以静下心来去品味文学名著的魅力，用观看影视作品代替名著阅读的现象也越来越普遍，且不论这种吸收"文化快餐"的方式可取不可取，但是需要指出的是观看影视作品绝不能代替文学名著的阅读。文学注重思想层面和美学层面对人的生存状态进行观照，带动了电影内涵的深刻性与丰富性。如果没有文学的支撑，影视作品很容易陷入单纯追求画面和感觉刺激的误区。以文学作品为基础改编的影视作品往往能取得巨大成功的关键因素，就在于文学艺术丰厚的人文底蕴赋予影视艺术以思想深度和文化品位。作为两种并存的艺术形式，读者和观众需要取其所长，同时保有一份文学和电影的鉴赏力，吸收文学和电影中的精神内涵，这正是北京物资学院文学影视团队出版《文学与影视比较大观》系列丛书的目的所在。

北京物资学院外语学院的文学影视研究团队致力于英美文学作品与其改编而成的影视作品的比较研究，将研究成果转化成系列丛书出版。该系列丛书将文学理论研究与文本及电影艺术紧密结合在一起，将不同题材和主题的文学影视作品呈现在读者面前，内容涵盖英美文学的畅销及经典作品，涉及爱情、成长、伤痛、领悟、离散、儿童生活、人物传记等多个主题，时间跨度上则从18世纪一直延伸到现当代文学和电影作品，个人与众生兼顾，经典与潮流并存。该研究将从文本和电影各自的表现手法、文化主题、人物塑造、情节安排、语言特点、叙事视角等不同角度对文本和电影进行深度挖掘，提高读者对文学作品的阅读能力以及对电影作品的观赏能力。同时也便于高校英语教师在相关内容的授课中借鉴和使用。团队预计出版 7 本系列丛书，每本独具主题，分别是系列之一：《爱与成长》；系列之二：《痛与领悟》；系列之三：《美国梦：从开始到现在》；系列之四：《英伦风——从田园到尘嚣》；系列之五：《看世界——童眼存真》；系列之六：《品人生——双面影像》；系列之七：《心之启航，灵之归宿》。文学影视团队的 7 名成员均具有多年丰富的英语教学经验、较高的学术研究水平以及良好的文学影视鉴赏素养，已出版专著 2 本，译著及合作译著 6 本，发表学术论文百余篇。

主编　李华
2015 年 7 月 14 日

前　言

　　电影是通过镜头语言的叙述、情节的展示、人物的表演及场景时空的变化去表达导演的思想。导演的思想、境界、人格及文化艺术素养有多高，电影所蕴含的主题及艺术表现能力则有多大。文学的主题同电影一样，是通过文学语言塑造出来的形象来表达，不同的作家，其写作题材的取舍与主题的立意境界和写作表达方式也不一样，电影的主题及表达也是导演根据自己的个性爱好所选择。但无论是导演还是作家，无论是语言叙述还是镜头表述，任何作品都是作家及导演对生活的体验、认识、理解和评介。黑格尔提到艺术家对主题的选择与提炼，"是对历史与现实思想材料的升华与提炼，在对现实与历史的全方位投入和审视中，始终保持对人、社会、自然的关爱，保持追求真理和理想的勇敢以及推己及人体察万物的良知"。优秀的导演会抓住哲学本质，站在非常深刻的高度去把握一个永恒性的哲学命题，但其叙事镜头则是生动的、活泼的，充满了极强的故事性。

人类个体的爱的是非、生存经历、生命境遇成为文学表现的重要题材，而人类个体生命最为丰富最具有穿透力的经历之一是其从懵懂走向成熟的生命成长历程，这是人类从孩童世界走向成人世界的独特的生命旅程，是一个自然人走向社会人的生命蜕变历程，是人类从生命形态的成熟走向生命主体的精神独立的心路历程，这是一个波澜壮阔的人类生命跋涉的景观，是一次蔚为壮观的生命境遇，她赋予了文学丰富、饱满的生命内涵。"爱与成长"是人类普遍的生命处境，更是一种隐含着丰富社会意义的生存状态。本书选取的9个爱的主题：殷殷母女之爱以及在文化冲突中成长起来的美籍华裔女性的《喜福会》；拳拳父兄之爱、童年的朋友之情以及在救赎中成长的《追风筝的人》；在战争背景下小女孩感受人间关爱、读书励志以及心灵成长的《偷书贼》；感受师生之情、授以死亡启智人生大课的《相约星期二》；在种族歧视之风盛行的美国南方，爱与正义战胜人间不公的《相助》；现代女性在风景如画的意大利寻找爱的真谛和生活意义的《托斯卡纳艳阳下》；在地域文化和宗教氛围里寻找心灵安宁和美好爱情的《美食、祈祷和恋爱》；持续一生的似友谊似恋情的男女之爱以及在爱情和婚姻中成长的《一天》；英国家仆文化中的忠于职守、错失珍贵情感的《长日留痕》。热爱文学和生活、喜爱电影和文化的作者将这9部文学电影作品像珍珠一样串起来，创作出一部集文学、文化和影视艺术于一体的赏析作品，希望带给读者耳目一新的艺术愉悦感。

主编　李华

2015 年 7 月 14 日

目　录

　　石黑一雄把史蒂文斯塑造成英国家仆文化的代表，在他身上体现着内敛、冷静以及优越感等典型的英式性格，而他的美国主人法拉戴先生则具有幽默、随和以及崇拜英国文化传统的美国特质。小说不仅展示了英美两种性格之间的差异与调和，也借助史蒂文斯的个人经历呈现出他与英美两届主人之间不同的主仆关系，从而折射出英国贵族庄园的家仆文化在 20 世纪 50 年代所遭遇的困境与转变。

　　石黑一雄借助反讽展示出史蒂文斯性格上的缺陷以及老年的他与时代及社会的脱节，并把他塑造成不值淂读者完全信任的第一人称叙述者。史蒂文斯的不可靠主要归咎于他典型的英国人性格、强烈的家仆意识以及不肯面对现实的逃避心理。他的言不由衷以及与时代格格不入的语言风格形成了言语反讽，而他对自身错误判断力的不自知以及无意识的自我欺骗则形成了戏剧性反讽。

　　史蒂文斯是个典型的延宕症患者，他的延宕体现在情感的逃避和行动上的拖延两个方面。在情感上，他宁愿活在回忆和过去，惧怕一切与当下的遭遇，对内心的真实情感藏而不露。在行动上，他犹豫不决，从不采取主动，最终导致肯顿小姐离他而去。尽管在故事结尾他有所醒悟并开始反省自己虚度的一生，但对肯顿小姐的情感却只能从此深藏心底。

　　美国导演詹姆斯·伊沃里在把《长日留痕》搬上银幕时，在男女主人公角色的定位和设置、次要角色和场景的安排以及故事的结尾部分都做了改动，这些改动既体现了他内在的美国特质，也反映了他所处的社会历史文化语境。从整体来看，这些改动并未与原著背道而驰，而是借助电影媒介的特长和优势，让小说人物以更为丰满的姿态呈现在大屏幕上。与此同时，影片充分显示了对英伦文化的尊重和忠实，从精神上达到了与原著的契合。

2.《喜福会》 *The Joy Luck Club*

小说中的四位母亲都坚持中国式的传统家庭观，她们对女儿的占有欲、控制欲以及表达爱的方式都遭到了女儿不同程度的反抗。美国式女儿们的独立精神以及与中国传统文化的疏离，使得两代人之间如同东方与西方一样水火不容。但随着故事的推进，母女两代人从隔阂、对立逐渐过渡到爱与和解。

《喜福会》里的第一代虎妈祈祷女儿能够拥有自己不曾拥有的"福气"和"运气"，她们希望女儿如自己一般强大起来。当代虎妈蔡美儿则要求自己的女儿成为东方文化和西方文明兼收并蓄的典范。无论是第一代虎妈还是当代虎妈，她们最终的愿望都是女儿们的幸福与成功，"听话"不过是母亲们认为有效的一种管理手段和需要坚守的东方式家庭准则。

《喜福会》的成功扩大了东方面孔的华裔美国文学在美国主流

文学圈的影响力，提高了谭恩美等华裔作家的知名度。小说借助华人移民家庭中母女的隔阂与冲突充分展现了东方面孔与西方面孔相遇时所面临的两难境地。两种面孔之间如何取舍，怎样平衡，琳达们的苦恼即便是在中国形象更为西方熟悉和了解的今天，也依然难有完美的解决之道。

在影片中，华裔导演王颖改变了原有的叙事结构，化繁为简，把"喜福会"当作贯穿始终的核心场景，让女儿吴精美穿针引线，引导故事发展。在主题上，影片则保留了原著对母女关系及中国式家庭关系的关注，同时也刻画了姐妹情谊。此外，影片还借助声音和画面再现了原著中东西方元素混杂的特色，让好莱坞的观众们时刻意识到：这是一个中国故事。

身患绝症的莫里教授在生命弥留之际向心爱的学生米奇传授了十四节充满人生智慧和生活之爱的大课。他对死亡和恐惧从容不惧，对家人、学生和朋友充满关爱。是永恒珍贵的亲情、启迪心灵的师生情谊和真挚坦诚的友情赋予了他热爱生活，平静面对死亡的动力源泉。

活，而梭罗式的超验主义思想充溢其中。尽管时光已流转百年，美国的康科德与意大利的科尔托纳也有万里之遥，但只要拥有一颗热爱自然、追求理想生活的赤子之心，我们的内心都会拥有一泓清澈的瓦尔登湖，时时沐浴在托斯卡纳灿烂的艳阳之下。

《托斯卡纳艳阳下》充满了对生活的热情，洋溢着和谐、平等、温暖、关爱的生态女性主义思想。自然与女性之间有一种天然而悠远的亲密关系，诚如女性作家陈丹燕所说，"来世想做长在托斯卡纳绿色山坡上的一棵树／一颗形状浪美的柏树／像绿色的烛火一样尖尖地伸向天空／总是蓝色的／金光流洋溢的天空"这会是多么好的来世！

在这种翻拍模式中，电影与文本并不是如影随形，而只是松散的关联——文本宛如一个隐约浮现的圆，已经尘埃落定但忽明忽暗掩映在朦胧之中，电影则好像围绕其外的一圈飞扬跳脱的曲线，生动而明媚。在这一点上，试金石影片公司出品的电影《托斯卡纳艳阳下》就是一例典型。

　　A. G. 格雷马斯的语义方阵是结构主义叙事学的重要理论，运用这一理论可以将作品看作一个系统，用更加逻辑化和符号化的方法理解其中的人物关系和主题。《追风筝的人》小说中人物众多，主题庞杂，但其中最为深刻之一就是父子关系。本文将运用语义方阵理论对这些父子关系进行共时和历时两种分析，同时也力图剖析作品深层次主题之间的关系。

　　小说《追风筝的人》中，作者使用了两种对比强烈的色调为主要色彩意象，其中低饱和度、黑、白、灰色意象让第一人称叙述呈现出沉重缓慢的轮廓；红色意象因而凸现，鲜活醒目的折射出主人公的痛苦和忏悔。本文将寻找和分析小说字里行间的色彩意象，揭示它们如何成就作品的气氛，如何引起读者的共鸣。

　　由小说改编成的电影，因为背负着原著书迷的巨大期望，大多为争议之作。《追风筝的人》亦是如此。在该小说改编制作的电影中，大部分元素得以保留，但仍然因为电影与小说艺术手段和特点的不同，对其多重主题进行了相应的取舍，有的突出，有的淡化。本文将从二者结构、人物、情节和场景等几方面对此做一分析。

6.《美食、祈祷和恋爱》*Eat Pray Love* …… 张雪丹 265/

【深度解读】之一：自我发现之旅：《美食、祈祷和恋爱》中的放逐与灵修 …… 273

莉兹是纽约的一位作家，在经历了失败的婚姻和一次感情挫折后选择用一年时间分别在意大利、印度和巴厘岛探索享乐、修行的艺术以及二者的平衡。她在美食、祈祷和恋爱中实现了自我救赎，而这种在放逐中发现并找回自我的感觉，犹如新生。

【深度解读】之二：从情感危机到自我实现——析《美食、祈祷和恋爱》中作者的身份寻求 ……………… 281

《美食、祈祷和恋爱》把一场在现代社会极为普遍的情感危机变为自我实现的心灵之旅。主人公莉兹经历了从迷失，依赖到觉悟和反省，找到自己的标签词，完成了自我定位和认识，这是一个自我实现的过程，给人深刻启迪。

【深度解读】之三：记录成长与感悟——《美食、祈祷和恋爱》文本与电影的对比研究 ………… 287

电影是文学作品的影像化表现，然而要把为期一年且内容丰富的救赎之旅压缩成两个多小时，电影所呈现的注定是叙事的关键环节以及最具吸引力的场景。此外对话的设计、人物的刻画以及细节的改编在一定程度上增强了剧情的丰富性和完整性。

文学作品《偷书贼》将第一人称视角和第三人称视角自然融合，强化了"死神"视角在作品中的独特作用，而同名电影只使用了画外音的方式插叙于情节当中，在某种程度上淡化了"死神"视角。本文将从"死神"叙事视角的四个作用：贯穿者、见证者、主旨揭示者和主人公烘托者的角度对文本和电影进行分析对比。

凯瑟琳·斯托克特的畅销书《相助》通过对三位女性的日常生活的描述，真实生动地再现了20世纪60年代密西西比的种族问题现状。书中母爱的错位和无助对读者和观众造成的强烈的心灵冲击，本文将通过对故事中主要人物艾碧莲、康斯坦丁、伊莉莎白、和芙兰夫人的分析，探讨错位、无助的母爱。

电影《相助》叙事特点鲜明突出，不仅给人耳目一新的感觉，更准确有力地展现了作品的主题，是影片成功的重要因素。本文将分析声画分立、非线性叙事、和长镜头的运用三个叙事特点对影片思想表达和故事铺展的作用。

　　电影《相助》在许多方面的处理手法与文本不同，其中以在叙事结构的设计、社会背景的描写及人物处理三个方面的差异最为明显，由此产生了与小说相比更加平和的人物关系和更加温婉的叙事基调。

　　小说运用温婉如诗的笔调，娓娓讲述了一个跨越近二十年的爱情故事。男女主人公含蓄、细腻的心理以及曲折的人生经历，折射了他们之间那看似若即若离、实则耐人寻味的爱恋关系。该文以男女主人公的生活轨迹为主线，分析梳理其爱恋关系发展变化的曲折历程。然而无论世事如何变幻，伴随融入岁月、深入灵魂的丝丝关爱，为这份平凡的爱恋增添了许多抹不去的温情与感动。

　　影片《一天》由英国作家大卫·尼克斯的同名畅销小说改编而成。该影片一反经典好莱坞电影的叙事传统，叙事风格独特而新奇。通过对该影片中反经典叙事的一些要素进行较为细致的分析，深入挖掘这几个叙事要素在影片中的作用及表达含义，以加深对影片的深层理解及其艺术魅力的领悟。

成长伴随着人的一生，是人生经历起起落落的回报和馈赠，也是激励人类继续前行的动力源泉。影片在充分尊重原著的基础上进行了适度的艺术再创造，通过对小说中的故事结构、故事时间及故事情节进行改编，用直观唯美的画面呈现了一个更加凄美动人的爱情故事，其中隐现的却是人在生命历程中的领悟与成长。

1.《长日留痕》

The Remains of the Day

作者简介

　　作者石黑一雄（1954—），日裔英籍作家。与鲁西迪、奈波尔被称为"英国文坛移民三雄"，曾被英国皇室授勋为文学骑士，并被授予法国艺术文学骑士勋章。石黑一雄擅长写作国际化题材的作品，关注多元文化，其作品多次获得各种奖项。《远山淡影》（*A Pale View of Hills*，1982）获"英国皇家学会"温尼弗雷德·霍尔比奖。《浮世画家》（*An Artist of the Floating World*，1986）获英国及爱尔兰图书协会颁发的"惠特布莱德"年度最佳小说奖和英国"布克奖"提名。《长日留痕》（*The Remains of the Day*，1989）获英国"布克奖"，并荣登《出版家周刊》畅销排行榜。《无可慰藉》（*The Unconsoled*，1995）被授予"契尔特纳姆"文学艺术奖。《我辈孤雏》（*When We were Orphans*，2000）以及《别让我走》（*Don't Let Me Go*，2005）两部作品出版后分别获得两次"布克奖"提名。在这几部作品中，《长日留痕》因被美国导演搬上银幕并获得多项奥斯卡提名而更为读者和观众熟知。

撷英采华

片段1：

　　And yet what precisely is this "greatness"? Just where, or in what, does it lie? I am quite aware it would take a far wiser head than mine to answer such a question, but if I were forced to hazard a guess, I would say that it is the very lack of obvious drama or spectacle that sets the beauty of our land apart. What is pertinent is the calmness of that beauty, its sense of restraint. It is as though the land knows of its own beauty, of its own greatness, and feels no need to shout it. In comparison, the sorts of sights offered in such places as Africa and America, though undoubtedly very exciting, would, I am sure, strike the objective viewer as inferior on account of their unseemly demonstrativeness (Ishiguro, 1999: 29).①

译文：

然而，这"宏大"的精确含义是什么？它又位于何处，或者以什么样的方式表现出来呢？我相当有自知之明，只有比我头脑更为聪颖的人才能回答这样的问题。倘若一定要我揣测一下的话，那我可以这样回答，正是因为缺乏一目了然的刺激，或者奇观，才是我们国土美丽得超凡脱俗。也正是那种静穆的美丽，以及它显示出的那种严谨的感觉才是最贴切的。这片土地似乎了解自身的美丽所在，亦知道自身的宏大，它才感到无须招摇。相对而言，在诸如非洲、美洲那样的地方所呈现的种种风情毫无疑问会让人非常激动，然而我却很肯定，由于那类风情过于不恰当地外露，反而会给实事求是的评论家们留下稍逊一筹的印象（冒国安译，2014：26-27）。

片段2：

She reached forward and began gently to release the volume from my

---

① 本章内所引用的英文版本均出自费伯出版社（Faber & Faber）1999年版。中文译文均出自冒国安（2014，译林出版社）的译本。以下只在引文后标注页码，不另加注，个别译笔笔者有所改动。

grasp. I, judged it best to look away while she did so, but with her person positioned so closely, this could only be achieved by my twisting my head away at a somewhat unnatural angle. Miss Kenton continued very gently to prise the book away, practically one finger at a time. The process seemed to take a very long time-throughout which I managed to maintain my posture—until finally I heard her say: "Good gracious, Mr Stevens, it isn't anything so scandalous at all. Simply a sentimental love story." (176)

译文:

她伸出手来，开始轻柔地将我紧抱在怀中的书向外抽动。我考虑在她这样做时最好的办法就是别直接看着她，可她的身体离我又那么近，这样一来，我只好以几分不自然的方式将头扭向一旁。肯顿小姐继续非常轻柔地拿出我怀中的书——实际上每次不过一英寸左右。这整个过程似乎花了极为漫长的时间——而在此期间我尽量设法保持着我的姿势——直到最后我听她说道: "天哪! 史蒂文斯先生，这本书根本不是那么令人丢脸的呀! 仅仅是一部多愁善感的爱情故事。" (159)

片段3:

After all, there's no turning back the clock now. One can't be forever dwelling on what might have been. One should realize one has as good as most, perhaps better, and be grateful. (251)

译文:

总而言之，现在完全不可能让时钟倒转了。你不能永远总是对过去也许会发生的事耿耿于怀。你应该认识到你与大多数人一样过得很好，或许还要好得多，那就应该心满意足了 (229)。

片段 4:

And I believe it was then that he said: "You've got to enjoy yourself. The evening's the best part of the day. You've done your day's work. Now you can put your feet up and enjoy it. That's how I look at it. Ask anybody, they'll all tell you. The evening's the best part of the day." (256)

译文:

而且我记得紧接着他又说道:"那你就必须自我解脱。夜晚是一天中最美好的部分。你已干完了白天的工作。现在你能够双腿搁平来休息了,而且要享受人生。那就是我如何看待人生的。去问问任何人,他们都会如此告诉你的。夜晚是一天中最美好的部分。"(233)

影片资料

彩色片,134 分钟

莫谦特·伊沃里公司(Merchant-Ivory)摄制

导演:詹姆斯·伊沃里

编剧:鲁丝·普罗厄·贾布瓦拉,石黑一雄

摄影:托尼·皮尔斯·罗伯斯

主演:安东尼·霍普金斯饰史蒂文斯先生

艾玛·汤普森饰肯顿小姐

休·格兰特饰卡迪纳尔先生

斯托弗·里夫饰刘易斯先生

获奖情况:又名《告别有情天》《长日将尽》(台译)。1994 年第

66届奥斯卡8项提名，包括最佳影片奖提名、安东尼·霍普金斯的最佳男主角提名、艾玛·汤普森的最佳女主角提名、詹姆斯·伊沃里的最佳导演奖提名、最佳改编剧本提名、最佳艺术指导/道具布景提名、最佳服装设计提名以及最佳原创配乐提名。

剧情梗概

日裔英籍作家石黑一雄的代表作《长日留痕》以20世纪初的英国贵族庄园为背景，讲述一战之后老式英国管家史蒂文斯所面临的职业和个人情感困境。美国导演詹姆斯·伊沃里于1993年将这部小说搬上银幕。故事伊始，史蒂文斯为之效力了多年的英国主人达林顿勋爵已去世三年之久，达林顿府被美国百万富翁法拉戴先生收购。作为管家的史蒂文斯除了要努力适应其美国主人的美式性格，还不得不应对仆人短缺的难题。不过这种工作上的困境也给故事提供了一个合理发展的契机。

肯顿小姐曾与史蒂文斯一起效力于达林顿府，其间，两人除了工作关系，还产生了说不清道不明的暧昧情感。由于其典型的英式性格以及家庭环境的影响，史蒂文斯对待情感极其内敛、克制甚至冷漠。对于肯顿小姐的多次试探，他视而不见，顾左右而言他。失望之极的肯顿小姐最终远嫁他乡。在多年未谋面之后，史蒂文斯接到了肯顿小姐的一封来信，信中描述了她对达林顿府的种种怀念，这重新燃起了史蒂文斯的希望。他给自己找了一个和肯顿小姐再见面的冠冕堂皇的理由，那就是如果后者愿意重返达林顿府工作的话，无疑会使很多问题迎刃而解。出于所谓的"职业安排"的考虑，史蒂文斯驱车前往英国西北部，开始了为时六天的旅行。

史蒂文斯在旅行途中不断回忆过去，其间穿插了大量他对管家职业素养的阐述和思考，也回顾了发生在达林顿府的一些重要政治事件，使达林顿勋爵这个亲纳粹的"业余政客"形象慢慢浮出水面。同时，史蒂文斯也追忆了他与肯顿小姐的点点滴滴以及他对即将到来的见面的各种猜测，他努力用冷静平淡的语气掩饰自己忐忑、焦虑和激动的情绪。

故事的结尾令人唏嘘。当两人终于见面时，肯顿小姐明确表示，自己决定回到丈夫和女儿身边，不再重返达林顿府。满怀希望而来的史蒂文斯心碎了，却只能选择一如既往的沉默，将这份刻骨铭心的爱彻底埋葬在心底。在人生的日暮时分，史蒂文斯终于意识到自己曾经荒废了大半生，也将永失所爱。

【深度解读】之一：
当英国性格遭遇美国特质
——析《长日留痕》中的家仆文化

> 石黑一雄把史蒂文斯塑造成英国家仆文化的代表，在他身上体现着内敛、冷静以及优越感等典型的英式性格，而他的美国主人法拉戴先生则具有幽默、随和以及崇拜英国文化传统的美国特质。小说不仅展示了英美两种性格之间的差异与调和，也借助史蒂文斯的个人经历呈现出他与英美两届主人之间不同的主仆关系，从而折射出英国贵族庄园的家仆文化在20世纪50年代所遭遇的困境与转变。

以英国为代表的欧洲性格与美国特质的冲突与碰撞是当代西方文学热衷的题材之一，对这一题材做出突出贡献的当属美裔英籍作家亨利·詹姆斯，他以一系列体现"单纯的美国人与世故的欧洲人之间的文化冲突"的小说奠定了自己在文学史上的地位（陶洁2005：76），他的一些作品也因此被翻拍成电影，包括《贵妇画像》（*The Portrait of a Lady*）《鸽之翼》（*The Wings of the Dove*）《金碗》（*The Golden Bowl*）等。及至20世纪四五十年代，日裔英籍作家石黑一雄借助其代表作《长日留痕》再度引起人们对这一话题的关注，根据此小说改编的电影由美国导演詹姆斯·伊沃里执导并大获成功。一部体现英国传统文化的文学作品由美国导演改编成电影（影片名又译作《告别有情天》），这本身就是一个两种文化融合的范例。导演在影片中对英国贵族庄园文化的忠实再现，对原著中一些情节、场景或人物形象塑造的变动，都展现了两种文化的不同特质以及交融。更为重要的是，英国性格遭遇美国特质本身就是小说着力表现的主题之一。管家史蒂文斯在效力英国主人达林顿勋爵三十多年后，继续在达林顿府为新的美国主人法拉戴先生担任管家一职。小说一开始，就提到他如何努力适应与美国主人之间新的主仆关系，他的困惑与思考贯穿始终。小说结尾则以他终于释然，找到与美国主人亦步亦趋的方式而告终。石黑一雄把史蒂文斯塑造成英式性格及英国家仆文化的典型代表，并通过他的视角，向读者展示了英国性格和美国特质，以及在此基础上形成的两种主仆关系。

一、英国性格与美国特质

在作者石黑一雄眼中，内敛、冷静以及优越感都是英国性格中的重要元素。但他强调自己在小说中并没有直接介入发表评论，而是借助主人公对景色的描述把这种性格展示在读者面前：

> 英格兰的风景是无可媲美的——比如今天上午我所见到的那样——它所具有的特征是别国风景根本无法具有的，尽管那些表面上看去更为激动人心……正是因为缺乏一目了然的刺激，或者奇观，才使我们国土美丽得超凡脱俗。也正是那种静穆的美丽，以及它所显示出的那种严谨

的感觉才是最贴切的（26）。

史蒂文斯认为，英国的美是一种"静穆的美丽"，"严谨"且不外露，这种美是其他任何国家都无法与之媲美的。热烈的情感必须隐而不发，内敛和含蓄才是"美"与"尊严"的真谛（Vorda, Herzinger, Ishiguro, 1991：141-142），一如眼前的英国乡村风景。这段对风景的描述不仅体现了史蒂文斯作为英国人的优越感，也是他对英国性格的诠释。作者石黑一雄曾在一次访谈中这样解释："史蒂文斯对景色的描述实际上是在表达他自己的观点。他认为英国的美和伟大就在于这种冷静、不动声色，在于对自己情感的收而不放"（Vorda, Herzinger, Ishiguro, 1991：141-142）。

"收而不放"的史蒂文斯尤其对自己能够"节制情感"引以为傲，并把它归为英国人的"独到之处"："常听人说，在英格兰才有真正的男管家。而在其他国家，无论实际上使用什么样的称谓，也仅有男仆……欧洲大陆人是不可能成为管家的，理由是，他们属于那类无法节制情感的种族，而节制情感恰好是英国人的独到之处"（39）。正是由于这种典型的英国性格，也出于管家这个职业的要求，史蒂文斯认为强烈的情感波动无助于保持其良好的职业形象，而隐忍与冷静，则是他保持尊严的关键所在。史蒂文斯习惯了谨慎甚至冷漠的处世方式，对一切不动声色，即便是在父子关系中也不轻易表露自己的真实情感。尽管史蒂文斯对父亲非常尊重和关心，但他几乎从未走进过父亲的房间，或是和他有过敞开心扉的交流，父子二人面对面交流时语言也很刻板生硬，甚至使用第三人称而非第二人称。在父亲弥留的最后一刻，史蒂文斯也依然忠于职守，没有守在父亲的床前。不难理解，这样窘迫的父子关系让他很难对婚恋和家庭生活产生太大的期待。

史蒂文斯情感上的节制同样也表现在他和肯顿小姐的关系上。与史蒂文斯严肃及压抑自我的个性截然不同，肯顿小姐开朗、外向、独立且不拘泥于陈规，她在两人的关系中始终扮演着主动的一方。书中有这样一个细节，一天晚上史蒂文斯独自在办公室看书时，肯顿小姐突然走了进来。史蒂文斯不愿让她知道自己不过在读一本言情小说，但肯顿小姐非要看个究竟，于是两人之间突然有了非常近距离的肢体接触：

接着，她与我面对面地站着，顷刻之间，那气氛发生了奇特的变化——仿佛我们两人突然一块儿被推至某个截然不同的境地。我恐怕很难在此将我想说的意思描述清楚。我所能说的便是，当时周围的一切忽然间都凝固了……

她伸出手来，开始轻柔地将我紧抱在怀中的书向外抽动。我考虑在她这样做时最好的办法就是别直接看着她，可她的身体离我又是那么近，这样一来，我只好以几分不自然的方式将头扭向一旁（159）。

史蒂文斯突然陷入从未有过的境地，在这种"轻柔"和直接的身体接触之中，他努力"以几分不自然的方式"压抑着自己身体与情感的双重冲动。在这个似乎极为漫长的过程中，两人之间微妙的情愫不言而喻。遗憾的是，尽管心动，史蒂文斯却从未采取任何行动。肯顿小姐多次试探，甚至不惜以和别人结婚的方式来探究他的反应，但他总是顾左右而言他，彻底失望的肯顿小姐最终远嫁他乡，离开了达林顿府。

石黑一雄在小说中着力塑造了史蒂文斯的典型英国性格，相比之下，他对书中出现的几位美国人物着墨不多，但也借助史蒂文斯的视角粗略展现了美国人幽默随和的性格、开放自由的心态以及对英国传统文化的推崇。在谈到曾经来达林顿府做客的美国客人刘易斯先生时，史蒂文斯赞赏他"随和又吸引人的风度"（83）。对自己的美国主人法拉戴先生，史蒂文斯给予的评价是大度和善意。因为法拉戴先生不仅鼓励史蒂文斯出门旅行，还把自己的福特车借给他。虽然一开始不太习惯法拉戴先生随意和逗乐的说话方式，但史蒂文斯坚信这并非出于恶意，只是因为"他毕竟是一位美国绅士，他的言谈举止和英国人往往是大相径庭的"（13）。

在优越感根深蒂固的史蒂文斯眼中，美国人虽一跃而成为世界新贵，却仍对英国的传统文化心存向往。他这样评论法拉戴先生以及他的美国朋友："除了偶尔言行不恰当，他（法拉戴先生）对英国的传统和习惯表现出极其浓厚的激情。此外，值得一提的是，韦克菲尔德夫妇——特别是韦克菲尔德太太——对我们国家的传统习惯也绝不是一无所知的，这可从他们许多的谈话中得知，他们毕竟也是一幢颇为壮观的英式住宅的所有者"（118）。对英国的一切抱有"极其浓厚的激情"，并且以拥有"一幢颇为壮观的英式住宅"为傲，这样的美国人不在少数。就拿法拉戴先生来说，他之所以不惜巨款买下达林顿府，看重的就是它所承载的历史，达林顿府因其古老和正宗才有价值，一座真正的英国贵族庄园以及如假包换的英国管家是他买下这座庄园的初衷。所以当史蒂文斯向韦克菲尔德夫人否认自己曾效力过达林顿勋爵时，法拉戴先生特意和他确认这件事情的真假：

　　我想说的是，史蒂文斯，这是一幢名副其实，豪华而又历史悠久的英式住宅，难道不是吗？这就是我花钱要买的。而且，你是一位名副其实的老牌英国男管家，而根本不是由某位侍者假装成的。你是一件真品，难道不是吗？这就是我所需要的，难道这不是我所拥有的吗？（119）

　　可见这位美国新富还是向往英式庄园及其文化，甚至连管家也要"真品"，这多少体现了"单纯的美国人"在"世故的欧洲人"面前的自卑感（陶洁，2005：76），尤其是这个时期的美国人"对美国的抗拒以及对旧世界的向往"（Lauter，1998：449）。史蒂文斯的英式优越感以及法拉戴先生骨子里的自卑，两种性格的鲜明特征都通过史蒂文斯的叙述一一呈现给读者。

二、流变中的英国家仆文化

　　前后两任庄园主人不同的身份和性格，必然导致主仆关系也发生相应的变化。小说中的英式和美式主仆关系常被看作是对殖民关系的类比或暗喻。达林顿勋爵和史蒂文斯之间是类似于大英帝国与其殖民地的关系，因为后者具备了殖民地的特征：发言权缺失，顺从且自我克制，自愿接受宗主国的文化语言和意识形态等。而法拉戴先生和史蒂文斯之间的关系则更民主、自由和宽松。两届主人的更替象征着日不落的大英帝国一蹶不振后，新兴的美国获得了统治权，史蒂文斯则不得不努力去适应这种新的主仆关系："大英帝国的确已经如日西沉，但史蒂文斯做好了准备，去适应太阳初升的美国海岸"（Tamaya，1992：54）。无论这种类比是否恰当，它至少概括出了两种不同的主仆关系的特点，小说主人公正是因为这种差异而饱受困惑。

作为一个非常重视等级观念的国家，英国自中世纪晚期以来就有了独特的家仆文化，这种文化在爱德华七世执政时期达到鼎盛时期。即便是在 20 世纪初，英国家仆的数量也不在少数，有研究表明，"1901 年，英国有 130 余万家仆，其中 90% 是女性"（张哲，张梦颖，2013：A03 版）。其后因受到两次世界大战及经济衰退的影响，家仆文化从性质和结构上发生了不同程度的变化，不仅人数减少，家仆也逐渐从住家型过渡到兼职型："20 年代初的住家型女仆到了 50 年代，转型为兼职清洁工"（Todd，2009：181），这种兼职模式一直持续至今。《长日留痕》正是以 20 世纪初的英国贵族庄园为背景，讲述一战后随着家仆数量的逐渐减少，作为管家的史蒂文斯除了要努力适应其美国主人的美式性格，还不得不应对人手短缺等新时期下英国庄园所面临的种种困境。

在小说开始，史蒂文斯为之效力了三十多年的英国主人达林顿勋爵已去世三年之久，达林顿府被美国百万富翁法拉戴先生收购。随着庄园的易主，仆人数量也从 18 人缩减到 4 人，史蒂文斯发现很难再维持从前的仆人规模及服务水平。不过这种职业上的困境也给故事提供了一个合理发展的契机。考虑到人手短缺造成的频繁失误，史蒂文斯在接到肯顿小姐的来信后给自己找了一个和她见面的正当理由：如果肯顿小姐愿意重新回到达林顿府担任女管家一职的话，很多问题会迎刃而解。以此为由，史蒂文斯驱车前往英国西北部与肯顿小姐会面。在旅行途中，史蒂文斯回顾了自己与英国主人和美国主人相处的点点滴滴，向读者交待了他在新旧主人交替的过程中所遭遇的困境及困惑，也引发了读者对两种主仆关系的思考。

在主仆关系上，英国主人讲究等级观念，刻板严肃，而作为仆人，史蒂文斯比普通的英国人更为克制内敛、处世谨慎且极重思虑。职业习惯让他失去了对事物和是非应有的自我判断力，因为身为管家要尽量减少自己的存在感，要让主人在享受到自己服务的同时，感觉到自己的"不在场"："你常常都会发现最大的难题就是要做到全心全意殷勤伺候又要造成你不在场的错觉，而这正是优质服务的本质所在"（69）。为达到这一优质服务的标准，史蒂文斯的策略就是"尽可能地不露面，就站在阴影处"（70）。久而久之，"尽可能地不露面"不仅成为他对自己职业上的要求，也变成他在生活中的表达准则。

在效力于英国主人时，史蒂文斯始终把对主人毫无保留的信任与忠诚当作仆人的职业素养之一，即使当主人的言行出现偏差，他也笃信其品质的崇高："在勋爵以后的岁月中，无论出现过什么样的复杂变迁，就我来说都丝毫不会怀疑，渴求看见'这个世界的正义'就是他所有言行的核心本质所在"（71）。史蒂文斯的忠诚也换来了主人的信任，比如一些重大的事件或者来访人员的身份，主人除了史蒂文斯外不会告知其他仆人。仆人对主人的忠诚，主人对仆人在生活事务上的依赖，这种双向的信任与依赖可谓家仆文化的核心之一。

众所周知，英国贵族阶层向来有着繁缛的礼节，就拿着装礼仪来说，为适应不同的场合，庄园的主人们一天要数次更换衣物，而衣物以及包括手套帽子在内的饰品的佩戴要求极其烦琐，倘若没有仆人的帮助，主人们恐怕很难穿戴齐全。不仅是主人，仆人们对自己的着装也丝毫不得马虎。所以在小说中，史蒂文斯用了一整段来介绍他对旅行行头的准备。这副行头既不能太过时，也要适合驾车旅行，还要考虑到色调和尺寸，因为一个人的"装束打扮必须与其地位相称，而这一点至关重要"（10）。正因为诸如此类烦琐的礼仪和程序，英国贵族们的衣食住行都离不开仆人，家仆文化长期在英国文化中占据着重要地位。

在习惯了与英国主人的相处模式之后，史蒂文斯不得不在三十多年后面对与美国主人的新型主仆关系。在与法拉戴先生相处的过程中，史蒂文斯表现出一如既往的尊重与克制，即使有不同意见，也"竭力不表露"（6）。他还很骄傲地谈到两人的亲密关系，认为自己拥有主人"完全可信赖的"（6）的品质。出于这种亲密关系和信赖，史蒂文斯殚精竭虑地为主人着想，时刻谨记职业水准和责任，一直在反省自己制订的员工工作计划是否达到标准。为了在有限的条件下满足主人的要求，他主动"承担起了许多公认只有最为宽容大度的男管家才会做的工作"（8）。他表示："法拉戴先生不仅是一位极好的雇主，而且是一位美国绅士，本人肩负着特殊的责任去向他展示英格兰所有最佳水准的服务"（134）。本着这样的服务理念，史蒂文斯审时度势，提醒自己顺应潮流："正如我们中的许多人一样，我自然不会心甘情愿地对传统的方式做太多的变更。但是，要像某些人仅仅为了传统而固守传统的话，也就丝毫没有益处了"（7）。而且，在他看来，内心的抱怨不能表现在外部的无能。尽管对工作现状有不理解、不确定和不适应的地方，但他都尽量不表露出来，他深信法拉戴先生并没有恶意，只是美国人的表达方式和对事物的理解与英国人有所不同。

和英国主人相比，美国主人性格更为随意，爱逗乐，喜欢拉近主仆之间的距离。当法拉戴先生拿肯顿小姐和他开玩笑时，史蒂文斯虽然非常尴尬，却这样说服自己："我敢肯定，他当时也仅仅是在享受那种善意取笑的乐趣，毋庸置疑，这在美国是雇主和雇员之间的一种亲密、友好的迹象，他们很是热衷于这类友情游戏"（13）。把美国主人的玩笑看作是善意和亲密友好的表现，体现出史蒂文斯包容的一面。他认为或许在美国人看来，仆人忍受主人的逗乐也是其职业服务的重要组成部分。事实的确如此。以黑奴为主的家仆文化也是美国文化的重要组成部分。美国文学中不乏管家或仆人之类的角色，这些仆人不仅和其善良的主人间保持着良好的关系，且往往是小说中幽默元素的重要贡献者之一，《飘》中斯嘉丽的奶妈以及《汤姆叔叔的小屋》里的汤姆大叔都是这样的典型家仆形象。

正因为此，史蒂文斯努力培养自己迎合主人幽默性格的能力，并为此耗费了不少时间与精力："我当时特别懊恼，那是因为我认为在最近的几个月里我一直耗费着时间和精力来提高这方面的技巧。也就是说，我曾一直竭尽全力将这方面的技巧添加进我职业能力的整体之中，旨在能充满自信地去满足法拉戴先生有关调侃的所有期望"（126）。史蒂文斯试图改变自己拘谨节制的表达方式，努力靠近美国方式，迎合法拉戴先生的美式调侃，他甚至给自己制订了一个训练方案，每天构思连珠妙语。在与美国主人的关系中，史蒂文斯一方面深感困惑，另一方面则努力适应和寻求改变，最终他接受了美国主人的情感表达方式，并找到了与之和谐相处之道。

三、结　语

爱情不是《长日留痕》中唯一的主线，与之并行的还有社会历史变迁这一主线。小说借助管家史蒂文斯的职业与爱情经历，通过描写其典型的英国性格在与美式特质的冲撞与融合中所实现的成长，从侧面展现了英国社会在20世纪初以及两次世界大战前后所经历的变革，展现了英国固有的社会等级观念、处世原则以及包括家仆文化在内的文化传统在新的时代背景下所面临的挑战以及变通。

在与美国特质及文化遭遇时，史蒂文斯从困惑于两届主人之间不同的性格和处世方式，到精心揣摩，寻找合适的应对方式，经历了一个过程。这个适应过程既体现出他作为英国人的内敛、克制、独具优越感等性格特征，又表现出他身上特有的仆人特质。通过对史蒂文斯个人经历的考察，读者不仅能够对英美两种性格的冲突与调和有所了解，也能在一定程度上窥见英国贵族庄园家仆文化在新时期的流变。

【深度解读】之二:
析《长日留痕》中的反讽
与第一人称不可靠叙事

石黑一雄借助反讽展示出史蒂文斯性格上的缺陷以及老年的他与时代及社会的脱节，并把他塑造成不值得读者完全信任的第一人称叙述者。史蒂文斯的不可靠主要归咎于他典型的英国人性格、强烈的家仆意识以及不肯面对现实的逃避心理。他的言不由衷以及与时代格格不入的语言风格形成了言语反讽，而他对自身错误判断力的不自知以及无意识的自我欺骗则形成了戏剧性反讽。

《长日留痕》采用的是男主人公史蒂文斯的第一人称叙事，第一人称叙事旨在拉近与读者的距离，吸引读者与之分享并产生共鸣。但随着故事的发展，读者会逐渐对史蒂文斯的叙述产生疑问，并最终发现他是个不值得信任的不可靠叙事者。不可靠第一人称叙事的概念最早由美国修辞学家韦恩·布斯提出，他把第一人称叙事分为可靠与不可靠两种，认为前者的叙述"符合隐含作者的意图"，后者的则"与隐含作者的意图相悖"（Herman, Jahn, Ryan eds., 2005：390）。文学史上有不少著名的不可靠叙事者，他们大多是未成年或有着生理或心理疾病的非正常人群，有时甚至是死者，例如

《汤姆·索亚历险记》和《哈克·贝利芬历险记》中两位小主人公以及《喧哗与骚动》中的白痴班吉都是不可靠第一人称叙述者的典型，而《长日留痕》中的史蒂文斯之所以也被归为不可靠叙事者，与其年龄、智力以及健康都毫无关系。他的不可靠要归咎于他典型的英国人性格、强烈的家仆意识以及不肯面对现实的逃避心理。为了把史蒂文斯塑造成一个不可靠第一人称叙事者，石黑一雄在小说中采用了大量的反讽手法。

反讽作为一种修辞手法源自古希腊戏剧，后被广泛运用于诗歌及小说中。反讽的形式多种多样，石黑一雄在这部小说中主要使用的是言语反讽（verbal irony）和戏剧性反讽（dramatic irony）。简单地说，言语反讽是指"说话者所叙述的内容其表面意义和隐含意义相去甚远"（Abrams，2005：135），即叙述者所说出的和他实际的意味存在着差异，这是发生在叙述者本人身上的表里不一，这种字词层面的表里不一一旦被读者发现，就会对其叙述的可靠性产生怀疑。戏剧性反讽有时也被称作情景反讽（situational irony），它需要作者、叙述者和读者三者的共同参与才能实现。如果叙述者所说的和作者的意图不一致，但他自己对此并不自知，而此时，旁观的读者却已明白作者的意图并与作者保持同等立场和观点，反讽就得以形成。当然这种反讽的前提是读者和作者之间达成了某种共识，并分享不为叙述者所知的秘密，用布斯的话来说，他们"在叙述者背后达成了秘密共谋，一致同意叙述者所缺少的那种标准"（布斯著，付礼军译，1987：316），从而把叙述者变成被孤立和反讽的对象。类似于戏剧表演中，观众已经明白情节会如何按照作者的设计继续发展，但身处剧中的主人公却对自己的命运毫无所知。小说中石黑一雄借助大量的言语反讽和戏剧性反讽，让读者逐渐对史蒂文斯的第一人称叙述产生怀疑，进而得出其不可靠的结论。

一、言语的反讽

小说中的言语反讽比比皆是，最突出的表现是史蒂文斯与时代脱节的语言风格以及他在提及肯顿小姐时故作轻描淡写的语调。美国修辞学家戴维·洛奇曾在《小说的艺术》一书中专门分析了史蒂文斯的第一人称不可靠叙事，他认为其"管家式的语言风格缺乏机智、感性与创意"（Lodge, 1993: 155）。小说中，史蒂文斯采用日记体的形式向读者讲述自己的故事。这种文体本应偏口语化，以方便向读者坦露心扉，但实际上他的语言过于生硬和迂腐，充斥着大量语意矛盾的用词、双重否定以及插入语，读起来颇为晦涩：

Not that a staff shortage is **not** significant in itself; but if Miss Kenton were **indeed** to return to Darlington Hall, such little slips, **I am sure**, would become a thing of the past. Of course, one has to remember there is **nothing** stated specifically in Miss Kenton's letter-which, **incidentally**, I reread last night up in my room before putting out the light-to indicate **unambiguously** her desire to return to her former position. In fact, one **has to** accept the distinct possibility that one may have previously-**perhaps through wishful thinking of a professional kind** -exaggerated what evidence there was regarding such a desire on her part. (103，重点为笔者所加)

22

这并不是说员工短缺其本身并不很重要，但倘若肯顿小姐真的返回了达林顿府，那我敢肯定，类似的疏忽必将成为过去。当然，你必须记住，在肯顿小姐的来信中根本没作任何特殊的阐述——这封信我在昨夜熄灯之前碰巧在房间里又看了一遍——即毫不含糊地言明她回复其原来位置的愿望。事实上，你也必须承认这种明显的可能性，即你原先也许不顾事实地认为——或许是出于职业习惯的愿望——有迹象表明她已流露出这种想法。(135)

　　上面这段文字中，史蒂文斯不仅多次使用双重否定，还用了不少插入语以及"indeed"这种反复强调语气的副词，谨慎多虑的管家式风格可见一斑。常年在达林顿府工作的史蒂文斯很少接触外面的世界，所以当他走出庄园，与乡野田间的人们打交道时，他的说话风格和方式都让人不得不对他的身份产生好奇与猜疑，而他又出于种种顾虑不愿暴露自己的管家身份，于是"若干最令人不愉快的事情"(172)就发生了，他自己也对这种沟通上的障碍与隔阂感到痛苦。除了书中的人们，书外的读者也难免也会产生这样的疑问：这样一个游离在时代之外的旧式管家，他的叙述是否真实客观？作为第一人称叙述者，他对自己的落伍尚不自知，又如何能保证对他人及事物叙述的可靠性？对这一点，戴维·洛奇的看法是，史蒂文斯"在生活中习惯了掩盖或逃避真实，无论是关乎他自己还是关乎别人。他的叙述看起来是一种自白，但充斥着难以令人信服的自我标榜和诉求，直到故事结尾他才正确认识到自己，而这时已为时太晚"(Lodge，1993：155)。显然，史蒂文斯与时代格格不入的管家式语言风格是其赢得读者信任的首要障碍。

此外，史蒂文斯在谈及肯顿小姐时故作轻描淡写的语调，也与他的真实情感和意图相悖，从而产生言语反讽。尽管内心对肯顿小姐有着特殊的情感，但史蒂文斯每每提到她都是一副官方口吻："……在她作为我属下一名女管家工作期间，绝对是一心一意的，而且总是把工作放在首位，绝不懈怠"(49)。史蒂文斯刻意回避自己对肯顿小姐的私心，再三强调两人之间是纯粹的工作关系，对她的肯定和维护也完全是出于职业考虑。在谈到自己对肯顿小姐来信的理解时，他一再使用"不容误解""相当肯定"等字眼："该信以其冗长的篇幅、相当含蓄的言词表达了对达林顿府的不容误解的怀旧情结，当然——我对此是相当肯定的——信中还明显暗示了她重返达林顿府的强烈愿望"(9)。他强调自己之所以决定此次会面，是肯顿小姐"重返达林顿府的强烈欲望"使他"不得不重新审视已制订好的员工工作计划"(9)。旅行的动机分明是为了挽回肯顿小姐，他却始终不肯承认；内心虽已按捺不住20多年后再次相见的激动，嘴上却说"我还不能说我的情绪已完全被任何欣喜，或是期待所支配"(21)，这种故作不在意的语气和措词显然与其内心的真实愿望背道而驰，讽刺因此产生。

再如他在提到肯顿小姐的婚姻现状时这样说道："你或许会谅解在提及她时我使用不恰当的称呼，尽管我曾了解她，而且，这些年来我在心中一直念叨着她。另外，她的来信当然也给予我另外一个理由可以仍旧将她视为'肯顿小姐'，因为很遗憾，情况似乎表明，她的婚姻最终要破裂了"（46）。执着地把今日的贝恩夫人称作昔日的"肯顿小姐"，自然是因为不愿接受她已为人妇的事实。说是"很遗憾"，言下之意或许正与此相反。内心的激动和期待与语气上的冷淡颇不协调，难怪肯顿小姐有一次忍不住责问他："为什么，史蒂文斯先生，为什么，为什么，就是为什么你总要假装？"（147）隐忍不谈也许是史蒂文斯的个性使然，但这种口是心非不仅让肯顿小姐对他失去耐心，也令读者逐渐失去对他的认同和信任。

二、戏剧性反讽

对肯顿小姐的态度，既是言语反讽，也可被看作是一种戏剧性反讽，因为当读者已经明白肯顿小姐对他的态度及最终的选择时，史蒂文斯依然沉浸在自我欺骗和幻想中，当然最后的结果令他彻底失望。主人公对自身错误判断力的不自知，读者作为旁观者一目了然。除了肯顿小姐这个细节，小说中还有两个细节也形成了戏剧性反讽：一是史蒂文斯关于"大"不列颠的表述，二是他对"尊严"的表述。

史蒂文斯在旅行途中有这样一段关于大不列颠的表述：

> 英格兰的风景是无可媲美的——比如今天上午我所见到的那样——它所具有的特征是别国风景根本无法具有的，尽管那些表面上看去更为激动人心。我深信，在任何实事求是的评论家面前，这种特征只有用"伟大绝伦"一词才可能概括……我们把我们的国土称之为"大"不列

颠，也许有些人会认为这有点儿不太谦虚，但是我却敢冒昧地说，但是我们国家的风景就足以证实，如此高尚的形容词用在这里是当之无愧的。(26)

作为成长在 20 世纪初期，其后三十多年一直在达林顿府过着相对封闭生活的史蒂文斯，与时代是脱节的。步入老年的他还沉湎于大英帝国往日的辉煌，对新的世界格局似乎一无所知。如果说 19 世纪末至 20 世纪初期的英国可以用"伟大绝伦"这个词来概括，那么到了 20 世纪 50 年代，尤其是故事发生的 1956 年，英国在国际社会和事务的地位已大不如从前。18 世纪时，西方文化中心是法国巴黎，其后英国由于率先进入工业化时代而成为世界强国。及至 19 世纪下半叶，伦敦取代巴黎一跃而成为世界中心，在位时间长达 60 多年的维多利亚女王曾见证了英国的鼎盛时期。但好景不长，20 世纪 60 年代左右，伦敦的中心地位逐渐被削弱。

在达林顿府鼎盛时期，史蒂文斯还能通过来访的客人对外面的世界略知一二。当达林顿勋爵声誉扫地，达府成为被遗忘的角落之后，史蒂文斯和他的主人一样，几乎与外界隔绝。但他自己似乎并未意识到这种改变，以为还能像从前那样，在达府"享受着了解英格兰最美妙之处的特权"（4）。在他看来，由于曾在达府经历过一些所谓的重要事件，接触过某些名流显贵，所以自己"确实比大多数人更'了解'英格兰"（4）。他这种自以为是的想法难免会引起读者的质疑：仅仅以仆人的身份服务过这些大人物，就意味着他了解这些大人物所参与的重要事件吗？况且，他所尊敬的主人最后被证明不过是个"业余政治家"（98），是个被公众唾弃的亲纳粹分子，作为仆人的史蒂文斯又如何能保证自己立场的正确与客观？史蒂文斯这种对"大"的骄傲和追忆与其在现实生活中的"小"形成鲜明的对比，让读者不禁为之感到悲哀，对其叙述的可靠性也失去更多的信心。

书中另外一个带有戏剧性反讽意味的细节是史蒂文斯关于管家"尊严"问题的长篇大论。史蒂文斯声称自己曾因服务过几位"国内最显赫的绅士"而"紧紧地贴近了重大事件的中心"，他认为自己设法维护了与其"地位相符的尊严"并因此而感到"一种切实的成功感"（216-217）。他吹嘘自己曾达到过职业的巅峰并拥有了最大尊严，但书中一个细节表明事实并非如此。史蒂文斯回忆道，有一次一位来访的斯潘塞先生为了反驳在座的伦纳德爵士关于"人民的意志才是最明智的仲裁者"（188）之类的论调，用刁难的口吻问了史蒂文斯好几个关于美国债务、国际贸易、欧洲金融以及外交政策之类的问题，以证明关于国家和民族的重大决策不能交给普通百姓，因为他们对此一无所知。面对这些刁难的问题，史蒂文斯确实"束手无策"（186），他只能故作镇定地一遍遍重复："先生，对不起，对这种事情我无力效劳"（186）。史蒂文斯表现出的无知，与他之前自封的杰出管家形象形成了强烈的反差，这样屈辱的场面也和他之前的自我标榜和满足形成了反讽。对主人来说，仆人除了提供服务，同时也是他们的消遣。当一些重大事件发生时，仆人们看似在场却不过是服务机器，他们随时可能受到羞辱，尊严扫地。

不仅如此，史蒂文斯不厌其烦地谈论管家的职业标准，比较老式管家与当代管家不同的职业追求，这也让读者感到他的不合时宜。在20世纪三四十年代，英国贵族庄园已经成为远景，当史蒂文斯痴迷于管家的职业这一话题并沉湎于曾经的职业辉煌时，读者看到的是一位思想滞后，过于怀旧的老式管家，并进而质疑这样一位老者的判断力和思辨能力。此外，史蒂文斯曾有两次对陌生人撒谎，否认自己曾效力于达林顿勋爵，这让读者一方面质疑他先前关于达林顿勋爵高尚情操的表述，同时也对其叙述的诚实性或可靠性产生怀疑。①

　　小说中还有一个耐人寻味的细节，史蒂文斯应达林顿勋爵的要求给他的教子卡迪尔先生科普"人生的重大问题"，不解风情的史蒂文斯却充当起年轻人的人生导师。他告诫年轻人，要在最好的时光享受最美的风景，要热爱大自然，因为无论人类世界遭遇何种荼毒，大自然母亲"始终以其美妙的方式延续着"，而"我们所有的人都扎根于土壤之中"（104）。他鼓励年轻人拥抱大自然的生机与活力，却忘了自己也是有血有肉之人，他压抑着冲动和情感，将职业置于一切之上，因此错过了身边最美的风景，这其中的讽刺不言

---

　　① 小说中的史蒂文斯直到结尾处才终于肯承认勋爵是犯了些错误，自己也因盲目的信任和崇拜犯了错。在电影中此细节有所改动。史蒂文斯在旅行途中即向卡莱尔大夫坦承了自己的悔恨，意识到自己所崇拜的达林顿勋爵是个亲纳粹分子，不仅参与迫害了犹太人，也犯过其他的错。对于曾经的错误，史蒂文斯表示还有机会弥补，愿意重新把握自己的人生幸福，而不是稀里糊涂地把一切幸福和尊严都交给主人掌握。

而喻。

三、结 语

也许生活中的史蒂文斯是沉默谦恭的，但小说中的他在回忆时是喋喋不休且自视颇高的。随着阅读的深入，读者会逐渐意识到他这种做作的姿态，发现无论他如何对自己的过去引以为傲，从某种角度来说，他的一生是"充满悲剧性而不自知的"（丁纾寒，2013：134）。正是这种不自知使他的叙述充满了"自我保护"和"自我欺骗"（王守仁，2013：271），因此很难令人信服。

石黑一雄曾在一次访谈中谈到自己对史蒂文斯这个人物的理解和设计："史蒂文斯的理解能力有限，我想我小说中的人物就是因为这点而屡屡犯错。他们因缺乏超凡的洞见而毁了自己的生活。这些人物未必心智不全，只不过是太平庸而已"（Vorda, Herzinger & Ishguro, 1991：152）。出于这种思路，石黑一雄借助言语反讽和戏剧性反讽展示史蒂文斯性格上的缺陷以及老年的他与时代和社会的脱节，从而把他塑造成不值得读者完全信任的叙述者。石黑一雄坦言，自己想通过这样一个人物来提醒读者，"我们人人都是管家"（Vorda, Herzinger & Ishguro, 1991：152），作为平凡的普通人，我们每个人都有不自知和可笑的一面。

需要指出的是，作为一个不可靠叙述者，史蒂文斯在小说行将结束时重又赢回了读者的信任。在发现与肯顿小姐复合无望时，他彻底意识到自己曾经的愚蠢和过错，也终于肯承认内心在此刻所遭受的痛苦："……她那些话所暗含的意思已足以在我胸中激起一定程度的悲伤。说实话——我为何不应该承认呢？——在那一刻，我的心行将破碎"（229）。尽管心碎，他还是微笑着和肯顿小姐如此告别："与你再次相见真是太令人愉快了，贝恩夫人"（230）。此时的史蒂文斯伤心却未失去理智，他第一次敢于直面自己的情感，向读者坦露心扉，而读者也有理由相信，"太令人愉快"和"心碎"恰当地表达出了他难以言说的复杂情感，史蒂文斯在这一刻的叙述是真实可靠的，不再口是心非，他也因此在故事结束时暂时摆脱了不可靠叙述者的身份。

【深度解读】之三：
因延宕而永失所爱
——析《长日留痕》中的爱情悲剧

史蒂文斯是个典型的延宕症患者，他的延宕体现在情感的逃避和行动上的拖延两个方面。在情感上，他宁愿活在回忆和过去，惧怕一切与当下的遭遇，对内心的真实情感藏而不露。在行动上，他犹豫不决，从不采取主动，最终导致肯顿小姐离他而去。尽管在故事结尾他有所醒悟并开始反省自己虚度的一生，但对肯顿小姐的情感却只能从此深藏心底。

《长日留痕》中最令人唏嘘的一幕大概就是男女主人公告别之时，大雨滂沱中紧紧握在一起的两只手。随后公车开动，站在车尾的肯顿小姐泪流满面，留在原地的史蒂文斯只能眼睁睁地望着她像二十多年前那样再度远去，并很有可能从此彻底消失在自己的生活中。不管这个故事有几条线索，涉及几种层面，爱情必定是其中最重要的一条主线，事实上，影片也因男女主人公看似波澜不惊，实则痛彻心扉的爱而打动了无数观众。而造成这个悲剧性结局的，是男主人公自身的延宕以及由此而造成的逃避行为和口是心非。

文学人物的延宕是指其性格和心理上的拖延症，以及由此导致的优柔寡断和行动力缺乏。文学史上最著名的延宕症患者之一莫过于莎士比亚笔下的哈姆雷特。在这个充满了爱恨情仇的故事中，哈姆雷特饱受自己的拖延症折磨，他总是在问自己"生存还是毁灭，这是一个值得考虑的问题"（莎士比亚著，朱生豪译，2001：135）。然而这些纠结都是徒劳的，由于缺乏面对血淋淋现实的勇气，他永远距离行动一步之遥，最终与仇人两败俱伤。尽管故事完全不同，但和哈姆雷特一样，史蒂文斯最大的性格缺陷就是不敢或不愿面对现实。在与肯顿小姐的情感纠葛中，他一次次错失良机。对于这段情感，史蒂文斯大概只能用这样一句话来安慰自己：此情可待成追忆，只是当时已惘然。

史蒂文斯的延宕主要体现在两个方面：一是情感上的逃避，二是行动上的拖延。年轻时为了所谓的职业理想逃避个人情感，及至老年，虽心有悔意也只能沉湎于回忆。年轻时未曾用任何行动向肯顿小姐表明自己的爱意，老年时终以工作为由踏上了再度相见之旅，但依然没有勇气承认内心的真实目的。史蒂文斯这种彻头彻尾的逃避既归咎于其典型的英国人性格，也因延宕症作祟。所幸在故事结尾，他有所醒悟并开始反省自己虚度的一生，但对肯顿小姐的情感却只能从此深藏心底，延宕使史蒂文斯注定与爱失之交臂。

一、情感上的逃避

史蒂文斯在故事一开始先交代了这次旅行的前因后果，一再强调由于庄园缺少人手，他想和肯顿小姐见个面并请她回归。他极力掩饰此行的真实动机，并不完全是存心欺骗读者，也是因为他不敢正视自己的内心。六天的旅行记录加上一篇序言构成了整个故事，其间史蒂文斯追忆了过去三十年间达林顿府的种种过往，却很少提及肯顿小姐，只时不时以不在意的口吻提到她的来信。在回忆旅行的第一天时，史蒂文斯完全没有提到肯顿小姐，而是用了将近10页的篇幅谈论管家的职业尊严，直到故事叙述到"第二天上午"时才再度提到肯顿小姐的来信。在接下来的旅行过程中，除了继续讨论管家的职业素养和尊严问题，史蒂文斯还不厌其烦地回忆达林顿庄园举行过的一些非正式政治会议和活动，详细描述他在途中留宿时遇到的一些有政治抱负的人，对肯顿小姐的信件和两人即将到来的会面则偶尔提到两句。他乐此不疲地谈论政治，一方面是为了显示自己工作的重要性，另一方面也是借谈论政治而回避儿女情长这个话题，仿佛和管家的尊严及影响世界的大事相比，儿女情长是完全不值一提的小事，他根本无暇顾及；为了追求职业上的最高荣誉，他可以放弃七情六欲。至于谈到年轻时与肯顿小姐的相处，他更是反复强调两人的工作关系，杜绝一切个人情感的流露。

小说内容过半，笔墨大多花在路上的所见所闻所思所想，在小说的后半部分，史蒂文斯才追述了不少两人相处的细节。种种细节表明，无论肯顿小姐采取何种方式进行试探，史蒂文斯始终无动于衷，既不肯表露心迹，也无任何行动表示，从而一次次错失良机。即使是在二十年后的再见面，史蒂文斯仍一如既往地克制，对情感三缄其口。他本以为肯顿小姐可以结束现在的婚姻，回到达林顿府，但在了解到她无意从自己的婚姻中走出后，史蒂文斯瞬间又把自己武装起来："我现在当然意识到，这类事情（肯顿小姐的婚姻）与我几乎没有任何关系，而且我应该讲清楚，倘若不是的确出于重要的工作原因要这样做的话，对此你也许应该记得，我是做梦也不会探问这类情况的；那就是说，这有关目前达林顿府内的职员安排问题"（223）。工作永远是史蒂文斯拿来掩饰自己真实情感的借口。无论内心如何波涛汹涌，他表面总是做出一副冷淡漠然的样子。当老年史蒂文斯回忆起这些过往时，字里行间流露出的情感已毋庸置疑，两人的情感显然早已超越工作关系。史蒂文斯对这种关系的一再否定无疑是他的一种自我蒙蔽，仿佛这样就可以保持心如止水，远离感情的困扰。

小说采用了倒叙的方式，让年老的史蒂文斯在旅行途中一点点追忆往事，让诸多细节慢慢浮出水面，从而为他的爱情悲剧做了必要的铺垫。如果说对往事的倒叙合情合理，那么史蒂文斯对这次旅行的终点及重点——与肯顿小姐的会面也依然采用倒叙，这种处理方式就有点不同寻常了。作为全书的高潮，史蒂文斯并未及时将两人会面的情况交代给读者，而是在两天之后才逐一追述这次见面的点点滴滴。这再一次证明史蒂文斯情愿活在回忆和过去，惧怕一切与当下的遭遇。对内心的真实情感藏而不露，对个人情感问题的避而远之，是史蒂文斯爱情悲剧的根源之一，否则两人或许不必耗费半生，彼此思念，蹉跎了岁月。

二、行动上的拖延

除了情感上的处处回避，在与肯顿小姐的相处的过程中，史蒂文斯也始终是个行动上的弱者。小说中有这样一个细节，史蒂文斯在肯顿小姐唯一的亲人姑妈去世时，未能及时向她表示自己的哀悼之情。他本想尽快找机会向她表示自己的关心，却顾虑重重，连敲个门问候一声都思前想后，如此一再耽搁，导致他屡屡错失拉近两人距离的好机会。及至两人有机会再见面时，他虽然在之前的几个小时曾"一门心思考虑着肯顿小姐的悲痛，一直特别思忖着我最好应该做些什么，或者最好说些什么去稍稍减轻她的负担"（168），但当真正张嘴时，他和肯顿小姐说的仍是工作上的安排。他在这种特殊时刻依然不解风情，对肯顿小姐的工作吹毛求疵，终于引起了肯顿小姐的"困惑"，让她"心烦意乱""疲惫不堪"（170），谈话在不愉快中结束，这也成为两人关系急转直下的转折点。无论心里如何在意肯顿小姐，史蒂文斯很难将自己的关心付诸行动。

两人关系更为重要的一次转折点是当肯顿小姐把自己要结婚的消息告诉史蒂文斯时，后者无动于衷甚至冷酷的反应。正如肯顿小姐在20年后向史蒂文斯所承认的，她本想用自己和别人结婚的消息来试探和刺激他，她曾以为那是可以让史蒂文斯"烦恼的另一种伎俩"（228）。未曾想史蒂文斯对此毫无反应，而是借口"具有全球性重大意义的事件正在楼上发生，我必须返回我的工作岗位上去了"（209）迅速抽身而退。当天晚些时候，史蒂文斯曾在走廊里听到了肯顿小姐在屋里的哭泣声，他这样回忆道："我今天已不知道我呆呆地站在那儿有多久；那段时间似乎非同一般的漫长，可实际上，我想实际也不过几秒钟罢了。那当然是因为我当时按要求必须尽快赶回楼上去为那几位国内最显赫的绅士服务，我无法想象我当时会耽搁太久"（216）。以工作为由对肯顿小姐的痛苦视而不见，在她即将嫁人之前不做任何挽留，史蒂文斯行动上的无力终于让肯顿小姐彻底放弃。

老年史蒂文斯终于以工作为由与肯顿小姐再度见面，并暗自盼望着肯顿小姐能够回到自己身边，回到达林顿府，但这次会面依然被史蒂文斯以各种理由尽量拖延。仿佛是为了尽量拖延在路上的时间，他时常会在某个地方待上半个小时，或在某个小镇停留半日，而不是匆忙赶路。最后的会面近在咫尺，但史蒂文斯左思右想，反复揣摩肯顿小姐的态度，一次次说服自己的判断力是正确的，并无休止地沉湎于回忆，仿佛这样就可以迟一点得知肯顿小姐的答案，迟一点面对现实。其实他自己也明白这种拖延的无用并自嘲道："既然明天我将当面确切了解肯顿小姐现在的愿望，那现在无休止地去揣测又有什么意义呢？"（171）在和肯顿小姐的相处过程中，史蒂文斯本有足够的机会表达爱意发展感情，却都未能把握住。肯顿小姐用各种方式传递给他的情感讯息，都被他以职业为由而屏蔽。最后一面后彻底放手，无论史蒂文斯是否真的释然，都只能就此放下，将一切尘封。这份自始至终一直在回避甚至否认的爱，全被一目了然的读者看在了眼里。性格决定命运，因延宕而导致的情感逃避和行动无力使史蒂文斯的爱情注定陷入悲剧。

三、反省与成长

随着故事的进展，史蒂文斯越来越频繁地陷入回忆："在此期间，我发现自己又对某些往事翻来覆去地琢磨开了"（201）。对他而言，活在过去确实是逃避现实的一种手段："看来我在某种程度上已沉湎于回忆这些往事。这可绝对不是我的意图，但这样做可能也并非坏事，至少我已避免过多地考虑这个夜晚所发生的事情……"（152）史蒂文斯逐渐意识到自己思虑太重的毛病，在故事结尾，他终于发现由于缺乏与别人正常的交流，无法适度地表达自己的情感，他无形中孤立了自己，并错失爱情。在和陌生人的聊天中，他承认自己虚度了大半生，并不曾拥有过真正的尊严。尽管他仍坚持认为达林顿勋爵本质上是个好人，但他也为自己的愚忠和曾经受到的屈辱感到可悲："他（达林顿勋爵）在生活中选择了一条特定的道路，只是这条道路被证实是误入了歧途……在我侍奉他的所有的那些岁月里，我坚信我一直在做有价值的事。可我甚至不敢承认我自己犯过了些错误。真的——人须自省——那样做又有什么尊严可言呢？"（233）此刻的史蒂文斯终于敢于面对现实，反省自己。

值得一提的是，小说中的肯顿小姐性格与史蒂文斯形成鲜明的对比。她积极主动，坚持自己的判断力和追求，遇事果断。虽然在与史蒂文斯共处的过程中也曾有过犹豫和纠结，甚至因不满婚姻而数次离家出走，但在故事结尾，她意识到自己已日久生情，真正爱上了现在的丈夫，于是毫不犹豫地拒绝了史蒂文斯的工作邀请，彻底断了史蒂文斯的希望。无论是工作中还是情感生活中，她所具有的果断和行动力显然正是史蒂文斯所欠缺的。

小说借用了旅行来暗示史蒂文斯所经历的挫折与成长，对于史蒂文斯来说，及时踏上旅程去寻找最美的风景，一切都还来得及。也许曾经迷路，也许前方会有很多未知，但正如史蒂文斯在途中遇到的一位老者所说的："向上走才能看到最美的风景"（22-24）。

事实上，当史蒂文斯按照老人的指点翻过小山坡时，展现在他面前的确实是一片"伟大绝伦"的风景。当旅行抵达终点，史蒂文斯也终于找到自己的症结所在并如此反省："我应该停止过多地回顾过去，应该采取更为积极的态度，而且应尽力充分利用我生命的日暮时分"（234）。虽然故事的结局不尽人意，但他至少懂得了要更加积极地面对现实。思想上的逃避，行动上的拖延，延宕的心理让史蒂文斯成为爱情面前的失败者，但与爱情失之交臂的痛苦也让他成长，正如小说题目所包含的寓意：逝去的时光必定会在人生留下印记。既然暧昧的情感已然成为追忆，就让职业成为自己余生唯一的慰藉，这样的人生晚景也未尝不令人期待和向往。

【深度解读】之四：
貌离神合——析《长日留痕》影片
与原著的相异及契合

> 美国导演詹姆斯·伊沃里在把《长日留痕》搬上银幕时，
> 在男女主人公角色的定位和设置、次要角色和场景的安排以及
> 故事的结尾部分都做了改动，这些改动既体现了他内在的美国
> 特质，也反映了他所处的社会历史文化语境。从整体来看，这
> 些改动并未与原著背道而驰，而是借助电影媒介的特长和优势，
> 让小说人物以更为丰满的姿态呈现在大屏幕上。与此同时，影
> 片充分显示了对英伦文化的尊重和忠实，从精神上达到了与原
> 著的契合。

《长日留痕》原著作者石黑一雄是日裔英籍作家，幼时即随父
母旅居英国，后加入英国国籍。而电影导演詹姆斯·伊沃里则是土
生土长的美国人①。伊沃里出生于俄勒冈的克拉马斯福尔斯小镇，
在奥勒冈大学艺术系毕业，随后在南加州大学获得了电影硕士学
位。他在读硕期间就远赴意大利拍摄了一部关于威尼斯的电影《威

---

① 根据该小说拍摄的电影中译名为《告别有情天》，中国台湾地区将此
片名译为《长日将尽》，本文统一使用《长日留痕》的小说译名。

尼斯：主题及嬗变》（*Venice：Theme and Variations*，1957）。这或许是他欧洲情结的开始，其后三四十年间，伊沃里大部分时间都在欧洲拍片，先后拍摄了多部根据亨利·詹姆斯、E. M. 福斯特、斯汀等英国作家的小说改编的电影。从 20 世纪 80 年代起，伊沃里把精力主要放在英国题材电影的拍摄上，着力展现英伦文化，尤其是 20世纪初的英国贵族庄园文化，他所选择拍摄的几部英国作品无一例外都以英国庄园为背景。

电影拍摄往往很难完全忠实于文本，它与原著的契合度很大程度上取决于导演的解读、立场以及他所处的历史文化语境。在拍摄这部影片时，导演伊沃里在男女主人公角色的定位和设置、次要角色和场景的安排以及故事的结尾部分都做了改动，其中最值得注意的是他对小说结尾所做的调整。从整体来看，这些改动并未与原著背道而驰，而是借助电影媒介的特长和优势，让小说及其人物以更为丰满的姿态呈现在大屏幕上，可以说，影片的改编与小说原著貌离神合，达到了精神上的一致。

一、美国导演的英伦情结

身为独立电影人的伊沃里和美国本土的电影工业保持着密切的合作关系，他有数部电影都是与好莱坞电影梦工厂合作完成。尽管青睐欧洲题材电影，但他并没有忘记自己的美国特质，这些特质往往会在电影中以某种方式得到展现。在一次访谈中，当记者问他在拍了这么多外国作家的作品之后，他是否仍然"对美国怀有坚定的情感，甚至是爱国主义情怀"？伊沃里的回答是："每当我在飞机上俯瞰美国时，对这片土地的热爱无以复加"（Weber，2005：cxi）。但无论是他的美国身份还是其与美国本土电影工业的密切联系，都未妨碍他对原著鲜明的英国性的呈现以及对英国传统文化的尊重。至于他对电影中某些细节的处理则表明了他对美国价值观和性格的认同以及对某些英国性格元素的保留意见。伊沃里对原著细节做的这些改动，与小说作者石黑一雄所提倡的寻求普遍意义，淡化历史细节的做法异曲同工。由于他对英伦风的独特把握，伊沃里为自己赢得了"英伦导演"美誉，并凭借翻拍英国作家福斯特的《看得见风景的房间》（1986）、《霍华德庄园》（1992）以及石黑一雄的《长日留痕》（1993）三次获得奥斯卡最佳导演提名。

作为一名"英伦导演"，自然会对英国贵族庄园情有独钟。无论是在文学作品和影视剧中，英国贵族庄园似乎是英伦风范的最好载体，是英国传统文化最具代表性的象征之一。纵观英国文学史，英国作家明显地分为两个阵营，一部分是都市的守望者，另一部分是乡村庄园的怀旧者。早在 19 世纪初，英国散文家查尔斯·兰姆就把伦敦的千姿百态和芸芸众生的喜怒哀乐写进了他的《伊利亚随笔》。在他看来，"伦敦所有的大街小道全是纯金铺成的——至少说，我懂得一种点金术，能够点伦敦的泥成金，那就是爱在人群中过活的心"（兰姆著，刘炳善译，2006：8）。和兰姆一样，都市守望者们着力描写以伦敦为代表的大都会的变迁，城市尤其是伦敦是他们魂牵梦萦的家园。及至 20 世纪初，以弗吉尼亚·伍尔夫和多丽丝·莱辛这两位当代英国文学史最重要的女性作家为代表的一部分作家依然延续了这一都市书写传统，他们对伦敦倾注了极大的热情与关注并诉诸笔端。如果说以伦敦为主体的都市书写体现了人们对日新月异的世界的向往，他们的目光是超越过去展望未来，那么把目光投向古老的英式庄园则表达出作家对传统及过去的留恋。庄园历来是英国文学作品中最不可或缺的一个元素。从 18 世纪简·奥斯丁的数部代表作，到 D. H. 劳伦斯的《查泰来夫人的情人》，托马斯·哈代的《德伯家的苔丝》，及至 20 世纪作家 E. M. 福斯特的《霍华德庄园》，伊夫林·沃小说的《旧地重游》，故事背景大多为英国庄园。石黑一雄的《长日留痕》更是这样一部当代庄园小说。

乡村庄园被视为等级观念非常浓厚的英国社会的缩影及象征，同时也承载着当代人对古老英伦的怀旧情绪。美国导演伊沃里正是准确把握了这一庄园情结，抓住了英伦文化的精髓，从而成为杰出的英伦电影导演。此外，为了再现庄园礼仪及家仆文化，影片在拍摄时还特邀了包括伊丽莎白女王二世的退役管家西里尔·迪克曼在内的专家来作技术指导，对剧中人物的服饰及礼仪等诸多方面进行监督指导，确保英国传统文化的忠实再现。虽然这些细节只是推动剧情发展的辅助手段，但也在一定程度上体现了导演本人对英国元素的尊重与忠实。

二、男女主人公角色的重新设置

影片中，伊沃里对男女主人公的角色进行了重新设置。小说中男主人公史蒂文斯是贯穿始终的第一人称叙述者。借助他回忆录式的倒叙，读者逐渐得知他与两位庄园主人以及肯顿小姐的种种过往，了解了达林顿府辉煌的往昔以及今日的落寞。无论这位第一叙述者是否可靠可信，他在故事中的主导地位都不可动摇，而肯顿小姐似乎总是存在于他的阴影之下。通过史蒂文斯的叙述以及他对肯顿小姐来信的反复揣摩，读者所看到的是史蒂文斯眼中的肯顿小姐。但在影片中，肯顿小姐则与史蒂文斯平分秋色。电影一开始就是她以第一人称朗读的自己的信，她也因此成为故事的叙述者和主导者之一。于是在电影中，史蒂文斯用日记或回忆录的方式继续履行第一人称叙述者的功能，肯顿小姐则通过朗读信件的方式成为与他并行的第二个第一人称叙事者。

第一人称叙事以及书信体始于 18 世纪的英国小说家丹尼尔·笛福和塞缪尔·理查逊，他们在小说中让女主人公用信件来向读者"讲述"自己的故事。但这种叙述方式有一定的局限性，所以后来逐渐被第三人称叙述取而代之："书信体和第一人称叙述由于人物视点的局限，难以多方面反映越来越复杂的现代社会生活，因而出现了某种衰弱趋势，而可以全面描绘社会风貌，自由发表评论的第三人称叙事则有了进一步的发展，成为小说叙事形式的主流"（申丹，2005：11）。与笛福和理查逊同时代的亨利·菲尔丁开创性地使用了第三人称全知叙事，这一手法在英国文学全盛的维多利亚时期一直占主导地位。

而导演在这部影片中让史蒂文斯的回忆式第一人称叙事和肯顿小姐的信件式第一人称叙事并行，就形成了一股张力，凸显出两者个性的差异，从而暗示了故事的结局。同为第一人称叙事，史蒂文斯显然是用已步入老年的"我"去审视年轻的"我"和肯顿小姐，当这个老年的"我"讲述正在进行的旅行时,他所采用的视角是"体验性自我",是真正的第一人称叙事,而当他回忆过往时,则变身为"回顾性自我",此时的视角是类似于第三人称叙事的有限视角,老年的"我"作为旁观者去审视和评论曾经的"我"。这样一种复杂的回忆录式的叙述方式呈现在观众面前的是老年史蒂文斯的精神和思想状态:他充满了怀旧情绪,不再一味骄傲,开始纠结和反思,直至最后才有所醒悟。相比之下,肯顿小姐向观众朗读信件而不是回忆,达到了向读者同步传达她在写信当下的各种心理和情感状态,是对自我更忠实的展现,不仅瞬间拉近了与读者的距离,也让读者透过她本人的视角了解她的独立性、自我意识、浪漫和热情,这样一位充满活力的独立女性形象与老年的史蒂文斯形成巨大的反差,人物形象因此变得更为鲜明。

导演为何对男女主人公角色设置进行这样的调整?除了突出人物个性,或许还可以归结为以下两点,一是为了充分满足观众对英国庄园文化的探索欲;二是源于他本人所具有的女性观。当代的观众和读者往往对英国贵族庄园颇为好奇,尤其是庄园里"楼下的")仆人世界①。近几年收视大热的 BBC 电视剧集《唐顿庄园》就是个例证。该剧迄今为止已拍摄五季且仍未结束,其故事背景和

---

① 此处"楼下的"仆人世界的说法引自 BBC 热播剧《楼上楼下》(*Upstairs Downstairs*)。该剧最早由 BBC 于 1971—1975 年间拍摄并播出,在 2010 年又翻拍成迷你剧,讲述了 20 世纪初期英国一个上流阶层家庭里主仆的故事。"楼上"和"楼下"分别用来指代主人及仆人的生活和世界。

《长日留痕》有诸多相似之处，讲述的也是一战前后唐顿庄园的主人格兰瑟姆伯爵一家人的故事。该剧深受观众喜爱的原因之一就是充分展示了神秘的"楼下"和"楼上"两个世界的人物及其生活，用真实还原历史情境和礼仪细节的方式赢得了关注。

古老神秘的英国贵族庄园令人好奇，而这部以两位仆人为中心角色的电影《长日留痕》充分满足了人们在这方面的探索欲。事实上，正如该片导演所说的："你唯有通过仆人的眼睛才能看到楼上主人们的世界。没有仆人的引领，我们永远无法进入楼上的世界。只有当肯顿小姐或史蒂文斯出场时，我们才能看到达林顿勋爵的生活"（Long，2005：238）。作为达林顿府的男女管家，史蒂文斯和肯顿小姐不仅肩负着展现"楼下"世界的责任，也是引领读者了解楼上世界的重要角色。由于两人的职责和分工不同，史蒂文斯和主人打交道的时间更多，而肯顿小姐则把观众的视线吸引到楼下仆人们的天地和生活。从这个角度说，导演对男女主人公戏份的调整满足了观众的需求和心理。

更为重要的是，美国导演将女管家的地位提高到与男管家同等，也从一定程度上反映了当代女性社会地位的变化以及导演本人的女性观。作为一名活跃在 20 世纪八九十年代的美国导演，伊沃里应该是见证了女性主义思潮发展的新动向。第二次世界大战以后，妇女运动在一些国家兴起，这是继 19 世纪中期之后的女权主义"第二次浪潮"，代表人物之一是法国的波伏娃。她在代表作《第二性》（1949）中探讨了男女两个性别的异同，指出女性的"他者"地位源自后天而非天生，因此女性能够通过努力和斗争改变被忽视和压迫的现状，从而成为真正独立的个体，这样的女性"想要积极主动，成为主导者，拒绝接受男性意在强加于她的被动地位"（沃特斯著，朱刚，麻晓蓉译，2008：261），同时，她"为自己能以和男性相同的方式进行思考、采取行动、开展工作、从事创造而自豪"（沃特斯著，朱刚，麻晓蓉译，2008：261）。显而易见，电影中的肯顿小姐符合这种独立女性的特征，她没有被弱化成史蒂文斯记忆中的附属者，而成为能与他分庭抗礼的半边天。虽然在职位上她屈居于史蒂文斯之下，但在某些事情的处理和判断上她有着自己的坚持和原则，而非一味服从。她能够把原本散漫的女仆打造成优秀的女仆，她用实际行动证明自己虽然年轻，但有着与自身职业相匹配的能力。在与史蒂文斯的暧昧感情中，她也始终是主动的一方，从试探史蒂文斯的态度到和他逗趣直至故事结尾向他坦露心扉，坦白说如果当初史蒂文斯接受她也许一切都会有所不同。但当史蒂文斯以职业需要为由邀请她重回达林顿府和他自己身边时，她又拒绝了这份邀请和感情，因为她意识到多年的生活已经让她真正爱上了自己的丈夫。如果说小说中的肯顿小姐以比较隐蔽的形式发挥着主导作用，电影中导演则通过对角色的调整将这种主导关系彰显了出来，可谓殊途同归。

让女主人公作为第一人称叙事者来读自己的信件，这种形式无形中也满足了女性主义关于"发声"的种种诉求。女性主义运动的先驱玛丽·沃斯通克拉夫特曾呼吁"女人必须大胆说话"（沃特斯著，朱刚，麻晓蓉译，2008：201），要勇敢地揭露所遭受的不公正待遇，要勇于表达自己；另外一位代表人物弗吉尼亚·伍尔夫也曾多次强调女性发声和展开对话的必要性，她认为两性之间以及女性彼此之间缺乏交流都是导致女性被压迫现状的原因之一。虽然这些女性主义代表人物提出的观点所适用的语境不同，也各自有其特定的含义，但从广义上来理解，女性发声的确是一种实现与男性平等的手段，影片中的肯顿就是这样一位拥有更多话语权及主动权的女性，导演通过对其信件呈现方式的改变扭转了她在小说中被"再现"的被动局面。如果电影完全按照小说中的处理方式，让史蒂文斯来读或者看肯顿小姐的信，那么观众就无法"听"到肯顿小姐本人的声音，只能透过史蒂文斯的视角来"看"她，即用男性的视角来解读女性，而不是让女性自己发声，自我展现。我们无从得知导演是否深受女性主义思潮的影响，但是他在影片中赋予肯顿小姐更多话语权的做法，多少体现了他本人所处的时代的社会大背景和女性主义的影响力。

三、凸显个性的细节增补

除了男女主人公角色的重新设置，导演还在影片中增加了一个人物的戏份：肯顿小姐的未婚夫贝恩先生。贝恩先生曾是另外一座庄园的男管家，后放弃这一职业，与肯顿小姐去英格兰西部谋求其他发展。虽然事业并未成功，但他最终赢得了肯顿小姐的爱。小说中对这个人物交代得颇为含糊，只是在肯顿小姐与史蒂文斯的对话中提到过几次，对俩人从约会、求婚及婚后生活都是寥寥几笔一带而过。但在影片中，贝恩先生数次出镜。尤其值得注意的是，有一次他和肯顿小姐在酒吧里聊天的场景，完全是影片自行添加的，这段对话如下：

> 本：老实说，离开那里让我松了一口气。杰弗瑞爵士和那些法西斯党人让我感到很恐惧。
>
> 肯：史蒂文斯先生说，我们只管家务事，其他的事交给主人们去操心。你不这么想吗，贝恩先生？
>
> 本：其实我也不同意。如果我不赞成，我就会说出来，去它的……对不起，我说粗话了。我不像史蒂文斯那么专业。
>
> 肯：那是他终身为之努力的职业。
>
> 本：不是我的。跟你老实说吧，我不想再伺候人了。
>
> 肯：那你要做什么，贝恩先生？
>
> 本：叫我汤姆吧。
>
> 肯：汤姆，那你想做什么？
>
> 本：我想自立门户，做点小生意，卖报，卖烟，或者在西岸老家开个出租公寓……

不难看出，简单几句对话就塑造出了与史蒂文斯截然不同的另一种英式管家的形象，这大概也是导演的用意所在。贝恩先生敢于否定主人，坚持自我判断，并决定放弃管家的职业去经商，是转型期时期家仆的典型；他不太留恋过去，更愿展望未来；对待爱情更果敢，坚定，用行动说话并充满激情，所以最终赢得了肯顿小姐。相比之下，史蒂文斯则一辈子忠于传统管家的职业操守，不肯越雷池半步。就像他对肯顿小姐说的那样："就我个人而言，除非我已尽我所能去协助勋爵顺利完成他赋予自己的那些伟大使命，我的职业才会功德圆满。只有在勋爵工作完满结束的那一天，只有在他能够满足于已有之荣耀，而且满意地了解到他已完成任何人曾合情合理求助于他的所有事情，也只有在那一天，肯顿小姐，那我才能够把自己称为，如你所说的那样，一位十分心满意足的人"（165）。除了出于职业要求而放弃自我，史蒂文斯在个人情感上也内敛克制，自我逃避，在肯顿小姐的多次试探下仍保持冷漠和拒绝的态度。贝恩先生所具有的性格特质，恰恰是史蒂文斯所缺乏的。不仅如此，美国人的创业精神也被巧妙地投射到这个配角身上。开拓精神是美国梦的出发点，也是美国个人主义的核心元素之一。在这个配角的处理上，导演不动声色地把自己的美国特质调和到影片当中，这个所谓的"英伦导演"骨子里还是美国精神。

　　除此之外，影片所增补的另外一个细节也耐人寻味。在旅途中由于汽车抛锚，史蒂文斯留宿在一个小村庄里。在和村民的聊天中，他对自己的身份和职业避而不谈，因为他明白在公众舆论中达林顿勋爵是令人唾弃的亲纳粹分子。第二天，在当地一位卡莱尔大夫的帮助下，史蒂文斯给汽车加了点油继续踏上旅程。书中写到俩人分手之前有一段对话，聊的是对前一天晚上聚会时村民的一些政治观点的看法以及对尊严的看法，但在电影中，卡莱尔大夫却直截了当地问史蒂文斯对达林顿勋爵言行的评价，而这是史蒂文斯之前一直讳莫如深的话题：

史蒂文斯：先生，老实说，我刚才没跟您说实话，我其实是认识达林顿勋爵的……他是个大好人……是位真正的绅士。能服侍他是我的荣幸。

……

卡：你当时……是否也赞成他的观点？

史：谁？

卡：达林顿勋爵。

史：我是他的总管。我的职责是为他服务……他的论点我不置可否。

卡：你信任他？

史：当然，我完全信任他。但是他晚年时……也承认错了。他说他太容易相信人了，才会被亲纳粹的利用。

卡：我明白了。

……

卡：我不是要烦你，但我实在是好奇，你到底持什么态度？你难道不希望能发表自己的意见？请原谅我如此追根究底。

史：没关系。在某些小问题上我是犯过错，还好仍有机会补救。事实上，我正要去亡羊补牢。

这段对话是导演添加的。在大夫的追问下，史蒂文斯终于承认自己"确实犯了小错误"，而现在已有所醒悟，希望自己仍有机会去弥补修正。如此直白地谈到自己对前主人的看法和改正错误的决心，这种处理方式似乎有悖于原作者隐晦的风格。作者石黑一雄把史蒂文斯塑造成一个内敛克制的英国家仆形象，所以小说直到结尾才隐晦地暗示出他的改变和成长，而导演似乎不太满意这种含蓄的转变和表达，于是借助这一细节让史蒂文斯提前完成了性格转变，让他敢于直面内心的自我，找回自己的判断力，摒弃盲目服从。在这个人物细节上的处理，导演更多的是在表达他自己对人物的理解和希望。

除了以上提到的几处，影片中还有不少细节性增补，让史蒂文斯父亲成为影片中最重要的配角就是这些增补之一。这位父亲临终前告诉儿子，因妻子出轨，自己对她的爱早已不复存在。父亲失败的婚姻和临终坦白是否加深了史蒂文斯对婚恋的抗拒？同时暗示着他悲剧性结果的必然性？观众或许可以从这个细节捕捉到某些信息。还有一个细节令人印象深刻。有一次史蒂文斯在走廊听到肯顿小姐房间里传来哭泣声，小说中的他只是停留在门外，内心激烈地斗争。而在电影中他推开房门走进了屋里。当观众都以为接下来会是戏剧性的一刻，史蒂文斯会有情感的表露甚至爆发时，却看到他依然以公事公办的口吻和肯顿小姐谈起工作上的安排。当看到肯顿小姐彻底失望的眼神时，观众意识到一切都已无法挽回。显而易见，导演所做的这些铺排和增补都是为了让故事的结局更加顺理成章。此外，影片中还有一个史蒂文斯不小心打碎了一瓶红葡萄酒的镜头，酒瓶的破碎意味着心碎还是两人关系的彻底破裂？导演借助声音和画面带来的听觉及视觉冲击，激发了观众的想象力。以上种种增补的细节表明，影片充分利用电影所特有的媒介和表现手法，使原本存在于文字中的人物变得更加立体，性格对比更为鲜明，在不违背原著精神的基础上展现了电影媒介的优势。

四、故事结尾的重要调整

影片还对小说的结尾部分做了两个重要调整：一是删除了史蒂文斯与陌生人倾诉并流泪的场景，改为他与肯顿小姐两人的最后独处；二是增加了从庄园里放飞鸽子这一耐人寻味的镜头。

英国性格鲜明的史蒂文斯认为情感不能外露，但在小说结尾，他在码头送走了肯顿小姐之后并未立刻离去，而是和一位陌生人——一位退役的前管家聊起了天，并一反常态地和陌生人谈起了昔日的达林顿府，一鼓作气地向他吐露了自己情感上的困惑。他承认自己确实荒废了一生，错过了爱情，这一切都令他感到"太疲倦"（233）了，这种大段大段吐露心声的做法完全有悖于他以往的风格。当陌生人离开后，史蒂文斯又注意到了自己身后的一群人，当他发现这些原本陌生的人初次见面就热烈地交谈起来，深感不可思议："人们怎么能如此迅速地就在他们中间构筑起这般温情来，这真让人难以理解"（235）。他最后的解释是因为人们都喜欢打趣逗乐，这时他才意识到自己是个无趣的人，尽管之前"已经耗费了大量时间去提高自己调侃打趣的诸多技巧"（235），但直到此时他才决定要打心眼儿里接受这种打趣逗乐的方式，从而更好地适应他的美国主人法拉戴先生。

当他终于愿意对别人敞开心扉时，终于肯正视自己的盲从以及前主人的错误时，史蒂文斯才得到了解脱，压抑已久的情感也得以释放出来。靠所谓"尊严"支撑的信念一旦崩塌，他才意识到自己曾经拥有的是毫无自我的人生，并决定听从陌生人的善意劝告："那你就必须自我解脱。夜晚是一天中最美好的部分"（233）。他也意识到自己缺乏的就是与他人情感的交流，既然从肯顿小姐那里获得爱情已经无望，他只能寄希望从新主人那里找到这种互相理解的温暖，以此来对抗孤寂，度过人生中的夜晚。

电影在拍摄时曾保留了上述这段史蒂文斯和陌生人聊天并流泪的场景，但导演最后还是换成了史蒂文斯和肯顿小姐的几句对话，通过他转向一边而没有被肯顿小姐察觉的眼神，表现出他彻骨的失落和悲哀。但短短的几秒钟过后，史蒂文斯就面带微笑，一如从前那样淡然地和肯顿小姐告了别。至于为何在影片中做了这样的处理，导演在一次访谈中这样解释："我不是太喜欢（原著）这种处理，我的编剧也感觉有点过于多愁善感，削弱了或有可能影响到电影整体想要表达的感觉、内容或是氛围"（Long，2005：234）。他还介绍说，演管家的霍普金斯倒是极力要求保留哭泣这一场景，认为这"说明了一切，是角色最好的注脚，是影片中最重要的一幕等"（Long，2005：234）。他说霍普金斯甚至用罢演来威胁自己，希望能保留这个至关重要的一幕。不过导演对此调侃道，或许真正的原因是好演员大都不肯放弃每一个哭戏的机会吧，哭戏会让他们感到心满意足。

影片删除了史蒂文斯向陌生人倾诉的部分以及哭戏，却增加了在庄园里放飞鸽子的镜头。小说中故事结束在码头，但影片中史蒂文斯又回到达林顿府，这一次，他巧妙自然地迎合了主人法拉戴先生的玩笑话，从而换来了主人赞赏的眼光，老式英国管家与新的美国主人关系变得越来越融洽。此时一只鸽子飞进房间，法拉戴先生把它送出了窗外。望着飞走的鸽子，窗内的史蒂文斯或许只有感叹自己已别无选择，唯有继续从事管家这一职业。影片中还提到又来了新的仆人和女管家，这样一个开放式的结尾给予了观众一定的想象空间。无论小说整体给人感觉如何压抑，这样的结尾是充满希望的，从这一点来说，小说和电影不谋而合，他们传达出的是同样的信息：逝去的一切固然在生命中留下了痕迹，但时钟无法反转，唯有反省过去，寻求自我解脱，努力在余生寻找可能的温暖。

总之，尽管这部由美国导演拍摄的英国电影和小说原著有诸多人物设置及细节安排上的不同，但以上的比较和分析证明，导演伊沃里再现了独特的英国庄园文化，从精神实质上忠实于原著，是一部不可多得的电影翻拍佳作。

参考文献

［1］Abrams, M. H. A. Glossary of Literary Terms. Beijing：Foreign Language Teaching and Research Press. 2005.

［2］Booth, Wayne C. The Rhetoric of Fiction. Chicago and London：The University of Chicago Press, 1983.

［3］Herman, David, Jahn, Manfred & Ryan, Marie-Laure eds. Routledge Encyclopedia of Narrative Theory . London and New York, Routledge, 2005.

［4］Ishiguro, Kazuo, The Remains of the Day. London：Faber &

Faber, 1999.

［5］ Lauter, Paul. The Heath Anthology of American Literature. Boston and New York: Houghton Mifflin Company, 1998.

［6］ Lodge, David The Art of Fiction . New York: Viking Penguin, 1993.

［7］ Long, Robert Emmet. James Ivory in Conversation: How Merchant Ivory Makes Its Movies. London: University of California Press, 2005.

［8］ Shaffer. Brian W. Ishiguro, Kazuo. An Interview with Kazuo Ishiguro//Contemporary Literature, 2001 (42-1), 1-14.

［9］ Shen, Dan. Western Narratology: Classical and Postclassical. Beijing University Press, 2010.

［10］ Tamaya. Meera. Studies on Ishiguro's "Remains of the Day": The Empire Strikes Back//Modern Language Studies, 1992 (22-2): 45-56.

［11］ Vorda, Allan, Herzinger, Kim & Ishiguro, Kazuo. An Interview with Kazuo Ishiguro//Mississippi Review, 1991 (20-1/2): 131-154.

［12］ Weber, Myles. Tales of the Silver Screen, James Ivory in Conversation: How Merchant Ivory Makes Its Movies//The Sewanee Review, 2005 (113-4): cxi-cxiii.

［13］［英］查尔斯·兰姆. 伊利亚随笔选. 刘炳善, 译. 上海: 上海译文出版社, 2006.

[14] 丁纾寒，帝国"遗民"的悲怆与救赎——关于小说《长日留痕》的文化反思//浙江社会科学，2013（12）：8-12.

[15] [英] 玛格丽特·沃特斯. 女权主义简史. 朱刚，麻晓蓉，译. 北京：外语教学与研究出版社，2008.

[16] [英] 莎士比亚. 哈姆莱特. 朱生豪，译. 北京：中国国际广播出版社，2001.

[17] 石黑一雄. 长日留痕. 冒国安，译. 南京：译林出版社，2014.

[18] 申丹，韩加明，王丽亚. 英美小说叙事理论研究. 北京大学出版社，2005.

[19] 王守仁. 英国文学选读. 北京：高等教育出版社，2013.

[20] [美] 韦恩·布斯. 小说修辞学. 付礼军，译. 南宁：广西人民出版社，1987.

[21] 张哲，张梦颖，编译. 家仆研究：自下而上看英国历史//中国社会科学报，2013 年 5 月 24 日.

（本章作者：黄春燕）

2. 《喜福会》

The Joy Luck Club

作者简介

作者谭恩美（Amy Tan，1952——）是当代美籍华裔女作家，生于美国加州奥克兰。曾就读医学院，后取得语言学硕士学位。她的代表作品包括《喜福会》（*The Joy Luck Club*，1989）《灶神之妻》（*The Kitchen God's Wife*，1991）《百种神秘感觉》（*The Hundred Secret Senses*，1995）《接骨师之女》（*The Bonesetter's Daughter*，2001）以及《沉没之鱼》（*Saving Fish from Drowning*，2005）。

谭恩美的处女作《喜福会》一面世就引起巨大轰动，获得了美国多项小说大奖。《华盛顿邮报》称赞她是"讲故事的高手"。1994年，华裔导演王颖将该小说改编成电影搬上好莱坞大银幕。谭恩美以及和她同时代的其他华裔作家的成功，一定程度上提高了华裔美国文学的知名度和影响力，为其融入美国主流文学做出了贡献。

撷英采华

片段1：

"So we decided to hold parties and pretend each week had become the new year. Each week we could forget past wrongs done to us. We weren't allowed to think a bad thought. We feasted, we laughed, we played games, lost and won, we told the best stories. And each week, we could hope to be lucky. That hope was our only joy. And that's how we came to call our little parties Joy Luck. (Tan, 2013：14)"①

译文：

"所以，我们尽力把一周一次的聚会过得像新年一样热闹开心，至少我们每个礼拜有一天可以忘记过去。我们以吃喝玩乐来自寻快乐，讲最美好的故事，大把大把地赌钱。就这样，我们每个星期都有一次期盼，期盼着一次欢悦，这种期盼心情就称为希望，成了我们唯一的快慰，这就是为什么我们将自己的聚会命名为'喜福会'。"（程乃姗等译，2006：11）

片段 2：

In two years' time, my scar became pale and shiny and I had no memory of my mother. That is the way it is with a wound. The wound begins to close in on itself, to protect what is hurting so much. And once it is closed, you no longer see what is underneath, what started the pain. (44)

译文：

整整两年，我的颈脖上，显着一道苍白平亮的疤痕。而我对母亲的记忆，却消失得无影无踪了。我生命中的一道伤口，就这样愈合了，收口了。谁也看不见它底下埋着什么样的痛苦，谁也不知道那痛苦的起因来自哪里。伤疤，是痛苦的终止。（35）

片段 3：

Even though I was young, I could see the pain of the flesh and the

---

① 小说英文引文均出自 Vintage Books 出版社 2013 年版，引文译文均出自程乃姗（2006，上海译文出版社）等人的译本。以下只在引文后标注页码，不另加注，个别译文笔者有所改动。

worth of the pain. This is how a daughter honors her mother. It is shou so deep it is in your bones. The pain of the flesh is nothing. The pain you must forget. Because sometimes that is the only way to remember what is in your bones. You must peel off your skin, and that of your mother, and her mother before her. Until there is nothing. No scar, no skin, no flesh. (45)

译文：

虽然当年我尚幼小，但我能想象妈妈的这种切肤之痛，及这痛苦的意义。

一个女儿，就是这样地孝顺着她的母亲。这种孝，已深深印在骨髓之中。为此而承受的痛苦显得那般微不足道。你必得忘记那种痛苦。因为有时，这是唯一的途径，能让你意识到"发肤受之父母"的全部含义。你有义务为母亲剖膛切腹，而你的母亲也应该为她的母亲如此这般，她的母亲将为更上一代的母亲，如此代代推及，直到万无之初。(36)

片段4：

I think about our two faces. I think about my intentions. Which one is American? Which one is Chinese? Which one is better? If you show one, you must always sacrifice the other. (324)

译文：

我看看镜中我们母女俩，我又想到自己的为人处世的准则，我实在弄不明白，哪个是中国式的，哪个是美国式的。反正我只能两者舍其一，取其一，多年来，我一直在两者中徘徊，考虑取舍。(238)

片段 5:

I look at their faces again and I see no trace of my mother in them. Yet they still look familiar. And now I also see what part of me is Chinese. It is so obvious. It is my family. It is in our blood. After all these years, it can finally be let go. (352)

译文:

我再一次细细端详着她们,她们脸上,我没找到母亲常有的那种表情,但她们对我,总有一种无法描绘的亲切和骨肉之情。我终于看到属于我的那一部分中国血液了。呵,这就是我的家,那融化在我血液中的基因,中国的基因,经过这么多年,终于开始沸腾昂起。(255)

影片资料

彩色片,139 分钟

好莱坞电影公司 (Hollywood Pictures) 摄制

导演:王颖

编剧:谭恩美,罗纳德·巴斯

摄影:阿米尔·莫克利

主演:乔·金饰吴素

　　　邬君梅饰许安梅

　　　周采芹饰龚琳达

　　　弗兰丝·纽恩饰映映·圣克莱尔

　　　温明娜饰吴精美

赵家玲饰许露丝

塔姆林·托米塔饰薇弗莱·龚

劳伦·汤姆饰丽娜·圣克莱尔

获奖情况：影片编剧谭恩美及罗纳德·巴斯双双获得 1995 年英国电影学院奖（BAFTA Film Award）最佳改编剧本提名奖。

剧情梗概

《喜福会》围绕着四对母女的经历讲述了三代中国女性的故事以及母女之间的相处模式。这四对母女分别是吴素云和吴精美、许安梅和许露丝、龚琳达和薇弗莱·龚以及映映·圣克莱尔及丽娜·圣克莱尔母女。母亲们在国内时有过种种不同的惨痛经历，来到美国后只能在"喜福会"这个麻将俱乐部里时时回望东方故土，忘却现实中的不如意。正如"喜福会"这个名字的寓意一样，她们希望自己的女儿能拥有"福气"与"运气"，同时也在东西方文化之间游刃有余。

吴素云战时在逃难途中不得不抛弃了尚在襁褓之中的一对双胞胎女儿，这成为她一生难以愈合的痛。在她去世后，其他三位姐妹用写信的方式终于和素云失散的双胞胎女儿取得了联系，并资助素云在美国生的女儿吴精美和其父亲一起前往大陆认亲。许安梅的母亲遭人设计和陷害不得不嫁给一富商做四姨太，因此被自己的亲人逐出家门。饱受屈辱的母亲为了让女儿安梅将来获得更好的生活，吞鸦片自杀，富商迫于心理压力许诺将安梅视如己出。家境贫穷的龚琳达则是从小就被认作大户人家的童养媳，嫁入豪门后毫无尊严与幸福可言。后来她利用婆婆的迷信心理成功摆脱了这桩婚姻,恢复自由之身。映映·圣克莱尔出生于江南大富之家,无奈遇人不淑,丈夫婚后出轨,精神濒临崩溃的映映杀死了儿子,多年后嫁给老外,移民美国。

　　母亲们经历了战乱的恐惧、毫无幸福的婚姻以及封建传统对女性尊严的践踏,她们更加希望自己的女儿能够远离这一切不幸与糟粕。但事与愿违,母亲们严厉的东方式家庭教育遭到了女儿们的反抗。在西方出生和长大的美国式女儿们从小就知道反抗母亲的专断与管制:精美拒绝母亲强加给她的钢琴训练;薇弗莱小时候曾和母亲在下棋这件事上斗智斗勇。但是随着女儿们对母亲各种遭遇和经历的了解,她们意识到母亲对自己寄予的厚望以及发自内心的关爱。当成年后的许露丝陷入了离婚困境,丽娜·圣克莱尔与丈夫相处出现问题时,她们都从母亲那里汲取了力量,从而敢于正视现实,捍卫自己的幸福与权利。中国式母亲与美国式女儿之间的误会与隔阂逐渐消融,"喜福会"里的母亲们希望女儿能拥有"福气"(joy)与"运气"(luck)的愿望终于得以实现。

【深度解读】之一：
《喜福会》中从对抗走向和解的母女关系

小说中的四位母亲都坚持中国式的传统家庭观，她们对女儿的占有欲、控制欲以及表达爱的方式都遭到了女儿不同程度的反抗。美国式女儿们的独立精神以及与中国传统文化的疏离，使得两代人之间如同东方与西方一样水火不容。但随着故事的推进，母女两代人从隔阂、对立逐渐过渡到爱与和解。

我还生了一个女儿，她似与我隔着一条河，我永远只能站在对岸看她，我不得不接受她的那套生活方式——美国生活方式。

——《喜福会》

《喜福会》中讲述了三代女性、四对母女各自的故事以及三代人之间交错复杂的情感和冲突。母亲们作为第一代华人移民，出生和成长在中国，在移民美国前都有过各自惨痛的人生经历，扎根美国之后，她们所背负的"中国故事"，所承载的厚重历史、不堪的过去，都让她们因此而对未来寄予非同一般的厚望，而这些都是女儿们难以理解和想象，也不愿接受的。母亲们时刻回望着东方，她们期望在"喜福会"里暂时忘却永远无法真正亲近的西方世界，回归自己的东方乐土。

当母亲们因为在中国传统文化和美国文明之间苦苦寻求和谐的生存之道时，女儿们同样也挣扎在这样的两难境地中，成为中国式母亲和美国式文明之间的夹缝人。有着东方面孔的女儿们更向往融入美国主流社会，她们不仅看不起母亲身上的种种东方劣根性，更难以理解中国式母亲对儿女严苛管教背后的良苦用心。女儿们坚持认为"我是我自己的"（227），不愿接受母亲对自己从精神到肉体的左右。而母亲们认为女儿曾经是自己身体的一部分，正如孔子所说的：身体发肤，受之父母，所以"她怎么可能只是她自己的?"（227）在中国式母亲强大的影响力和掌控欲面前，美国式女儿们坚持自我并摆出反抗的姿态，隔阂与冲突因此而起。

为方便理解，下表列出了书中的人物关系及人物的主要经历：

母亲	女儿
吴素云：战乱时丢弃了双胞胎女儿，和姐妹们组建了"喜福会"	吴精美：回到大陆探望双胞胎姐妹，完成了母亲的心愿
许安梅：自己的母亲被迫成为别人的四姨太，后来吞鸦片自杀	许露丝：老公出轨提出离婚，但通过努力赢回了婚姻
龚琳达：童养媳，装神弄鬼后摆脱婚姻，获得自由	薇弗莱·龚：第二任男友是美国人，担心母亲无法接受
映映·圣克莱尔：丈夫婚内出轨，映映失手杀死了自己的儿子	丽娜·圣克莱尔：与丈夫婚姻出现问题，在母亲的帮助下开始反思和改变

一、自辟乐土的中国式母亲

过去的难言之痛只能深藏在心里，即便已经离开那块让她们饱受创痛的故土，踏上美国这个自由世界，支离破碎的英语，难以逾越的文化障碍，让母亲们无法感受到真正的喜悦与幸福。于是她们只能在"喜福会"彼此寻求依靠和安慰。在"喜福会"里，她们至少可以暂时沉迷在曾经熟悉的东方式消遣、食物和话题，忘却与她们一墙之隔的西方世界。正如吴素云告诉女儿的那样，成立"喜福会"的念头始于她在昆明的那段战乱时期，为了暂时忘却死亡随时将至的恐惧，素云和几位女友开始了名为"喜福会"的一周一次的聚会。她说，这样一来，"至少我们每个礼拜有一天可以忘记过去。我们以吃喝玩乐来自寻快乐，讲最美好的故事，大把大把地赌钱。就这样，我们每个星期都有一次期盼，期盼着一次欢悦，这种期盼心情就称为希望，成了我们唯一的快慰，这就是为什么我们将自己的聚会命名为'喜福会'"（11）。在痛苦中麻醉自己，把每一周都当作新年庆祝，强迫自己忘却眼前的苦难。聚餐、欢笑、游戏、赌输赢或是讲述最精彩的故事，她们期待用这样的方式迎来"福气"和"运气"，这种希望就是颠沛流离生活中唯一的快乐。事实上，"喜福会"的背后是中国妈妈们难以言说的苦痛与创伤。

即便是来到美国之后，身处花花世界，却宛若置身荒漠，母亲们不得不自己寻找荒漠里的甘泉，在小牌桌上重温旧日的快乐。除了麻将、馄饨、炒面、春卷、大闸蟹等中国式点心和菜肴也都让她们活在自己的世界，而忘记现实生活中的失意与格格不入。当然比这一切更重要的是合适的伙伴。正如吴素云当初在昆明初办"喜福会"的时候，她告诉自己一定要找和她一样年轻乐观、性情相投的姐妹，在来到美国之后，她更需要同根生的姐妹和自己一起回望故土。"喜福会"里于是时时上演着东方故事：亲密无间的姐妹情谊、中国式家长的你攀我比、危机来临时结成的同盟，母亲们就这样在"喜福会"里复制着自己熟悉的生活方式，顽强地维持着中国式家长的威严和权力。

　　然而母亲们的做法并不能得到女儿们的认同。龚琳达在谈到女儿薇弗莱时有这样一句话："这一切都是我的过失：长期以来，我一直希望能造就我的孩子能适应美国的环境却保留中国的气质，可我哪能料到，这两样东西根本是水火不相容，不可混合的"（227）。的确，让女儿们感到陌生和反感的是母亲们强加于她们的中国式教育准则以及后者努力保持的某些东方气质。除了穿着打扮和饮食娱乐都保留着中式风格，四位母亲身上都或多或少有着东方元素：吴素云认为万物始于东方，对方位的隐秘力量深信不疑；许安梅擅长五行之说，指出女儿许露丝正是因为五行缺木才变得优柔寡断，唯唯诺诺；龚琳达相信阴阳的平衡；映映·圣克莱尔则具有某种感知未来的特异功能，有洞穿一切事物的眼睛，连她的话语仿佛都具有某种神力。尽管无法得到女儿们的认同，母亲们对自己身上的东方元素引以为傲。东方，是她们永远难以割舍的热土。

二、夹缝中挣扎的美国式女儿

　　与母亲们身上难以割舍的东方情结不同，女儿们出生在美国，在学校接受美国式教育，在家中则被灌输以中国式家庭准则，这样的双重价值观和理念时常让她们无所适从。她们想要反抗，但这种反抗往往抵不过母亲一方强大的力量，更何况，她们血液里毕竟也流淌着中国基因，这些基因随时有被激活沸腾的可能。不过在这些中国基因被唤醒之前，女儿们深感自己与母亲之间从思想到语言交流上都存在着种种障碍。例如，小说中的吴精美就觉得自己和母亲吴素云之间常常有这种鸡同鸭讲的感觉，："妈妈虽然是用英语说，但我还是感到，我们用的是两种语言来对话"（20）。

精美在谈到自己辍学的事情时，提到母亲曾要求她回到学校继续学业，对此精美的回答是："妈说的对，我会考虑的"（22）。于是母亲就认为女儿完全接受了自己的建议，但事实并非如此：

> "我一直以为，我们母女间有种心照不宣的默契：比如她指责我失败倒未必真的认定我是一个一事无成的失败者，而我说的"我会考虑"，其实只是向妈表示我会试着更尊重她的意见。但今晚琳达姨的这番话再次提醒我，我们母女俩其实从未真正相互了解过，我们只是以自己的理解来揣摩对方的意思，而且往往来自母亲的讯息以减法的形式入我耳，而来自我的讯息则是以加法的形式传入母亲的耳中……因此，我的"我会考虑"这句话到了母亲耳里，就增加了许多内容，以至她会跟琳达姨说我要回到学校去读博士学位"（23）。

原文中用的"Translate"一词意味着母女之间仿佛说的是两种语言，存在着沟通障碍。而且，两人在彼此的话语中所"听到"的讯息也有所不同。女儿觉得自己无法完全理解母亲的想法，所以讯息到了她这里是减弱或减少的，而母亲在中式思维的左右下，想当然地认为女儿会服从自己，听取自己的意见，而不明白这只是女儿折衷的表达方式：既不能直截了当地反驳母亲，又不愿放弃自己的坚持，所以就用一句"我会考虑（你的意见）"来搪塞。

母女语言交流上的障碍源于理念上的差异。母亲认为女儿是自己血脉的一部分，是另外一个自己，而女儿则坚信自己是独立的个体，有权选择想要的生活方式，成为自己想成为的样子："跟妈相反，我从不相信，我能成为任何我想成为的人。我只可能是我自己"（124-125）。但女儿们不明白的是，对于中国母亲来说，儿女几乎是她们生活的全部。素云一生的最痛就是在战乱时不得不遗弃了一对双胞胎女儿，这个伤疤直到她离开这个世界也无法愈合。所幸在另外三位母亲的努力和帮助下，精美和这两位同母异父的姐姐取得了联系，并回到大陆和她们相认，从而替母亲完成了心愿。

无论女儿们如何抗拒，几位母亲始终坚持用中国式的家庭准则来约束女儿，要求她们听自己的话，少走弯路。母亲们自身都经历坎坷，又苦于游离在两种文化之外，无法实现自己的梦想，但她们不愿女儿重蹈自己的覆辙，希望她们也同样能用强大自己的方式去摆脱厄运，最终赢得"福气"和"运气"，拥有成功的事业和幸福的家庭。处在夹缝中的女儿对这样的母亲感到既熟悉又陌生，熟悉是因为自己曾属于这个母体，陌生是因为这样的母亲似乎并不是自己理想中的母亲。就好比书中的许安梅在回忆自己母亲时所形容的那种感觉："我全神贯注地盯着她，只觉得她的嗓音是那样熟悉。我有点恍惚了：我依稀记得在哪儿听见过这样的声音，它仿佛来自一个被遗忘的梦境"（32-33）。熟悉的声音，却仿佛来自一个遗忘已久的梦，安梅的女儿许露丝对她何尝不也是这样的感觉：距离很近却又似乎很陌生，母亲的话就在耳边却未必完全能听进去。难以逾越的隔阂就这样横亘在一代又一代的母女之间。

三、走向和解的母女关系

四位母亲都坚持中国式的家庭观，她们对女儿的占有欲、控制欲以及表达爱的方式都遭到了女儿不同程度的反抗，美国式女儿们的独立精神以及与中国传统文化的疏离，使得两代人之间如同东方与西方一样水火不容。但随着故事的推进，母女两代人从隔阂、对立逐渐过渡到爱与和解。

小说伊始，精美曾声称自己对母亲"实在了解不多"（26），她这话自然遭到了三位阿姨的不满和抗议。那时的精美的确不知道母亲究竟是个怎样的人。在母亲去世后，精美才慢慢了解她："我睁眼躺着，想着妈妈的故事，一夜未眠。我其实十分不了解妈妈，可现在刚刚了解她，却又永远失去她了。"（254）她开始想念关于母亲的一切，她回到父母家去寻找回忆："我还发现几件旧的绸旗袍，那种边上镶滚条两边开高衩的。我把它们挨到脸上轻轻摩挲着，心中有一阵温暖的触动。然后用软纸把它们小心包起来带回家去。"（126）而在此之前，精美对母亲一辈们的穿着打扮是不屑的，她觉得母亲和安梅阿姨"穿着领子硬邦邦地竖着紧箍着头颈、前襟绣花的旗袍，样子十分好笑"（15）。就连母亲送给她的玉饰护身符，她也觉得看不上眼，认为它"太矫饰"（180），并毫不在意地随手丢在首饰盒里。但是母亲去世之后她却天天佩戴着这块玉，并竭力想要弄明白它的种种含义，因为她坚信母亲送给她的这个礼物一定有着深意。她还请来调琴师，把琴调好后，对着乐谱弹奏当初自己演出失败的那首曲子以及和紧挨着它的另外一首曲子，然后突然发现，这两首曲子"其实是出于同一主题的两个变奏。"（126）钢琴曾是母女关系紧张的导火索，但现在却成了女儿情感的寄托。她意识到自己原来和母亲是息息相通的，母女俩只不过是"同一主题的两个变奏"。当女儿们慢慢了解了母亲曾经历过的一切，她们不仅发现了自己，也体会到了母亲的良苦用心。

　　而女儿们真正发现这种共性的时刻，往往都是在母亲即将去世或者已经去世之后。仿佛只有失去才能换来真正的心意相通，死亡能化解一切矛盾，消融所有的隔膜。小说中有这样一个场景，薇弗莱有一次去父母家时，发现母亲正在熟睡。母亲在熟睡中从面容到手势所显示出来的放松和平和的状态，让女儿忘却一切芥蒂，即使在母亲醒来后，她神态间流露出来的"孱弱""单薄""无助"也让女儿看到了母亲性格中的另外一面，从而不再如先前那样有着强烈的对立情绪，甚至要拔刀相见了："我不知道该怎么说，仅仅就这么一会儿，我对她的那股兴师问罪之劲，早已消失，而她显示出的那另一面：孱弱、天真，这些我颇陌生的品格而惊异、迷惑，这种太快的感情转换，令我像突然给拔去电插头的灯，一下子麻木安然黯然，脑中只是一片空白。"（165）如同所有的母女关系，当母亲显示出强大的力量和控制欲时，往往会激起女儿一方的排斥与反抗。但当母亲变得不那么强悍时，女儿对已经步入老境的母亲才更多了一份依恋与不舍。母女关系就是这么微妙。

除了死亡，回到东方应该也是母女和解的途径之一。小说结尾，精美在三位阿姨的精心安排下，终于和父亲一起回到大陆。父女俩不仅看望了故乡的亲人，还与同母异父的双胞胎姐妹相认。精美一踏上中国的土地，就感觉自己身上的中国基因被激活了，她兴奋地感受着从未见过的东方的一切，感动自己与母亲的距离越来越近。同样，龚琳达也打算趁着女儿薇弗莱及女婿度蜜月的机会一起回到中国。她暗自思忖："我们三个各不相同的人，登上同一架飞机，并排坐着，从西方飞向东方，倒也挺有点意思的"（169）。"我们三个"其实代表了小说中三种典型的人物：回望东方的中国式母亲，夹缝中挣扎的美国式女儿，还有她土生土长于西方的丈夫。不难想象，当这三种面孔同时踏上东方的土地，或许距离会被拉近，误读会被真知取代。

无论是留在美国还是回到东方，女儿们都在找寻自己与母亲共性的过程中与母亲达成了和解。她们终于意识到：无论自己距离东方有多遥远，她们的血液里永远流淌着东方基因；无论母女之间的隔阂有多深多久，心意相通的那一天终会到来。正如许安梅提到她的母亲时所说的那样："我究竟是怎样逐渐爱上我母亲的？我想，是她让我发现了，那裏在一副皮囊下的真正的我自己"（35）。

【深度解读】之二:
从《喜福会》中的第一代虎妈到当代虎妈形象

　　《喜福会》里的第一代虎妈祈祷女儿能够拥有自己不曾拥有的"福气"和"运气",她们希望女儿如自己一般强大起来。当代虎妈蔡美儿则要求自己的女儿成为东方文化和西方文明兼收并蓄的典范。无论是第一代虎妈还是当代虎妈,她们最终的愿望都是女儿们的幸福与成功,"听话"不过是母亲们认为有效的一种管理手段和需要坚守的东方式家庭准则。

　　你的儿女,其实并不是你的儿女。/他们是生命对于自身渴望而诞生的孩子。/他们借助你来到这个世界,却非因你而来。/他们在你身旁,却并不属于你。/你可以给予他们的是你的爱,却不是你的想法。/因为他们有自己的思想。/你可以庇护的是他们的身体,却不是他们的灵魂。

—— [黎] 纪伯伦

一、何为"虎妈"

　　2011年,一部名为《虎妈战歌》(*Battle Hymn of the Tiger Mother*)

的自传体小说在美国面世，引起西方世界和东方世界的巨大反响。这部小说的作者是华裔美国女作家蔡美儿，耶鲁大学的法学教授，两个女儿的母亲。小说随后被译成中文在国内出版，并使用了更加温和的书名《我在美国做妈妈：耶鲁法学院教授的育儿经》，一时间，中国虎妈的形象尽人皆知。小说中有这样一个细节。虎妈要求小女儿路易莎练钢琴，路易莎不愿，虎妈于是让这个不听话的女儿到寒冷的院子里罚站。路易莎女儿宁愿挨冻也妥协，最后还是虎妈害怕冻坏了孩子，连哄带骗让孩子进了屋。这一熟悉的场景立刻让人想起《喜福会》中精美与她母亲的那段对话。精美的母亲素云一心想把女儿打造成秀兰·邓波儿那样的明星，于是给女儿安排了各种训练和学习。当她有一次强迫精美练琴时，精美终于反抗了，母女两人有下面这段对话：

"世上从来只有两种女儿，"她用中国话高声说，"听话的和不听话的。在我家里，只允许听话的女儿住进来！"

"那么，我希望不做你的女儿，你也不是我的母亲！"

好像我念了什么咒似的，顿时，她呆住了，她放开了手，一言不发地，蹒跚着回到自己房里，就像秋天一片落叶，又薄又脆弱，没有一点生命的活力。（124）

强势的母亲与奋起反抗的女儿，这一场景与《虎妈战歌》中是多么相似。可见，蔡美儿固然已成为当代虎妈形象的代言人，但在她之前的第一代移民母亲们已然可以被称之为中国虎妈。更有趣的是，蔡美儿的这部小说在美国出版时之所以被冠以《虎妈战歌》这一咄咄逼人的标题，除了是出版社的营销策略，也因为蔡本人属虎，这部书又恰逢在中国的虎年推出。同样，《喜福会》中的映映·圣克莱尔也是一位这样名副其实的虎妈。映映自诩为一只修炼成精的老虎："现在，我在女儿丽娜眼中，完全是一个小老太婆了，那只是因为，她用肉体的眼睛来看我。如果她学会用心灵的眼睛来看我的话，她将会看见一个雌老虎般的女人，那她就得小心点了。"（221）映映觉得自己是蓄势待发的"雌老虎般的女人"，既能隐忍又具攻击力，在黑暗的丛林里伺机而出。她能预见很多事物，尤其是能看穿关于女儿的一切。而女儿则无法在黑暗中看清事物，包括自己雌老虎般的母亲。映映的女儿丽娜虽不能够完全理解母亲的种种行为和管束，却自小就感觉到母亲无所不在的影响力和洞察力，尤其是母亲的语言有一种无形的杀伤力，哪怕只言片语都能让女儿畏惧和感到受挫。对于软弱的女儿，虎妈映映表达爱的方式之一就是激怒她，让她和自己斗起来，因为"斗本是老虎的本性，但我会斗胜她的，因为我爱她。"（225）在这种争斗中，女儿最终也获得了类似的力量，成为和母亲一样不再逆来顺受而是主动出击的"雌老虎"。

即便是另外三位属相不是虎的母亲，她们在母女关系中所呈现的强势和力量也与虎妈无异。龚琳达属马，她的女儿薇弗莱·龚属兔，在女儿眼里，母女俩也如水火一样难以相容："她生于一九一八年，命中注定，她也像她的生肖马一样的固执和忠实勤恳。我是属兔的，一九五一年生。兔子嘛，顾名思义，自然是不安分的，好动和敏感的，脸皮薄，动作快。因此，我和妈，似命定就是互相冲克的。"（151）尽管不是每对母女都是这种相克的属相，但她们相处的模式都可以套入这种模式：一面是高高在上说一不二的严苛母亲，一面是心怀怨气却又不敢公然反抗的女儿。母亲们都是强势的一方，无论手段如何不同，她们都认为"听话"是女儿唯一需要遵循的家庭准则，母亲理所应当掌控女儿的生活，替她把未来幸福生活的方向。

二、虎妈形象的接受

根据维基百科的界定，虎妈这一名词出自耶鲁法学教授蔡美儿的《虎妈战歌》一书，特指那些对儿女要求严苛，尤其是对学业有很高要求的母亲，其教育理念遵循中国或东亚其他一些国家的模式。由此可见，中国虎妈并非指代所有具有中国血统的母亲，而应该是既具有中国血统又采纳了中国传统家庭观念及教育理念的那些母亲们。就拿蔡美儿本人来说，作为菲律宾华裔，她既具有中国血统，又在严格的中式家庭教育的环境中成长，她的父母在家中只允许儿女们说汉语，连掺杂一点英语都不可以。成长与这种环境的蔡美儿也用同样的方式来教育自己的子女，因此严格来说，她可以被称作"中国式母亲"。同样，《喜福会》里的四位妈妈们虽然身在美国，但她们打心眼里认为中国式的东西才是最好的，所以她们坚持向女儿灌输中国传统文化的理念及准则，以此对抗女儿们所接受的美国式游戏规则。

耐人寻味的是，同为塑造了虎妈形象，两部发表时间相隔20

多年的华裔美国文学作品所得到的反响却大相径庭。同为华裔代表作家，谭恩美和蔡美儿一样，都没有在中国长期生活的经历。谭恩美1952年生于美国加州，属于早期的二代移民。她所有的教育都在美国完成，获得了英语语言硕士学位。蔡喜儿祖籍福建，但从小生长在菲律宾商贾之家，其后一直在美国求学，并成为耶鲁大学的法学教授。1989年，37岁的谭恩美发表了小说处女作《喜福会》并一举成名，影片于1989年被搬上了好莱坞银幕。2011年，36岁的蔡美儿出版了《虎妈战歌》。尽管体裁不同，两者都是对中国式母亲及母女关系的展现，但20世纪末的《喜福会》得到了美国社会的观众和肯定，获得了美国多项小说大奖，而21世纪初的《虎妈战歌》在西方社会的反响则以否定和针砭居多，这种巨大的接受差异显然要归根于不同的时代背景。

《喜福会》出版之时，正值中国改革开放如火如荼之际，中国在国际社会的地位和力量开始彰显，同时中国文化也正吸引着越来越多的眼球。小说中丰富的东方元素，无论真实与否，从一定程度上契合了西方社会的想象，满足了他们的好奇心，因此无论是作者本人和小说都备受关注。而《虎妈战歌》虽然只是一部谈家庭教育的自传式作品，却引起美国社会的警惕甚至反感。因为随着中国在国际社会影响力的逐渐扩大以及时常被某些国家挂在嘴边的"中国威胁论"，西方社会开始对东方的强大和胜出产生抵触心理并保持高度的警觉，他们担心自己的下一代会在教育上就输给中国，从而输在起跑线上。同样是虎妈，如果说《喜福会》中的母亲们还是令人好奇的东方纸老虎，《虎妈战歌》中的东方虎妈则让西方社会感到了近在咫尺的威胁。

值得注意的是,《虎妈战歌》在美国出版时同时也在德国发行,其德语版本的标题改为《成功之母》。2015 年 3 月,有新闻报道称,英国继邀请一批中国的数学教师去英国授课外,还开始引进中国的教辅神书,比如《一课一练》,同时希望英国小学生学会乘法口诀。这些迹象表明无论西方社会如何排斥东方教育理念,东方面孔成功的案例至少已经引起西方社会的关注甚至接受。事实也证明东方式虎妈的教育模式卓有成效,2011 年,虎妈的大女儿蔡思慧同时被哈佛和耶鲁录取,这可以说是虎妈的一次胜利,也是东方教育模式获得西方认可的一种有力证明。

三、"听话"是唯一准则

《喜福会》中有一个细节耐人寻味,安梅的母亲因为沦为别人的四姨太而被自己的母亲和家人逐出家门,但当母亲病重弥留时,安梅赶回家看望母亲,上演了割肉救母的戏码。姑且不论这个细节的真伪和可信度,割肉救母这带点血腥和愚昧迷信色彩的做法确实契合了西方关于东方的想象,同时体现了东方家庭中父母与子女关系的实质,即无条件地服从是唯一,正所谓"父为子纲",母女关系也是如此,所以无论是第一代虎妈还是当代虎妈,其教育理念的核心都是"听话"和"铁腕管理"。

蔡美儿给女儿列出了十大家规:不准在外面过夜;不准参加玩伴聚会;不准在学校里卖弄琴艺;不准抱怨不能在学校里演奏;不准经常看电视或玩电脑游戏;不准选择自己喜欢的课外活动;不准

任何一门功课的学习成绩低于"A";不准在体育和文艺方面拔尖，其他科目平平；不准演奏其他乐器而不是钢琴和小提琴；不准在某一天没有练习钢琴或小提琴。而《喜福会》中的四位虎妈的教育理念和交给女儿们的生存法则可以总结为以下几点：1. 听话；2. 学会隐忍，积蓄力量，善待自己；3. 眼泪无益；4. 了解中国传统，保持中国面孔，保持低调但要认清自身价值。两代虎妈的具体目标不同，理念基本相同。

传统的中国式家庭教育，强调忠孝礼仪，对子女的唯一准则是"听话"。在中国式的母女关系中，只有必须听话的女儿，没有可以对母亲发号施令或者请求母亲闭嘴的女儿。这一个"听话"就扼杀了子女思维和行动的自由与独立，但家长对这种潜在的不良趋势往往并不自知。而这些一代移民的孩子，在家庭之外不可避免要受到独立和个人主义思想的影响及教化，他们会在两种方式中挣扎，故事中的精美是在某个时刻顿悟，决心要挣脱母亲的束缚和摆弄，成为自己想成为的人。这是一种背叛和排斥，是很多华裔家庭子女成长过程中国必然面对的矛盾。

四、"不听话"的女儿和妥协的虎妈

不过和当代虎妈重在学业成绩的追求相比，《喜福会》里的虎妈更关心女儿各方面的"福气"和"运气"。素云曾希望女儿精美能成为明星般的人物；琳达曾逼着女儿薇弗莱苦练棋艺并以此作为炫耀的资本；映映和安梅则希望女儿们能够获得幸福的生活，从失败婚姻中走出来，善待自己。

对于"听话"这一准则，许安梅给女儿的教诲是女孩子就像一棵树，"你必须挺起身子，听站在你边上的妈的话，唯有这样，你才能长得挺拔强壮。假如你俯身去听别人的话，那你就会变得佝偻软弱，一阵风就把你吹倒了。"（174）在母亲的教诲下，正处于婚姻困境中的许露丝确实从母亲那里汲取了力量，从一片混沌的状态中走了出来。"听话"的女儿终于如母亲所期望的那样不再软弱的，学会了捍卫自己的权利。

丽娜·圣克莱尔婚姻也陷入困境，与丈夫之间存在很多一言难尽的问题。但她并不愿将这些暴露在母亲面前。母亲映映·圣克莱尔早就练就了一双洞穿一切眼睛，这让丽娜总感觉自己在母亲面前无所遁形，也害怕母亲看穿自己已然百孔千疮的婚姻。和母亲相比，丽娜并非看不见，而是不愿意面对。但是在母亲一再要求女儿看清现状的命令下，女儿终于转变了自我欺骗的态度，正视现实，勇敢面对婚姻中的问题，并开始捍卫自己的利益。因为她终于意识到这个虚伪的婚姻就像客房里那个摔碎的花瓶一样，"早晚要打碎的"（149）。她所要做的，就是提早制止这种局面的发生，而在此之前，她从未想到过"其实这竟是这么简单的一个问题"（149）兔子般忍气吞声逆来顺受的东方妻子一转眼成了咄咄逼人的雌老虎，丽娜·圣克莱尔的这一转变让她的丈夫目瞪口呆，夫妻俩气场的强弱瞬间互换。

但女儿未必总是听话，小时候的精美就不惧母亲的淫威，不愿继续练钢琴："忽然我似乎这才发现了真正的天才的自己；镜中的女孩，闪眨着聪明强硬的目光看着我，一个新的念头从我心里升起：我就是我，我不愿让她来任意改变我。我向自己起誓，我要永远保持原来的我。"（117）受美国教育长大的精美决定坚持做自己，她意识到自己想要什么，母亲的意识并不能成为她的主宰。事实上，精美后来在学业和事业上都不顾母亲的意见而做出了自己的选择。

女儿并不总是听话，虎妈也并非总是强悍，随着时间的推移，双方都在做出退让和妥协。当代虎妈蔡美儿曾解释说，自己写《虎妈战歌》并不完全是为了倡导中国式虎妈严苛的教育方式，恰恰相反，她对自己某些做法有些后悔，如果重新来过，可能会选择不那么强硬。同样，《喜福会》中，素云后来不再强迫精美弹钢琴，还把钢琴作为礼物送给女儿。面对不愿"听话"的女儿，无论是主动还是被动，母亲们所做的妥协和退让多少能够放松一下母女间紧绷的那根弦。

其实当母亲们稍有示弱或无意中显示出软弱的姿态时，女儿们反而更加无所适从。薇弗莱面对"显得衰老且痛苦不堪"的母亲的眼泪时，慨叹道："唉，她是那么强悍，又那么软弱！我在沙发上挨着她坐下。我觉得很疲倦。我又败了一局，却不知道，这一局的对手，究竟是谁。"（166）母亲强悍与软弱的两面让女儿不知所措。母女关系仿佛是一场角力，又好像是在下一盘棋，各自步步为营，有着自己的策略，在输赢之间拉锯。女儿心力交瘁，把与母亲的相处当作一局对弈，努力谋求自己的独立与胜利，但往往成为母亲手下的败将。

强悍的虎妈也有脆弱之时。不过，在她们强悍的外表下，依然是舐犊情深。《喜福会》里的第一代虎妈们祈祷女儿能够拥有自己不曾拥有的"福气"和"运气",她们希望女儿如自己一般强大起来,把所谓的不幸踩在脚下,保持足够的警觉和旺盛的斗志,随时等待出击。当代虎妈蔡美儿则要求自己的女儿成为东方文化和西方文明兼收并蓄的典范。无论是第一代虎妈还是当代虎妈,她们最终的愿望都是女儿们的幸福与成功,"听话"不过是母亲认为有效的一种管理手段和需要坚守的东方式家庭准则。

【深度解读】之三:
从《喜福会》的东方面孔说开去

《喜福会》的成功扩大了东方面孔的华裔美国文学在美国主流文学圈的影响力,提高了谭恩美等华裔作家的知名度。小说借助华人移民家庭中母女的隔阂与冲突充分展现了东方面孔与西方面孔相遇时所面临的两难境地。两种面孔之间如何取舍,怎样平衡,琳达们的苦恼即便是在中国形象更为西方熟悉和了解的今天,也依然难有完美的解决之道。

我看看镜中我们母女俩,我又想到自己的为人处世的准则,我实在弄不明白,哪个是中国式的,哪个是美国式的。反正我只能两者舍其一,取其一,多年来,我一直在两者中徘徊,考虑取舍。

——《喜福会》

中国观众对《喜福会》这部作品相对熟悉,要归功于1997年把它搬上好莱坞银幕的导演王颖。不过这部作品在1989年在美国问世之初,就已颇受瞩目,并被公认为华裔美国文学的代表作之一,也因此而跻身美国文学经典排行榜。作为一部具有"东方面孔"的作品,《喜福会》在华裔美国文学在美国立足的艰辛历程中写下了功不可没的一笔。纵观华裔美国文学发展史，早期作品几乎没有引起太大反响，比如1961年雷庭招的长篇小说《吃碗茶》出版伊始市场反映冷淡，其后长达十多年无人问津，直到1979年才被重新"发现"，后来被改编成舞台剧，1989年被拍成了电影。1975年，距《吃碗茶》首次出版14年之后，汤亭亭凭借《女勇士》一书成功打入美国主流文学市场，并成为最具影响力的华裔美国作家之一。尽管汤亭亭强调自己是美国人，追求文化融合与认同，她的东方面孔已然成为东方传统文化的代表，她的成功也代表着华裔美国文学在美国主流文学圈内地位的标志性上升。在她之后，1989年面世的《喜福会》也大获成功。1991年，第二代华裔美国文学作家任碧莲出版了《典型美国人》。

在华裔美国文学作品中，东西方文化的差异和冲突是其无法回避的主题之一，但不少华裔美国文学作家更关注的是两种文化的磨合与并存，他们探讨的也是如何融化和打破文化坚冰，例如汤亭亭和任碧莲都在作品中"乐观地提倡东西方文化的融合和共存"（程爱民，2003：10），因此，这些作品大多围绕着两种面孔甚至多种肤色的面孔共存、互动或和谐共处的情节和主题而展开，华裔美国文学也因此成为美国文学中最需要"看脸"的一个组成部分。

一、东方面孔的华裔美国文学在美国的接受

美国著名文学评论家哈罗德·布鲁姆于1997年出版了《亚裔美国女作家》一书，该书的出版本身就证明一些华裔美国作家"尤其是汤亭亭和谭恩美，在美国拥有大批主流读者（主要是女性主义

读者）"（Shankar，1999：183）。布鲁姆在该书的引言指出，有研究者甚至把谭恩美极具个性化的表述和惠特曼相提并论，认为"她在多年之后步惠特曼后尘奏响了一首'自我之歌'"（Bloom，2009：1-2）。对于评论界如此高的褒扬，布鲁姆倒是希望能够让时间来证明，谭恩美的作品究竟是能够牢牢跻身美国经典文学之列，还只是昙花一现。

在谈到谭恩美及其作品的成功时，有一种普遍的观点是认为由于西方主流社会缺乏对东方社会的近距离观察和了解，因此，他们把谭恩美小说中所描绘的充满神秘色彩的中国故事等同于现实中的东方世界，把它当作人种志、纪录片甚至文献资料一样来理解和阅读。这种读者反映显然超出了作者本人的预期，她曾经解释说："得知评论家和教育家想当然认为我十分个人的、具体的以及虚构的故事不仅详尽地代表着华裔美国人的生活而且在某些时候代表着所有的亚洲文化，我感到十分震惊。"（Tan，1996：28）她曾在2007年接受《南都周刊》的采访时指出，自己的作品想要传达的是个性化的体验，小说中不少内容来自母亲的回忆以及给她讲述的故事，并在此基础上进行艺术加工，这种个性化的写作无须贴上"中国"这个宏大的标签，她本人无意成为中国文化的典型代表，虽然由于从小的家庭教育，她的"很多观点被打上中国烙印"（谭恩美，景锦，谢海涛，2007）。

显然，忽视作家创作中的个人因素是造成西方读者误读的原因之一。不过需要指出的是，正因为谭恩美小说只是反映了她自己本人的一些态度和认知，受视角局限，她对东方传统文化存在着误读或想象夸大的成分，这也是不少华裔美国作家作品共同的缺陷之一。因此，有研究者甚至认为谭恩美的作品不属于华裔美国文学。这种将谭恩美彻底逐出华裔美国文学队伍的做法未免有些偏激，但至少提醒读者注意，不要将谭恩美小说中的细节和现实生活中的中国细节等同起来，作者受其个体成长经历、环境以及认知等各方面因素的制约，在小说中创造的是她个人所理解和想象的中国故事，不具典型性或代表性。

相比于当西方白人社会对本作品的态度以肯定为主，国内研究者们对其作品的评价毁誉参半，即谭恩美一方面有意无意地渲染了西方人眼中的'他者'中国，另一方面也确实反映出东方与西方存在的差异与隔阂，并表达出了和解共生的主题和愿望。笔者认为，对于谭恩美之类华裔美国文学作家对东方文化的关注和呈现方式，首先必须承认这些作家视角的双重性，作为曾经的边缘群体，他们不可避免地会受到主流文化的影响，并因为这种视角的局限性对本国的传统文化产生误读。

其实西方读者也未尝没有判断力，有国外研究者发现，他的学生在阅读过程中，对包括《喜福会》在内的某些华裔美国文学作品中"令人反感的种种'夸大''扭曲''错误概念''偏见'"（Wicoxon，1999：316-317）也心知肚明。比如学生们对《喜福会》中割肉救母的情节就深表不解和怀疑。如果说在几十年前，中国在西方社会眼中宛如一个披着面纱的神秘少女，那么随着改革开放的深入、媒体的发展和信息获得手段的多样化，东方面孔已越来越为西方所熟知，西方的读者也不再把华裔美国文学作品当作唯一的信息了解渠道。

二、在不同肤色的面孔之间取舍

同很多华裔美国文学一样，《喜福会》里的母女两代人分别代表了不同时期不同身份的华人形象。母亲们算得上是第一代移民，她们从东方来到西方，试图在两种面孔中求得平衡；女儿们是生存在美国本土文化以及东方传统文化之间的夹缝人，是外黄内白的香蕉人。和女儿们相比，母亲们试图坚守自己的文化的传统，坚持自己的判断和选择。龚琳达在讲述自己当年待嫁前的情景时，有这么一大段对自己心理转变的描写：

> 我独自守在窗前，沉思遐想，不禁扪心自问，什么叫命？比如汾河的水，在夏天是黄浊的，到了冬天，则是蓝绿的，但它还是汾河。可我，能像汾河那样变幻不定，却还能保持同一个"我"吗？我依旧坐在窗边，只见窗帘被风挟持着，狂暴地掀着，鼓荡着。窗外，雨大了，浇得路人嚷嚷着四下逃窜。我笑了。我感到这是我第一次，感觉到风的力量。诚然，我无法看见风，但我能看见它带动河水缓缓地朝同一方向淌去，灌溉滋养大地，就像给田野披上一张银光闪闪的大网。它可以令人们任意咒骂，也可以使人欢欣鼓舞。
>
> ……
>
> 我仰头对镜傲然地一笑，便把那条大红绣花绸巾将自

己的脸蒙盖上，同时，也将刚刚冒出的种种思想蒙盖上。即使蒙在红绸巾下，我依旧十分明白，我究竟是谁。当下，我对自己许诺：我经常会将双亲的期望记在心头，但我永远不会忘记"自我"。(46)

龚琳达发现眼前的汾河颜色随季节改变，但万变不离其宗。她意识到风虽柔软无形，却充满力量。此时的琳达仿佛如梦初醒，她不再对未来充满未知的恐惧。尽管有红绸巾蒙盖，但她觉得自己依然能看清前方，明白自己是谁。红绸巾把真实的自我与外面的世界隔离开来，既是一种保护，也是一种抗拒。她希望自己像风一样有力，又能像汾河一样，无论外在如何改变，内心始终是原来的自己。琳达的这种心态也正是几位妈妈们的写照，无论脚踏在哪片土地，她们都没有忘记自己血液里流淌的是中国基因，她们为自己拥有一张东方面孔而感到骄傲。

琳达格外注意人的面容和长相，认为这关系到一个人的气质性格甚至命运。她慨叹自己的女儿除了头发和皮肤是中国式的外，内部则全是美国制造的。她明白自己虽然有时能够展露出美国式的微笑，"但在美国人看来，这还是一张中国脸孔，一张他们永远也理解不了的中国脸孔"（229）。她意识到，"在美国，要想保持一张不变的中国脸孔，那是很困难的"（230）。即便同为东方面孔，也未必能顺畅沟通，就好比她和自己的女儿"看上去是同一脸型，其实我们是各不相同的。我们讲着所想的，但我们各自的理解确实不同的"（238）。对琳达来说，这是个看脸的社会。母亲要求女儿们保持中国面孔，看懂中国面孔，更深层的含义不言而喻。但事实上，母亲也发现，生活在西方社会，很难保持单纯的东方面孔，她们自己，始终苦于在两种面孔之间求得平衡："我看看镜中我们母女俩，我又想到自己的为人处世的准则，我实在弄不明白，哪个是中国式的，哪个是美国式的。反正我只能两者舍其一，取其一，多年来，我一直在两者中徘徊，考虑取舍"（238）。

更令人尴尬的是，琳达们在美国被归入边缘人群，回到自己的祖国，也被视为外来人群。琳达曾在阔别40年后回过一次大陆，她发现，即便自己不施粉黛，素面朝天，用人民币，讲当地方言，但仍然能被人一眼看出是海外移民，买东西也要照外国人的标准付高出几倍的价钱。她百思而不得其解："我到底失却了什么？我又得到了什么？（238）。琳达们被这种无法融入和回归的而感到苦恼和困惑。她们自以为不变的东方面孔在别人眼里却早已变了颜色。

三、结　语

有研究者曾作过这样的总结："海外华裔文学主要就是通过对华人家庭的日常生活，尤其是通过两代人新旧生活观念的差异的描写来表现传统文化与西方价值之间的融合与冲突"（胡勇，2003：80）。换句话说，《喜福会》借助移民家庭中母女的隔阂与冲突充分展现了东方面孔与西方面孔相遇时所面临的两难境地。两种面孔之间如何取舍，怎样平衡，琳达们的苦恼即便是在中国形象更为西方熟悉和了解的今天，依然也难有完美的解决之道。

【深度解读】之四：
在好莱坞讲述中国故事——以《喜福会》为例

> 在影片中，华裔导演王颖改变了原有的叙事结构，化繁为简，把"喜福会"当作贯穿始终的核心场景，让女儿吴精美穿针引线，引导故事发展。在主题上，影片则保留了原著对母女关系及中国式家庭关系的关注，同时也刻画了姐妹情谊。此外，影片还借助声音和画面再现了原著中东西方元素混杂的特色，让好莱坞的观众们时刻意识到：这是一个中国故事。

出生于香港的旅美华裔导演王颖（Wayne Wang, 1949—）算是美国主流电影圈中最成功的华人导演之一，曾多次获得威尼斯国际电影节、柏林国际电影节和英国电影学院奖等的提名，并在第 45 届柏林国际电影节上因影片《烟》（*Smoke*, 1995）获得评审团特别奖。在此之前，王颖导演曾将华裔美国文学早期的一部里程碑式的作品《吃碗茶》（*Eat a Bowl of Tea*, 1989）搬上银幕，并由其夫人缪骞人亲自出演女主角。1993 年，他执导了《喜福会》，参演的有邬君梅、卢燕等知名华人女明星。其后，他还执导了《中国盒子》（*Chinese Box*, 1997），里面有巩俐和张曼玉出演，《曼哈顿女佣》（*Maid in Manhattan*, 2002）则由詹尼佛·洛佩兹出演女主角。

有趣的是,《喜福会》的作者谭恩美出生在加州奥克兰,而王颖导演也曾于 20 世纪 60 年代在奥克兰加州艺术学院学习电影制作,这也算是两人在不同时空下的偶然交集吧。而在把《喜福会》搬上银幕之后,两人的知名度都大大提升。同为华裔,在美国长大并接受教育的谭恩美和在香港长大的王颖虽然视角并不完全相同,但他们创作的出发点颇为一致,即关注东方元素,努力在好莱坞讲述中国故事。

把小说改编成电影必然是一种再创作,只不过两者各有侧重。在影片中,王颖导演打破了原著中章回体的叙事结构,用"喜福会"中的一次聚会作为贯穿始终的核心场景,穿插着讲述母亲和女儿两代人各自的故事以及她们之间的交集。而从主题上看,影片保留了原著对母女关系及中国式家庭关系的关注,同时也刻画了姐妹情谊。至于影片和原著契合度最高的一点表现则是对东方元素的呈现。虽然电影由于受到时长限制,无法完全展示原著的所有细节,但还是借助声音和画面尽可能再现了原著中东西方元素混杂的特色,让好莱坞的观众们时刻意识到:这是一个中国故事。

一、故事结构的调整

《喜福会》文本的结构类似于中国古代的章回体小说,全书共分为 4 个部分,每个部分有 4 个小故事。16 个小故事各自既可独立成章，又相互呼应。正如96页图所示①，故事的叙述人和主体采用母亲辈和女儿辈交错的形式。第一和第四部分主要是母亲们叙述她们自己的故事以及与上一辈的故事。由于吴素云已经去世，她的故事由女儿吴精美通过回忆来完成。这其中，母亲一辈的故事又穿插着她们和自己母亲的种种纠缠，三代人的爱恨情仇因此混杂在一起。这种混杂的叙事结构也暗示着华裔家庭中特有的家庭关系：母女之间血浓于水，却因不同的价值观和理念而充满了冲突和矛盾。有研究者指出，"母亲与女儿的叙事遥相呼应，顺序的逆转显示出两代人之间的差异和分歧，而在结构上如此精确的对应又显示出母亲和女儿之间的默契和难以割舍"（程爱民，邵怡，2006：63）。

如此复杂的叙事结构很难在电影中再现，于是导演做了调整，用一种更为流畅的方式来讲述这个关于母女三代人的故事。首先，他把"喜福会"作为故事的核心场景，所有故事的转化及人物的出场都在这里完成。而刚刚失去母亲的吴精美则是影片中穿针引线的人物，是出场最多也是最重要的叙述者，整个故事由她引导着向前发展。尤其需要指出的是，影片中四位母亲不同的故事之间的衔接和过渡非常自然，都是以母亲们各自对吴素云在战乱时抛弃了双胞胎这件事的看法，从而联系到自己的过去，陷入回忆。

---

① 此图表中的中文部分出自程乃珊（2006，上海译文出版社）等人的译本。译者在书中所附的"母女情深——《喜福会》的译后感"一文中解释说，在翻译这些标题时，特意采用了直译与编译相结合的方式，所以译文与英文原文看起来不完全吻合。

I. Feathers From a Thousand Li Away	一，千里鸿毛一片心（母亲一辈的故事）
The Joy Luck Club：Jing-Mei Woo	吴精美：介绍喜福会里的各位母亲们和故事背景
Scar：An-Mei Hsu	许安梅：伤疤的故事
The Red Candle：Lindo Jong	龚琳达：红烛泪
The Moon Lady：Ying-Ying St. Clair	映映·克莱尔：中秋之夜
II. The Twenty-Six Malignant Gates	二，道道重门（女儿自己以及与母亲的故事）
Rules of the Game：Waverly Jong	薇弗莱·龚：棋盘上的较量
The Voice from the Wall：Lena St. Clair	丽娜·圣克莱尔：凌迟之痛
Half and Half：Rose Hsu Jordan	许露丝：信仰和命运
Two Kinds：Jing-Mei Woo	吴精美：慈母心
III. American Translation	三，美国游戏规则（女儿自己以及与母亲的故事）
Rice Husband：Lena St. Clair	丽娜·圣克莱尔：饭票丈夫
Four Directions：Waverly Jong	薇弗莱·龚：美国女婿拜见中国丈母娘
Without Wood：Rose Hsu Jordan	许露丝：离婚之痛
Best Quality：Jing-Mei Woo	吴精美：哎唷妈妈！
IV. Queen Mother of the Western Skies	四，西天王母（母亲一辈的故事）
Magpies：An-Mei Hsu	许安梅：姨太太的悲剧
Waiting Between the Trees：Ying-Ying St. Clair	映映·克莱尔：男人靠不住

| Double face: Lindo Jong | 龚琳达：在美国和中国间摇摆 |
| A Pair of Tickets: Jing-Mei Woo | 吴精美：共同的母亲 |

对于观众来说，影片中的叙事结构更为简洁清晰，不同时空之间的转换也相对自然。可以说，导演在讲故事时充分考虑到了观众的感受。而对原著的读者来说，在 16 个小故事之间随时转换视角，在母女三代人的故事中来回穿梭，难免会有混乱的感觉，一遍读下来可能很难厘清其中复杂的人物关系。和文本相比，电影在讲故事的手法上自然会更加灵活。除了对整体框架的调整，导演还对书中的一些细节做了改动，从而使故事的发展更为合理紧凑，一气呵成。

二、故事主题的一致

早在《喜福会》之前，王颖就曾拍摄过一部名为《点心》（*Dim Sum: A Little Bit of Heart*，1985）的喜剧片，由陈冲出任主演，这也是一部探讨华裔家庭中母女关系影片。由此可见，华裔家庭及其母女关系是王颖导演比较擅长和关注的一个话题，这大概也是他选择把《喜福会》搬上银幕的原因之一吧。但电影在呈现中国式母女关系时，也通过对一些细节的调整，突出了东西方两种家庭在这一点上的差异。比如在许露丝和特德的故事中，特德的母亲在第一次见面时就婉转地表明了不接受儿子这个中国女友的态度。之后许露丝把这些话转述给特德，引起了他的暴怒，两人出于反叛和冒险的心理，变得更加如胶似漆。小说中特德并没有当面和母亲发生冲突，而电影中的他则这样怒斥自己的母亲："我只知道你是个混蛋，但今天第一次我以你为耻！"当许露丝绞尽脑汁想要博得母亲对自己婚姻的赞同，并因为她的打击而倍感苦恼时，她的男友却丝毫不在意自己母亲的看法，对她的干涉表示愤怒。无论这种改动出于导演还是编剧之手，其意图都很明显：让观众更直接地感受到东方和西方家庭对"顺从"这一准则的不同理解。

除了母女关系，四位母亲之间和女儿们之间的姐妹情谊也体现出中国式人情模式和相处之道，电影中对这一部分也有所保留。在"喜福会"里，四位母亲借助打牌消遣和中国式饮食成为彼此的安慰。同时她们又会为女儿的教育和面子问题互相攀比，为厨艺的高下暗自较劲。姐妹们之间当面和气，背面说闲话。但当真正需要时，她们又会瞬间结成同盟。平日斤斤计较牌桌上输赢的几个小钱，当素云去世后，三位姐妹不仅想尽办法联系上素云遗弃在大陆的双胞胎女儿，还集体凑钱让精美回大陆探亲，以了却素云的心愿。同样，女儿辈从小一起长大，情同手足，却也时常红脸。精美这样描述自己和薇弗莱的关系："薇弗莱与我同年。我俩从小一起玩耍，就像姐妹一样，我们也吵架，也争夺过彩色蜡笔和洋娃娃。换句话说，我们并不太友好。我认为她太傲慢。"（120）妇道人家的精打细算，姐妹间的你攀我比，爱面子的中国式心理，复杂微妙的姐妹情谊只可意会不可言传。

和小说一样，影片的结局是喜庆的。素云的双胞胎女儿被人收留后健康成长，幸福地生活在大陆，她们不仅原谅了曾抛弃自己的母亲，而且很乐意和同母异父的精美相认。精美则在这次大陆旅程中第一次真正感受到自己身上流淌着中国血脉："我再一次细细端详着她们，她们脸上，我没找到母亲常有的那种表情，但她们对我，总有一种无法描绘的亲切和骨肉之情。我终于看到属于我的那一部分中国血液了。呵，这就是我的家，那融化在我血液中的基因，中国的基因，经过这么多年，终于开始沸腾昂起。"（255）姐妹的相认，标志着儿女对母亲的认同；精美对中国血脉的渴望，意味着母女间隔阂开始消除。无论是母女关系还是姐妹情谊都走向和解或更深一步的交融，影片对主题的把握和小说保持一致。

三、东西方元素的混杂

如同大多数华裔或华人电影一样，《喜福会》在好莱坞之所以引人注目，恐怕多少要归结于影片中浓厚神秘的东方元素。尽管限于篇幅和手段的局限，影片对东方元素的展现有所取舍，但借助妆容服饰的差异、语言的混杂以及一些惊悚细节的强化，通过中国式母亲和美国式女儿之间的反差，传统迷信守旧与新潮时尚之间的强烈对比，影片在一定程度上满足了西方世界对东方的想象和好奇，从而成为在好莱坞上映的最为成功的东方故事之一。

影片中的女儿们身着时装，装扮时尚。母亲们则时常穿着"领子硬邦邦地竖着禁锢着头颈、前襟绣花的旗袍"（15），佩戴着各种翡翠或玉饰。同样的东方面孔，不同的审美追求。在饮食习惯上，母亲们也依然保持着旧日习惯。每次聚在一起除了打麻将，她们还要做各种传统吃食，例如包馄饨、炸春卷、做炒面，过年了则要蒸大闸蟹。对于母亲们在食物上的执拗，吃着薯条汉堡长大的美国式女儿们感到难以理解。不过衣着饮食上的差距只是表象，更难以弥合的两代人精神和文化上的差异。母亲们对传统家庭准则的坚持及对女儿们严苛的管教，女儿们对婚姻家庭的不同态度和对自由独立的追求，无不让人意识到东方元素与西方元素的格格不入。

尽管有冲突，母亲和女儿们都在寻求融合之道，母亲们在语言上表现出来的杂糅性，就是这种努力的结果之一。半道移民美国的母亲们无法学会地道的英语，她们一方面说着支离破碎的中式英语，另一方面也常常在英语中夹杂着汉语，电影中保留了这一语言特色。不仅如此，影片中关于母亲在中国内地的故事部分都使用汉语对白，辅以英文字幕，但画面外的回忆者却用英语讲述。两种语言的交替甚至重叠使用虽然给观众造成了一定困难，但却突出了东西方元素的混杂，这一设计比原著中的手法更直观且更有力度。

除了语言的混搭，电影也保留了原著中颇具封建迷信色彩的一些细节，例如许安梅的割肉救母、吴素云对方位的笃信不疑、映映的特异功能及对风水五行等的执迷，此外还有母亲们对数字四的迷信、对阴阳均衡的追求和崇拜以及婚礼中的种种迷信做法等，这些都给影片打上了鲜明的东方标识。对此导演王颖曾解释说，他无意像好莱坞的西方电影人那样，把唐人街刻画成一个神秘的东方符号，在影片中塑造刻板的东方人形象。他希望真实再现唐人街各阶层华人移民的生活，而包括语言在内的混杂正是唐人街最显著的特征之一。

考虑到影片在好莱坞上映，以西方观众为主要受众，影片把个别可能引起西方观众反感的细节做了修改，例如小说中的映映得知丈夫出轨之后，以堕胎作为报复。在电影中这个细节则改为映映在给孩子洗澡时，因精神恍惚而导致孩子溺亡。作为编剧之一，谭恩美本人虽然并不认同影片所有的细节改动，但她在故事结构等总体原则的把握上与导演一致。她指出在改编剧本时她所遵循的一点就是保留小说的内核，对形式进行适当调整。在导演和编剧的共同努力下，虽然影片不乏可诟病之处，例如人物表演的生硬、情节的夸张以及叙述声音的转换过于频繁等，《喜福会》仍旧算得上一部可圈可点的好莱坞的中国故事。

参考文献

［1］Bloom, Harold. Bloom's Modern Critical Interpretations：The Joy Luck Club. New York：Infobase Publishing, 2009.

［2］Shankar, Lavina Dhingra. Review of The Joy Luck Club// Asian American Literature, 1999（24-4）：183-184.

［3］Frank, Chin, et al. ed. The Big Aiiieeeee：An Anthology of Chinese-American Literature and Japanese – American Literature, New York：Meridian, 1991.

［4］Louis Chu. Eat a Bowl of Tea. Seattle：University of Washington Press, 1961.

［5］Tan, Amy. In the Canon, for All the Wrong Reasons//Harpers. 1996（12）：28.

［6］Tan, Amy. The Joy Luck Club. London：Vintage Books, 2013.

［7］Wilcoxon, Hardy C. Chinese American Literature beyond the Horizon Author（s）//New Literary History, 1999（27-2）：313-328.

［8］程爱民. 华裔美国文学研究. 北京：北京大学出版社，2003.

［9］程爱民，邵怡. 女性言说——论汤亭亭、谭恩美的叙事策略//当代外国文学，2006（4）：58-64.

［10］胡勇. 文化的乡愁：论美国华裔文学的文化认同. 北京：中国戏剧出版社，2003.

［11］［美］谭恩美. 我的缪斯. 上海：上海远东出版社，2007.

［12］［美］谭恩美. 喜福会. 程乃珊，贺培华，严映薇，译. 上海译文出版社，2006.

［13］谭恩美，景锦，谢海涛. 美籍华裔女作家谭恩美：妈妈读我的东西时会哭//南都周刊. http：//past. nbweekly. com/print/Article/384_ o. shtm /，2015-10-20.

［14］吴冰. 关于华裔美国文学研究的思考//外国文学评论，2008（2）：15-23.

［15］杨佳昕，郭翊明，贺文发. 电影《喜福会》中的中美文化差异——一个跨文化传播的个案叙述//当代电影，2014（8）：142-145.

［16］俞可. 教育，走进战国时代？——漫话《虎妈战歌》//北京大学教育评论，2011（9-2）：1620170.

（本章作者：黄春燕）

102

3.《相约星期二》

Tuesdays with Morrie

作者简介

米奇·阿尔博姆（1959—），美国著名专栏作家，电台主持，电视评论员和慈善活动家。米奇·阿尔博姆因其作品中独特的生命情感叙事模式被冠以北美疗伤系文学大师。阿尔博姆已出版九部畅销著作，其中纪实作品《相约星期二》在全美各大图书畅销排行榜上停留四年之久，被译成包括中文在内的三十一种文字，全球累计销量超过一千一百万册，成为近年来图书出版业的奇迹。2003 年，阿尔博姆六年磨一剑的小说《你在天堂里遇见的五个人》将"星期二神话"继续延伸。2006 年 10 月，阿尔博姆推出最新小说《一日重生》，再度以奇巧动人的构思和轻盈感性的文字征服全球读者。这本书在美国的各大排行榜上均在前五位长踞不坠，无可争议地成为 2006 年度销售业绩与读者口碑最好的全球畅销书。2010 年 8 月，米奇·阿尔博姆又推出最新小说《来一点信仰》。

撷英采华

片段 1：

The Fourth Tuesday We Talk About Death

"Everyone knows they're going to die," he said again, "but nobody believes it. If we did, we would do things differently."

So we kid ourselves about death, I said.

"Yes, but there's a better approach. To know you're going to die, and to be prepared for it at any time. That's better. That way you can actually be more involved in your life while you're living."

How can you ever be prepared to die?

"Do what the Buddhists do. Every day, have a little bird on your shoulder that asks, Is today the day? Am I ready? Am I doing all I need to do? Am I being the person I want to be?"

He turned his head to his shoulder as if the bird were there now. (Albom, 1997: 81)①

译文:

第四个星期二——谈论死亡

"每个人都知道自己要死," 莫里重复道, "可没人愿意相信。如果我们相信这一事实的话,我们就会做出不同的反应。"

我们就会用戏谑的态度去对待死亡,我说。

"是的,但还有一个更好地方法。意识到自己会死,并时刻做好准备。这样做会更有帮助。你活着的时候就会更珍惜生活。"

怎么能够去准备死呢?

"像佛教徒那样。每天,放一只小鸟在你的肩膀上问,'是今天吗?我准备好了吗?能生而无悔,死而无憾了?'"

他转过头去,似乎肩膀上这会就停着一只小鸟。(吴洪译,2007: 84)

片段 2:

The Fifth Tuesday   We Talk About Family

"I think, in light of what we've been talking about all these weeks, family becomes even more important," he said.

---

① 本章内所引用的英文版本均出自 Anchor Books 出版社 1997 年版,中文译文均出自吴洪(2007,上海译文出版社)的译本。以下只在引文后标注页码,不另加注。

"The fact is, there is no foundation, no secure ground, upon which people may stand today if it isn't the family. It's become quite clear to me as I've been sick. If you don't have the support and love and caring and concern that you get from a family, you don't have much at all. Love is supremely important. As our great poet Auden said, ' Love each another or perish, '

"Love each other or perish," Morrie said. "It's good, no? And it's so true. Without love, we are birds with broken wings,

"Say I as divorced, or living alone, or had no children. This disease—what I'm going through—would be so much harder. I'm not sure I could do it. Sure, people would come visit, friends, associates, but it's not the same as having someone who will not leave. It's not the same as someone whom you know has an eye on you, is watching you the whole time.

"This is part of what a family is about, not just love, but letting others know there's someone who is watching out for them. It's what I missed so much when my mother died—what I call your ' spiritual security ' —knowing that your family will be there watching out for you. Nothing else will give you that. Not money. Not fame."

"Not work." he added. (91-92)

译文:

第五个星期二——谈论家庭

"我觉得，鉴于我们在这几个星期里所谈的内容，家庭问题变得尤为重要了。"他说。

"事实上，如果没有家庭，人们便失去了可以支撑的根基。我得病后对这一点更有体会。如果你得不到来自家庭的支持和关爱，你拥有的东西便少得可怜，爱是至高无上的，正如我们的大诗人奥登说的那样，'相爱或者死亡。'"

"相爱或者死亡。"我把它写了下来。奥登说过这话?

"相爱或者死亡,"莫里说,"说得真好,说得太对了。没有了爱,我们便成了折断翅膀的小鸟。

"假设我离了婚,或一个人生活,或没有孩子。这疾病——我所经受的这种疾病——就会更加难以忍受。我不敢肯定我是否应付得了它。当然,会有人来探望的,朋友,同事。但他们和不会离去的家人是不一样的。这跟有一个始终关心着你、和你形影不离的人不是一回事。

"这就是家庭的部分含义,不仅仅是爱,而且还告诉别人有人守护着你。这是我母亲去世时我最想得到的—我称它为'心理安全'——知道有一个家在守护着你。只有家庭能给予你这种感觉。金钱办不到。名望办不到。"

"工作也办不到,"他又加了一句。(94—95)

片段 3:

The Sixth Tuesday   We Talk About Emotions

"Yes. Detaching myself. And this is important—not just for someone like me, who is dying, but for someone like you, who is perfectly healthy. Learn to detach."

He opened his eyes. He exhaled. "You know what the Buddhists say? Don't cling to things, because everything is impermanent."

But wait, I said. Aren't you always talking about experiencing life? All the good emotions, all the bad ones?

"Yes."

"Ah. You're thinking, Mitch. But detachment doesn't mean you don't let the experience penetrate you. On the contrary, you let it penetrate you fully. That's how you are able to leave it."

I'm lost.

"Take any emotion—love for a woman, or grief for a loved one, or what I'm going through, fear and pain from a deadly illness. If you hold back on the emotions—if you don't allow yourself to go all the way through them—you can never get to being detached, you're too busy being afraid. You're afraid of the pain, you're afraid of the grief. You're afraid of the vulnerability that loving details.

"But by throwing yourself into these emotions, by allowing yourself to dive in, all the way, over your head even, you experience them fully and completely. You know what pain is. You know what love is. You know what grief is. And only then can you say, All right. I have experienced that emotion. I recognize that emotion. Now I need to detach from that emotion for a moment."

Morrie stopped and looked me over, perhaps to make sure I was getting this right.

" I know you think this is just about dying," he said, " But it's like I keep telling you. When you learn how to die, you learn how to live."

I thought about how often this was needed in everyday life. How we feel lonely, sometimes to the point of tears, but we don't let those tears come because we are not supposed to cry. or how we feel a surge of love for a partner but we don't say anything because we're frozen with the fear of what those words might do to the relationship.

Morrie's approach was exactly the opposite. Turn on the faucet. Wash yourself with the emotion. It won't hurt you. It will only help. If you let the fear inside, if you pull it on like a familiar shirt, then you can say to yourself, " All right, it's just fear, I don't have to let it control me. I see it for what it is."

Same for loneliness: you let go, let the tears flow, feel it completely—but eventually be able to say, " All right, that was my moment with loneliness. I'm not afraid of feeling lonely, but now I'm going to put that loneliness aside and know that there are other emotions in the world, and I'm going to experience them as well." (103-105)

译文：

第六个星期二——谈论感情

"是的，超脱自我。这非常重要——不仅对我这个快要死的人是这样，对像你这样完全健康的人也如此。要学会超脱。"

他睁开眼睛，长长地吐了口气。

"你知道佛教是怎么说的？别庸人自扰，一切皆是空。"

可是，我说，你不是说要体验生活吗？所有好的情感，还有坏的情感？

"是的。"

那么，如果超脱的话又该怎么做呢？

"啊，你在思考了，米奇。但超脱并不是说不投入到生活中去。相反，你应该完完全全地投入进去。然后你才走得出来。"

我迷惘了。

"接受所有的感情——对女人的爱恋，对亲人的悲伤，或像我所经历的：由致命的疾病而引起的恐惧和痛苦。如果你逃避这些感情——不让自己去感受。经历——你就永远超脱不了，因为你始终心存恐惧。你害怕痛苦，害怕悲伤，害怕爱必须承受的感情伤害。

"可你一旦投入进去，沉浸在感情的汪洋里，你就能充分地体验它，知道什么是痛苦，什么是悲伤。只有到那时你才能说，'好吧，我已经经历了这份感情，我已经认识了这份感情，现在我需要超脱它。'"

莫里停下来注视着我，或许是想看我有没有理解透彻。

"我知道你在想，这跟谈论死亡差不多，"他说，"它的确就像我反复对你说的：当你学会了怎么死，你也就学会了怎么活。"

我在想，日常生活中是多么需要这样的感情处理。我们常感到孤独，有时孤独得想哭，但我们却不让泪水淌下来，因为我们觉得不该哭泣。有时我们从心里对伴侣涌起一股爱的激流，但我们却不去表达，因为我们害怕那些话语可能会带来的伤害。

莫里的态度截然相反：打开水龙头，用感情来冲洗。它不会伤害你。它只会帮助你。如果你不拒绝恐惧的进入，如果你把它当作一件常穿的衬衫穿上，那么你就能对自己说，"好吧，这仅仅是恐惧，我不必受它的支配。我能直面它。"

对孤独也一样：体会它的感受，让泪水流淌下来，细细地品味——但最后要能说，"好吧，这是我的孤独一刻，我不怕感到孤独，现在我要把它弃之一旁，因为世界上还有其他的感情让我去体验。"

"超脱，"莫里又说道。(106-108)

片段 4：

The Seventh Tuesday　We Talk About the Fear of Aging

"Mitch, it is possible for the old not to envy the young. But the issue is to accept who you are and revel in that. This is your time to be in your thirties. I had my time to be in my thirties, and now is my time to be seventy-eight.

"You have to find what's good and true and beautiful in your life as it is now. Looking back makes you competitive. And, age is not a competitive issue."

"The truth is, part of me is every age. I'm a three-year-old, I'm a five-year-old, I'm a thirty-seven-year-old, I'm a fifty-year-old. I've been through all of them, and I know what it's like. I delight in being a child when it's appropriate to be a child. I delight in being a wise old man when it's appropriate to be a wise old man. Think of all I can be! I am every age, up to my own. Do you understand?"

I nodded.

"How can I be envious of where you are—when I've been three myself?" (119-121)

译文：

第七个星期二——谈论对衰老的恐惧

"米奇，老年人不可能不羡慕年轻人。但问题是你得接受现状并能自得其乐。这是你三十几岁的好时光。我也有过三十几岁的岁月，而我现在是七十八岁。

"你应该发现你现在生活中的一切美好、真实的东西。回首过去会使你产生竞争的意识，而年龄是无法竞争的。"

"实际上，我分属于不同的年龄阶段。我是个三岁的孩子，也是个五岁的孩子；我是个三十七岁的中年人，也是个五十岁的中年人。这些年龄我都经历过。我知道它们是什么样的。当我应该是个孩子时，我乐于做个孩子；当我应该是个聪明的老头时，我也乐于做个聪明的老头。我乐于接受自然赋予我的一切权力。我属于任何一个年龄，直到现在的我。你能理解吗？"

我点点头。

"我不会羡慕你的人生阶段——因为我也有过这个人生阶段。"
(123-124)

片段 5:

The Eighth Tuesday　We Talk About Money

"Money is not a substitute for tenderness, and power is not a substitute for tenderness. I can tell you, as I'm sitting here dying, when you most need it, neither money nor power will give you the feeling you're looking for, no matter how much of them you have." (125)

"If you're trying to show off for people at the top, forget it. They will look down at you anyhow. And if you're trying to show off for people at the bottom, forget it. They will only envy you. Status will get you nowhere. Only an open heart will allow you to float equally between everyone." (127-128)

译文：

第八个星期二——谈论金钱

"钱无法替代温情，权力也无法替代温情。我能告诉你，当我坐在这儿等待死亡时，当你最需要这份温情时，金钱或权力都无法给予你这份感情，不管你拥有多少财富或权势。"（128）

"如果你想对社会的上层炫耀自己，那就打消这个念头，他们照样看不起你。如果你想对社会的底层炫耀自己，也请打消这个念头，他们只会忌妒你。身份和地位往往使你感到无所适从。唯有一颗坦诚的心方能使你悠然地面对整个社会。"（130）

影片资料

彩色片，89 分钟

卡尔顿美国（Carlton America）和哈普传播公司（Harpo Productions）出品

导演：迈克·杰克逊

编剧：米奇·阿尔博姆，托马斯·瑞克曼

摄影：西欧·冯·狄·山戴

主演：杰克·勒蒙饰莫里教授

　　　汉克·阿扎利亚 饰米奇

　　　卡罗琳·亚伦饰詹宁

　　　斯托弗·里夫饰刘易斯先生

获奖情况：荣获 2000 年第 57 届金球奖电视类—迷你剧/电视电影最佳男主角提名，获得第 25 届艾美奖（2000 年）4 个奖项；其他和技术类奖项；迷你剧/电视电影类—最佳电视电影制片人奥普拉·温弗里、凯特·福特·珍妮佛；迷你剧/电视电影类—迷你剧/电视电影最佳男主角杰克·莱蒙（Jack Lemmon）；迷你剧/电视电影类—迷你剧/电视电影最佳男配角汉克·阿扎利亚（Hank Azaria）；迷你剧/电视电影最佳混音。2000 年汉克·阿扎利亚获美国演员工会奖提名，杰克·莱蒙获美国演员工会奖；2001 年，托马斯·瑞克曼获美国编剧工会奖。

剧情梗概

　　现代社会中人们的生活忙碌而紧张，几乎没有时间去思考生活的真正意义。逐渐适应作为体育解说员和一名新闻记者的米奇，事业如日中天，早已经忘记了当年初出校门时的热情和理想，他拼命赚钱，却也日渐市侩，不但忽略了对女友的感情，而且对生活也失去了方向感。某天，米奇在电视中无意间看到莫里教授接受电视采访，说自己患了"肌肉萎缩性侧索硬化症"（ALS），面临死亡的威胁，这让米奇一下子回忆起了自己大学时代曾经那么亲密的老师，出于同情和怀旧，他去看望了久违的老师。莫里教授还清楚记得米奇，一个自己曾经那么关心和喜爱的学生。感动之余，教授决定每周二下午给米奇上人生的最后十四堂课。一起讨论了"生活的意义"，包括"死亡""恐惧""衰老""欲望""婚姻""家庭""社会""原谅""有意义的人生"这些重要的人生课题。从老师的教诲中，米奇真正感受到了老师博大的胸怀和坚强的内心，更学会了爱自己身边的人，及时挽救了他与女友之间濒于分裂的爱情。故事的结尾令人动容，当米奇最后一次拜访老师时是在一个下雪的日子，虚弱的莫里仍然乐观得回答着米奇如何度过"完美一天"的问题，并且笑着告诉米奇他已经选好了墓地，希望米奇来墓地看望自己时是这样的一个场景："你说，我听。"米奇含着眼泪拉着老师的手不舍他的离去，莫里再次安慰米奇说"死亡终结的是生命却不是情感。"

【深度解读】之一：
爱是勇敢生活的动力源泉
——析《相约星期二》中的亲情和友情

身患绝症的莫里教授在生命弥留之际向心爱的学生米奇传授了十四节充满人生智慧和生活之爱的大课。他对死亡和恐惧从容不惧，对家人、学生和朋友充满关爱。是永恒珍贵的亲情、启迪心灵的师生情谊和真挚坦诚的友情赋予了他热爱生活，平静面对死亡的动力源泉。

如果说人生是一幅绵长绚丽的画卷，那么每个人都应该画上自己浓墨重彩的一笔。只是如何用自己的笔触画好人生的长卷始终是人们萦绕于心并孜孜探求的事情。而封面上写着"一个老人，一个年轻人，和一堂人生课"的小小书本——《相约星期二》却让许多读者眼前一亮。书中的一位老人，在临终之前，通过他的学生，向我们提供了一幅简单却不平凡、平淡却充满哲理的人生画卷。这幅画卷同时也是一份人生答卷，它向我们讲述了一位身患绝症的社会学教授莫里，如何带着尊严、勇气、幽默和平静度过生命的最后一段时间，与已成为专栏作家和记者的学生米奇约定每周星期二上一堂人生课，一起讨论"生活的意义"，包括"死亡""遗憾""衰老""感情""婚姻""家庭""社会""原谅""有意义的人生"等这些重要的人生课题，一直持续了两个星期，直到最后莫里教授离开人世。莫里的谈话平和、亲切、幽默，他对死亡和恐惧直言不讳，对家人、学生和朋友充满关爱。与其说莫里教授与米奇谈的是人生大课，不如说他传授了十四堂关于爱的教育课，爱自己、爱家人、爱朋友、爱自然、爱身边的一切，正是这种普普通通、平淡无奇的爱支撑着莫里教授敢于面对生活中的困苦，而且正视死亡直至以平静安详的心态离开这个世界。他的生活哲理和精神意志却影响着周围的人包括米奇，电视节目主持人科佩尔，助理康尼，还有热爱本书的读者。

一、永恒珍贵的亲情

家庭的成长环境对一个人的本性有着至关重要的影响。当莫里教授和米奇开始讨论人生的时候，他分享了自己的童年往事，爱的遗憾与收获以及成年以后对父亲的谅解和自己的感悟。教授说，人们很多时候是害怕会失去所爱所以才不敢或不愿去投入爱和付出爱。我们因受伤害而学到的东西与有所爱而学到的东西一样多。没有爱，就是死亡。死亡虽然终止了生命，但是无法中断感情。童年的莫里并不幸福，9岁时母亲早逝，只留下了一封死亡电报，这成为莫里寄托思母之情的唯一物证，而沉默寡言的父亲对待莫里和弟弟总是那么冷漠，总是在默默吃完晚饭后宁愿到街边的路灯看报纸，也不与孩子们交流，更不会与他们吻别道晚安。小小的莫里还要靠卖杂志维持家庭生计，他是多么希望能从父亲那里得到关心与爱抚，尽管继母艾娃给了孩子们母亲般的温暖，她用意大利语给孩子们唱歌道晚安，会给孩子们掖被子，会教育孩子们好好读书改变自己的命运，这些虽然在一定程度上弥补了莫里缺失的母爱，可是他仍然向往父亲的爱，直到多年以后在莫里早已成家的时候，父亲遭遇意外导致心脏病发作而去世。莫里前去认领父亲的尸体时无比麻木，"莫里看了一眼玻璃罩下面的尸体，正是那个责骂过他、影响过他、教他如何干活的父亲的尸体；他在莫里需要他说话时却一言不发，他在莫里想和别人一起共享对母亲的那份感情时，却要他把回忆压抑在心里。他后来说，房间里的恐怖气氛攫走了他所有感官能力。他过了几天才哭了出来。"（142）莫里从父亲的意外离世知道了该如何对待亲情，"他至少懂得了：生活中应该有许多的拥抱、亲吻、交谈、欢笑和道别，而这一切他都没来得及从父亲和母亲那里得到。最后的时刻到来时，莫里一定会让所有他爱的人围在他的身边，亲眼看见发生的一切。没人会接到电话，或接到电报，或在某个既冷又陌生的地下室里隔着玻璃看他的尸首。"（142）"我相信在莫里的最后几个月里来看望他的人，有许多是为了从莫里那里得到他们需要的关注，而不是把他们的关注给予莫里。而这位羸弱的老人总是不顾个人的病痛和衰退在满足着他们。我对他说他是每个人理想中的父亲。"（140-141）莫里童年缺失的父爱以及与父亲之间缺失的情感交流才使得他特别注意人与人之间的沟通，愿意倾听别人的故事并随时敞开心扉分享自己的生活，他也终于从关爱家人和他人的行为中理解了自己的父亲，并不是父亲不爱他，是父亲对爱太过恐惧，恐惧会失去与之发生爱的关系的人，莫里母亲的早逝令他无比悲痛和恐惧，抑制了他本应给予孩子们的父爱。

"人生最重要的是学会如何施爱于人，并去接受爱。"（54）而莫里教授做到了。

在谈论家庭与婚姻的时候，莫里教授说"事实上，如果没有家庭，人们便失去了可以支撑的根基。"莫里在得病后更深刻地体会到这一点。如果没有来自家庭的支持和关爱，人们还能拥有什么呢？"爱是至高无上的，正如我们的大诗人奥登说的那样，'相爱或者死亡'。没有了爱，我们便成了折断翅膀的小鸟。"（94）"假设我离了婚，或一个人生活，或没有孩子。这疾病——我所经受的这种疾病——就会更加难以忍受。我不敢肯定我是否应付得了它。当然，会有人来探望的，朋友，同事。但他们和不会离去的家人是不一样的。这跟有一个始终关心着你、和你形影不离的人不是一回事。"（95）这就是莫里所说的家庭意义，有家人的爱所围绕，便意味着有人在守护。只有家庭才能给予人们这种感受。这是金钱、名望和工作都无法办到的事情。家庭还是你平复伤口、抚慰痛苦的避风港，而家人则是你勇敢面对疾病和死亡的动力源泉。

莫里教授原谅和理解了父亲，自己则担当起了做一个合格父亲的职责。他培养出了两个富有爱心的儿子罗布和乔恩。他们像父亲一样勇于表达感情。为了父亲他们可以随时放下工作，伴他走完最后的旅程。但是莫里却说"别停止你们的生活，否则被病魔毁掉的不是我一个，而是三个。"（96）尽管他留恋这份亲子之情，但他对孩子们的世界仍表示出极大的尊敬和自豪。"当他们父子三个坐在一起时，常常会有瀑布般的感情宣泄、亲吻、打趣、相拥在床边，几只手握在一块。"（96）莫里认为养育孩子是没有任何事情能替代的，也没有经验可循。他说"如果你想体验怎样对另一个人承担责任，想学会如何全身心地去爱的话，那么你就应该有孩子。"（96）当米奇问莫里想不想再有孩子的时候，他显得有些惊讶但是却坚决地说，"米奇，我是绝不会错过这份经历的，即使要付出沉痛的代价，因为我不久就要离他们而去了。"（97）坚强的莫里哽咽着流下了眼泪。去日不多的他仍然留恋和依赖家庭的亲情，亲情可以给他勇气但却无法抗拒死亡离别的命运，这是他最真实的内心感受。

　　与莫里结婚四十四年的结发妻子夏洛特是一个默契而又体贴的爱人，正如莫里所说："有一个爱人对你的生活是非常重要的，尤其当你处于我的境地时。朋友对你也很重要，但当你咳得无法入睡，得有人整夜坐着陪伴你、安慰你、帮助你时，朋友就无能为力了。"（150）夏洛特总是提醒他吃药，进来按摩一下他的颈部，或和他谈论他们的儿子。他们就像一个队伍里的队员，彼此只需一个眼神就能心领神会。夏洛特性格比较内向，但是莫里非常尊重她。与米奇谈话时他常常说，"夏洛特要是知道我在谈论这事会不高兴的……"（151）于是便结束了这个话题，这也是莫里唯一克制自己情感世界的时候。莫里教授深信在婚姻中必须懂得尊重对方，懂得妥协，而且必须开诚布公地交流，否则双方的关系就会有麻烦；最重要的是必须有共同的价值观，相信婚姻的重要性。秉承着婚姻的原则，莫里拥有爱他的妻子和孩子也是因为他对家人倾注了亲情，这份亲情又在他最艰难的时刻赋予了他战胜困苦的莫大勇气。

　　面对即将到来的死亡，莫里教授充满着乐观幽默的精神。在同事艾文的葬礼上，莫里感慨艾文再也无法听到亲朋好友向他表达的美好言语，于是决定在家中为自己举行"活人葬礼"。每个家人和亲戚向莫里教授致了悼词。其中夏洛特的表妹玛莎念了一首诗："我亲爱的表哥……你那颗永不显老的心随着时光的流逝，将变成一棵稚嫩的红杉……"莫里随着他们又哭又笑，所有情真意切的话语都在那天说了，莫里的"活人葬礼"取得了非凡效果（14-15）。就在病魔和死神拼命撕扯着他的时候，他还能谈笑风生。谈到死后火化，他对家人说："千万别把我烧过了头。"谈到墓地，米奇说："我会去，但到时候就听不见你说话了。"莫里笑了："到时候，你说，我听。"莫里以自己最后的存在，论证了人性的坚强与乐观，一些看似普通的话语和生活细节，看完却让读者怅然良久，钦佩之情由然而生。

　　病中的莫里知晓了学生米奇面临着亲情之痛，他身患癌症的弟弟避开家人并拒绝被探望，独自一人在遥远的西班牙治疗。这让深爱弟弟的米奇心痛万分左右为难。莫里教授开解他说："我知道不能和你爱的人在一起是痛苦的。但你应该平静地看待他的愿望。也许他是不想烦扰你的生活。也许他是承受不了那份压力。我要每一个我所认识的人继续他们自己的生活……不要由于我的死而毁了它。人与人的关系需要双方用爱心去促成，给予双方以空间，了解彼此的愿望和需求，了解彼此能做些什么以及各自不同的生活。在商业上，人们通过谈判去获胜。他们通过谈判去得到他们想要的东西，但爱却不同。爱是让你像关心自己一样去关心别人。"（180）这一席话顿时让米奇豁然开朗，在莫里教授去世后不久，他终于见到了弟弟并与他进行了一番长谈，郑重告诉弟弟他尊重他的距离感，但是哥哥爱这个唯一的弟弟，不想失去他，希望永远保持联系。此后不久，弟弟果然传真过来了自己的最新动态和病情，弟弟的语气显然很乐观，终于回应了哥哥的这份美好亲情，将暂时中断的亲情恢复到了从前。

二、启迪心灵的师生友情

在米奇的眼里，莫里教授是他大学时代的老师和朋友，虽然中断了十六年的联系，但教授弥留之际的人生教化令米奇受益匪浅，米奇已将他尊为自己的心灵导师，会将老师的积极影响传递并发展下去。米奇回忆起大学期间与莫里教授相识相知到亲密的师生关系的片段贯穿了全文，虽然都是琐碎的生活细节，但莫里教授情感丰富、平易近人的性格，关爱学生成长的做法以及不拘一格的教学方法跃然纸上。

当米奇是大一新生时就发现莫里教授特别和蔼亲切，与众不同。第一次上莫里的课，他点名时还征求米奇意见是喜欢老师叫全名还是昵称，并对米奇说"我希望有一天你会把我当作你的朋友。"这样的点名方式很快拉近了师生的距离，并很快向朋友关系转化。在接下来的日子里，学生们称呼莫里为"教练"，莫里也欣然接受并称学生们为"上场队员"，希望他们可以在莫里老得不能享受生活的时候替他上场。莫里也一直称呼米奇为"我的朋友"，经常与其进行父子般的促膝畅谈，他教育米奇"生活是持续不断的前进和后退。你想做某一件事，可你又注定要去做另一件事"（42），所以面对生活的正确态度是敢于面对顺境和逆境，做一个"完整的人"，在与生活的抗争中相信"爱会赢，爱永远是胜者"。莫里通过随意的谈话聊天形式将对学生的教诲从课堂上延伸到生活中，从健康状态的莫里到病入膏肓的莫里，亲密无间的师生关系对米奇产生了难以言表的影响。另外，更让学生们喜欢他的原因是莫里教授不像其他老师在分数上严苛，在越战期间莫里还给所有的男生都打了高分，使他们能获得缓役的机会。所以在米奇认识莫里的那段时间里，他与老师无所不谈，老师也会把好的书目和阅读心得与米奇分享，交流的频率甚至超过了父亲，所以他总是有强烈的想拥抱老师的愿望。毕业典礼上米奇送给老师一个写有他首字母的皮包，老师亲切拥抱米奇并留下了不舍的眼泪，他希望米奇与他保持联系。虽然米奇并没有实现承诺，在十六年后老师患病之际才来看望，莫里的那句"我的老朋友，你终于回来了。"让米奇又感动又惭愧。在最后师生相拥告别时，莫里几乎流着泪说："如果我还能有一个儿子，我希望他是你。"（171）看到这样亲切感人的师生关系，读者有足够的理由相信学生会一生感怀老师的这份丰富情感，并努力尊重并满足老师的任何要求。

在教学方法上，莫里教授不拘泥于课堂教学，他一方面学识渊博，经常把书中的名言摘录自己加以注解并讲给学生们听，与学生探讨人生话题，另一方面他提倡讨论的学习方法，不追求理论，而是鼓励学生开展实地调查研究，莫里经常和学生们一起乘坐公共汽车去南方考察。他还让学生组成社会心理问题"疗程小组"，对社会心理行为反应问题进行实际体验，探查人与人之间的信任度。米奇几乎修满了所有社会学方面的课程，莫里还鼓励米奇把社会调查所得写出一份优等生毕业论文，可以提前修满学分拿到学位。莫里对米奇的论文如此满意以至于非常希望他能继续读研究生。莫里教过的学生一直和他保持着联系，就在他生命的最后几个月里，"有数以百计的学生回到他的身边。他们来自波士顿，纽约，加州，伦敦和瑞士；来自公司的办公室和内地的学校。他们打电话，写信。他们千里迢迢地赶来，就为了一次探望，一句话，一个微笑。'我一生中从未有过像你这样的老师'，他们异口同声地说。"（115-116）源于莫里小时候的一段遭遇，他发誓"他永远不会去从事剥削他人的工作，他不允许自己去赚别人的血汗钱。"因为他相信亨利·亚当斯的名言"教师追求的是永恒；他的影响也将永无止境。"连最后的墓碑碑文莫里都拟定为："一个终生的教师"。（138）他讲了一辈子课，爱了一辈子学生，最后一课是人生。莫里教授是一个成功的教师，更重要的是他完美地结束了他的教书生涯。莫里是一个永远值得尊敬和铭记的老师，也许他在生命最后一段光阴教给学生的，才是真正令人顿悟的人生哲学。

三、真挚坦诚的朋友之情

有句名言说"友情是人一生中不可缺少的情感，如果一个人不曾拥有友情那么这个人就不能算真正的活过。"生活经历如此丰富多彩的莫里绝不会缺少朋友，在学生眼里，他是和蔼亲切的师长，更是充满爱心的朋友；而在朋友眼里，他是坦诚真挚、热爱倾听和交流的伙伴。莫里对"夜线"节目主持然科佩尔说只要有朋友在身边，他的情绪就很高涨。因为爱的感情维持着他的生命。身体不能动了可以用声音说话，打手势来与别人沟通。科佩尔提起了莫里的好友毛里·斯坦因教授，与他在同一所大学共事三十五年，也是第一个把莫里格言寄到《波士顿环球》杂志的。但是斯坦因几近失聪。科佩尔边疑惑边想象着某天他俩在一起，一个不能说话，一个没有听觉，那将如何交流。"我们会握住彼此的手，"莫里说。"我们之间会传递许多爱的感情，因为我们有三十五年的友谊。你不需要语言或听觉去感受这种关系的。"（74）

　　莫里的房间里挂着一块壁毯，上面拼着一条条朋友们为他七十大寿而写的题词。每一块拼贴上去的布条上都绣着不同的话："自始至终""百尺竿头""莫里——心理永远最健康的人!"表现了朋友们对他的关怀和祝愿，他感谢和珍惜朋友们的祝福，并不担心死后会被遗忘，他对米奇说："有那么多人亲近无比地介入了我的生活。爱是永存的感情，即使你离开了人世，你也活在人们的心里。"（86）这份友情带给莫里的自信溢于言表。但是对一个给他雕刻过头像的朋友诺曼，莫里至今仍不能摆脱歉疚之情。他们两家的友谊曾令他们度过了一段难忘的美好时光。可是后来他们搬去芝加哥，而夏洛特得了大病，诺曼一家却没有给予关怀与问候，连电话也没有打过，伤心的莫里与诺曼中断了联系。尽管后来诺曼试图去和解，但莫里没有接受并拒他于千里之外。直到最后诺曼死于癌症，难过的莫里也没有去看望。如今提起诺曼仍令莫里后悔不已、泪流满面，他本该原谅这个朋友，原谅的话不能等到最后再说。他把头像摆在自己面前就是在不断提醒自己要"原谅自己，原谅别人"。

尤其是为自己的生活带来欢乐的朋友怎可怀有怨恨之情，必须以一颗宽容之心来对待所有的人与事。

看重人际交流、人间情感的莫里教授从很早开始就投身积极的生活，建立起自己的文化圈子。他组织小组讨论，和朋友散步，去华盛顿广场的教堂跳舞自娱。他还制定了一个名叫"绿屋"的计划，为贫困的人提供心理治疗。他博览群书，为他的课寻找新的思想内容，他走访同事，与毕业的学生保持联系，给远方的朋友写信。他情愿花时间去享享口福和赏玩自然，而从不浪费在电视喜剧或周末电影上。他建立了一种人类活动的模式——相互交流，相互影响，相互爱护——这一模式一直充实着他的生活。

在"谈论完美一天"的课上，米奇问莫里如果他有完全健康的一天，会怎么做。莫里教授的回答出乎他的意料，"早晨起床，进行晨练，吃一顿可口的有甜面包卷和茶的早餐。然后去游泳，请朋友们共进午餐，我一次只请一两个，于是我们可以谈他们的家庭，谈他们的问题，谈彼此的友情。然后我会去公园散步，看看自然的色彩，看看美丽的小鸟，尽情地享受久违的大自然。晚上，我们一起去饭店享用上好的意大利面食，也可能是鸭子，我喜欢吃鸭子，剩下的时间就用来跳舞。我会跟所有的人跳，直到跳得精疲力竭。然后回家，美美地睡上一个好觉。"（179）莫里的完美一日里仍然把与朋友的活动作为一天生活的首选内容，如他一直所做的那样与朋友谈天说地，散步跳舞，分享友情，观赏自然，体验快乐。这些由友情串成的重要生活组成部分是多么朴实无华，又是多么容易做到。莫里教授用他那最简单的生活实例向读者诠释了友情的价值。

四、结　语

　　莫里在自己生命即将终结之时，在手无握笔之力的情况下，让学生利用录音的形式将自己对生活的看法、对做人的忠告留存下来。他没有浪费自己生命的一分一秒，将生命的最后一点光亮留给了世人，铸就了这本让人爱不释手的小书，他以分享智慧的方式实现了自己的人生价值。虽然生命面临终结和死亡，但是亲情和友情贯穿了莫里的全部生活，因为"爱是唯一的理性行为"（54），每一个人都应该"投入到人类的大家庭里去。投入到人的感情世界里去。建立一个由你爱的人和爱你的人组成的小社会（160）"。建立起健康良好的生命和生活价值观，永远不漠视自己的生命，漠视他人的生命。生活的价值在于爱与奉献，"如果死是结束，那么生就是开始。所以学会死亡。就是学会生活。"正如莫里所说，有意义的生活是"把自己奉献给爱，把自己奉献给社区，把自己奉献给能给予他人目标和意义的创造"（130）。

【深度解读】之二：
与生活讲和，与死亡并行
——评电影《相约星期二》中的诗歌场景

电影中分别有三处场景引用了较为完整的诗歌、歌曲和戏剧台词的片段，与生活主题尤其是死亡密切相关。奥登的诗歌说明"生死相依"的信仰来自相爱，爱可以使人看淡死亡。动人歌曲《一想到你》诠释了生活的美好与感动。最后在墓地的戏剧台词展示了与生活讲和，与死亡并行的哲理。

根据同名作品改编的电影《相约星期二》将莫里教授的故事生动地展现在读者和观众面前，他对生活所保持的达观超脱的态度和对死亡所进行的富有哲理的分析令人动容，再加上演员的表演和场景的设计以及背景音乐的衬托，不仅加深了电影的视听效果，而且增强了视觉感染力，人物、情境、音乐合成一体，带给观众更多的心灵震撼。与原作稍有不同的是，电影中有三处场景引用了较为完整的诗歌和歌曲片段，与生活主题尤其是死亡密切相关。要论生活必谈死亡，而死亡又是古往今来吸引着无数文人骚客的永恒却又新鲜的主题。因为无论人生多么漫长与辉煌，人都会不可避免地走向死亡。死亡使亡者无奈，生者痛苦；它像神祇，来无定时，去不留情；死亡使世人饱受生死离别之苦，死亡带给人们的常常是悲伤、恐惧、甚至绝望。在无数影视作品中死亡已经被阐释为一个无所不在的精灵，自始至终诱惑着人们，考验着人们。在这部关于生活和死亡主题的电影中，我们可以感受到莫里教授对生活的热爱，对爱的留恋，同时也能感受到他超越自我的人生观，对死亡的关注就是对生命的关怀，与生活讲和的前提是必须接受死亡这一自然结果，而不是恐惧和躲避。

在米奇第二次探望莫里教授时，发现有很多亲戚朋友围在莫里周围，有几个青年人就像唱生日歌一样唱着一首欢快的曲子，助理康妮告诉米奇这是莫里的"活人葬礼"，他要亲自体会人们会如何为他致悼词的场景。莫里教授最后为自己致辞，背诵了英国诗人奥登的诗《1939 年 9 月 1 日》中最精彩的一段：

All I have is a voice   我所拥有的只是声音

To undo the folded lie,   用来拆开折叠的谎言，

The romantic lie in the brain   耽于肉欲的普通人

Of the sensual man-in-the-street   头脑中浪漫的谎言

And the lie of Authority   以及权力的谎言

Whose buildings grope the sky;   权力的建筑高耸入云；

There is no such thing as the State 没有任何事物如同这个国家

And no one exists alone;   没有任何人单独存在；

Hunger allows no choice   饥饿让公民或警察

To the citizen or the police;   别无选择

We must love one another or die.   我们必须相爱或者死去。

作为 20 世纪最负盛名的诗人之一，奥登一生的创作中，"爱"一直是重要主题，并且往往和诗人对生与死的思考、对自我的认识、对信仰的漫长复归联系在一起。在对"爱"的书写中，诗人有时充满了至深柔情，有时则带着一丝冷峭的反讽，有时则透出更深的觉悟。在这点上，《1939 年 9 月 1 日》是一个耐人寻思的例证。1939 年初奥登从英国移居美国，同年 9 月 1 日德国进攻波兰，第二次世界大战全面爆发，就在这一天，诗人坐在纽约第五十二街一家小酒吧里写下了这首名诗，加之他前期加入共和军参加过西班牙反法西斯战争，这些经历使他发现了政治与理想之间的距离，思想发生巨变。也许奥登认为在艰难时刻只有爱是可以信仰的，要么在相爱中勇敢地活下去，否则只能死去。

诗中的这句"我们必须相爱或者死去"（"We must love one another or die"）被莫里教授饱含深情连续背了两遍，眼泪几欲涌出。虽然他以乐观幽默的方式提前感受葬礼，但他深知疾病已经使他不能再像从前那样跳舞和教课，好在他还有声音可以表达对家人、朋友以及学生的爱，对于注重与人交流的莫里来说这还不是最糟糕的情况，但是他随时做好病情恶化到不能说话的地步，他依然乐观地告诉米奇"你说，我听"。每个爱与被爱的人都会依恋这种美好情感，人活一日，便要勇敢去爱，让爱充满一生是人生最大的满足和幸福。但同时还要面对生活中的不幸与苦难，甚至恐惧和死亡，积极接受和应对便是与生活讲和，接受死亡便是接受生活，因为死亡永远是生活的自然组成部分。所有的勇气来自彼此相爱，珍藏心间的情感，身体消亡了，但是爱的精神和记忆依然存在，存在于感受过你的爱的人心中。此诗此景恰恰说明了"生死相依"的信仰来自相爱，爱可以使人看淡死亡，平静面对死亡。

在后面的场景中这句诗被反复吟诵。当米奇在一个雪天最后一次探望莫里，看着他日渐衰弱的身体和疼痛难忍的表情，米奇非常沮丧，担心自己永远无法从老师那里学会生活的真谛，学不会老师面对死亡的勇气，所有的哲理和格言都会随着老师的离去而消失，其实是表达自己不愿也不忍接受老师即将离去的事实，他恨恨地说起了这句诗"我们必须相爱或者死去"以及"一旦学会死亡，也就学了如何活着"，他抱怨经历伤痛又能学到什么，爱的人会死去，这一切的意义何在，他不忍也不想让死亡夺走老师。这时候的莫里只是让米奇握住他的手说"死亡终结的只是生命，却不能终结感情的联系"，他已从米奇的触摸中获得了记忆和满足，只想感谢米奇的相伴，感谢他十六年后再次出现在他的生命中，米奇已感动得落下眼泪，他和老师都由衷地向对方说出了友爱的情感。正如之前莫里用佛教中的一只小鸟的故事鼓励米奇，要经常问问肩上的小鸟，现在的生活是不是自己想要的，面对死亡是否已经准备好。从宗教的意义上大多认为肉体的死亡并非生命的终结，而是生命的延续和再生，认为死亡是痛苦人生的解脱和升华，这表明了人类宗教信仰中有着对死亡和再生的共同理解。在理解死亡中才能从容面对生活，继而从容走向死亡。正如苹果 CEO 乔布斯在斯坦福大学毕业典礼的演讲中所说："人生中最大的抉择就是记住生命随时可能结束。记住自己随时都会死去，这是我所知道的防止患得患失的最好方法。你们的时间有限，不要按照别人的意愿去活，这是浪费时间。重要的是做你想做的事，爱你所做的事，创造自己的人生价值。"

电影中多次出现了歌曲，无论欢快的歌声还是悲怆的古典美声都彰显了莫里教授面对死亡的心态，虽然在某些早晨会为自己日渐失灵的肌肉流下悲伤的眼泪，也会对家人和朋友的爱依依不舍，但是和蔼可亲的莫里教授时刻关心着别人的生活，知道米奇对爱情和婚姻有困惑，不知如何把握与詹宁延续七年的感情，而詹宁对只看中自我和工作的米奇越来越失望。莫里教授点拨米奇说"让爱进驻心里，就会使自己变得温柔"。詹宁主动和米奇去看望莫里，他俩首次见面就很投缘，莫里甚至要求米奇给他俩单独相处的时间，莫里认真倾听詹宁，并要求詹宁给他唱首歌，就是这首动听的歌曲《一想到你》：

The very thought of you and I forget　一想到你我便心绪全无
　　to do

The little ordinary things that everyone　尘世的一切全抛在脑后
　　ought to do

I'm living in a kind of daydream　好似梦幻

I'm happy as a king　快乐如王

And foolish though it may seem　也许我很傻

To me that's everything　但那是我的一切

The mere idea of you, the longing here　轻轻想起你，你永远不知

for you

You'll never know how slow the moments	思念时刻如此难捱直到我靠
go till I'm near to you	近你
I see your face in every flower	每一朵鲜花映着你的脸
Your eyes in stars	每一颗星星闪烁着你的眼神
It's just the thought of you	这是对你的思念
The very thought of you, my love	一想到你，亲爱的……

　　这是美国 30 年代流行的一首爵士歌曲，由雷·诺布尔作词，歌词简单却很打动人心。尤其是那句"每一朵鲜花映着你的脸，每一颗星星闪烁着你的眼神，这是对你的思念"在詹宁甜美声音的演唱下令莫里流下感动的泪水。恋人之间的爱情浪漫美丽，世间的美好全部都融化在了这温馨的歌曲时刻。詹宁甜美动听的声音是对这首歌曲乃至他与米奇的爱情所做的最好的诠释。要投入一份爱中并坚信爱一定是胜者。一个将死之人的善解人意的温暖话语让詹宁喜欢上了这个和蔼亲切的老人，也令米奇感叹老师的交流技巧，让人与人之间没有距离感，而且十分融洽。詹宁终于决定接受米奇的求婚，甜蜜的生活开始了。这一切都因为有了莫里的祝福和关心。这首歌曲也是献给莫里的最好精神礼物，让他能享受生活中的感动时刻，带着这些美好的记忆勇敢迎接死亡的到来。

　　电影画外音告诉观众莫里教授是在某个周六在家人的围绕中去世了。最后的场景是在墓地，牧师念完了悼词，画外音响起了一首诗歌，诗歌是莫里教授的最爱，这当然还是一首关于死亡的诗歌，其实是莎士比亚的名剧《罗密欧与朱丽叶》里的台词：

Give me my Romeo; and, when he shall die,	把我的罗密欧给我！等他死了以后，
Take him and cut him out in little stars,	你再把他带去，分散成无数的星星，
And he will make the face of heaven so fine	把天空装饰得如此美丽，
That all the world will be in love with night	使全世界都爱恋着黑夜，
And pay no worship to the garish sun.	不再崇拜炫目的太阳。

　　这幕台词很好的表现了亲人和朋友对莫里去世的悲悼之情，同时也寄托了对莫里亡灵的美好祝愿，他是那样一个普通却不平凡的长者，一个可爱而又可敬的导师，愿他的生活智慧像天上的星星一样永远照耀着黑夜，给世间的人们更多的启发和帮助。病魔夺去的是莫里的躯体，但无法夺去他的灵魂。他的灵魂正游走在他给自己设想的"完美一天"里，和朋友家人做喜欢做的事情，谈心，跳舞，游泳，还给自己选好一处幽静地方，有树有湖，适合思考。死亡并不可怕，因为莫里体验了世间的一切情感，一切困顿和悔恨，他原谅了一切人和一切事，必须把这些放在一边，必须用超脱的态度对待生活和死亡，与生活讲和，与死亡并行。他的精神永远与亲人在一起，也许在某种意义上得到了永生。

著名哲学家海德格尔在《存在与时间》中谈论到死亡。他认为人生就是奔向死亡的过程。人只有"先行到死中去"，在主观心理上对死有所体验，以敬畏的心情面对死亡，思想上预先步入死的境界，才是真正的向死而在。"向死而在"，是认识到死亡是最本真的、不可超过的、不知何时死亡与确知会死的可能性，是直面危机而勇于克服危机。死亡带来的启迪是把握时间、思索生命的本真意义：利用有限的人生做有意义的事，发挥出无限的人生价值。生命是有尽头的，因为死亡是我们共同的归宿，没人能摆脱。只有记住自己随时都会死去，才能更好地把握生命的有限性，培养一种把今天当作生命最后一天的态度来好好生活，定下目标，努力执行，才能在回归自然——走向死亡前不后悔。我们对"死亡是活着的自然组成部分，是生活最终的结局"的体会更加提醒我们在日常生活中，要关注、思考生与死，通过死亡来洞察生命的本真意义和死亡的价值。

人类只有意识到死亡的必然性与终结性，才能直面死亡向他展开的全部艰涩与困顿。"死亡促使人沉思，为他的一切思考提供一个原生点，这就有了哲学。死亡促使人超越生命的边界，臻求趋向无限的价值，这就有了伦理学。死亡当人揭开它的奥秘和洞烛了它的幽微，人类波澜壮阔的历史和对理想的追求使犹如添上了一种崇高的美，这就有了死亡的审美意义。"（陆扬，2006：2）死亡价值观不失为一种彰显自我、追求自由和生命真谛的在世之为。电影《相约星期二》中的就彰显了这样一种主题：与生活讲和，与死亡并行的哲学。对生活热爱到极致并体验到极致就会获得无尽的勇气，坦然接受生活的终点是死亡的现实，用超然的态度在世间发光发热，传递爱与美，牢记肩头的小鸟，经常反思生活所得所失，就会使死亡超越个体而达到"小死而大生"甚至"大死而大生"的理想境界，从而让自己的精神家园更加充实。

诗歌场景总能给人带来无尽的遐思与想象。人生在世，或喜或悲，总是对无涯痛苦的反抗和对苦难的挣扎，抗争之后坦然超脱，与生活讲和，积聚勇气，相信死亡带来的是安详和解脱，死亡让灵魂回归平静，回归自然。当一个人面临死亡的时候，也许是因为身体已然无法很好地束缚住灵魂，他的视角往往会变得很开阔：以往所在意的、轻视的、拿起的、放下的事物，都被剥离了包装，露出本来的质地，不悲观，不乐观，超脱地看着这个世界，享受生命最后的时光。死神很残忍，提前两年告诉莫里他即将死亡的消息。更残忍的是，他还让莫里的身体一步步缓慢地回归到最原始的状态，从无法站立、无法活动、无法方便、无法呼吸，一直到离开这个世界。可是，死神没有想到的是，莫里的大脑不但没有随着身体一起濒临崩溃，他的思想反而变得跟婴儿一样纯净。莫里，在他即将死亡的时候，真正地看懂了这个生者的世界。庄子说过：死与生就如"夜旦之常"，是自然变化的常理，"老我以生"，"息我以死"，因此不必"悦生"，也不必"恶死"，一切顺应自然。

【深度解读】之三：
内在的丰富性与表象的客观性
——《相约星期二》文本与电影的人物塑造对比分析

> 文学作品是在深化人物的内在精神，极易引起读者的共鸣；而电影所塑造的人物性格停留在外部事件与人物矛盾上，人物内心的丰富性未被充分发掘。文学作品塑造的是一个虚构的但有独立生命的人物，而在电影中人物的主观形态则受到极大的削弱，无法深入体会与挖掘多姿多彩的人物性格。

一、电影与文学的异同

电影与文学同属艺术领域，都是叙事和抒情的艺术，都是通过美感的塑造来完成创作和欣赏的过程，完成表现社会与人之众生态的内容，其终极目的都是通过阅读或观看的愉悦感形成认知与审美，从而与美学内涵保持一致。但是两者表现美感的形式各不相同。文学作品是通过语言来表现，电影则通过声音和画面来表现；文学是单纯的语言形式，而电影则包含各种各样的艺术形式，如音乐，舞蹈，绘画等等（刘明银，2008）。自人类文字产生起就诞生了文学，而电影则是依托于技术而生。它对技术的依赖导致一些作家对电影表现力的怀疑，尤其是对电影表现文学的能力的怀疑。因为出现了一些排斥电影的声音，一些作家认为电影对文学的改编是把艺术当成一种迎合大众的媚俗和堕落的方式，根本不是艺术，连美国最著名的文学家菲茨杰拉德都曾经说过"小说是人与人之间传达思想感情的最强有力的最流畅的工具，我发现它后来渐渐成为附属于一种机械的公共艺术了……是一种使文字从属于形象，使个性不得不在低档次的写作中消失殆尽的艺术……当看到文字的力量从属于一种更耀眼，更媚俗的力量时，我几乎总是难以摆脱一种令人痛心的屈辱感。"（爱德华·茂莱，1989：186）这些作家坚持认为真正伟大的文学作品永远无法改编。尽管争论了一个多世纪，但是电影毕竟是一门新兴的艺术形式，以其立体化的表现形式，可视性的画面以及生动人物语言和表情自始至终在吸引着全世界热爱电影的观众。所以有更多的作家认为电影是人类艺术史上从未有过的一种创造，他们不仅真诚地拥抱电影，而且热烈欢迎电影改编自己的作品。电影成为许多作家梦寐以求的传播方式，它也对作家的创作产生了不可估量的影响。从叙事结构到人物语言，从环境设计到心理描写，文学反过来也接受了电影的许多技巧。但是电影的改变能力毕竟有限，许多文学的领域电影镜头很难深入进去。文学与电影永远是两种形式的艺术，两者有相通之处，但更有无法逾越的鸿沟，正如马赛尔·马尔丹所言："小说与电影像两条相交叉的直线，在某一点上回合，然后又向不同的方向延伸。"（1995：69）所以文学向电影的转换是有限度的，电影对文学的改编能力也不是无穷无尽的。文学之所长可能正是电影之所短，反之亦然。

二、文学和电影与人物性格表达方面的差异

艺术在人类精神格局中拥有不可或缺的地位，因为它始终以感性的方式深入挖掘人类的心灵。高尔基所谓的"文学是人学"的论断，不仅强调了文学和艺术离不开人的主题，而且也意味着以艺术或者感性的方式研究人类心理与精神状态；不仅说出了文学中"人"是感性力量的迸射与会聚，而且也是理性思辨的"学"。因此，文学和艺术从根本上离不开体现人类智慧的哲学。（陈林侠，2011：135）与文学相比，电影则是另一种情况。"克拉考尔说'电影是攫取事物表象的艺术'，'电影距离人的心灵愈远愈好'。劳逊也说'电影必须表现可见的活动'。让·米里特也认为电影'不太适合表现纯内心活动'，'它无助于分清主客，反而增添了混乱'。电影不太能触及人物心灵的精神状态主要是因为电影拍摄上一些不能改变的原因"（林小萍，2005：48）。由此可见，文学作品是在深化内在精神，电影作品则在拒绝主观的心灵，人物在影片改变中必然会发生剧烈的碰撞。所叙之人发生改变，那么所叙之事也必须有较大调整。

人物在一书中的地位始终与事件纠缠在一起，不仅因为事件与人物如一纸两面相辅相成，而且与人的自我理解密切相关。小说经历了漫长的经验和技术的积累，在揭示人物心理动机、透视个体精神灵魂、沉思人生哲理方面，形成了一条清晰的纵深的写作思路。而在界限分明的电影类型中，"以事写人"的情况更为复杂，重感官刺激的视听语言阻隔了绝大多数影片的人物性格。尽管如此，大

多数影片都遵循着一个人物性格表达的原则。美国著名剧作家悉德·菲尔德认为："人物的实质是动作。你的人物实际上是他所做的事。电影是一种视觉媒介，剧作家的责任就是选择一个视觉形象或画面，用电影化的方式使他的人物戏剧化。"（1985：25）

罗伯特·麦基预设了人物外在表象与内在真相的"两元"对立，而表现对立的性格需要矛盾事件，以事件的矛盾表达内在世界的冲突；其次，人物内在世界的矛盾是否激烈取决于外部事件的激烈，体现在电影中就是表现人物"以力取胜"的特点，而不是小说中以"巧"见长的原则；另外，人物的自觉意志总是遭到外部冲突的阻挠，是外部阻挠着人物内心的渴求，而较少强调内部的冲突（2001：118）。以上三点证明电影所塑造的人物性格停留在外部事件与人物矛盾上，而人物内心的丰富性未被充分发掘。

在电影《相约星期二》一开场中，画面、音乐和镜头的切换再加上米奇的画外音，都向观众呈现了主要人物莫里教授的外在形象。他热衷美食和跳舞，经常出入免费舞场，他甚至会独舞一曲探戈，在充满着年轻人的场所中显得格外突出。从米奇的画外音和别人的称呼中得知他是一名教授，后来在 1994 年的某一天他从学校开车回家时，双腿无力导致摔倒在地，宣判了他绝症的到来。在这短短的不到 4 分钟的镜头变化中，草草带过莫里的职业身份，匆匆展现的是一个热爱生活、乐观快乐的老教授形象。但是在作品中，从开篇到周二开始的人生大课前，作者用了整整五分之一的篇幅描述了莫里作为老师的生活点滴，使用了"必修课程""教学大纲""学生""视听教学""入校""教室""点名"以及"视听教学第二部分""教授""教授第二部分""视听教学第三部分"和"毕业"十二个紧紧围绕莫里教学生涯的小标题，每一个标题下面都穿插着米奇对莫里教授在大学时代的回忆，让读者深切感受到莫里作为一名社会学教授的人格魅力。他对学生的关怀和鼓励，他独特的教学方法，他与米奇的肺腑之交，还有他从事教学的原因以及他的言传身教都可以从他最欣赏的亚当斯的名言"教师追求的是永恒，他的影响将永无止境"里找到答案。也正是这份职业在莫里教授心目中的神圣感使得他在患病之后仍然勇敢地走上课堂，向学生们笑而直言"修这门课有点冒风险，因为我得了绝症。也许我活不到这学期结束。如果你们觉得这是个麻烦而想放弃这门课，我完全能够理解。"（吴洪译，11）他的内心也斗争过，自问道"我就这样枯竭下去直到死亡？还是不虚度剩下的时光？"显然坚强的老教授不甘心枯竭而死。他将勇敢地去面对死亡，把死亡作为他生活的主要课题，把自己的死亡过程作为一本教科书供别人去研究。所以在小说的叙事艺术中，不仅可以形象勾勒出人物个性的发展轨迹，而且还精确概括了人物性格发展的外在原因，尤其是细致刻画了人物的心理历程，极大丰富了人物的内涵，极易引起读者的共鸣。而电影镜头则具有真实感，可以记录人物的生活痕迹，将虚构的人物真实化；剧中人物也具有较强的独立性，直接以自己的行动呈现在观众面前。电影中的莫里虽然遭受病痛的折磨，但是总能在学生面前显露出轻松幽默的一面，眼睛里也偶有泪光闪现，但是总能说出充满哲理的话语。人物形象无法表现莫里教授的内在坚强和淡然超脱，或多或少弱化了这个人物的丰富内涵。电影中的人物被情节逻辑整合起来，很难做到真正的分裂与复杂化。因此，电影艺术在传达充满张力、分裂的现代理念方面确实有困难。

三、文学和电影在人物主观性方面的差异

如果原作中作家是从生活、经验、想象、观念中提炼出形象具体的人物来，那么改编的电影人物则后于文学作品中的人物。因为改编属于二度创作，所以电影中的"第二手"人物形象与原创的"第一手"人物肯定有区别。原作中对莫里教授的形象有如下描写："他个子矮小，走起路来也弱不禁风似的，好像一阵大风随时都会把他拂入云端。"（5）而电影中的莫里教授是个高个头乐呵呵的老人形象，走路快而充满活力，很难将他与绝症联系在一起。也许导演有意安排一个不同于文学作品中的高大乐观的形象来映射他对待绝症的坚强意志。关于文学作品的人物构成，里蒙·凯南说："在故事中人物是一个构造，是由读者根据散布于文本的各个征象拼凑而成的。"（1989：66）也就是说文学创作中人物的表现是分散的，总是根据作家自己当时的情感、心理和精神状态，对人物事件时进行场面、细节、行为、心理等描写，他既可以对人物先前的性格表现做出补充和修正，也可以进行某种行为的重复和强调。所以在文学作品中，性格不同层次的设计、安排和组合容易形成作家独具个性的风格，也就是在创造一个有独立生命的人物，更是在叙述一个虚构的但又具备独立行动能力的人物。在《相约星期二》的作品中，虽然是以"我"米奇的角度对莫里教授进行描述，但是对场面和细节以及行为的描述非常细致到位，以莫里教授向米奇讲授人生

大课为主线，顺便回顾教授的过往生活和教书生涯，追忆教授对"我"产生影响的点点滴滴，在有序的课程进展中夹杂着教授的育人点滴和富有哲理的小故事，层层紧扣主题，读起来有一气呵成的感觉，莫里教授的童年、青年和老年的生活跃然纸上，他的成长经历和心理历程深深印入读者的脑海。过早失去母爱又缺失父爱的童年，所幸继母的爱给了他莫大的安慰，也培育了他的爱心；他从芝加哥大学博士毕业后从事的第一份工作——在一家精神病院观察和研究病人，他甚至与病人交上朋友，理解他们需要有人关注的心理，也明白了财富无法带来幸福和满足，以及后来当上社会学教授后积极支持反战游行，甚至暗中帮助学生缓役，充当和平使者。但他得知自己患上不治之症，毅然决然的坦然面对死亡，与前来探望的朋友探讨死亡的含义，分享他们的困难，思维处于异常活跃的状态，只为证明一件事：来日无多和毫无价值不是同义词。他甚至为自己举办"活人葬礼"，提前品味死亡的味道。所以作品展现的是一个主观意识很强，心理素质极强，珍惜至亲好友，笑迎无常之事的普通但不平凡的教授形象。

在电影艺术中，人物的主观形态受到极大的削弱。人物不是经由自身进行自我了解，而是借助对外在事物的认识以及别人对自我行为的反应，来认知以及组合个人形象。"摄影机的限制，让电影创作者对于在屏幕上传达的讯息，也只能局限在图像和声音能够感知的范围内，而不涉及人物的意识，观众除了感受到人物的环境和行动外，接受不到其他讯息，他对电影中世界与人物的认识一直是外在的，而他的阅读和理解必须从这个外在性着手。"（林小萍，

2005：50）改编有着清醒的现实功利意识，对人物形象缺乏足够的情感投入，对人物定位也往往注意到"这一个"的性格特点，而忽视这一个背后的群体。由于受剧情和时间的限制，电影版本中重点突出了莫里教授和米奇之间的回忆与交往，谈话与交流，其他人物几乎都轻描淡写，甚至没有出现在电影中。作为故事的讲述者米奇也有两个至亲对他影响深刻。一个就是他患有胰腺癌的舅舅让他第一次近距离接触到死亡的无奈与痛苦，舅舅哀伤地请求米奇照顾他的两个儿子。舅舅的故去极大刺激了米奇，他发誓不要有舅舅那样的结局，于是拼命工作挣钱，因为只有成就感能使他相信他在主宰自己，可以在末日到来之前享受到每一份握在手中的快乐。另一个亲人则是他好久也联系不上的亲弟弟，童年如此亲密的弟弟竟然也得上了胰腺癌，为了治疗他飞遍整个欧洲，尝试正在试验阶段的药品，虽然病情有所缓解，但是弟弟却拒亲人于千里之外，坚持独自与疾病抗争，米奇惦念着弟弟却又不能接近他，为此非常痛苦。但是细心的莫里教授早就觉察出了米奇的问题，在第十三个星期二"谈论完美的一天"的时候，告诫米奇要平淡看待弟弟的愿望，双方要给予对方以空间，了解彼此的愿望和需求。爱是让你像关心自己一样去关心别人。莫里相信弟弟一定会回到米奇身边。在教授去世后，米奇毅然去西班牙与弟弟进行了一次长谈，向弟弟表达了兄长之爱。果不其然，弟弟开始主动联系米奇，与他分享了自己的活动和感受。所以在阅读和理解文学作品中的过程中，与莫里有间接关系的人物也能如此生动形象地反衬出教授的内心细腻和关切的品质，而电影只是通过人物的行动和对话勾勒出一个普普通通的人物形象。剧中第一号人物的莫里教授周围的亲人或者朋友或多或少也被忽略不计，包括一直守在他身边的妻子和两个经常来看望他的儿子，可惜在电影中只分别出现过一次，他对家人的关爱和留恋几乎没有表现出来，献给他葬礼诗歌的表妹更是忽略不计。书中米奇的妻子詹宁在剧中变成了还未结婚的女友，这种改编虽然在一定程度上是可取的，因为同样可以支撑莫里关于爱的永恒的论述，但是在文学作品中是用来展现婚姻的意义和重要性，显然更具有说服力。由此可见在小说的主观性人物转移到电影作品中时，往往会成为引发观众喜爱或同情等常规情感反应的客观人物，观众也会被莫里勇敢面对疾病和死亡的意志所感动，被他的乐观精神和哲理智言所感染，但是却不能像阅读作品一样可以深入体会与挖掘多姿多彩的人物性格。

四、结　语

　　文学和电影虽然同属艺术领域，但是表现方式各有所长，在人物塑造方面，电影艺术表现的手段多从属于外在客观因素，虽然展示形象生动，视听效果突出，但也只能停留在表象，而文学作品可以使用神奇的文字将读者带到任何一个心灵角落，不仅可以聆听人物的内心表白，而且可以捕捉文字背后的深刻含义，脑海里会清晰浮现出一个栩栩如生的新鲜形象，人物的内在丰富性得到了极大的完善。

参考文献

［1］Album, M. Tuesdays with Morrie. New York：Anchor Books，1997.

［2］［美］爱德华·茂莱. 电影化的想象：作家和电影. 邵牧君，译. 北京：中国电影出版社，1993.

［3］陈海容. 解读西方文学中永恒的死亡主题之奥秘//黄山学院学报，2009（1）：104-105.

［4］陈锦端. 生之本真 死亡启智——从海德格尔"向死而在"的真谛看麦卡锡《路》的死亡主题//东京文学，2011（10）：43-44.

［5］陈林侠. 从小说到电影——影视改编的综合研究. 北京：中国社会科学出版社，2011.

［6］［法］弗朗西斯·瓦努瓦. 书面叙事 电影叙事. 王文融，译. 北京：北京大学出版社，2012.

［7］［以］里蒙·凯南. 叙事虚构作品. 姚锦清，等译. 北京：三联书店，1989.

［8］林小萍. 电影内心化剧作叙事方式的转变//北京电影学院学报，2005（2）：48-55.

［9］刘冀. 从莫里·施瓦茨的教书经验看大学教师的为师之道——读《相约星期二》有感//青春岁月，2010（22）：297.

［10］刘冀. 读《相约星期二》有感//华章，2012（30）：112.

［11］刘明银，改编：从文学到影像的审美转换. 北京：中国电影出版社，2008.

［12］陆扬. 中西死亡美学. 上海：华中师范大学出版，1998.

［13］陆扬. 死亡美学. 北京：北京大学出版，2006.

［14］［美］罗伯特·麦基. 故事：材质、结构、风格和银幕剧作的原理. 周铁东，译. 天津：天津人民出版社，2014.

［15］［德］马丁·海德格尔. 存在与时间. 陈嘉映，王庆节，译. 北京：三联书店，1987.

［16］［法］马赛尔·马尔丹. 电影语言. 北京：中国电影出版社，1995.

［17］［美］米奇. 阿尔博姆. 相约星期二. 吴洪，译. 上海：上海译文出版社，2007.

［18］单治国. 死亡哲学. 哈尔滨：黑龙江人民出版社，1989.

［19］［美］悉德·菲尔德. 电影剧本写作基础. 北京：中国文联出版公司，1985.

［20］谢亚平，李强. 死亡之思的永恒困顿——关于海德格尔哲学思想的思考//湛江师范学院学报，2004（5）：96-101.

［21］王家新 "译诗艺术的成年"：王佐良对奥登的翻译. http：//site. douban. com/106826/widget/articles/303644/article/10879918/. 2012-03-12.

［22］王家新冬日读诗. http：//blog. sina. com. cn/s/blog_ 6a59ed7a01014wbh. html. 2012-05-12.

［23］魏源，李倩. 生命的另一种自由——论艾米莉·勃朗特创作中的死亡主题//青年文学家，2013（30）：63-64.

［24］吴阿玲. 永远的课堂：读米奇·阿尔博姆的《相约星期

二》//百家纵横，2010（5）：84.

　　［25］张红艳，吴光军. 论米奇·阿尔博姆作品中的死亡主题
//文教资料，2014（6）：16-17.

　　［26］郑超群. 死亡·重生·美——谈爱伦坡死亡小说中的生
命观//安徽文学，2008（10）：162-163.

（本章作者：李　华）

4.《托斯卡纳艳阳下》

Under the Tuscan Sun

作者简介

弗朗西丝·梅斯（Frances Mayes）（1940—　），美国女作家。出生于美国南方乔治亚州的菲茨杰拉德（Fitzgerald）并在那里长大，——有趣的是，菲茨杰拉德也是美国文学史上一个著名作家的名字。梅斯曾经是大学教授，担任旧金山州立大学的系主任，现在则已成为全职作家，主要创作回忆录、诗歌、小说、散文。曾发表过诗歌集《异国他乡的星期日》（*Sunday in Another Country*，1977）《愉悦过后》（*After Such Pleasures*，1979）《火的艺术》（*The Arts of Fire*，1982）《小时》（*Hours*，1984）等。1996 年出版回忆录《托斯卡纳艳阳下：在意大利的家》（*Under the Tuscan Sun：at Home in Italy*），一经面世即成为风靡全球的畅销书。2002 年，梅斯出版小说处女作《天鹅》（*Swan*），这是一部怀旧色彩浓厚的南方家族小说，把读者带回她儿童时代的乔治亚州。现在梅斯每年往返于美国北卡罗来纳州的希尔斯堡（Hillsborough）和意大利托斯卡纳地区的科尔托纳古城（Cortona），是一个名副其实的世界公民。

撷英采华

片段 1：

If the gun is on the mantel in chapter one, there must be a bang by the end of the story. (Mayes, 1997：36)

译文：

如果哪本书的第一章提到了枪，那么书的结尾肯定就会听到枪

声。(邱艺鸿译，2010：37)①

片段 2：

Southerners have a gene, as yet undetected in the DNA spirals, that causes them to believe that place is fate. Where you are is who you are. The further inside you the place moves, the more your identity is intertwined with it. Never casual, the choice of place is the choice of something you crave. (86)

译文：

美国南方人身上都有一种无法从 DNA 中找到的基因，相信住所乃命运一说。你居住的地方决定了你是谁。你与自己的住所越息息相通，你的自我就越与它难分难舍。一个人选择居于何处绝不是偶然的，因为它反映了你内心的渴望。(86)

片段 3：

Once in a place, that journey to the far interior of the psyche begins or it doesn't. Something must make it yours, that ineffable something no book can capture. It can be so simple, like the light I saw on the faces of the three women walking with their arms linked when the late afternoon sun slanted into the Rugapiana. That light seemed to fall like a benison on everyone beneath it. I, too, wanted to soak my skin under such a sun. (145)

译文：

一旦到达一个地方，你的心灵列车要么驶向最遥远的内心深

① 本章内所引用的英文版本均出自 Broadway Books 出版社 1997 年版。中文译文均出自邱艺鸿（2010，南海出版社）的译本。以下只在引文后标注页码，不另加注。

处，要么原地停留。有些感受只属于你自己，它有时无法言喻，任何书本都捕捉不到；有时又非常简单，就像那日午后阳光下，我看见三个手挽手的女子脸上的光芒，如同上天赐予的祝福。我也希望能被这样的阳光照耀。(145)

片段4：

It is easy for foreigners to idealize, romanticize, stereotype, and oversimplify local people. ...Once the person is really known, of course, the characterization blessedly fades. (189)

译文：

外国人看本地人，很容易把他们理想化、浪漫化、典型化或者简单化……一旦我们对一个人有了真正的了解，想象的色彩就会慢慢褪去，还以真实面貌。(190-191)

片段5：

The sturdy tree looks immediately at home on the lower terrace. As it grows it will tower over the road below. From the upstairs, we'll see its peak growing higher and higher each year. If the rains these first years are plentiful, in fifty years it may be the giant tree of the hillside. Ashley, old by then, may remember planting it. Because she is flush with beauty, I can't imagine her old. She will come with her friends or family, all of whom will marvel. Or strangers who own the house may take its lower limbs for firewood. Surely Bramasole will still be here, with the olives we've planted thriving on the terraces. (219)

译文：

种在山上的那棵小小圣诞树，似乎立即融进了周围环境。随着慢慢成长，它的枝叶会离脚下的土地越来越远。站在楼上的我们，也将看到它的树冠一年高过一年。如果最初几年风调雨顺，五十年后它将长成一棵参天大树，矗立在田间。到那时，阿雪莉也将老去，也许她还记得今天种树的情景。现在的她是这样的青春貌美，我很难想象她年华老去的模样。将来，她带着家人好友再来此地，肯定心生无限感慨。又或许，将来的新主人，会砍下这棵树的矮枝条当柴烧。不管怎样，那时的巴玛苏罗必定还在，而我们种下的那一片橄榄树也必将枝繁叶茂。(222)

片段 6：

The medieval notion that the world reflects the mind of God has tilted in my mind. Instead, the church I perceive is a relief map of the *human* mind. A thoroughly secular interpretation: that *we* have created the church out of our longing, memory, out of craving, and out of the folds of our private wonders. (268)

译文：

中世纪的神学家认为，世界是上帝心灵的反映，这个观点我不敢苟同，我反倒认为，教堂是人类心灵寄托安慰的地图。说直接点，教堂是我们人类根据自己的渴望、自己的记忆、自己的追求以及自己内心的惊奇所创造出来的。(272)

影片资料

彩色片，113 分钟

美国试金石影片公司 (Touchstone Pictures) 摄制

导演：奥黛丽·威尔斯 (Audrey Wells)

编剧：奥黛丽·威尔斯 (Audrey Wells)

摄影：杰弗瑞·辛普森（Geoffrey Simpson）

主演：戴安·莱恩（Diane Lane）饰弗朗西斯·梅斯（Frances Mayes）

吴珊卓（Sandra Oh）饰帕蒂（Patti）

克劳迪娅·吉里妮（Claudia Gerini）饰拉古齐先生（Signora Raguzzi）

雷欧·波瓦（Raoul Bova）饰马尔赛罗（Marcello）

琳赛·邓肯（Lindsay Vere Duncan）饰凯瑟琳（Katherine）

帕维尔·萨拉耶达（Pawel Szajda）饰帕维尔（Pawel）

茱莉亚·斯泰戈尔瓦特（Giulia Steigerwalt）饰奇亚拉（Chiara）

获奖情况：2012 年，戴安·莱恩，第九届卫星奖最佳女主角提名；2012 年，反歧视同志联盟优秀影片传媒奖；2004 年，戴安·莱恩，金球奖最佳女演员提名。

剧情梗概

电影又名《好想有嫁期》。35 岁的女主人公弗朗西丝（Frances）是旧金山一所大学的教授，同时也是个才华横溢的作家。然而当面临突如其来的爱人背叛和婚姻失败，她开始对生活感到心灰意冷，写作灵感也日益枯竭。

弗朗西丝的亚裔闺蜜帕蒂（Patti）不忍心看着她从此一天天憔悴消沉下去，于是安排她参加了一个意大利托斯卡纳的浪漫十天之旅。希望弗朗西丝可以徜徉在意大利风光如画的乡间美景中，将失败婚姻带来的阴影和创伤远远抛在脑后，并且重新获得创作上的灵感。

来到阳光灿烂的托斯卡纳之后，弗朗西丝立刻被这里浪漫旖旎的风光吸引住了。机缘巧合之中她对一幢荒废多年的乡间别墅一见钟情，并花掉几乎所有积蓄买下这座有 300 多年历史的、名为"巴玛苏罗"（"Bramara Sole"，意为"渴望阳光"）的古宅，决定留在托斯卡纳开始自己的新生活。

在随后翻修这座老房子的过程中，各种意想不到的艰难险阻出现在弗朗西丝面前。加上后来，她在罗马街头偶然遇到一个帅气的古董商人马赛洛（Marcello），然而在短暂的浪漫交往过后，她却发现对方是个风流成性、全无责任感的人。面对生活中的种种烦心事务，她几乎都想一度放弃了。然而最终在自己的执着和朋友的鼓励下，她还是一路坚持下来，将"巴玛苏罗"修缮一新，自己也寻觅到了如意郎君，开始了崭新的生活。

【深度解读】之一：
《托斯卡纳艳阳下》的《瓦尔登湖》
——一个超验主义者的简单生活

> 《托斯卡纳艳阳下》记录了现代社会中一段女性版本的简
> 单生活，而梭罗式的超验主义思想充溢其中。尽管时光已流转
> 百年，美国的康科德与意大利的科尔托纳也有万里之遥，但只
> 要拥有一颗热爱自然、追求理想生活的赤子之心，我们的内心
> 都会拥有一泓清澈的瓦尔登湖，时时沐浴在托斯卡纳灿烂的艳
> 阳之下。

1996 年，美国女作家弗朗西丝·梅斯（Frances Mayes）出版了
《托斯卡纳艳阳下》（*Under the Tuscan Sun*）一书，记录她在意大利
托斯卡纳乡间生活的点点滴滴。这本具有浓郁意大利田园风情的散
文书籍一经问世就广受欢迎，迅速登上《纽约时报》畅销书排行榜
第一名，并随后雄踞榜单长达 128 周之久。书中加利福尼亚州旧金
山的大学教授梅斯为了走出失败婚姻的阴影，释放都市生活的压
力，来到意大利托斯卡纳地区的科尔托纳小镇（Cortona），立即对
这片古老而迷人的土地一见倾心，并心血来潮之下买下一栋名为
"巴玛苏罗"（"Bramara Sole"，意为"渴望阳光"）的乡间荒宅。在
翻修这栋年久失修的老房子过程中，她也在用一砖一瓦重建自己的

心灵家园，最终找到一个全新的自我。

　　关于《托斯卡纳艳阳下》的众多评论很容易让人联想到著名超验主义作家亨利·戴维·梭罗（Henry David Thoreau）的经典之作《瓦尔登湖》（*Walden*）："宛如当年梭罗在瓦尔登湖畔，开启全球慢活风尚""提供一种简单生活的可能""让身体顺应自然的节奏，慢慢来。有的是时间"。确实，《托斯卡纳艳阳下》记录了现代社会中一段女性版本的简单生活，而梭罗式的超验主义思想充溢其中。

一、梭罗与他的《瓦尔登湖》

　　1845 年，美国青年作家梭罗在家乡马萨诸塞州（Massachusetts）康科德小镇（Concord）附近的瓦尔登湖畔就地取材，自己动手建造了一个小木屋，在美国独立日七月四日那天搬了进去。他在湖畔林中住了两年零两个月，过着辛勤劳作、自给自足的简朴生活。《瓦尔登湖》一书就是梭罗对这段隐居生活的忠实记录和深邃思考。真正的经典必定经得起时间的考验，时至今日，《瓦尔登湖》已经成为美国人最喜爱的散文书籍之一，其中阐述的许多思想构成美国传统文化的重要组成部分。在《美国遗产》所列的"十本构成美国人人格的书"中，《瓦尔登湖》高居榜首；它也曾被美国国会图书馆评为"塑造读者的二十五本书"，其对美国人的深远影响可见一斑。

　　同时，梭罗这段世外桃源的生活经历也成为许多后来者竞相效仿的生活方式。"亨利·贝斯顿在科德角海滩建起小木屋，写出了

《遥远的房屋》（*The Outmost House*）。爱德华·艾比沿着犹他州的绿河漂流多日，写出了散文集《漂流而下》（*Down the River*），书中一章题为'与梭罗一起漂流而下'。20世纪中叶，波士顿一对夫妇效仿梭罗在荒野中生活，并写了本书《以丛林为家，今日过梭罗的生活》（*At Home in the Woods：Living the Life of Throeau Today*），书中第一句话便是：'我们走向荒野，是因为一百年前有个人写了一本书。'安妮·拉巴斯蒂在黑熊湖畔建了一座小木屋，一直居住在那里，并以亲身经历写成了《林中女居民》（*Woodswoman*）。"（程虹，2009：51-52）由此可见，梭罗和他的《瓦尔登湖》对后世读者有着多么大的感染力！

全书文笔清新隽永，以大自然春、夏、秋、冬的四季更替为叙述顺序，最后一章以春回大地、万物复苏结束，揭示时光流转而又周而复始的自然规律，同时与之对应的是作者思想上的成长过程。

此外，在导师兼挚友拉尔夫·沃尔多·爱默生（Ralph Waldo Emerson）的影响下，梭罗接受了超验主义的哲学思想。超验主义认为"超灵"是宇宙万物的本源，而自然则是"超灵"的"外衣"，并且上帝的精神充溢于自然之中，自然与人类的关系是神圣而亲密的。超验主义也强调每个人类个体的价值，认为个人的力量是强大的，人应该不断认识自我，相信、依靠自我，充分挖掘出自己的全部潜能。另外，超验主义非常注重人的精神世界，认为人们应该舍弃对物质生活的过度迷恋，而应去追求一种崇高、充实的精神生活。在瓦尔登湖畔两年多的原生态生活正是梭罗对这种思想的身体力行，他试图以自己的生活实验警示现代社会中奔波忙碌的人们，提醒他们静下心来聆听来自内心的真实声音。而这种社会实践正是梭罗个人对超验主义思想的独特贡献，是对超验主义思想的超越，也是他与爱默生的区别之一。

必须要说明的是，梭罗在瓦尔登湖的生活虽然是离群隐居，但却不是陶渊明式的消极避世，而是一种积极进取的执着探索，其中洋溢着乐观向上的人生态度，他是在以自己的实际行动践行超验主义思想。

二、《托斯卡纳艳阳下》中的超验主义思想

《瓦尔登湖》被誉为"简单生活的权威指南"。其十八章的内容大致涵盖这样几个方面：对自然的热爱及身处其中的愉悦、在林中湖边的简朴生活、辛勤劳作，自己动手，自给自足、重视精神生活，回归本心，深入思考，关注心灵的成长。

(一)、远离尘嚣，亲近自然

悉心观察自然的每时每刻，热爱自然的每一面风景。同时崇尚心灵与自然的和谐，与一草一木、一雀一鸟交朋友，在自然的恬静惬意中寻求一种纯真、诗意的理想生活状态。

爱默生认为自然是人类的精神家园，而在梭罗笔下，瓦尔登湖成为人与自然和谐相处的典范。他曾这样深情地描绘瓦尔登湖的湖光山色："湖是自然风光最美妙、最生动的所在。它是大地的眸子，凝望着它的人可以反省自我天性的深度。湖畔所生的树木是睫毛一般的镶边，而四周苍翠的群山和峰峦叠嶂则是它浓密突出的眉毛。"

（梭罗著，戴欢译，2003：118）在瓦尔登湖畔居住的两年中，他用自己的双眼和内心观察大自然一时一刻细微精妙的变化，怀着敬畏之情了解树木花草、虫鱼鸟兽的生长习性。梭罗眼中的自然生机盎然，充满了无边的乐趣与活力。身处其中的他悠然自得、其乐融融，俨然与自然融为一体：在船上吹笛，在湖边钓鱼，时而凝神倾听飞鸟与鱼的对话。梭罗虽是在树林中索居，但自然中没有任何事物让他感到恐惧和寂寞，反而带来的是亲切和快乐，自然中的一切都成为他的小伙伴，乃至精神力量的源泉。

在托斯卡纳，作者梅斯同样享受着回归自然的乐趣，在那里她"与大自然亲如手足"。她曾经说，"我选择巴玛苏罗，更因为它与大自然为邻。"（263）

不同于美国的新英格兰，意大利的田园风光浓烈而绚丽：成片的花海、覆满野花的罗马古道、金色向日葵盛开的田野，还有那布满葡萄园和橄榄树林的连绵起伏的青山。

在梅斯的笔下，大自然千种风情、万般变幻，而每时每刻的它都是那么亲切而迷人，——清晨万物苏醒，空气中弥漫着清新的味道，"蜜黄色的农场安卧在山谷的怀抱中，仿佛一块块新鲜出炉的面包。"（20）

每天都是"甜蜜的日子，无与伦比的时光"：

"被菩提树上的杜鹃叫醒，走进田间小径，对着葡萄架歌唱，采摘一罐又一罐李子；亲眼目睹橄榄枝头初结橄榄的模样……无花果树下，两只猫咪蜷缩着身子，我们也觉得那里非常阴凉……我们可以慢慢聊天。有的是时间。"（3-4）

到了夜晚，自然则变得些许神秘玄奥，"北斗星悬在房屋上空，像是要往屋顶倾倒什么似的。群星现于天幕，清晰得如同一张星座图。一直住在灯火通明的都市，我都忘了星星的存在。"（24）

而一年四季都有一场场奇妙的邂逅接替上演，——夏日一场暴风雨过后，微风送来松枝散发的清香，一只小猫头鹰落到了她的窗台上；在冬日圣诞节的大雪过后，在一片长满松树和栗树的古老树林中：

"树上还挂着残雪。空气十分湿润，弥漫着潮湿的松针清香……突然，一只红狐狸窜到我们面前，摇着毛茸茸的长尾巴，打量了我们几眼，纵身一跃，又跳回林中了。"（218）

梅斯曾感叹过住在田野乡间，心也会变得格外纯净透明，"住在城里的我们，越来越难以接受超现实的东西，因为我们的想象力已被现实碾碎。在乡村，也许是离星空和树林近的缘故吧，我们才会相信。"（269）

确实，在压力巨大的现代社会中，多少人被眼前的现实生活所累，整日奔波忙碌、身心疲惫，从而放弃了对更加美好的事物的追求，精神世界一片荒芜，越来越少的人去关注琐碎的个人利益和循规蹈矩的日常事务之外的广阔天地，而在梭罗看来，这样的生活不能称之为"真正的生活"。

(二) 简朴生活，放慢步伐

在这个物欲横流的社会，获取更多的物质财富、过上更舒适的生活成了人们的首要目标，许多人一味追求"高、大、上"的生活标准，只关心感官享受和物质生活。

而梭罗的主张则是"简朴，简朴，再简朴"，物质生活中的个人需求得到基本满足即可。真正的生活应该是外在简朴而内在丰富的。他认为金钱只是身外之物，而且是对精神生活的一种拖累与妨碍。他说，多余的财富只能买多余的东西，人的灵魂所必需的东西，是不需要花钱购买的。（梭罗著，戴欢译，2003）我们不应该追求那种复杂但肤浅的生活，而应该删繁就简，放慢节奏，舍弃对物质财富的迷恋，这样才能回归本心，把精力放在充实自我的精神世界上，以摘取生活中"更美好的果实"。

与富足但浮躁的旧金山生活相比，梅斯认为在托斯卡纳才是"真正的生活"，令她"乐不思蜀""无比惬意"。在她眼中托斯卡纳与旧金山有何不同呢？

"这里之所以吸引我，部分原因是它能够平衡我在美国的生活……意大利的日子能让我远离美国疯狂、暴力的一面，还有从早到晚忙碌不停的生活。到这里才短短三个星期，我就已经不像在美国那样，整天把神经绷得紧紧的。"（77-78）

她在托斯卡纳享受着明媚阳光下的优美景致，陶醉于辛勤劳作的点滴收获，沉浸在街坊邻里的温情暖意中。在那些"透明而单纯的日子"里，快乐竟来得如此地简单，"吃了白桃做的冰淇淋，会情不自禁翩然起舞"！（282）

以致她情不自禁地畅想起未来悠然自得的生活，"或许可以简简单单生活，我教当地人英语，骑着摩托去镇上买面包。埃迪呢，开一辆小型拖拉机，在田里耕地或种葡萄。"（123）

确实，人们所追求的大部分奢侈品和物质享受非但没有必要，反而容易迷失自我，丧失本心。而简朴生活则摆脱了重重物欲，把我们从浮华俗世的纷纷扰扰中解脱出来，使我们的生活和头脑都更加清爽恬淡，从而留出更多的闲暇时间去阅读、思考，创造更多的智慧。不得不说，尽管梭罗生前是个孤独的前行者，不被同时代人理解与认可，然而他却绝对是个富有远见卓识的先驱者，着实令人敬仰。他提倡的这种简朴生活不正与现在我们开始推崇的"慢生活""极简生活""减法生活""质感生活"不谋而合吗？

(三) 亲力亲为，自给自足

梭罗非常重视个人实践和个人努力。他在瓦尔登湖开荒种地，砍柴钓鱼，偶尔去附近的村子打打零工，几乎所有的生活必需品都是通过双手的辛勤劳动获得的。正如爱默生所说，"虽然广阔的宇宙不乏善举，可是若不在自己的那块土地上辛勤耕耘，一粒富有营养的粮食也不会自行送上门来。蕴藏在他身上的力量实际上非常新奇，因此除他而外，谁也不知道他有什么本领，而且不经过尝试，连他自己也不知道……物质上的好处如果来时没有功德，没有汗水，它就在我身上扎不下根，随后一阵风就会把它刮走。"（爱默生著，蒲隆译，2010：29，78）

之前从没做有过粗活的梅斯，在托斯卡纳也爱上了体力劳动，并且乐此不疲。从开荒种地、除草施肥到种花植草、修剪橄榄枝；从通下水道、测试水井、修理百叶窗到给房梁上漆打蜡、粉刷房间、清洁地板；

"目前的劳动完全超出了身体的负荷……一趟到床上，就跟死人一样。可一到早晨，我们两人又不知哪来的精力，浑身有使不完的劲儿，接着埋头苦干。连自己都不敢相信能这么吃苦耐劳……换作在旧金山，如果把时间花在擦银器、熨衣服和扫地这样的家务上，我肯定觉得是'浪费时间'。比这更重要的事情比比皆是。大学的工作已让我身心疲惫，家务事早成了可恶的负担……可为什么在这里，我却能哼着小曲擦窗户呢？……我还想建一个超大的花园，还想亲手缝一块亚麻布帘。"（85，101）

梅斯已经深深爱上了这片土地，这片因她的辛勤劳动而日新月异的土地。在每个收获橄榄的秋季，"载着自己亲手种的橄榄前往磨坊，榨出又香又醇的绿色橄榄油，是多么令人兴奋。"（287）而享受自己的劳动果实，其快乐是成倍增长的，"拉上薄薄的亚麻窗帘美美地睡午觉、在食品架上放置成罐的李子酱、在菩提树下摆张长桌享受美食，挎上摆放在门口的篮子，到田里摘番茄、芝麻菜、玫瑰花和迷迭香。"（20）

（四）回归本心，勤于思考

在瓦尔登湖畔，梭罗每天白天劳动，晚上在小木屋中记录下自己的细微观察和深入思考。关于那两年林中生活的意义，他曾经这样说过这样一段话，"我到森林里去是因为我希望能够更有意义地生活，面对生活中最有实质性的事实，看看我能不能学会生活必须教会我的东西，而在我死的时候，不会发现我其实没有活过。""生活中最有实质性的事实"，应该就是他追求的一种充实而自由的精神生活，不断自省内心，完善自我。尤其在大自然清澈宁静的怀抱中，更能享受到阅读和思考的乐趣，更容易思考"崇高的事物"。

在托斯卡纳，辛勤劳动之余，作者每天都在阅读、思考、写作。自省在旧金山的都市生活，反思在托斯卡纳安家的动因，记录在新居生活的点滴思考，以及对未来生活的美好憧憬……托斯卡纳的田园生活经常唤起梅斯的童年记忆，使她逐渐找回内心真正的自我，树立起满满的信心拥抱灿烂的新生活。

1. 住所即身份

巧合的是，《瓦尔登湖》中的第二章题为"我的生活所在，我的生活追求"，而《托斯卡纳艳阳下》的第二章也是稍显相似的标题——"那房屋与那土地"。《托斯卡纳艳阳下》有大量关于"住所""房屋"重要性的阐述，其中特别提到一位法国哲学家曾把房子称作"分析人类灵魂的工具"。在作者看来，房子是有生命的东西，与我们息息相关：

"没有一个住所是中立的，它势必对你产生影响……我们喜欢四面是墙的东西。当姐姐问我：'她的房子怎么样？'我知道她想问的是：'她这个人怎么样？'……住所乃命运。你居住的地方决定了你是谁……你个人选择居于何处绝不是偶然的，因为它反映了你内心的渴望……我把南方人对住所的迷恋延续下来，住所对我而言就是自我的延伸"（7，19，86，270）

2. 驶向内心深处的心灵列车

梭罗曾经嘲笑人们趋之若鹜地去世界各地旅行，四处走马观花，却恰恰忽略了对自己内心世界的认知与探索。他曾经这样写道："到你的内心去探险吧！这才使你的眼睛和大脑派上用场。"（梭罗著，戴欢译，2003：122）梭罗的文字就是有这样一种安静的力量，提醒我们在四处远游的同时，也不妨抽空抬头看看蓝天，晚上仰望一下星空，你会发现大自然会把你带到一个被你忽略已久的尘封世界，那就是你自己的内心深处。

关于盲目的旅行，《托斯卡纳艳阳下》也有相似的讨论。每到夏天，总有大批游客涌入佛罗伦萨，在作者眼中，这座历史名城变成了"糟糕的旅游胜地"，"走到哪儿都是人……人性的丑陋暴露无遗：在街上随手丢弃冰淇淋包装纸，纵容孩子在饭店闹腾"。（212）

她也批评身边朋友的旅行态度，一个朋友：

"三周之内旅游了七个国家……我仿佛听到她在说：开车吧，去哪儿都行，越快越好，越远越好。其实这样的游客，一心只想'离开这里'……他们旅游不是为了感受目的地的人文景致，而是为了表现自己的行动能力。"（144，145）

她的一个同事则说："很高兴自己去了伦敦，以后就不必再去了"！（145）而在梅斯看来，旅行的心态至关重要，旅行的意义完全取决于自己的人生态度，"一旦到达一个地方，你的心灵列车要么驶向最遥远的内心深处，要么原地停留。"（145）

3. 艳阳下的新生

单纯快乐的田园生活常常唤起作者在美国南方的童年记忆，而这些美好的记忆是她在长大成人之后的都市生活中遗失已久的：

"我在这栋新买的异国房屋里一间间巡视，好像祖先的灵魂都留在里面似的，好像这里才是我该返回的家园……在这里，我接通了儿时的生活……第一缕阳光照在脸上……金丝雀已放声歌唱，这时的我早已睡意全消。小时候在佐治亚，我和父亲常常在日出时分去沙滩上散步。但在旧金山，叫醒我的只有七点的闹铃……我喜欢旧金山，但却一直没找到家的感觉。"（263，264）

曾几何时，带着过去婚姻的阴影和都市生活的压力，梅斯来到了托斯卡纳，"房子、土地，或许还有我自己，都有待修复。"（85）

她深深地体会到成长需要付出代价，"只要仍旧梭巡于旧日的足迹，就无法获得新生。虽然我难忘已知的东西，但更钟情于未知的惊奇。但丁在《神曲·地狱篇》开篇中的发问：人想要成长，应当付出怎样的代价？"（19）

而在托斯卡纳的田园生活使她最终欣喜地发现"我们被一个地方改变了"（290）：

"每次，只要我打开大门，将那把大铁钥匙插入锁孔，推开房门，就能重回这栋大屋子里，开始我的新生活……十年来，房屋和花园发生了翻天覆地的变化，而我们两多年来生活在意大利人中间，变化并不亚于房屋和花园。"（274，289）

三、结　语

时光荏苒，斯人已去，唯有波光粼粼的瓦尔登湖依旧在阳光下静静流淌。它早已不只是一个超验主义作家在那里生活、劳动、思考和写作的地点，而是俨然成为一个历久弥新的象征——一种返璞归真的生活方式，一段人与自然亲密融合的浪漫诗篇，又或是一种人类对理想生活的执着探索，这一切对我们现代人的人生态度与生活方式无疑具有意味深远的借鉴意义。

如今《托斯卡纳艳阳下》的生活方式也已经在读者心中引起强烈的共鸣，许多人在它的感召下奔赴科尔托纳欲一睹"渴望阳光"的真颜，这本闪现着超验主义思想灵光的回忆录更在世界各地兴起了一种"简单生活"的风尚。

尽管时光已流转百年，美国的康科德小镇与意大利的科尔托纳山城也有万里之遥，但只要拥有一颗热爱自然、追求理想生活的赤子之心，无论东西南北，我们的内心都会拥有一泓清澈的瓦尔登湖，时时沐浴在托斯卡纳灿烂的艳阳之下。

【深度解读】之二：
生态女性主义视角下的小城故事
——重读《托斯卡纳艳阳下》

　　《托斯卡纳艳阳下》充满了对生活的热情，洋溢着和谐、平等、温暖、关爱的生态女性主义思想。自然与女性之间有一种天然而悠远的亲密关系，诚如女性作家陈丹燕所说，"来世想做长在托斯卡纳绿色山坡上的一棵树／一颗形状很美的柏树／像绿色的烛火一样尖尖地伸向天空／总是蓝色的／金光流洋溢的天空"这会是多么好的来世！

一、前　言

　　弗朗西丝·梅斯的这本回忆录《托斯卡纳艳阳下》讲述她在意大利托斯卡纳地区的科尔托纳古城（Cortona）购买并翻修一座荒废已久的乡间老宅，以及在那里生活与思考的点点滴滴。这本书在 1996 年一经面世便取得了出乎意料的巨大成功，随即被翻译成四十多门语言。之后梅斯又陆续推出了三本姐妹篇散文集，内容风格都与第一本一脉相承，同样广受欢迎：《贝拉托斯卡纳：在意大利的甜蜜生活》（*Bella Tuscany: the Sweet Life in Italy*, 1999）《在托斯卡纳》（*In Tuscany*, 2000），以及《在托斯卡纳的每一天》（*Every Day* in Tuscany，2010）。梅斯因此被科尔托纳市政府授予"荣誉市民"称号，并且开创了一年一度的"托斯卡纳太阳节"，由她本人出任艺术指导。

这几部托斯卡纳系列的回忆录讲述的都是作者在意大利乡村的异国生活经历。托斯卡纳地区不仅风景宜人，而且还有着深厚的历史沉淀和浓烈的文艺氛围，正如作者在书中所说，"这块拥有悠长记忆的土地，一有机会就把过去的事物带到我们面前，更新我们对未来的看法。"（邱艺鸿译，287）

顺便说一句，托斯卡纳的首府就是大名鼎鼎的佛罗伦萨，即欧洲文艺复兴的摇篮，——"佛罗伦萨"是根据它的英文"Florence"音译过来的，在此之前现代诗人徐志摩曾经根据其意大利语"Firenze"音译为"翡冷翠"，并写过一首诗歌《翡冷翠的一夜》。

作为一个热爱旅游与美食的作家，梅斯还主编了《美国最美游记》（*The Best American Travel Writing*，2002），还于 2006 年出版游记《环游世界 365 天：一个旅游爱好者的随行笔记》（*A Year in the World：Journeys of a Passionate Traveller*，2006），记载了她与家人周游希腊、土耳其、西班牙、摩洛哥等国家的有趣经历。

曾经有媒体评论过，《托斯卡纳艳阳下》是"一本与众不同的回忆录，一个女人挑战自我，并且成功地改造自我，提升生活质量"。这本书事无巨细地讲述了作者在意大利乡村的超验主义式生活经历，——买下当地一所大房子，接下来翻修房子、烹饪美食、种花植草、结交友邻、游历四方、深思冥想。

二、相关评论

由于这本回忆录是关于一个生活在都市的美国人在意大利乡村重新开始的故事，大多数评论家主要关注其中的"地方"概念，包括人与土地之间的那份特殊情感。在书中，作者曾就居住地对人类的深刻影响做出如下思考：

"你居住的地方决定了你是谁，你与自己的住所越息息相通，你的自我就越与它难分难舍。一个人选择居于何处绝不是偶然的，因为它反映了你内心的渴望。"（86）

正如吉尔·M. 弗雷利（Jill M. Fraley）所说："千百年来，世界各国学者得出的一致结论是，'地方'是至关重要的概念"（Fraley, 2007：110）。另外他还注意到，土地带给我们的影响并不只是属于个人的记忆，也是群体性质的，——"土地与我们生活的方方面面有着千丝万缕的联系，它与我们之间的纽带不仅是物质层面的，也是精神、文化和社会的。土地带给我们的是集体性的记忆传承"（Fraley, 2007：256）。

意大利人更加留意英美作家笔下对意大利的文学建构问题。比如帕特里奇亚·桑布科（Patrizia Sambuco）发现，"他们的作品中包含着一种矛盾，即作者一方面把意大利列为'他者'的范畴，另一方面却又渴望融入这个'他者'社会"（Sambuco, 2011：506）。

一些评论家把这本回忆录归为"浪漫的旅行小说"一类，认为这类小说把意大利的乡村生活描述得过于浪漫化和理想化了。克里斯多夫·索普（Christopher Thorpe）曾经犀利地指出："'浪漫的旅行小说'旨在迎合一个特定的目标读者群,即'尚未达到中产阶级生活水准的人群',他们的经济实力有限,还没有办法在另一个国家的土地上安家落户,因此只能停留在原地过着循规蹈矩、单调乏味的生活。这类读者很容易被这种'浪漫的旅行小说'的迷人叙述吸引,它们往往把意大利乡村描绘为一个世外桃源,逃避现代生活的天然避难所,比如弗朗西丝·梅斯用高度浪漫的笔触讲述了她在意大利购买第二住宅的经历"。(Thorpe, 2009: 136)

在《托斯卡纳艳阳下》一开始,作者就生动描述了她为之一见倾心的乡间别墅,那场景美好得如梦如幻:

"我看中了国外的一幢房子,它有一个美丽的名字:巴玛苏罗。房子又高又大,四四方方,杏黄色的外墙,略有褪色的绿色百叶窗,古色古香的瓦质屋檐,二楼还有一个安装了铁栏杆的露台……露台面朝东南,顺着眼前的深谷望去,远处是绵延至托斯卡纳的亚平宁山脉。每逢下雨或光线交替之时,房子的正面就会相应变成金黄色、黄褐色和暗红色;原来的红色墙壁渐渐模糊成玫瑰色,像一盒忘了收拾的颜料,在日光下慢慢融化……房子坐落在一处满是果树和橄榄树的山坡上,一条白色鹅卵石路蜿蜒而过。巴玛苏罗,是由巴玛(渴望)和苏罗(太阳)两个词构成:渴望阳光。没错,这正是我的内心写照:渴望阳光。"(5)

在西方文学传统中,确切地说是英美文学传统中,通常把意大利人的生活方式描绘为"乐观积极的、享乐主义的、热爱生活的"人生态度。索普(Thorpe)评论道,"由于(这类)文学旨在使那些没有经济能力在异国他乡安家落户的英美读者在幻想中逃离现实生活，因此文本中就不会大煞风景地出现对意大利人以及他们生活方式的负面描写。即使是他们的官僚主义与效率低下都是用一种浪漫、亲切的方式描写。"（Thorpe，2009：137）

简·德鲁兹（Jean Duruz）的评论则从另一角度切入——食物市场和国际性消费。他把这本回忆录归入"庄园文学"一类，一种特殊的旅行文学。正如他所说，"通过逃离到'其他'地方，'庄园文学'通常以美景为背景，追溯人物、美食、移民以及旅游之间的复杂关系。这类文学往往特别强调'世界公民'的概念。"（Duruz，2004：427）

与国外对这本书多角度、全方位、且较深入的评论相比，我国国内的评论则基本止步于空白状态，仅有的几篇文章也只限于对改编自这本书的同名电影的评论。

三、生态女性主义概述

（一）背景与起源

生态女性主义（eco-feminism）起源于 20 世纪 70 年代，是女权主义运动第三次浪潮中的一个重要流派，通常被认为是环境主义运动与女性主义运动相结合的产物。自从 20 世纪 60 年代起，全球的生态危机日益严重，众多新兴学科应运而生，意图探求环境恶化的深层次原因，重新阐释人类历史，为建立一个和谐、有建设性的人与自然之间的关系提供理论基础。

"生态女性主义"这个术语由法国女权主义者奥波尼（Francoise

d'Eaubonne）首次提出。在她的著作《女权主义还是死亡》（*Le Feminisme ou la Mort*，1974）中，奥波尼提出在自然与女性之间存在一种天然而深远的亲密关系，因此人类对自然的统治与男性对女性的压迫之间也就存在着直接联系。

一般来说，生态女性主义是一个跨学科的多维文化视角，涉及生态学、文学、历史、哲学、伦理学、人类学等。它探索父权社会体系下两种压迫之间的深层次联系：对自然与对女性的压迫，最终目的是拯救自然与解放女性。

一些欧美期刊大力推崇生态女性主义思想，主要有英国的《生态学家》（*The Ecologist*），它曾推出第一个"女性与生态主义"特刊；再比如美国激进的女权主义期刊《女士》（*Mrs.*），它每期都有一个固定的专栏"生态女性主义"。

在理论之外，世界各地也有生态女性主义运动和实践。一般来说，生态女性主义运动既提倡环境保护，又维护女性权益。比如早在20世纪60年代，一些美国妇女就组织起来反对核电站的建设。另外，在印度最北边的村庄发生过举世瞩目的"抱树运动"——一场由妇女作为主要参与者的非暴力生态运动。这场运动1973年4月在印度的喜马拉雅山区发起，旨在抗议当地政府和大公司大规模地砍伐原始森林。由于森林被大量砍伐，使得当地妇女赖以生存的生计被剥夺。她们继承了英迪拉·甘地的非暴力不合作方式，列队步行，敲鼓齐唱传统歌曲，并且抱住大树来阻拦砍伐行为。"抱树运动"奇迹般地取得了胜利，成功向政府索赔了所受到的损失，并且得到了政府的承诺"十年内该地区禁止伐树"。到20世纪80年代"抱树运动"已经发展成为上百个村民自治的基层社会网络，保护了喜马拉雅山区周围5000多平方公里的森林，从此贫穷妇女拯救森林的形象深入人心。（吴蓓，2003）

（二）主要观点

二元对立的思想体系长久以来一直是西方意识形态与价值体系中的基本元素。在这个体系中，"自然"被构建为"他者"，与"人类"对立。自然被认为是中立、没有生命、没有情感的物体，仅仅是一种满足人类各种需要的便利"工具"，作为人类活动的地点、场所、背景而存在。因此人类有完全正当的理由利用与征服自然，而不是欣赏与爱慕自然。

根据人类中心主义思想，人类的利益至高无上，自然或环境只被从实用性与便利性的角度考虑。因此自然本身并没有其内在价值，人类可以对它为所欲为，而无须考虑任何道德因素。

在二元对立的价值体系中，人与自然的对立、男性与女性的对立在男权父系社会中是根深蒂固的传统。自然和女性都是人类的起源，然而两者也同时都是父权社会中的牺牲品，被驱逐到"边缘"的位置。从这个意义上来说，自然与女性有许多共同之处，都属于弱势群体，经常被误读与不正当地对待。所以从本质上来看，人类中心主义也就是男性中心主义，因为女性与自然一样，在这个体系中同样处于从属与边缘的位置。（罗婷、谢鹏，2004）

在世界各国的文学传统中，自然与女性往往在隐喻与象征的层面上互相指涉。它们的相似主要体现在两个方面：一方面，两者都可以赋予生命，是人类的起源；另一方面，在二元对立的价值体系中，自然与女性往往代表原始、黑暗、混沌、被动、情感、柔弱、神秘等概念，而与之相对的男性通常象征文明、光芒、秩序、积极、理智、力量等概念。

与上述传统观点相反的是，生态女性主义推崇后来的"非人类中心主义"。"非人类中心主义"最早出现于 20 世纪 40 年代，它认为地球是一个完整的有机生命体，人类并不是唯一的焦点，自然有其自身的内在价值，而不仅仅是人类的附属品。

生态女性主义强调的是密不可分的整体，而不是对立的两个极端，它挑战的是整个以二元对立为核心的价值体系，而不仅局限于人与自然、男性与女性之间的对立。

通过以上介绍，可以看出生态女性主义认为生态环境恶化与女性的被边缘化是人类社会危机重重的根本原因。因此生态女性主义试图找出对自然的贬抑与对女性的歧视之间的潜在联系，以唤醒人们对自然与女性的尊重和眷恋，并改变两者的边缘化地位。实际上生态女性主义不仅仅反对针对自然与女性的压迫，它更是一种广义上的民主，超越了物种、种族、性别、文化之间的界限，反对任何形式、针对任何对象的不公正压迫。

(三) 小 结

生态女性主义内部又分为很多流派，而且她们的观点经常处于变化之中，因此难以一言概之。基本来说，它的核心是质疑与解构二元对立的价值体系，批判父权制社会与人类中心主义。（周明，

2006）它是生态主义与女性主义相融合的产物，一方面，它与生态主义相似，旨在寻求人与自然之间的平等、和谐与互相依赖；另一方面，它又受女性主义的启发，充分尊重差异性和多样性，推崇每个个体之间的平等，认为并没有"自我"与"他者"之间的对立。（罗婷、谢鹏，2004）

四、生态女性主义视角下的《托斯卡纳艳阳下》

（一）自然与女性之间的亲密

在世界各国的文学传统中，自然经常被拟人化为"大地母亲"的角色。生态女性主义认为在父权社会的意识形态中，自然与女性都被定义为"他者"的形象，都有让人同情的经历与命运。美国生态女性主义学家 Susan Griffin 就曾经发出这样强有力的呼喊："我们就是大自然。我们观察大自然，我们为大自然哭泣，讲述大自然的故事。"（Griffin，1988：293）

在《托斯卡纳艳阳下》中，作者曾经向读者解释为什么她选择购买"巴玛苏罗"这栋房子，"我选择巴玛苏罗，不只因为它与一个著名小镇为邻，更因为它与大自然为邻。"（263）

在托斯卡纳，作者把自然当作她的家人与朋友，在那里她是最放松的。她无比享受回归自然的乐趣，在大自然中找到了最好的自我。她喜欢观察自然，在她的眼中自然亲切而又迷人，在每一个时刻都有不同的变化。在黎明，"当第一缕镶着金边的紫色霞光露出天际时"，大地万物被唤醒，空气中弥漫着清新的味道，"眼前起

伏的景色，无论从哪个角度看，都是那么宁静美好。蜜黄色的农场安卧在山谷的怀抱中，仿佛一块块新鲜出炉的面包。"（20）

与大自然在一起，每天都充满轻松、愉悦与惊喜，作者也真诚地希望读者能和她一样享受如此一般的"慢生活"节奏：

"和我一样被菩提树上的杜鹃叫醒，走进田间小径，对着葡萄架歌唱，采摘一罐又一罐的李子；……像我一样想亲眼目睹橄榄枝头初结橄榄的模样；……感受到凉风拂过滚烫的大理石雕像了吗？……无花果树下，两只猫咪蜷缩着身子，我们也觉得那里十分阴凉。我数过，鸽子每分钟会咕咕叫六十声。"（4）

而当夜幕降临的时候，自然又呈现出另一种面貌，有些许神秘莫测。当作者仰望夜空时，她忽然意识到在都市生活的时候，自己只顾埋头赶路，很少有闲情逸致抬头看星星。然而在这里，距离大自然如此之近，在与自然的亲密接触中，她找到了久违的美好：

"北斗星悬在房屋上空，像是要往屋顶倾倒什么似的。群星现于天幕，清晰得如同一张星座图。一直住在灯火通明的都市，我都忘了星星的存在。如今它们就在头顶，闪闪烁烁。"（24）

自然与女性之间有着天然的亲密感，两者不仅互相欣赏，而且还互相给予慰藉与力量。自然是女性的天然庇护所，女性则成为自然的守护者。女性似乎天生被赋予与自然交流的能力，可以感受到自然的神秘呼唤。

在《托斯卡纳艳阳下》中，作者是带着过去失败婚姻的挫败感来到意大利的，她在内心隐隐渴望在这里有一个全新的开始，但又只是一个朦胧的想法，心中充满了困惑和茫然。在一番周折之后房子终于修缮一新，她如愿以偿搬进了新家。

一个七月的晚上，暴风雨来袭，大雨拍打在棕榈树叶上，电也停了。当暴风雨渐缓的时候，她听到窗户边好像有动静。走过去一看，原来是一只小猫头鹰落在窗台上，"脑袋不停地转来转去"，正在注视着她，"或许是它的栖息之所被风吹落，或许是它在暴风雨中迷了路。"（62）

作者从小就害怕鸟，但在这时她反而让小猫头鹰待在窗台上，躲避暴风雨，她对自己说，"其实它只不过是住在这座山里的一只小动物而已。"（62）

这里简单而快乐的田园生活经常唤起她在美国南方的儿时回忆，而这正是她在长大成人后的都市生活中遗失已久的。她曾经说过与自然在一起的时候，人们往往会变得纯净与简单：

"多么奇妙，多么神奇！但住在城里的我们，越来越难以接受超现实的东西，因为我们的想象力已被现实碾碎。在乡村，也许是离星空和树林近的缘故吧，我们才会相信。"（269）

确实，在这个充满压力的现代社会中，人们只顾及日常生活中的物质需求和琐碎事务，而放弃了对充实的精神生活的追求，实际上，那才是"真正的生活"。

在回忆录的最后，作者发现她已经深深眷恋上这片宛如流蜜的绿色土地。让她感到格外高兴的是，在她的辛勤劳作下这片土地日新月异。在每个收获橄榄的秋天，带上自己亲手种的橄榄去榨橄榄油是件让人多么激动的事。

（二）把人类放在整个生态系统中考量

在美国环保运动先驱蕾切尔·卡森（Rachael Carson）颇受争议、具有里程碑意义的《寂静的春天》（*Silent Spring*，1962）中，作者认为地球上所有的生命都是息息相关的，每个个体都是巨大的生命网络中不可或缺的一个环节，因此应该受到同等对待。

在人类中心主义的思想体系中，人类的利益高于一切，自然处于次要、从属、边缘化的位置。

与之相反的是，生态女性主义不再把人类作为焦点，而是把人类放在整个生态系统中去考量，强调不仅人与自然是平等的，而且人与人之间也是平等的。它认为任何形式的压迫，无论是人对自然的控制、性别偏见，还是种族歧视、阶级偏见，都源于父权社会的意识形态与二元对立的价值体系。

因此，生态女性主义反对的不仅是针对自然与女性的压迫，而是任何形式的不公正压迫。它特别强调弱势群体或边缘群体的价值，推崇和谐、平等、公正与互相关爱。

1. 强调人与自然的平等

一方面，生态女性主义呼吁我们用全新的眼光看待人与自然的关系，认为自然中的万物与人类在道义层面上应该是平等的，强调两者之间的互相关联与依存。

《托斯卡纳艳阳下》叙述了人与自然的浓浓眷恋之情。作者把自然当作她的家人与朋友，而不是从属于人类的客观存在，在她眼中自然中的万物都充满了情感、活力、新鲜。有一年的圣诞节期间下了一场大雪，作者和她的朋友在雪后一片古老的栗子树和松树林里散步，在那里他们遇到了一只可爱的红狐狸，这时她的笔触无比深情细腻，"一只红狐狸窜到我们面前，摇着毛茸茸的长尾巴，打量了我们几眼，纵身一跃，又跳回林中了。"（218）

2. 反对一切不公正的偏见与压迫

另一方面，生态女性主义强烈反对任何形式的不公正压迫，包括性别偏见、种族歧视、阶级偏见，乃至殖民主义，它通常维护的是弱势群体的权益。

在《托斯卡纳艳阳下》中，作者雇用了一个施工队，其中有三个波兰工人。当时意大利正为不断涌入的东欧外籍劳工困扰，很多意大利人都对此颇有怨言。这些外籍劳工的时薪不高，经常受到当地人的不公正对待。而在作者眼中，他们与她并没有很大不同。她和他们一起劳动，相处得很融洽：

"每次走过后院的时候，我们都会向他们点头微笑，仅此而已。拉近我们之间距离的诗歌。有一个下午，我无意中翻到一首切斯瓦夫·米沃什的诗歌。米沃什是波兰最著名的诗人之一，很久以前流亡到美国。……这时，一个波兰人推着独轮车，从我身边经过。我问他：'知道切斯瓦夫·米沃什吗?'他眼睛一亮，马上大声告诉两个同伴。在接下来的几天里，每当我经过，他们都会说："切斯瓦夫·米沃什"。好像这个是问候语一样。我也会回一句：'对，切斯瓦夫·米沃什'。"（54）

翻修工作就要结束了，他们像朋友一样聚在一起，喝可乐、拍照片。让梅斯惊喜的是，聚会结束以后，三个波兰人在院墙上用大写字母慎重地刻下了"POLONIA"（波兰）几个字母，足以表明他们对自己劳动成果的骄傲与对这段异国友谊的珍惜。梅斯也很公正地评价他们的工作，"他们从不偷懒，就算老板不在场也依然如故。……他们很能干，什么都会做，而且速度很快，比我见到的其他工人要快两倍。"（56）

从以上内容可以窥见一斑，这本书意图打破了世俗的界限与偏见，传达出生态女性主义推崇的平等、和谐、友爱的思想。

3. 强调"地方"与"空间"的概念

许多生态女性主义者提出"房子"是女性在这个世界上生存的最先决条件，并指出它也是女性受压迫的主要原因之一，无论物质上还是精神上。

我们可以发现女性作家特别关注"地方"和"空间"的概念，从作品的标题就可以看出来，比如英国作家弗吉尼亚·伍尔芙（Virginia Woolf）的《一间自己的房间》（*A Room of One's Own*），桑德拉·吉尔伯特与苏珊·古芭（Sandra Gilbert & Susan Gubar）的《阁楼上的疯女人》（*The Madwoman in the Attic*）。"房子"，可以被视为女性空间与女性经历的能指，女性对"地方"与"空间"的关注正是她们被压抑的情感与欲望的一个隐晦表达出口，也表现了她们对自由与独立的向往。

（1）你居住的地方决定了你是谁

巧合的是，《托斯卡纳艳阳下》第二章的标题就与"地方"与"空间"有关——"那房屋与那土地"。在书中作者花费大量笔墨阐述房屋与土地的意义，她提到了一个法国著名哲学家巴士拉尔

（Bachelard）的作品《空间的诗学》（*The Poetics of Space*），他曾经说房屋是"分析人类灵魂的工具"。梅斯说，"回想曾经住过的房子，我们学会了如何'安顿'自己。"（86）

在她看来，每一所房屋都有自己的灵魂，而不仅仅是一个物质的建筑。房屋与我们的人生息息相关：

"没有一个住所是中立的，它势必对你产生影响……我把南方人对住所的迷恋延续下来，住所对我而言就是自我的延伸……美国南方人身上都有一种无法从 DNA 中找到的基因，相信住所乃命运一说……我们喜欢四面是墙的东西。当姐姐问我：'她的房子怎么样？'我知道她问的是：'她这个人怎么样？'"（7，19，86，270）

在回忆录的结尾，作者欣喜地发现不仅她的房屋和花园焕然一新，就连她本人也被自己选择的住所彻底改变了。

（2）一个属于自己的房子

弗吉尼亚·伍尔芙在《一间自己的房间》中指出女性拥有自己独立房间的重要性。在父权社会中女性的生活空间有限，而拥有一个属于自己房间的渴望，表达了她们对独立与自由的强烈向往，无论是物质层面还是精神层面。

伍尔芙观察到，"一个女人如果打算写小说的话，那她一定要有钱，还要有一间自己的房间。"同样，在《托斯卡纳艳阳下》中，当梅斯刚来到托斯卡纳的时候，她对自己说，房屋、土地、也许还包括她自己，都需要"修复"。她在意大利购买的这个第二居所不仅为自己提供了生活和写作的基本条件，而且还成为新生活开始的决定性因素，使她可以忘记过去的失意，翻开人生中的崭新篇章。

当初作者不顾家人的一致反对执意花巨资买下"巴玛苏罗"这栋房子,"把半辈子积蓄一股脑儿投到一个心血来潮的念头当中"的时候,她自己内心其实也是疑虑重重的,有时悄悄自省这个决定是否过于冲动、不计后果。然而事实证明这栋房子再一次唤醒了她对幸福生活的渴求,她因此与过去道别,在寻找自我的内心之旅中一步步走进阳光,最终拥抱灿烂的新生活。在这个意义上,"巴玛苏罗"像它的名字"渴望阳光"一样,成为希望与重生的象征:

"结束了一段从未料想到会结束的漫长婚姻,又开始了一段新感情,所以这栋房子将与全新的我休戚与共……离婚比死亡还难受,但我惊奇地发现,多年来处于亲密家庭生活中的我此刻反而找回了自己。我迫切地想在另一个文化中审视自我,从而超越自我。我需要一些具体可感的东西,用它填补抛弃过去生活后留下的内心空白。"(15,16)

在作者的辛苦劳作之下,荒废多年的老宅旧貌焕新颜,一直坏掉的水龙头有一天也忽然开始滴水,继而欢快地水花四溅,这正是作者本人欢快心情的折射。

四、结 语

总的来说,生态女性主义旨在唤醒人们生态保护与性别平等的意识,呼吁人们包容生物与文化上的多样性,维护生态系统而不是一味追求发展,从而建立一个万物平等、和谐友爱、相互依存的理想社会。

《托斯卡纳艳阳下》全书充满了对生活的热情，洋溢着和谐、平等、温暖、关爱的生态女性主义思想，跨越了生物、种族与文化的世俗樊篱。在回归自然的过程中，作者找到了慰藉与力量，得以忘记过去的阴霾，创造一个崭新的未来，同时她也在向周围的人传递着关爱。书中也强调了"地方"与"空间"的概念，指出你选择居住的地方注定要对你的人生产生影响，作者特别关注的"房屋"概念，可以理解为是她内心世界的折射，是"心灵居所的写照"。

【深度解读】之三：
此艳阳非彼艳阳
——《托斯卡纳艳阳下》文本与电影对比分析

> 在这种翻拍模式中，电影与文本并不是如影随形，而只是松散的关联——文本宛如一个隐约浮现的圆，已经尘埃落定但忽明忽暗掩映在朦胧之中，电影则好像围绕其外的一圈飞扬跳脱的曲线，生动而明媚。在这一点上，试金石影片公司出品的电影《托斯卡纳艳阳下》就是一例典型。

1996年，《托斯卡纳艳阳下》出版后即在美国售出200多万册，稳居《纽约时报》畅销书排行榜128周之久，而这个巨大成功对作者弗朗西丝·梅斯来说是始料不及的。

2000年，制作人汤姆·斯滕伯格（Tom Sternberg）与梅斯在洛杉矶相聚，他们都觉得应该让这部畅销书再现银幕，拍出一部同样受人欢迎的电影。后来斯滕伯格邀请了奥黛丽·威尔斯（Audrey Wells）作为这部电影的导演，而梅斯本人也参与了剧本的创作。

几乎所有改编自文学作品的电影都是源于"小说"这一特定体裁，而原作《托斯卡纳艳阳下》却是一本舒缓恬淡、波澜不惊的散文集。它没有统一完整的故事情节，没有纠结激烈的戏剧冲突，更没有立体丰满的人物角色，因此这种体裁本身就决定了它并不适合被改编成电影，除非对原作做大刀阔斧的手术。

然而遗憾却可以成就另一种美。反过来说，缺乏一个可以完全依赖的原著反而给予编导更大的自由空间，使他们在创作过程中可以更多加进自己的解读和想法。在这种翻拍模式中，电影与文本并不是如影随形，而只是松散的关联——文本宛如一个隐约浮现的圆，已经尘埃落定但忽明忽暗掩映在朦胧之中，电影则好像围绕其外的一圈飞扬跳脱的曲线，生动而明媚。

具体来说，电影参照文本中的精神内核，截取其大致框架，而内里的纹络经脉与细枝末节则是自己一笔笔勾勒添加在空白胶片上的。在这一点上，试金石影片公司出品的电影《托斯卡纳艳阳下》就是一例典型。

一、人物的丰满、调整、与添加

由于原作是以回忆录而非小说的形式创作，因此刻画人物形象并不是其重点。文本中作者本人梅斯的形象固然贯穿始终，而她的爱人艾迪（Ed）则只是数笔带过，再有笔墨刻画较多的也就是装修队中的三个波兰人了。

在电影的翻拍中，这样寥寥几个人物显然不足以支撑起一个完整情节的起承转合。因此编导采取了几种手段：或丰满人物特征、或调整人物设定、或干脆增添全新的人物。

（一）丰满与深化人物特征

弗朗西丝（Frances）

虽然原作中梅斯的形象贯穿始终，也历经了改变与成长，但限于散文的体裁，并没有丰满的人物塑造，可以说还是一个"扁形"的纸片式人物。而在从纸间走向银幕的过程中，弗朗西丝成为了一个"圆形"人物，她的形象从字里行间浮现凸显，人物特征在原作的基础上得以丰满深化，从而变得有血有肉、生动鲜活起来。电影中让我们记住的是一个感性、坚强、独立、热爱生活、乐于助人并且极富同情心的弗朗西丝。

从开始动笔时起，导演威尔斯就确定了扮演弗朗西丝的唯一人选戴安·莱恩（Diane Lane），她的评价是："戴安时髦而活泼，她的眼中闪烁着智慧的光芒，再加之轮廓分明的美貌，她的魅力难以抵挡。"而媒体也曾给过很高的评价，"戴安·莱恩的精湛表演让影片充满了温情和欢快。"

不得不说威尔斯的感觉还是很精准的，戴安·莱恩之前给我们的印象是俏丽妩媚，而经过一番岁月的洗礼和沉淀之后又多了几分优雅沉稳。在电影中莱恩的形象明媚照人，气质自然亲切，再加上她的表演生动又有灵气，无论是一颦一笑还是举手投足，都让人一见难忘。

（二）调整人物设定

艾迪（Ed）

艾迪是电影中调整最大的一个人物。在原作一开始，他就已经是弗朗西丝的爱人，在文本中先后有几处出现。而在电影中，艾迪只在结尾中短暂地出现，起到的仅仅是一个具有象征意味的符号作用。

在电影的结尾，在弗朗西丝家的庭院里举行波兰男孩与弗朗西丝邻居家女儿的婚礼。弗朗西丝有点喝醉了，于是坐在躺椅中睡着了，这时艾迪出现在她面前，帮她捉到胳膊上的一只七星瓢虫。原来弗朗西丝曾经评论过他的作品，写了一篇差评。而艾迪说这是他"收到的写得最好的差评，它帮我写出了第二本"。他来托斯卡纳旅游，听说弗朗西丝住在附近于是过来拜访，影片最后一个镜头就是在欢乐的聚餐中两人相拥的画面了。所以艾迪在影片中只是一个具有象征意义的符号，而不是有血有肉的人物形象，他代表了弗朗西丝苦尽甘来后的幸福归宿。

装修队的三个波兰劳工

在原作中他们只是作为群像描写，并没有名字，也没有各自迥异的性格特征。而在电影中突出区分了每个人的特征：帕维尔（Pawel），英俊腼腆的大男孩；耶日（Jerzy），内敛，书卷气浓厚，是一个有电工执照的文学教授，因为弗朗西丝与他提到波兰的著名诗人切斯瓦夫·米沃什而大为惊喜；泽西（Zbignew），一个害羞又有点古怪的漫画式人物。

其中帕维尔的戏份最多，影片中安排他与弗朗西丝邻居家的女儿奇亚拉（Chiara）相爱，这段跨越国籍、文化与阶级的爱情自然不会得到女方父母的认可，而弗朗西丝一直支持他们交往。后来她陪同帕维尔去女方家里求婚，女方父母自然强烈反对女儿嫁给这个"波兰穷木匠""无名小卒"。她的父亲说：

"幸福与许多因素有关，绝不是一时激情能实现的，这不会长久，当热度过去之后，你就一无所有了，他什么都给不了你。"

而弗朗西丝则晓之以情理，并说自己就是 Pawel 在意大利的家人，最终奇亚拉的父母被打动了，同意了他们的婚事，影片的最后一个场景就是他们的婚礼。

（三）添加全新人物

帕蒂（Patti）

全片中除了女主角弗朗西丝之外，戏份最多的就是她的亚裔闺蜜帕蒂了。这个角色由加拿大韩裔女演员吴珊卓（Sandra Oh）扮演，导演威尔斯在创作剧本时就认为她是扮演帕蒂的最佳人选。事实证明这位实力派演员确实对人物的把握准确到位，表演自然流畅，给观众留下了无比深刻的印象。顺便说一句，吴珊卓后来还出演了著名的美剧《实习医生格蕾》（Grey's Anatomy）中的 Christina Yang，并且由此获得 2006 美国金球奖的最佳女配角以及多次艾美奖提名。

帕蒂是电影中塑造得比较完整的一个人物，她在片中不仅仅是弗朗西丝的倾诉对象，而且还对整个剧情的走向起着至关重要的作用。她是一个同性恋，巧合的是吴珊卓演过多次同性恋角色，还被戏称为"同性恋演员"，在电影一开始的时候帕蒂有一个女友，并且刚刚发现自己怀孕了。之前她和女友报了一个去托斯卡纳的同性恋旅游团，而正赶上弗朗西丝离婚之后心情低落，帕蒂除了送给她一个涂着"自由"字样的"离婚蛋糕"之外，还把托斯卡纳十天浪漫之旅的机会让给她，让她在旅途中放松一下心情，所以说正是帕蒂促成了弗朗西丝的托斯卡纳之旅。

后来帕蒂与女友分手，来到托斯卡纳找弗朗西丝，两个人互相安慰、互相鼓励。影片结尾，波兰男孩与弗朗西丝邻居家的女儿在她家的庭院举行婚礼，弗朗西丝望着一对新人以及抱着孩子的帕蒂感慨万分，之前她曾梦想在这所房子里能举办一场婚礼，能有一个家庭，而今一切都奇迹般得实现了。她深深体会到为身边人的幸福而幸福，为他们的感动而感动——幸福如果发生在家人朋友身上，那么它仍然可以叫做幸福，哪怕并不属于自己：

"我的愿望已成真，我所求的一切都得到了，尽管并不是自己的。"

凯瑟琳（Katherine）

与弗朗西丝和帕蒂都不同，凯瑟琳是个地地道道的意大利人，而且非常具有典型性——她具有意大利人与生俱来的浪漫、热情、张扬、野性和艺术气质，可以说凯瑟琳这个人物给本片添加了十足浓烈奔放的意大利风情。在物色演员的时候，导演威尔斯说："我需要一位年过半百、但依然魅力四射的女演员"，于是有人推荐了苏格兰演员琳赛·邓肯（Lindsay Vere Duncan），她虽然不是很漂亮但却浑身上下散发着妩媚动人的气质。

凯瑟琳一出场就十分夺目——弗朗西丝在托斯卡纳的市集上闲逛，这里的市集街道就像流动的盛宴，人人都是座上佳宾。然而她的目光在熙熙攘攘的人群中一眼就被凯瑟琳吸引了，她身材高挑、长长的卷发，头戴一顶宽大的黑帽，身穿一袭白衣黑裙，手里托着一只毛茸茸的小鸭子，正在无比投入地轻轻抚摸它。这个画面让弗朗西丝感到十分惊艳，于是不由自主地地追随她的脚步。

后来凯瑟琳出场穿的服装也都十分耀眼，或是神秘诱惑的黑，或是令人炫目的白，又或是艳丽浓烈的红。她在喷泉前与弗朗西丝谈论意大利艺术电影导演费德里科·费里尼（Federico Fellini），她慵懒地躺在沙发上给画家做模特，她酒醉后情不自禁在喷泉里翩翩起舞……这些画面都把凯瑟琳这个人物与艺术之魅紧紧联系在一起。

拉古奇先生（Signora Raguzzi）

弗朗西丝的房产律师，温文尔雅，彬彬有礼，善解人意，他是她在意大利第一个产生心动时刻的异性。然而他却是有妇之夫，有一个温暖的家庭，因此他们理智地把彼此之间的好感压抑在心底。

在一开始，房屋装修的事情让弗朗西丝心力交瘁，加上她还被困在离婚的阴霾中，感到无助的她忍不住对拉古奇先生敞开心扉：

"离婚不会要你的命，却让你的心痛如刀绞。我不该日复一日苟活在这个陌生的世界，我知道生活总不会一帆风顺，但就是不敢面对现实…… 我对生活还有渴望，希望在这房子里举行一场婚礼，拥有一个家庭。"

拉古奇先生十分能够体会她此时的心情，于是给她讲了一个故事：

　　"在奥地利与意大利之间的阿尔卑斯山脉中有一段叫塞默灵（Semmering），这段山脉地势险峻，令人望而生畏。然而人们在那里建造了连通维也纳和威尼斯的铁路，尽管当时并没有火车，可以驶上这段山路。但他们依然把铁轨铺好了，因为他们坚信，总有那么一天会有火车驶过来的。"

　　正是这段话让弗朗西丝重拾信心，又有了面对生活的勇气。这段话的意思是强调信念与坚持的重要性，在困境中自己的心态很重要，要有梦想，并且还要有一个坚定的信念，坚信梦想必会实现，坚信事情总会有转机。当我们没有遇到命中注定的那个人的时候，我们要做的就是积极做好一切准备，用最好的自己迎接他。即使他来迟了，将会是意外的惊喜，而苦尽甘来后的收获，也会显得愈加珍贵与绚丽。

　　果不其然，在影片结尾，波兰男孩与邻居家的女孩举行婚礼，帕蒂有了可爱的宝宝，在拉古奇先生的提醒下弗朗西丝看着眼前的一切恍然大悟，其实她的梦想已经实现了：

　　"我所求的一切都得到了，尽管并不是自己的"——"希望在这房子里举行一场婚礼，拥有一个家庭"。

　　而在最后一个场景中，弗朗西丝更是遇到了真爱。

马赛洛（Marcello）

　　如果说拉古奇先生代表的是理性、家庭与忠诚，那么弗朗西丝在罗马街头邂逅的古董商人马赛洛则代表的是感性、激情与背叛。

他帅气风流，与弗朗西丝一见钟情，很快双方就沉浸在热恋之中。但仅凭激情维系的爱是注定无法长久的，由于帕蒂的到来使弗朗西丝需要分出很多时间去照顾她，他们便不能常常见面，而当弗朗西丝终于有时间穿着一身白裙子满怀期待地去找他时，却发现他已经难耐寂寞另结新欢了。马赛洛这个人物的设定象征了弗朗西丝情感之路的波折，很多时候我们一见倾心的对象往往并不是天长地久的伴侣，而真爱也许在兜兜转转之后才在转角出现。

无名作家

在电影开始，弗朗西丝参加学生的新书发布会，遇到另一个作家，他说她曾经给他的作品写过一篇差评，表示"没兴趣读这样一本小说"。另外他还提到之前偶然见到了她的丈夫，但并没有透露是什么样的场合，以及她的丈夫当时与谁在一起，最后还神情暧昧地留了一句"问你的丈夫去"。这个无名人物在电影一开始的出现，起到了这样一个作用：就是给弗朗西丝也是给观众留下了一个伏笔和悬念，她的丈夫是一个什么样的人？他们的婚姻将面临什么样的状况？

二、增加故事性，强化可看性

为了增加的电影的故事性和强化戏剧冲突，编导对原作做了大幅度的添加、丰富和改动。

原作一开始就是意大利著名的文艺复兴发源地托斯卡纳，而电影则从美国现代都市旧金山开始，这就营造了美国与意大利、都市与田园、现代与古典、现实与文艺、繁忙与闲适的强烈的对比，增

强了影片的表现张力。影片第一个场景是弗朗西丝学生的新书发布
会，我们得知她是大学老师同时也是作家。而且这个场景除了交待
主人公的状况，还通过无名作家设计了一个关于她的丈夫的伏笔。
而转到下一个镜头，弗朗西丝与离婚律师对话，我们知道的是他们
已经离婚了，她的丈夫有了第三者，并且还想索要赡养费或房子。

因此影片中就把原著中已与艾迪结为连理的女主人公改为前往
意大利排解痛楚与苦闷的单身女子。她住在临时租住的单身公寓
里，刚刚结束了一段不忠诚的婚姻，不仅饱尝失败婚姻的痛苦，而
且创作灵感也日益枯竭。幸亏她的闺蜜帕蒂，不仅送了她一个涂着
"自由"字样的离婚蛋糕，还安排她参加浪漫的托斯卡纳十天之旅。

"生活就像一盒巧克力，你永远不知道打开的会是什么。"因为
正是在这个异国国度里，弗朗西丝徜徉在托斯卡纳的美景中，种种
机缘巧合之下，她花掉几乎所有积蓄买下了"巴玛苏罗"（意为
"渴望阳光"）这栋有300多年历史的老房子。在装修房屋的过程
中她重拾对生活的热情，深化了对人生的感悟，收获了友情与爱
情，品尝到助人悦己的快乐。

为了丰富探讨婚恋内容的层次感，电影中特别增加了与弗朗西
丝有情感纠葛的两个人物：房产经纪拉古奇和古董商人马赛洛，一
个因已有家庭而只与她成为灵魂知己，另一个则风流成性而与她短
暂交往后即分手。另外影片还添加刻画了两段具有代表性的恋情，
一个是闺蜜帕蒂的同性之恋，另外一个则是波兰男孩帕维尔与弗
朗西丝邻居家女孩奇亚拉的跨国界、跨阶级之恋，——其实影片
中还点到为止地提到了邻居祖母与一个厄瓜多尔网友的网恋兼黄昏

恋。波兰男孩与意大利女孩相恋，男方不是本国人，而且只是个穷木匠，遭到了女方父母的强烈反对，然而弗朗西丝却力挺他们，在世俗眼光中这是一段不般配的婚姻，而在她的眼中这也许就是真爱：

"如果这就是呢？也许这就是真爱，永恒的爱。我四处寻找但没有找到，但这不代表它不存在。"

三、细节之处见精神，象征之物引深思

也许因为作者与导演都是女性的缘故，这部影片拍得十分细腻精致，其中有很多精妙有趣的细节和寓意深刻的象征。这无疑充分发挥了电影这种传播媒介直观、生动的视觉优势，不仅给观众展现了赏心悦目的画面，而且还丰富了影片的表现手段，深化了影片的表现内涵，在激发观众想象的同时，也加强了电影的审美效果。

向日葵：乐观坚持，永不放弃。

影片的画面开始于向日葵，也终止于向日葵，在影片进程中向日葵更是反复出现。电影的第一个镜头就是一支大大的向日葵特写，托斯卡纳的绿野开满了向日葵，导游手中拿的引导标志是一只向日葵，弗朗西丝在集市上买了向日葵明信片，后来还把明信片摆在了家里的书桌上，而在影片结尾，镜头再次扫到书桌上的明信片和向日葵。

众所周知，向日葵给人的印象是积极、浓烈，从不认输，执着向上，追逐着灿烂的阳光。由于向日葵向阳的自然属性，世界各地的人们赋予它那些共同的花语，比如"坚持""忠诚""乐观""永

不放弃"等。（郑兰，2012）在影片中反复出现的向日葵同样代表的是乐观坚持、不屈不挠追求属于自己幸福的精神，只要坚守信念，耐心等待，永不放弃，幸福终有一天会到来。

蓝色花瓶：往日生活的象征

弗朗西丝的前夫向她索要赡养费，否则就得把房子分给他。她不得不卖掉房子支付赡养费，搬家的时候她只带走了自己的三箱书，其他什么东西都没拿，因为这所房子已经没有任何她值得留恋的地方。然而她还是舍不得桌子上的蓝色花瓶，她把花拿出来，把里面的水倒掉，花瓶揣在口袋里。花瓶中的陈水就像是她过往的生活，也像她当时的心境，死气沉沉，倒掉水表达了弗朗西丝告别过往的决心。后来花瓶邮到了意大利的新家，然而有一次无意之间却被打碎了，这象征着弗朗西丝与过去生活的彻底决裂，即将开始迎接崭新的人生。

"巴玛苏罗"（"渴望阳光"）：心灵与家的双重意象

"房屋"与"地点"的概念在原作中一再强调，在电影中也有着双重象征意味。在第一次看到房屋广告栏中"巴玛苏罗"的出售信息时，凯瑟琳就对弗朗西丝说，这栋房子"破旧，但尚可补救"。在她第一次看到"巴玛苏罗"的时候，房屋被两旁各自一棵摇曳婆娑的树掩映，室内十分空旷，角落里堆满了旧家具，房梁上还有鸽子飞来飞去，但又隐约可见之前的美好状况。这所房屋的状况何尝不是弗朗西丝内心世界的写照，虽然心碎痛楚，但仍然心存美好，对生活抱有希望。在接下来装修改造房屋的浩大工程中，她不只是在挽救一幢房屋，也是在重建自己的心灵家园，修补被伤害过的残缺心灵。

"巴玛苏罗"的另一层象征自然是"家"的意象，正如片中所说：

"一间房子四面墙，重要的是里面装着什么。家呵护着织梦者，好梦总会从天而降。"

弗朗西丝希望在这个房子里能举行一场婚礼，能有一个家庭。在这里她与波兰的外籍劳工相处融洽，在这里她安慰失恋的好友帕蒂，也是在这里她与邻居们其乐融融地聚餐。"跳脱出房子通常的物理概念，强调人与人的关爱温情，即使是毫无血缘关系的朋友也可以是家人。只要人人摒弃种族、阶级地位等差异歧视，相互理解、真诚相处，就会拥有和睦、幸福的家。"（郑兰，2012）而在影片中，弗朗西丝在阳台上每天见到一个老人给神龛献花，老人的神情之前一直是沉默冷漠的，但是她一直报以友善的微笑，到影片的最后，在她的感召下老人也终于回头面露微笑了。

水龙头：生命之水的意象，用以映衬弗朗西丝各个阶段的生活状态。

"巴玛苏罗"的大厅里有一个锈迹斑斑的水龙头，已经干涸枯竭，滴不出一滴水，弗朗西丝第一次进去，胳膊就被无意中撞个正着。她当时的生活也正是如此，处处碰壁，一团乱麻。而当她开始慢慢融入托斯卡纳的生活，这个干涸的水龙头开始滴滴答答地滴水，应和了她沮丧的心境开始慢慢被感化。最后当弗朗西丝发现她的梦想一一实现了，那干涸的水龙头也开始重生，欢乐地水花四溅，就像她当时的心情，幸福、快乐、满足。

七星瓢虫：幸福的隐喻

凯瑟琳曾经讲过自己的一个故事：

"当我还是个小女孩的时候，我曾经花了好多时间去找七星瓢虫。然而最后我找不到放弃了，在草地上睡着了。可是当我醒来时，身上却爬满了七星瓢虫。"

这里她是想告诉弗朗西丝，刻意寻找的幸福也许是难以得到的，应该调整心态，放下心中的包袱，才有可能重新开始，放轻松，幸福才会不约而至。

当弗朗西丝认识了马赛洛之后回来，她一扫往日的失意，兴奋地对凯瑟琳说，"七星瓢虫，很多很多的七星瓢虫。"而当影片最后，与她志同道合的真爱出现，他在她手臂上捉下一只美丽的七星瓢虫，再次印证了影片中"七星瓢虫""幸福"的意象含义。(郑兰，2012)

四、结　语

在阅读文本时我们为舒缓文字的力量打动，也对人物与场景充满了想象。而电影则为我们直观展现托斯卡纳温暖绚丽的风光，主人公的失意、苦闷、释然、成长，以及走出感情阴影后的豁然开朗，让每个有类似经历的人都感同身受，发现自己曾经的影子。总之，文本与影视一静一动，这两种全然不同的媒介手段各有所长，原作深化了电影的内涵，电影则对原作进行新的解读，同时也扩大了文学作品的传播。

参考文献

[1] Duruz, Jean. Adventuring and Belonging: An Appetite for Markets//Space and Culture, 2004 (11), Vol. 7, No. 4: 427-445.

[2] Fraley, Jill M. Reparations, Social Reconciliation, and the Significance of Place: A Legal and Philosophical Examination of Indigenous Cases in the United States and Their Global Implications// Humanity & Society, 2007 (2), Vol. 31, No. 1: 108-122.

[3] Fraley, Jill M. Walk along My Mind: Space, Mobility, and the Significance of Place//Humanity & Society, 2007 (5), Vol. 31, No. 2, 3: 248-259.

[4] Griffin, Susan. Woman and Nature: The Roaring Inside Her, translated by Zhang Minsheng & Fan Daizhong. Changsha: Hunan People's Press. 1988.

[5] Mayes, Frances. Under the Tuscan Sun. New York: Broadway Books. 1997.

[6] Sambuco, Patrizia. Book Review: Tuscan Space, Literary Constructions of Place//Forum Italicum: A Journal of Italian Studies, 2011 (9), Vol. 45, No. 2: 506.

[7] Thoreau, Henry David, Walden. Yale: Yale University Press. 2006.

[8] Thorpe, Christopher. Beyond "La Dolce Vita": Bourdieu, Market Heteronomy and Cultural Homogeneity//Cultural Sociology, 2009

（3），Vol. 3，No. 1：123-146.

［9］Walker, Charlotte Zoe. "Letting in the Sky：An Ecofeminism Reading of Virginia Woolf's Short Fiction". In Jonh Parham（ed.），The Environmental Tradition in English Literature. Burlington：Ashgate Publishing Ltd.，2002：172-174.

［10］陈茂林. 生态女性主义文学批评概述//齐鲁学刊，2006（4）：108-111.

［11］陈晓兰. 为人类"他者"的自然——当代西方生态批评//文艺理论与批评，2002（6）：42-48.

［12］程虹. 宁静无价——英美自然文学散论. 上海：上海人民出版社，2009.

［13］杜君.《瓦尔登湖》的超验主义及人与自然的思想解读//边疆经济与文化，2013（7）：168-169.

［14］［美］弗朗西丝·梅斯. 托斯卡纳艳阳下. 邱艺鸿，译. 海口：南海出版社，2010.

［15］郭秀华. 超验主义思想的践行者——从《瓦尔登湖》看亨利·戴维·梭罗//沧州师范专科学校学报，2011（12）27卷第4期：8-10.

［16］［美］亨利·梭罗. 瓦尔登湖. 戴欢，译. 北京：当代世界出版社，2003.

［17］［美］拉尔夫·爱默生. 爱默生随笔. 蒲隆，译. 北京：华文出版社，2010.

［18］罗婷、谢鹏. 生态女性主义与文学批评//求索，2004

（4）：176-180.

[19] 王卉.《瓦尔登湖》超验主义思想探析//安徽文学，2013（5）：87-88.

[20] 吴蓓. 印度妇女与抱树运动//绿色家园，2003（11）：20.

[21] 郇庆治. 西方生态女性主义论评// 江汉论坛，2011（1）：133-139.

[22] 闫鑫. 在托斯卡纳的艳阳下寻找自我的内心之旅——电影《托斯卡纳艳阳下》人物性格分析//安阳工学院学报，2009（1）：89-90.

[23] 张小花，路喜明.《瓦尔登湖》对美国超验主义思想的继承与超越//甘肃高师学报，2013（3）18卷：18-21.

[24] 赵媛媛，王子彦. 生态女性主义思想述评//科学技术与辩证法，2004（10）第21卷第5期：35-38.

[25] 郑兰. 电影《托斯卡纳艳阳下》的生态女性主义解读//重庆科技学院学报（社会科学版），2011（14）：157-163.

[26] 郑兰. 艳阳下的新生———《托斯卡纳艳阳下》的审美意象研究//齐齐哈尔大学学报（哲学社会科学版），2012（4）：31-33.

[27] 郑湘萍. 生态女性主义视野中的女性与自然//华南师范大学学报（社会科学版），2005（12）第6期：39-45.

[28] 周铭. 从男性个人主义到女性环境主义的嬗变——威拉·凯瑟小说《啊，拓荒者！》的生态女性主义解读// 外国文学，2006（5）第3期：52-58.

（本章作者：穆育枫）

5.《追风筝的人》

The Kite Runner

作者简介

卡勒德·胡赛尼（1965——），阿富汗裔美籍作家、医生。生于喀布尔，后随父亲迁居美国，毕业于加州大学圣地亚哥分校医学系，现居加州。《追风筝的人》出版于 2003 年，是卡勒德·胡赛尼第一部公开出版的作品。这部小说一经出版即引起轰动，连续 101 周位居《纽约时报》畅销书榜。到目前为止，该书在美国销售已经超过 1000 万册，在世界范围内则已售出 3800 万册。因为书中对于人性细腻的刻画以及对阿富汗社会和历史的描述，卡勒德·胡赛尼于 2006 年获得联合国人道主义奖，成为联合国难民署的友好使者。

撷英采华

片段 1：

I became what I am today at the age of twelve, on a frigid overcast day in the winter of 1975. I remember the precise moment, crouching behind a crumbling mud wall, peeking into the alley near the frozen creek. That was a long time ago, but it's wrong what they say about the past, I've learned about how you bury it. Because the past claws its way out. Looking back now, I realize I have been peeking into that deserted alley for the last twenty-six years. (Khaled Hosseini, 1)[1]

---

[1] 本章内所引用的英文版本均出自英文图书出版社 Riverhead Books 2013 年版。中文译文均出自李继宏（2006，世纪出版集团上海人民出版社）的译本。以下只在引文后标注页码，不另加注。

译文：

我成为今天的我，是在1975年某个阴云密布的寒冷冬日，那年我十二岁。我清楚地记得当时自己趴在一堵坍塌的泥墙后面，窥视着那条小巷，旁边是结冰的小溪。许多年过去了，人们说陈年旧事可以被埋葬，然而我终于明白这是错的，因为往事会自行爬上来。回首前尘，我意识到在过去的二十六年里，自己始终在窥视着那荒芜的小径。（李继宏译：1）

片段2：

"Good," Baba said, but his eyes wondered. "Now, no matter what the mullah teaches, there is only one sin, only one. And that is theft. Every other sin is a variation of theft." ... "When you kill a man, you steal a life," Baba said. "You steal his wife's right to a husband, rob his children of a father. When you tell a lie, you steal someone's right to the truth. When you cheat, you steal the right to fairness. Do you see?" (Khaled Hosseini, 19-20)

译文：

"很好，"爸爸说，但眼睛仍透露出怀疑的神色，"现在，不管那个毛拉怎么说，罪行只有一种，只有一种。那就是盗窃，其他罪行都是盗窃的变种。"……"当你杀害一个人，你偷走一条生命，"爸爸说，"你偷走他妻子身为人妇的权利，夺走他子女的父亲。当你说谎，你偷走别人知道真相的权利。当你诈骗，你偷走公平的权利。你懂吗?"（17-18）

片段3：

I had one last chance to make a decision. One final opportunity to decide who I was going to be. I could step into that alley, stand up for

Hassan——the way he'd stood up for me all those times in the past——and accept whatever would happen to me. Or I could run.

In the end, I ran.

I ran because I was a coward. I was afraid of Assef and what he would do to me. I was afraid of getting hurt. That's what I told myself as I turned my back to the alley, to Hassan. That's what I made myself believe. I actually aspired to cowardice, because the alternative, the real reason I was running, was that Assef was right: Nothing was free in this world. Maybe Hassan was the price I had to pay, the lamb I had to slay, to win Baba. Was it a fair price? The answer floated to my conscious mind before I could thwart it: He was just a Hazara, wasn't he? (Khaled Hosseini, 84-85)

译文：

我仍有最后的机会可以作决定，一个决定我将成为何等人物的最后机会。我可以冲击小巷，为哈桑挺身而出——就像他过去无数次为我挺身而出那样——接受一切可能发生在我身上的后果。或者我可以跑开。

结果，我跑开了。

我逃跑，因为我是懦夫。我害怕阿瑟夫，害怕他折磨我。我害怕受到伤害。我转身离开小巷、离开哈桑的时候，心里这样对自己说。我试图让自己这么认为。说真的，我宁愿相信自己是出于软弱，因为另外的答案，我逃跑的真正原因，是觉得阿瑟夫说得对：这个世界没有什么是免费的。为了赢回爸爸，也许哈桑只是必须付出的代价，是我必须宰割的羔羊。这是公平的代价吗？我还来不及质疑，答案就从意识中冒出来：他只是个哈扎拉人，不是吗？（77）

片段 4:

I stood up and picked up an over-ripe pomegranate that had fallen to the ground.

"What would you do if I hit you with this?" I said, tossing the fruit up and down.

Hassan's smile wilted. He looked older than I'd remembered. No, not older, *old*. Was that possible? Lines had etched into his tanned face and creases framed his eyes, his mouth. I might as well have taken a knife and carved those likes myself.

...

The color fell from his face. Next to him, the stapled pages of the story I'd promised to read him fluttered in the breeze. I hurled the pomegranate at him. It struck him in the chest, exploded in a spray of red pulp. Hassan's cry was pregnant with surprise and pain.

...

I hit him with another pomegranate, in the shoulder this time. The juice splattered his face. "Hit me back!" I spat. "Hit me back, goddamn you!"

I wished he would. I wished he'd give me the punishment I craved, so maybe I'd finally sleep at night. Maybe then things could return to how they used to be between us. But Hassan pelted nothing as I pelted him again and again. "You're a coward!" I said. "Nothing but a goddamn coward!"

I don't know how many times I hit him. All I know is that, when I finally stopped, exhausted and panting, Hassan was smeared in red like he'd been shot by a firing squad. I fell to my knees, tired, spent, frustrated.

Then Hassan *did* pick up a pomegranate. He walked toward me. He opened it and crushed it against his own forehead. "There," he croaked, red dripping down his face like blood. "Are you satisfied? Do you feel better?" (Khaled Hosseini, 100-101)

译文：

我站起身来，捡起一个熟透了的跌落在地面的石榴。

"要是我拿这个打你，你会怎么做啊？"我说，石榴在手里抛上抛下。

哈桑的笑容枯萎了。他看起来比我记得的要大，不，不是大，是老，怎么会这样呢？皱纹爬上他那张饱经风吹日晒的脸，爬过他的眼角，他的唇边。也许那些皱纹，正是我亲手拿刀刻出来的。

……他脸无血色，我答应要念给他听的那本故事书在他脚下，书页被微风吹得劈啪响。我朝他扔了个石榴，打中他的胸膛，爆裂出红色的果肉。哈桑又惊又痛，放声大哭。

……我又扔出一个石榴，这次打在他的肩膀上，果汁染红了他的脸。"还手！"我大喊，"还手，你这个该死的家伙！"我希望他还击。我希望他满足我的愿望，好好惩罚我，这样我晚上就能睡着了。也许到时候就会回到我们以前那个样子。可是哈桑纹丝不动，任由我一次又一次扔他。"你是个懦夫！"我说，"你什么都不是，只是个该死的懦夫！"

我不知道自己击中他多少次。我所知道的是，当我终于停下来，筋疲力尽，气喘吁吁，哈桑浑身血红，仿佛被一队士兵射击过那样。我双足跪地，疲累不堪，垂头丧气。

然后哈桑捡起一个石榴。他朝我走来，将它掰开，在额头上磨碎。"那么，"他哽咽着，红色的石榴汁如同鲜血一样从他的脸上滴下来。"你满意了吧？你觉得好受了吗？"（90-91）

片段 5：

I sat against one of the house's clay walls. The kinship I felt suddenly for the old land ... it surprised me. I'd been gone long enough to forget and be forgotten. I had home in a land that might as well be in another galaxy to the people sleeping on the other side of the wall I leaned against. I thought I had forgotten about this land. But I hadn't. And, under the bony glow of a half-moon, I sensed Afghanistan humming under my feet. Maybe Afghanistan hadn't forgotten me either. (Khaled Hosseini, 260-261)

译文：

我倚着那屋子的一堵泥墙坐下。突然间，我觉得自己和这片古老的土地血脉相连……这让我很吃惊。我的离开很久远了，久远得足以遗忘，也足以被遗忘。我在大地某处有个家，对于那些睡在我倚着这面墙那边的人们来说，那地方或许遥远如另外一个星系。我曾经以为我忘了这片土地。但是我没忘。而且，在皎洁的月光中，我感到在我脚下的阿富汗发出低沉的响声。也许阿富汗也没有把我遗忘。(233)

片段 6：

RUBBLE AND BEGGARS. Everywhere I looked, that was what I saw. I remembered beggars in the old days too—Baba always carried an extra handful of Afghani bills in his pocket just for them; I'd never seen him deny a peddler. Now, though, they squatted at every street corner, dressed in shredded burlap rags, mud-caked hands held out or a coin. And the beggars were mostly children now, thin and grim-faced, some no older than five or six. They sat in the laps of their *burqa*-clad mothers alongside gutters at busy street corners and chanted "*Bakhshesh, Bakhshesh*!" And something else, something else I hadn't noticed right away: Hardly any of them sat with an adult male—the wars had made fathers a rare commodity in Afghanistan. (Khaled Hosseini, 265)

译文：

废墟和乞丐，触目皆是这种景象。我记得从前也有乞丐——爸爸身上总是额外带着一把阿富汗尼硬币，分发给他们；我从不曾见过他拒绝乞讨的人。可是如今，街头巷尾都能见到他们，身披破麻布，伸出脏兮兮的手，讨要一个铜板。而如今乞食的多是儿童，瘦小、脸色冷漠，有些不超过五六岁。妇女裹着长袍，坐在繁忙街道的水沟边，膝盖上是她们的儿子，一遍遍念着："行行好，行行好!"还有别的，某种我一开始没有注意到的事情：几乎见不到有任何成年男子在他们身边——战争把父亲变成阿富汗的稀缺物品。(236)

片段 7：

What was so funny was that, for the first time since the winter of 1975, I felt at peace. I laughed because I saw that, in some hidden nook in a corner of my mind, I'd even been looking forward to this. I remembered the day on the hill I had pelted Hassan with pomegranates and tried to provoke him. He'd just stood there, doing nothing, red juice soaking through his shirt like blood. Then he'd taken the pomegranate from my hand, crushed it against his forehead. *Are you satisfied now?* he'd hissed. *Do you feel better?* I hadn't been happy and I hadn't felt better, not at all. But I did now. My body was broken—just how badly I wouldn't find out until later—but I felt *healed*. Healed at last. I laughed. (Khaled Hosseini, 312)

译文：

好笑的是，自 1975 年冬天以来，我第一次感到心安理得。我大笑，因为我知道，在我大脑深处某个隐蔽的角落，我甚至一直在期待这样的事情。我记得那天，在山上，我用石榴扔哈桑，试图激怒他。他只是站在那儿，一动不动，红色的果汁染在他的衬衣上，跟鲜血一样。然后他从我手里拿过一个石榴，在自己额头上磨碎。现在你满意了吗？他凄然说，你觉得好受一些了吗？我从不曾觉得高兴，从不曾觉得好受一些，根本就没有过。但是现在感觉到了。我体无完肤——我当时并不清楚有多糟糕，后来才知道——但心病已愈。终于痊愈了，我大笑。(279)

影片资料

彩色片，128 分钟

梦工厂（Dream Works）摄制

导演：马克·福斯特

编剧：戴维·贝尼奥夫／卡勒德·胡赛尼

配乐：阿尔贝托·伊格雷西亚斯

主演：赫立德·阿卜杜拉

   阿托莎·利奥妮

   肖恩·托布

获奖情况：又名《追风筝的孩子》。第 80 届奥斯卡金像奖最佳原创配乐（提名）、第 65 届金球奖电影类最佳外语片（提名）和第 65 届金球奖电影类最佳原创配乐（提名）。

剧情梗概

　　小说的主线是围绕着主人公阿米尔的成长与救赎展开的。他在年少时与自家仆人的儿子哈桑是形影不离的玩伴，但是两人无论在社会地位还是在性格品质上都有着巨大的差异。阿米尔是普什图人，什叶派，是阿富汗社会中的所谓上等人种，哈桑是哈扎拉人，逊尼派，是阿富汗社会中的下等人；阿米尔的父亲是个成功的商人，享有富裕的生活和优越的社会地位，而哈桑和他的爸爸阿里虽然分别是阿米尔和爸爸的年少时期的玩伴，但是他们的身份只能是仆从，永远不会被认同为"朋友"。即便如此，哈桑却天性善良、乐观、勇敢，而阿米尔却自私、悲观、懦弱。一次偶然的事件，忠诚的哈桑为了帮助阿米尔赢得风筝比赛的冠军而遭受到了坏人的凌辱，而面对强权胆怯的阿米尔却选择视而不见，背叛了与哈桑的友谊，此后还用了陷害的伎俩逼走了阿里和哈桑父子。成年后的阿米尔一直受着良心的煎熬，直到有一天，爸爸的好友拉辛汗为他指出了一条"再次成为好人的路"，在经过一番曲折和斗争之后，阿米尔解救并收养了哈桑的儿子索拉博，实现了自我救赎，最终得到了灵魂的安慰与解脱。

　　这部小说之所以获得如此大的成功，一方面在于它涉及了友情、背叛、内疚、救赎以及父子之间的爱与矛盾，作者将这些主题完美的结合与一个故事之中，超越了文化、种族、宗教和性别，将人性的善与恶刻画得淋漓尽致，感人至深；另一方面，整部小说具有宏大而跌宕的时代和社会背景，涉及了阿富汗 20 世纪 70 年代初自足安详的君主制时代、其后的共和革命、1979 年苏联入侵，以及之后的塔利班统治的各个时期，小说中小人物的命运正好契合于整个民族与国家的命运之中，仿佛汪洋中的一叶扁舟，令人唏嘘之时也体会到些许史诗般的意味。

【深度解读】之一：
《追风筝的人》中父子关系的语义方阵解读

A. G. 格雷马斯的语义方阵是结构主义叙事学的重要理论，运用这一理论可以将作品看作一个系统，用更加逻辑化和符号化的方法理解其中的人物关系和主题。《追风筝的人》小说中人物众多，主题庞杂，但其中最为深刻之一就是父子关系。本文将运用语义方阵理论对这些父子关系进行共时和历时两种分析，同时也力图剖析作品深层次主题之间的关系。

从叙事角度来说，卡勒德·胡赛尼写作技巧纯熟，整部《追风筝的人》精雕细琢，似乎每一个细节都有上下文与之呼应，或为点睛，或为伏笔；文中主题众多，关乎成长、关乎友谊、关乎救赎、关乎自我身份的追逐和认同、也关乎家国命运，但其中最重要的一条线索关乎父与子的关系，正如作者本人所言——《追风筝的人》描述了"父亲对儿子的影响——他们付出的爱、做出的牺牲和说过的谎言（... it is also about the power of fathers over sons—their love, their sacrifices, their lies.）。"（Reading Group Guides）本文就将运用结构主义文论中的重要概念——格雷马斯语义方阵，对这部小说中的父子关系做出分析和解读，希望能在揭示作者叙事技巧的同时，提供给读者更多的阅读角度和更深的思考维度。

223

一、格雷马斯语义方阵

法国符号学家 A. G. 格雷马斯（A. G. Gremais）将结构主义语言学中的二项对立原则与符号学理论结合在一起，创设了"语义方阵"（semantic square，也称"符号矩阵"）的概念。其中二项对立原则（Binary Opposition）是结构主义语言学的基本概念，由其创始人索绪尔提出。这一原则认为系统中各要素的价值取决于它与系统中其他要素的联系和差别，而系统的意义就在于对其中任一要素的分析都必须以要素间的关系为出发点。这意味着在一个有意义的系统中，总是能分析出若干成对的概念。正是这些成对的概念使得我们更有效的认知其中某一概念和描述整个系统。从文本分析和鉴赏角度看，二项对立原则通过分析文学作品的叙事结构和文学要素，将其分解成若干彼此对立又相互联系的二项关系，再把这些要素组合起来，寻找"意义"产生的原因和途径，从而揭示文学作品构成的普遍规律。

格雷马斯将二项对立原则进一步系统化，并用符号学的逻辑表示为：

即语义方阵。"其中 X 和反 X 是绝对的对立关系，X 与非反 X、反 X 与非 X 都是一种矛盾关系，X 与非 X，反 X 与非反 X 是一种补充关系。在格雷马斯看来，叙事故事起源于 X 和反 X 之间的绝对对

224

立，但在情节发展过程中非 X 与非反 X 因素的加入，使得故事情节得以进一步展开，最终完成故事。"（佟冰，2013）

自语义方阵概念引入中国以来，被誉为"把结构主义语言学的二元对立原则应用于叙事文本分析的典范，"（方汉泉，2004）成为20 世纪 90 年代到 21 世纪初非常流行的西方文学理论之一。虽然有学者（钱翰、黄秀端，2014；黄卫星，2008）从符号学角度指出了中国学者对于该方阵的误读，但其仍不失为读者理解文学作品的一把钥匙，对于文学创作者来说，也是增加作品魅力的一种手段。本文就将应用该方阵分析《追风筝的人》中父子关系这一主线。

二、父子关系的共时二元对立分析

整体而言，《追风筝的人》算是一部男性文学，因为其中的女性形象几乎可以忽略不计，仅有的几位如莎芭娜、索拉雅、雅米拉都处于从属地位，并没有对情节发展起到决定性的作用。而几位男主人公，无论他们原本的关系是父子、朋友、仆从，都可以或多或少的归结为父子关系。这些父子关系或激烈或平和，或隐蔽或张扬，都对情节发展起到了重要作用。对这些父子关系的二元对立分析可以分为共时和历时两种。共时分析中主要针对的是"阿米尔/爸爸"和"哈桑/阿里"这两组父子关系。

套用格马雷斯的语义方阵，我们可以将"阿米尔/爸爸"和"哈桑/阿里"这两组父子关系可作如下分析：

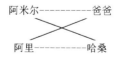

从该方阵可以看出，阿米尔和爸爸被分别放置在"X"和"反X"的位置上，因为虽然表面上《追风筝的人》主要情节始于阿米尔对哈桑友情的背叛，但这背后隐藏的深层原因是阿米尔和爸爸这对父子之间的矛盾——这种矛盾夹杂着阿富汗社会的种族和宗教矛盾，最终造成了哈桑和阿里的悲剧命运。下面我们来一一解释该方阵中的对立关系。

1. 阿米尔/爸爸（X/反 X）

正如格雷马斯方阵所描述的那样，阿米尔与爸爸之间在小说前半部是绝对的对立关系，也是推动情节发展的最根本的矛盾冲突和动力。作为一个生下来就没有母亲的孩子，阿米尔极其渴望得到父亲的爱，但是爸爸却并不喜欢阿米尔，时常刻意地疏远和漠视他。年少的阿米尔一直认为那是因为自己夺走了爸爸最心爱的人——妈妈的生命；然而，真正的原因并非如此。

首要的原因，当然是阿米尔并非爸爸期望中的儿子。爸爸身材高大，孔武有力，曾经"赤手空拳和一只黑熊搏斗"，甚至"黑色的眼珠一瞪，会'让魔鬼跪地求饶'"；他事业兴旺，引人注目，"随心所欲的打造他身边的世界，除了我这个明显的例外。"（12-15）比如，爸爸认为真正的男孩应该去踢足球，而阿米尔却喜欢埋头诗书，即使当个足球赛的观众也心不在焉；对激烈的冲突，特别是流血事件阿米尔也非常敏感，在目睹比武比赛的流血事件后他"放声大哭。一路上哭着回家。"而爸爸对于阿米尔这样的反应则"沉默不语，厌恶溢于言表。"

除了文弱、胆怯，阿米尔对于哈桑的自私也不容于爸爸，爸爸曾经向自己的朋友拉辛汗举过一个例子："每当那些邻居的孩子欺负他，总是哈桑挺身而出，将他们挡回去。他们回家之后，我问他，'哈桑脸上的伤痕是怎么回事？'他说：'他摔了一跤。'"爸爸对此的评论是："一个不能保护自己的男孩，长大之后什么东西都保护不了。""要不是我亲眼看着大夫把他从我老婆的肚子里拉出来，我肯定不相信他是我的儿子。"（23）可见，爸爸对于阿米尔懦弱而自私的个性有多么厌恶，对阿米尔这个儿子多么失望。

　　爸爸与阿米尔矛盾的第二个原因就涉及方阵中"反 X"与"非X"之间的关系——爸爸/哈桑之间隐蔽的父子。

2. 爸爸/哈桑（反 X/ 非反 X）

　　爸爸与哈桑之间如格雷马斯方阵所述，是一种补充的关系，即哈桑的存在可以解释爸爸很多不合逻辑的言行，也成为情节发展的辅助力量。哈桑是爸爸与仆人阿里的妻子莎芭娜的私生子。虽然哈桑是哈扎拉人，并且生来就有面部缺陷（兔唇），但是相较于阿米尔，他在个性上却更像爸爸，更符合爸爸心目中男孩的样子：正直、忠诚、勇敢而且善战。爸爸不能承认哈桑的儿子身份，但是却一直尽力用隐蔽的方式表达父爱，这一切都被敏感的阿米尔感觉到了：爸爸记得哈桑的每一个生日，并且每次都会给他准备生日礼物，给他请了跟阿米尔一样的奶妈，甚至还花钱给他做了兔唇矫正手术。不明就里的阿米尔嫉妒爸爸给予哈桑的关注。"我希望自己身上也有类似的残疾，可以乞换来爸爸的怜悯。太不公平了，哈桑什么也没干，就得到爸爸的爱护，他不就是生了那个愚蠢的兔唇吗?"（46）从这一点上来看，哈桑的确成为阿米尔对爸爸不理解和怨恨的根源之一。

换个角度说，阿米尔的感觉是对的，爸爸的确因为哈桑的存在逃避和漠视他。如拉辛汗在故事结尾揭晓的那样，"你父亲是一个被拉扯成两半的男人，亲爱的阿米尔：被你和哈桑……所以他将怨恨发泄在你身上……当他看到你，他看到自己，还有他的疚恨……你父亲对你严厉，也是对自己严厉。"（291）

综上所述，阿米尔与爸爸之间由于两人个性迥异和哈桑的存在有着深深的隔阂，这种隔阂的后果就是少年阿米尔对于父爱的极力追求，而这种追求成为小说高潮情节的最有利的推动力。

关于阿米尔对父爱渴望的描述，书中有一处情节让人动容：阿米尔渴望走进爸爸的书房，希望与爸爸多待一会儿，然而爸爸把他堵在门口，喝令他："走开，现在就走开……这是大人的时间，"留下阿米尔"独自纳闷：何以他总是只有大人的时间呢?"阿米尔在门口"坐上一个钟头，有时两个钟头，听着他们的笑声，他们的谈话声。"（5）在门外坐上一两个小时的少年，是多么的难过和落寞，多么的需要安慰和爱。

需要指出的是，阿米尔对于父爱的追求还有另外一个深层原因——他在社会化过程中对于自我认同的强烈需求。阿米尔的母亲在他出生时因难产死亡，他喝着哈扎拉奶妈的奶水长大，最好的玩伴和身边的仆人也都是哈扎拉人，但是成人社会灌输给他的标准是哈扎拉人是下等人，不能与下等人为伍；信奉种族主义的阿瑟夫就总是因为这一点欺负阿米尔，指责阿米尔："你怎么可以跟他（哈桑）说话，跟他玩耍，让他碰你？"（41）然而，作为阿米尔眼中最重要的"成人"的爸爸却没有歧视哈扎拉人，他倚重阿里，喜欢哈桑甚至多于自己。就这样，阿米尔在社会身份的认知上非常矛盾：他拥有血统意义上上等人的身份，却无法与他"应该"鄙视的哈扎拉人完全切断联系，这造成了他严重的自我认同焦虑。他需要从爸爸那里得到身份认知上的指引，但爸爸在这一点上是缺位的，模糊的和混乱的，也在客观上加剧了阿米尔的自卑和怯懦。

　　阿米尔对于父爱的极力追求还突出反映在他对于父子关系的异常敏感上——他珍惜每一丝爸爸给予的爱的感受，观察任何一个有父亲在场的社会场景，同时也羡慕别的父子之间爱的和谐场面。比如阿富汗发生政变的第二天，阿米尔在经过一晚的恐惧不安之后终于迎回了父亲，被爸爸拥入怀中，"我们停在他怀里，有那么一会儿，我竟然发疯似的觉得很高兴"（36）；在13岁生日宴会上，他敏感的觉察出阿瑟夫的父母"从某种程度上说，他们害怕自己的儿子"（94）；当他重返阿富汗时，他注意到那个为了喂饱孩子而在路边出售自己义腿的男子；以及乞丐人群中缺失的父亲角色——"战争把父亲变成阿富汗的稀缺物品"（237）。然而最让阿米尔羡慕的和谐父子关系当属方阵中处于"非 X"与"非反 X"位置的哈桑和阿里父子。

3. 阿里/哈桑（非 X/ 非反 X）

　　阿米尔虽然是阿富汗社会的上等人，居高堂之上，享锦衣玉食，却无法体会到亲情的爱。而哈桑虽然身份低微，居于陋室，粗茶淡饭，却享受到了阿里全心全意的爱与呵护。这不能不说是一种嘲讽。与身份显赫的爸爸不同，阿里因为种族、长相和婚姻备受欺辱，"但是这些欺辱对他毫不见效，因为在莎芭娜生下哈桑那一刻，他已经找到他的快乐、他的灵丹妙药。"（10）阿里深爱着哈桑，在儿子被陷害之后，他毅然决然地带着哈桑离开了主人家——这个他从5岁就开始栖身的地方，这个他长大、娶妻、生子的地方，这个有他最好的玩伴还有他赖以生存的活计的地方——这里何曾不是他前半生的全部，但是为了儿子的清白，阿里将这些都牺牲掉了，他们在雨中离去的背影让人何其动容。可见，亲情带给人的幸福感与种族、宗教、地位、金钱完全无关，哈桑/阿里与阿米尔/爸爸的对照就是最好的证明，也是小说想要昭示的一个辅助主题。

就这样，在追求父爱的道路上阿米尔越走越远了，而哈桑正是这条路上让他嫉妒的绊脚石，更重要的是——哈桑是哈扎拉人。

4. 阿米尔/哈桑（X/非反 X）

如果说阿米尔/爸爸父子矛盾是推动情节展开的根源，那么阿米尔/哈桑之间的对立则是时代、社会和个人经历交织起来的一出悲剧。这出悲剧浓重至极，以至于主导了小说前半部分的每个章节：第一至六章每个章节的最后一句话都为这个悲剧做出铺垫，直到第七至九章情节升至高潮，悲情倾泻而下，读者在不断累积的好奇心中知道了悲剧的真相，代入到阿米尔的痛苦回忆中，跟他一起"窥视着那条小巷"。

在小说中，哈桑是一个处于从属地位的形象，他的一言一行都是通过"我"的视角描述出来的，但正是这个形象，在读者脑中留下了深刻的印象。他长着兔唇，身材矮小精瘦，显得比实际年龄老很多；他是阿米尔勤奋的仆人，勇敢的玩伴，忠诚的跟随者，并且自认为是阿米尔的朋友。可是对于阿米尔来说——阿米尔也差点那么认为——除了哈桑是哈扎拉人，除了爸爸喜欢哈桑到让他嫉妒——除了当牺牲哈桑才可以换来爸爸的爱和认可，——除了当赶走哈桑才可以换回自己痛苦的"平复"。

　　对于当时充满了种族和宗教歧视的阿富汗社会来说，阿米尔的这种矛盾是有情可原的，毕竟一个12岁的孩子不会有足够坚定的世界观和胆识让他把一个哈扎拉人视为自己平起平坐的朋友；在和哈桑相处的日常，他捉弄哈桑，考验哈桑，因为爸爸对哈桑的好让他嫉妒；而当危机发生时，他对父爱的狂热追求和对自我身份的认同需求又使他最终决定牺牲哈桑换取那只风筝，因为有了那只风筝他就可以承袭爸爸风筝大赛冠军的梦想，获得爸爸的认可；最终，当他因为背叛友情感到良心不安的时候，他采取了那个饮鸩止渴的办法：陷害哈桑，赶走哈桑阿里父子——一个他以为会解脱自己，实际却让自己痛苦终身的办法。而这一切都有一个时代和社会赋予的充足理由——哈扎拉人是下等人，他们本应该就是"替罪羊"。

　　当然，最后的答案是最讽刺的，哈桑与阿米尔不仅应该是朋友，甚至是血浓于水的亲兄弟。

　　在阿米尔与哈桑的悲剧中，哈桑保持了良心的安宁，他成年后娶妻生子，重回喀布尔看守阿米尔家的旧宅，最终死在了塔利班的枪下；而阿米尔则背负了良心的内疚将近三十年，直到在拉辛汗的召唤下找到那条"再次成为好人的路"；但是爸爸却是其中隐蔽的受害者，并且是致命而终身的——失去哈桑这个亲骨肉，如书中所描述的，在阿里哈桑父子离开的那一刻，"我看到爸爸做了我之前从未见过的事情：嚎啕大哭。见到大人哭泣，我被吓了一跳。我从未想到爸爸也会哭。'求求你。'爸爸说。可是阿里已经走到门口，哈桑跟在他后面。我永远不会忘记爸爸说出那话的神情，那哀求中透露的痛苦，还有恐惧。"（105）像爸爸这样铁一般的汉子竟然会嚎啕大哭，可见阿米尔给爸爸造成的伤害有多深，也可见爸爸因为对阿米尔的爱牺牲之多。

在以上方阵中存在着多对二元对立关系，阿米尔/爸爸之间的父子冲突是小说的首要对立，也是故事情节的首要推动力；哈桑/阿里之间的和谐则反衬出阿米尔/爸爸之间的冷漠和疑问，是推动情节发展的辅助力量；爸爸/哈桑隐秘的父子关系是悲剧情节的潜在根源；这些二元对立最终导致在关键情节中阿米尔/哈桑成为绝对对立，在必须背叛哈桑才能获得父爱的矛盾中，阿米尔做出了痛悔终生的选择，将故事推向了高潮，令读者唏嘘不已。正是通过描述这四个角色间冲突、映衬和辅助的二元对立关系，作者将自己的前尘往事娓娓道来，细腻、真实又扣人心弦，读者在这些轻描淡写的描述中陷入思考和共鸣，最终与"我"一起重新经历了那一场痛彻心扉。

然而，仔细观察小说的脉络，全盘考虑书中的重要角色，有一个角色的作用不可忽视，那就是拉辛汗。他与阿米尔、哈桑、爸爸都可以组成二元对立关系，因此在整个故事中起到了枢纽的作用；而相较于阿米尔与爸爸间冷漠的父子关系，拉辛汗给少年的阿米尔带来了很多欣慰和适时的指引，不是父子却胜似父子。

5. 拉辛汗的枢纽作用与阿米尔√拉辛汗半父子关系

作为一个连接着这个语义方阵中所有人的过去与现在的角色，拉辛汗是整个情节网络中最为关键的一个枢纽。如果要将拉辛汗置于语义方阵中，可以做出以下描述：

拉辛汗这个人物的设置看似清淡，但是却联结着众多关系：他是爸爸的知己好友，了解爸爸的过去，也最终向成年阿米尔揭示了爸爸漠视和逃避阿米尔的真正原因，也让阿米尔明白爸爸也在用一生的善行为自己曾经犯下的错误赎罪；他告知了阿米尔与哈桑之间真正的兄弟关系；他知道阿米尔的过去与现在，对阿米尔有足够影响力，只有他才能让后来移民美国并且父亲去世之后的阿米尔有足够的理由重回阿富汗，冒着生命危险去救索拉博，并能预见阿米尔对索拉博的处理方式，帮助他实现自我救赎；他还延续了爸爸和阿米尔走后"家"与哈桑的联系；他知道哈桑的过去，并且带来了成年后的哈桑给阿米尔的信息。

在和阿米尔相处过程中,与爸爸的冷漠和不理解不同,拉辛汗总是给予阿米尔肯定,他愿意看阿米尔的文章,愿意给阿米尔讲自己年轻时爱上哈扎拉女孩的故事,也愿意倾听阿米尔"任何想说的事情"。虽然阿米尔并没有将自己内心的纠结烦恼讲给拉辛汗,可是看起来他对这些了如指掌。阿米尔视拉辛汗为忘年之交,而终生未娶的拉辛汗同样理解阿米尔成长中的苦楚,并最终提供给他那条"再次成为好人的路",所以从整部小说来看,拉辛汗对阿米尔扮演了领路人和半父亲的角色。

三、父子关系的历时二元对立分析

《追风筝的人》中最值得进行历时研究的是阿米尔/爸爸这一对父子关系。还是借用格雷马斯的语义方阵。我们将二人的历时关系做一下分析:

从这个方阵中,我们可以看出阿米尔与爸爸的关系在移民美国之后发生了逆转:在阿富汗时期,爸爸是自信的,占据绝对的主导地位,阿米尔则对自己的身份和行为充满了焦虑,必须服从于爸爸;而到美国之后,阿米尔逐渐独立起来,开始有勇气坚持自己的立场和理想:他在上大学时选择了英文作为自己的专业,而不是像爸爸期望的那样去做医生;他渴望异性,喜欢上了同在跳蚤市场工作的索拉雅,并且最终依靠自己的意志和魅力,得到了索拉雅的爱

情，二人在爸爸临终前结为伉俪。而来到美国之后的爸爸，则对生活充满了不满，他的金钱、家世和社会地位都不复存在：他只是在加油站当个小经理，在美国的住所比在阿富汗时家里仆人的住所还要局促，而且还要做些收受废品的营生维持生计。对于这一点尤其体现在他对俄国人的憎恨上——正是苏联入侵阿富汗剥夺了他曾经骄傲的生活。然而与在阿富汗时期二人紧张的关系不同，来到美国后阿米尔与爸爸的关系逐渐调和，开始互相理解，爸爸也开始为阿米尔做出的那些他不能理解的决定喝彩。

阿米尔与爸爸这种关系的逆转，一方面是时间的必然结果——少年终将壮年，而壮年必将老去；另一方面也是由空间即社会背景的转换造成的。离开了阿富汗，阿米尔在空间上远离他的罪恶，而相对于理性的爸爸，感性的他更适合美国这种无所谓阶级和背景的社会：他终于得以摆脱阿富汗成人社会对他造成的身份认同的焦虑，他没有像爸爸期望那样选择一份真正的男人应该做的职业，也不惧别人的眼光娶了有人生污点的索拉雅，甚至最后还收养了一个哈扎拉人为养子。而爸爸虽然身在美国，却依然在阿富汗移民的小圈子里享受着原有的名誉和声望——至少他自己看重这些而且为这些传统的规则所羁绊。

四、背叛与救赎的二元对立分析

让我们最后粗略地套用一下格雷马斯的语义方阵，谈谈发生在阿米尔与爸爸身上背叛与成长的关系：

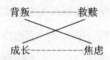

背叛/焦虑：在这个故事里，无论阿米尔还是爸爸，都曾经背叛，而在这背后他们也都有过对自己身份认同的焦虑。这似乎是特定文化和社会带给个体的一场宿命。对哈扎拉人充满歧视的阿富汗社会和文化，逼着阿米尔和爸爸用"自残"的方式切割与哈扎拉人的友情甚至亲情，否则他们就要面对同族和同阶层社会的拷问和不满。阿米尔背叛了哈桑，"平复"了自己的焦虑；爸爸"偷走"了阿里的妻子，背叛了阿里，又终生未敢承认哈桑是自己的儿子，背叛了与哈桑的亲情。可见爸爸对于自己普什图人和父亲的身份也深感焦虑，然而除了背叛，他别无选择。

父子二人都陷入终生自责，正如拉辛汗所言："没有良心、没有美德的人不会感到痛苦。"

背叛/救赎：还好，他们都找到了自我救赎的道路——"再次成为好人的路"。

阿米尔在拉辛汗引导下是冒着生命危险重回故土，直面面目全非满目疮痍的家乡，将身上的钱财和手表毫无保留的施舍给遇到的阿富汗同胞；然后再次面对当年曾经侮辱过哈桑的阿瑟夫，所不同的是，这一次他选择了勇敢面对，尽管最后被打得"体无完肤……但心病已愈。终于痊愈了。"（279）阿米尔终于摆脱心中的雾霾，收养了哈桑的儿子索拉博——虽然他是哈扎拉人。爸爸则一生行了很多善事，"施舍街头的穷人，建了那座恤孤院，把钱给有需要的朋友，这些统统都是他自我救赎的方式"。（291）虽然父子二人都没有机会向受伤害的人当面承认自己的错误，但亡羊补牢，为时未晚，他们总还是找寻到了令心灵不再负重的方法。

救赎/成长：救赎与成长是互为因果的关系：通过救赎，父子二人自我升华，成长为勇于担当的人；而似乎成长才是救赎的前提——成长的时间考验着人们回忆是否会磨灭，良心是否会忘却——成长的经历赋予人们足够的胆识和坚定的信念——成长的见识使人们放弃种族和宗教的偏见，抛却所谓的社会地位和金钱财富，追求人性中真善美的一切。

如果说阿米尔经历了"自足—不足—追求自足—矛盾—救赎—自足"的人生阶段，实现了具有普遍意义的成长主题的话，那么爸爸则终生未逃脱种族和社会地位之类世俗规约的控制，他的一生几乎更像一场由盛及衰的悲剧，这种悲剧似乎也映照了整个阿富汗民族和社会所经历的悲惨命运。

五、结　语

综上所述，《追风筝的人》一书中错综复杂的父子关系可以通过二元对立原则和格雷马斯语义方阵予以解读，这种解读为我们更好的理解这部小说的成功和现实意义提供了有效的途径。

【深度解读】之二：
缓慢沉静的痛苦
——评小说《追风筝的人》中的色彩意象

　　小说《追风筝的人》中，作者使用了两种对比强烈的色调为主要色彩意象，其中低饱和度，黑、白、灰色意象让第一人称叙述呈现出沉重缓慢的轮廓；红色意象因而凸现，鲜活醒目的折射出主人公的痛苦和忏悔。本文将寻找和分析小说字里行间的色彩意象，揭示它们如何成就作品的气氛，如何引起读者的共鸣。

　　对于《追风筝的人》这部小说来说，色彩并不是作者刻画人物和叙述情节的着力之处，然而对于读者来说，读完小说，掩卷沉思，还是会在脑海中勾勒出一幅幅画面，这些画面始于文字，然而却超脱文字的黑与白，升腾出自己的色彩。这些色彩有些直接源于小说中的色彩词，有些则是文中所描绘的事物与时代社会背景一起在读者脑中折射出的效果。无论如何，这些色彩与故事和人物浑然一体，营造出特定的氛围和情境，成为读者阅读体验不可或缺的一部分。本文将针对《追风筝的人》一书中的色彩意象进行分析，希望能够解释作者卡勒德·胡赛尼如何运用这些意象引发读者共鸣。

一、色彩意象的内涵

"意象"是"文学批评中最常见的术语,但是其意义也最变化多端。它既可以指诗歌读者在脑中形成的所谓的'图像',也可以指构成一首诗歌的所有元素。(This term is one of the most common in criticism, and one of the most variable in meaning. Its applications range all the way from the "mental pictures" which, it is sometimes claimed, are experienced by the reader of a poem, to the totality of the components which make up a poem.) (Abrams, M. H. 刘建华, 译: 121)。换句话说,意象"指文学作品中能引起感官反应的文字,往往指可以看见、闻到、听见、品尝和触摸到的事物(Languages that appeals to the senses, representing things that can be seen, smelled, heard, tasted, or touched.)"(Khaled Hosseini, 2014: 69, 笔者译)。在文学批评中,意象本来是一个审美范畴,主要指的是融汇着诗人主观情思的客观物象,即带有情思感受的事物,例如"柳",让人想起春天的生机、婆娑的身形和离别的不舍,"月"则容易勾起人们思乡、清冷的情感。这些意象承载着由人类感官或文化所演变出的隐喻内涵,成为文学作品特别是诗歌常用的象征手段。"托马斯·芒罗曾经指出:'诗的价值并不存在于表现抽象观念的诗行或散文中,而在于通过意象的美妙编织,能唤起情绪和沉思。'"(何清,2010)色彩意象属于描述性意象,色彩附着于具体事物上,并且渗透进事物以及容纳事物的事件中;同时色彩意象也属于比喻性意象特别是隐喻性意象,此类意象是以一个非直接显示的比喻来使情思或感觉具体化，例如，与冬天的"黑、白、灰"相比，春天具有"绿、姹紫嫣红"的色彩意象；与男人的单调的低饱和度的色调相比，女人则具有更加丰富的高饱和度的色彩意象。

色彩意象在文学作品中的广泛应用与它的隐喻性、象征性息息相关。作为一种物理现象，色彩是"由物体反射的可见光作用于人的视觉器官的一种反应"（李晴，2013），但这种客观反映在与人的意识和经验碰撞之后，被赋予了各种各样的隐喻内涵，比如红色的激动、蓝色的安静、白色的纯洁和绿色的希望。在小说文体中，作者在营造场景时为了更好地烘托故事氛围和表现人物情绪，往往要利用色彩的这种隐喻内涵，因此色彩意象一个最重要的功能就是"造境"（李峰，2007）。由色彩意象所营造出的情境在阅读过程中，直接引起读者脑海中颜色域的反应，这种反应又投射于情感域，由此引发读者对故事时代和社会背景以及人物遭遇的共鸣，成功地将作者的思想感情传达给读者。

小说《追风筝的人》主题沉重，描述了主人公阿米尔成长与救赎的一段人生经历，其中涉及了友情、背叛、内疚、死亡以及父子之间的爱与矛盾。故事的背景发生在命运多舛的阿富汗，反映了阿富汗社会的种族矛盾、性别歧视、宗教枷锁和婚姻专制的痼疾；此外，其时代背景宏大而跌宕，涉及了阿富汗 70 年代初自足安详的君主制时代、其后的共和革命、1979 年苏联入侵，以及之后的塔利班武装控制等。在作者描述故事和社会、时代背景的过程中，色彩意象手段的巧妙运用，对于小说的成功起到了十分关键的作用。

三、低饱和度，黑、白、灰色彩意象：缓慢沉静的忏悔

《追风筝的人》采用第一人称叙事，书中充满了低饱和度，黑、白、灰的色彩意象，营造出阴沉、寒冷而又沉静的氛围。例如，小说一开篇就是"我"对于故事关键情节——哈桑受辱情节场景的描写：

> "我成为今天的我，是在1975年某个阴云密布的寒冷冬日，那年我十二岁。我清楚地记得当时自己趴在一堵坍塌的泥墙后面，窥视着那条小巷，旁边是结冰的小溪。许多年过去了，人们说陈年旧事可以被埋葬，然而我终于明白这是错的，因为往事会自行爬上来。回首前尘，我意识到在过去的二十六年里，自己始终在窥视着那荒芜的小径。"(1)

在这一段描述中，不仅有"阴"这样的色彩词，还有"密布""寒冷冬日""泥墙""结冰的小溪""荒芜"这些带有固定的色彩意象的事物，迅速将读者们代入阴沉寒冷的故事氛围中，并且与这种氛围映射的低沉悲伤的情绪产生共鸣。

在爸爸送阿里和哈桑去车站那天，

> "天下雨了，雷轰电闪，天空灰沉沉的。顷刻之前，大雨倾盆而至，哗哗的雨声在我耳边回荡……我退后。眼

里只见到玻璃窗外的雨水，看上去好像熔化的白银。"
（106）

在这一段描述中，色彩词是"灰沉沉""白银"，同时还有
"雨""电闪""大雨"等汇聚了色彩意象的形象，这些意象衬托出
阿米尔的心痛和内疚。尽管这段文字中完全没有提到阿米尔痛哭，
但是这场大雨已经足以让读者体会到阿米尔的内心留了多少眼泪。
这种夹叙夹议的场景描述，笔触细腻而缓慢，读者在这样悲伤沉重
的氛围中理解人物命运，体会阿米尔撕心裂肺的痛苦正如那场大雨
倾泻而下。

这种低饱和度的色彩意象同样出现在对阿里容貌的描写中：

"阿里的半边脸罹患先天麻痹，因此他无法微笑，总
是一副阴鸷的脸色……（他）右腿萎缩，菜色的皮肤包着
骨头，夹着一层薄如纸的肌肉。"（8）

"阴鸷"一词形象地描绘出阿里阴沉的长相，"菜色"的皮肤
也显示出他作为仆人的生活水平和营养状况，这些都与爸爸高大雄
健、富甲一方的形象形成了巨大的反差，也让人们更加惊讶于他与
莎芭娜的婚姻。这种强烈的对比反映出种族和宗教像两条巨大的绳
索将阿富汗人民生生得禁锢起来，而阶级的差异使得每个人生下来
就必须接受自己所处的地位，无论普什图人还是哈扎拉人都无法尽
情地享身体和精神的自由，造成了很多婚姻、爱情甚至友情的悲

剧，比如阿里和莎芭娜不协调的婚姻、拉辛汗与哈扎拉女孩无果的爱情以及阿米尔和哈桑的友情悲剧。

大量使用低饱和度色彩意象还体现在即使涉及鲜艳色彩，作者也会做出相应的泛化处理，比如：

> "我们还追逐过路的游牧部落，他们经由喀布尔，前往北方的层峦叠嶂……男人满身灰尘，脸色沧桑，女人披着长长的、色彩斑斓的肩巾，挂着珠链……。"（26）
>
> "我看见路面坑坑洼洼，高低起伏，……；数着从我们身边经过的货车，他们五颜六色，载满喧哗的乘客……。"（82）

这些泛化处理将鲜艳色彩一笔带过，在反映阿富汗社会风俗的同时，也把他们对整体灰暗低沉氛围的干扰降到最低。

这种低饱和度、黑、白、灰色彩意象的大量使用原因有三：

首先，在时间方面。这部小说采取了"倒叙—顺叙"的叙述顺序。在大量回忆性描述中，低饱和度的色彩意象将每一处情境都烘托得悲伤而沉重，在对这些情境的娓娓叙述中，作者将"我"成长过程中的伤疤一个个地撕开，沉稳细腻的笔触让读者唏嘘不已，直到悲痛的力量不断累积，到达高潮，在最后阿里哈桑离开时滂沱而下。这种低饱和度的色调，省却或弱化了其他杂乱无关的色彩意象，小说的关键情节和人物得到了突出，增加了叙述的可信度，故事愈发真实，读者的代入感也愈发强烈。

其次，黑、白、灰和低饱和度色彩意象符合第一人称"我"对于喀布尔那段人生的认知。回首童年，每个人的记忆深处都会有一个如影随形的玩伴；回首成长，每个人也都会有一段不愿回首的陈年旧事；对于大多数人来说，幸运的是这是两段不同的经历，可是对于阿米尔来说，这个人和这段往事残酷地重合在一起，让他的童年和少年呈现出痛苦的灰色甚至黑色。阿米尔没有母亲，这足以让他的生活失去一大部分色彩；他得不到爸爸的爱，每日忧心于爸爸对他的冷漠甚至嫌弃；他几乎没有什么来自普什图人的友情，却又不能承认来自哈扎拉人哈桑的友情——尽管那是他最快乐的时光；他因为与哈桑混在一起受到阿瑟夫和其他普什图同龄人的鄙视和欺负；最最重要的是，爸爸那么喜欢哈桑，这让他嫉妒。他为了得到爸爸的爱，牺牲了哈桑，背叛了友情；这种情况下得到的爸爸的爱更加让他痛苦；于是他做出了更加自伤的选择，陷害了哈桑，赶走哈桑；然而，这样做并没有让他解脱，反而更加受到良心的煎熬；同时他意识到赶走阿里和哈桑父子也对爸爸造成了前所未有的伤害，让他更加内疚。这样的痛苦经历折射到读者脑海里必然是黑灰或苍白的意象，而这些黑、灰、白色彩意象的使用更加确认了这一认知。即使在小说后半部关于美国生活和回到阿富汗救赎自己的情节中，低饱和度色彩意象的使用也显示出"我"一直无法原谅自己，负罪感并未因时间流转、地点更迭而有所缓解；而拉辛汗为他指出那条"再次成为好人的路"更是充满了灰黑和苍白，不仅因为任务严峻，故土破败，也因为关于爸爸和哈桑的真相被一点点揭露开来。

最后，黑、白、灰和其他的低饱和度色彩意象也加深了读者对于战火连绵、破败萧索的阿富汗社会的了解。小说的意义不仅仅在于讲述故事、叙说人物命运，更在于引发读者对于现实社会与人性的思考。卡勒德·胡赛尼是第一位能够用英语写作的阿富汗作家，而《追风筝的人》则是他第一部出版的作品。彼时正值 2003 年，2001 年 911 事件的阴影仍然在人们脑海中萦绕，人们迫切想要了解阿富汗这个民族的真相。卡勒德·胡赛尼的小说如同纪录片一样，运用低饱和度的色彩意象增加了故事的真实感，描绘了阿富汗从 20 世纪 70 年代到 21 世纪初的历史，让人们意识到阿富汗人民也曾经拥有温馨闲适的生活，正是种族、宗教和阶级的冲突让这个国家始终动荡不安，即使在以和平和发展为主题的当今世界，它仍然受难于经济落后、生活贫瘠。越是贫穷落后的地方越会成为机会主义和恐怖主义滋生的土壤，于是阿富汗成了阿瑟夫那样的种族主义激进分子的天堂，他们在这里横行霸道，随意欺凌平民，霸占财富，直到最终划向战争的深渊。对于平民来说，塔利班控制下的阿富汗简直就是地狱：

> "废墟和乞丐，触目皆是这种景象。我记得从前也有乞丐……可是如今，街头巷尾都能见到他们，身披破麻布，……乞食的多是儿童，瘦小、脸色冷漠，有些不超过五六岁。妇女裹着长袍，坐在繁忙街道的水沟边，膝盖上是她们的儿子……还有别的，某种我一开始没有注意到的事情：几乎见不到有任何成年男子在他们身边——战争把

父亲变成阿富汗的稀缺物品。"（236）

这种黑、白、灰和低饱和度色彩意象在阿米尔的救赎之旅中不计可数，他曾经热爱的家乡现在满目疮痍，民生凋敝。通过这些写实一般的意象卡勒德·胡赛尼倾诉着他对同胞的怜悯和对故土的大爱，也强烈的召唤着国际社会更多的关注阿富汗这个国家。

四、红色意象：烙印般的痛苦

红色是《追风筝的人》这部小说中唯一得到大量使用的高饱和度色彩意象。每一次红色的出现似乎都标志着"我"的一次深入骨髓的痛苦经历，也包括那个让"我"在苦楚中受尽煎熬的人——哈桑。

"虽然于我而言，阿富汗人的面孔就是那个男孩的容貌：骨架瘦小，理着平头，耳朵长得较低，那中国娃娃似的脸，那永远燃着微笑的兔唇……。"（25）

在这一段对哈桑的外貌描写中，最为生动形象的当属那永远"燃"着微笑的兔唇。"燃"虽然不是颜色词，却带有非常明显的色彩意象——火红。哈桑火红的兔唇是他外貌最大的缺陷，也成为他与阿米尔之间无法逾越的阶级差异的象征：尽管阿米尔总是在嘲笑、戏弄哈桑，可是哈桑面对阿米尔时总是在微笑，真诚地侍奉着自己的小主人。而在爸爸出钱为哈桑做了兔唇手术后，哈桑的兔唇消失了，只剩下"淡淡的伤痕"。然而"说来讽刺，正是从那个冬天之后，哈桑便不再微笑了。"有关哈桑兔唇的回忆最终还是引向那个冬天发生的悲剧和阿米尔对哈桑的无情——这让哈桑对阿米尔"永远燃着（的）微笑"看起来多么刺痛。

哈桑除了永远对"我"微笑，还几乎用生命践行他对"我"的忠诚，保护他与"我"的友谊。石榴树曾经是阿米尔和哈桑友谊的见证：

"我用阿里厨房里的小刀在树干上刻下我们的名字：'阿米尔和哈桑，喀布尔的苏丹。'……放学后，哈桑和我爬上它的枝桠，摘下一些血红色的石榴果实。吃过石榴，用杂草把手擦干净时候，我会念书给哈桑听。"（27）

在哈桑为了保护"我"的风筝受辱之后，为了缓解心理的内疚，"我"再次跟哈桑来到石榴树下：

"我站起身来，捡起一个熟透了的跌落在地面的石榴。'要是我拿这个打你，你会怎么做啊？'我说，石榴在手里抛上抛下。哈桑的笑容枯萎了。……皱纹爬上他那张饱经风吹日晒的脸，爬过他的眼角，他的唇边。也许那些皱纹，正是我亲手拿刀刻出来的。……我朝他扔了个石榴，打中他的胸膛，爆裂出红色的果肉。哈桑又惊又痛，放声大哭。……我又扔出一个石榴，这次打在他的肩膀上，果

汁染红了他的脸。……我希望他还击。我希望他满足我的
愿望，好好惩罚我，这样我晚上就能睡着了。也许到时候
就会回到我们以前那个样子。可是哈桑纹丝不动，任由我
一次又一次扔他。……当我终于停下来，筋疲力尽，气喘
吁吁，哈桑浑身血红，仿佛被一队士兵射击过那样。然后
哈桑捡起一个石榴……将它掰开，在额头上磨碎。……他
哽咽着，红色的石榴汁如同鲜血一样从他的脸上滴下来。"
（90-91）

就是这鲜血一样的石榴红象征了哈桑对于阿米尔的忠诚，也象
征了阿米尔对哈桑造成的无法弥补的伤害——"仿佛被一队士兵射
击过"——哈桑终于意识到对于自己愿意用生命去保护的友谊，在
阿米尔眼中远不如一个风筝和由此带来的爸爸的关爱重要。

阿米尔的痛苦显然源于他懦弱的性格，这种懦弱使得他对激烈
的冲突，特别是流血事件非常敏感，而这恰恰是爸爸最不喜欢的性
格。比如有个新年，爸爸带他去看阿富汗传统的比武比赛。

"我见到一件恐怖的事情：有个骑士从鞍上跌落，数十
只马蹄从他身上践踏而过。他的身体像个布娃娃，在马蹄
飞舞间被拉来扯去。马队飞奔而过，他终于跌落下来，抽
搐了一下，便再也没有动弹……大片的血液染红了沙地。
我放声大哭。我一路上哭着回家。我记得……爸爸开车时
沉默不语，厌恶溢于言表，我永远都无法忘记。"（21）

即使过了 18 岁，阿米尔的懦弱还是没有丝毫好转。在他们逃离阿富汗的路上，卡莫的父亲因为儿子惨死而开枪自杀。

"我永远不会忘记那声回荡的枪响，不会忘记那一道闪光和溅出的血红。我又弯下腰，在路边干呕。"（120）

甚至，阿米尔回到阿富汗后对于塔利班的认知也是突出红色的——红色的皮卡，在体育场被乱石砸死的血肉淋漓的尸体。但是这一回，红色再不全然代表恐惧，因为阿米尔终于克服了懦弱，成长为真正的男人，为了承担他应尽的责任，他迎着那红色——阿瑟夫，挺身战斗。在这段情节中，阿瑟夫最突出的特征就是那双"血红的眼睛"。这个红色意象显示出阿瑟夫已经嗜血成性，他享受着他从小的梦想——像希特勒那样把他所认为卑贱的人种"种族清洗"。阿米尔在这场战斗中与其说面对的是一个人，还不如说是一头没有人性的野兽。

值得一提的是，在这段情节中，阿米尔再次忆起了石榴的红色意象。面对他的欺辱，哈桑没有还手，直到浑身鲜红，而这一次当他终于为他和哈桑的友谊挺身而出之际，虽然被打得"体无完肤，……但心病已愈。终于痊愈了。我大笑。"（279）

在西方文化中，红色往往象征着危险、恐惧和警示，这在《追风筝的人》这部小说中表现得淋漓尽致，对反衬少年阿米尔的敏感和懦弱起到了重要作用；同时，石榴的红色意象刻画生动，给读者留下了难以磨灭的印象，它一方面代表着哈桑对阿米尔赤烈的忠诚，另一方面也象征着阿米尔的懦弱给哈桑造成的巨大伤害，以及阿米尔穷极半生的内疚感。在小说的后半部分，红色又被赋予了邪恶的隐喻内涵，成为塔利班和一切如阿瑟夫般残暴势力的化身。

五、结　语

如果说低饱和度，黑、白、灰的色彩意象像是阴云密布的天空，那么高饱和度的红色意象就像一道道霹雳闪电，触目惊心；前者让作者的叙述缓慢——缓慢得如同"我"在长达 20 多年里所受的良心煎熬，而又冷静——冷静得好像"我"面对自己"卑劣的性格"的那份勇敢；而红色意象正像那一道道伤疤，短促、突然、鲜活醒目。正是这种强烈的色彩对比，烘托出了喑哑挣扎的惊心动魄，缓慢沉静的痛苦，何其酸楚，何其苦涩。

【深度解读】之三：
取舍之间皆有因
——谈《追风筝的人》小说到电影的改编

> 由小说改编成的电影，因为背负着原著书迷的巨大期望，大多为争议之作。《追风筝的人》亦是如此。在该小说改编制作的电影中，大部分元素得以保留，但仍然因为电影与小说艺术手段和特点的不同，对其多重主题进行了相应的取舍，有的突出，有的淡化。本文将从二者结构、人物、情节和场景等几方面对此做一分析。

对于原著书迷来说，永远没有最好的电影改编。

就像"一千个读者心目中有一千个哈姆莱特"，书迷们一定早在自己心目中幻化出主角、配角等一众形象。这些形象虽说来源于小说的作者，但是到了读者的头脑中却不是他们能完全掌控得了的，因为读者们会根据自己的人生经验和历练对小说人物进行富有个性化的加工和再造，于是最栩栩如生的角色永远在读者的脑海里。与此类似的还有故事情节和背景情境等，似乎把小说改编成电影永远是一件吃力不讨好的事情。

事实上，就对于原著的贡献来说，每一位书迷都应该向电影工作者致敬。因为没有人比他们更热爱原著，以至于要把其中的人物、故事和场景还原，须知这都要付出巨大的人力物力、体力脑力。比起没有原著的电影，小说改编电影就像带着镣铐跳舞，时刻受着原著的束缚。因此，比起持着失望的态度不断苛责电影，不如干脆将他们视为两个单独的艺术作品，欣赏他们各自的个性和艺术魅力。

对于《追风筝的人》亦是如此。原著小说出版于 2003 年，旋即风靡全球，直到 2006 年，梦工厂勇挑重任，派出曾经执导《拥抱艳阳天》和《寻找梦幻岛》的著名导演马克·福斯特负责该片。马克·福斯特曾经多次获得奥斯卡提名及金球奖提名，把大热小说《追风筝的人》委任予他，足见他的深厚功力。而编剧则是小说作者卡勒德·胡赛尼本人和曾经做过《特洛伊》编剧的戴维·贝尼奥夫，他更著名的作品则是后来的美剧《冰与火之歌：权力的游戏》。电影于 2007 年上映，曾获得第 80 届奥斯卡金像奖最佳原创配乐提名、第 65 届金球奖电影类最佳外语片提名和第 65 届金球奖电影类最佳原创配乐提名。本文就将从结构、人物、情节和场景、主题这四个方面着手比较二者的异同。

一、结 构

在结构方面，《追风筝的人》电影的改编非常忠实于小说。

首先，电影与小说一样都采取了第一人称和倒叙叙事。

其次，电影采取了经典三幕式直线结构。"三幕式结构指的是一个电影可以分成三幕。第一幕通常占电影的前四分之一；第二幕占一半时间；第三幕则占最后的四分之一时间。每一幕都有不同的功能。"（Lynn, Andrew. 霍斯亮译：314）在这样的划分中，第一幕往往用来铺垫，第二幕描述了故事的发展（冲突与斗争），第三幕则是结局和尾声。《追风筝的人》电影全长约为120分钟，前30分钟铺陈了阿米尔、哈桑、爸爸之间的关系；中间的60—100分钟则讲述了哈桑受辱、阿米尔陷害并赶走哈桑、阿米尔到美国、与索拉雅的婚姻、受拉辛汗召唤回到阿富汗等情节；而从100分钟起则正式进入到了寻找索拉博的情节中，特别是105分钟时开始了与阿瑟夫对峙的高潮，然后是结局与尾声，阿米尔将索拉博带回美国，在河边放风筝时阿米尔喊出了那句"为你，千千万万次！"

电影这种三幕式结构，与小说的章节设置完全契合。小说共25章，哈桑受辱发生在第7章，与阿瑟夫对决发生在第22章。不得不怀疑，卡勒德·胡赛尼在创作这部作品的时候似乎也吸收了剧本创作经典的三幕式结构理念。

然而，正是这种三幕式结构使得电影与小说好像两个完全不同的故事。

电影在三幕式结构下真的成为一个经典的好莱坞故事，完全符合罗里·约翰斯顿等作家认为的"浮士德"的基本故事类型："一个人把灵魂卖给了魔鬼，换得了片刻的权力和富贵，但是最终必须要偿还自己欠下的债。"（Lynn, Andrew. 霍斯亮译：311）阿米尔为了获得爸爸的认可，背叛了与哈桑的友情，虽然得以独占爸爸的爱，但却在悔恨和内疚中煎熬，直到接到拉辛汗的电话，开始了一段自我救赎的旅程，最终获得灵魂解脱。

然而，这并不是小说读者读到的。小说读者读到的至少有四个主题："一段寻找自我救赎的旅程，父与子之间的爱怨与牺牲，个人与民族命运无法割裂的关系以及驱之不散的陈年过往（The search for redemption；the love and tension between fathers and sons；the intersection of political events and private lives；the persistence of the past.）"（Khaled Hosseini，2014：61. 刘建华译）。如此丰富的主题通过文字不断冲击读者的心灵，其效果不是突出个人经历的好莱坞电影能够驾驭的。

事实上，比起表面上章节设置中的三段式结构，《追风筝的人》小说的内核——在刻画其基调和表现主题上更多遵循的是一种对称式的结构：第2—10章是前半部分，第11—25章是后半部分。这两部分一个是因、一个是果，各有自己的高潮情节，而不是电影中的单高潮结构。小说前半部分是阿米尔的童年与少年，描述了他与哈桑曾经的亲密无间、哈桑受辱、他对哈桑的背叛和陷害。这几章对阿米尔所作所为的两个缘起进行了细腻的铺陈：外部的阿富汗社会对于哈扎拉人的歧视，内部的阿米尔对父爱的极力追求。这两个推动力将阿米尔拉扯成两半：一半的他享受哈桑的陪伴，深知哈桑对他的忠诚；另一半的他看不起哈桑，认为哈桑应该就是"替罪羊"，最重要的他还嫉妒哈桑，认为他抢走了爸爸对自己的爱，所以为了获得爸爸的爱牺牲哈桑是理所应当的。读者读到这里会跟阿米尔一起纠结和痛苦，因为他的确要走上了一条"卑劣"的路，而这"卑劣"又是如此必然。比起第11—25章描述的美国生活，求学、娶妻以及后来回到阿富汗的救赎之旅，第2—10章的故事情节和它们营造出的沉静缓慢的痛苦才是小说真正的主体，是震撼人心、推动读者读下去的真正力量，是贯穿整部作品的忏悔基调的原因。当然，后半部分也有自己的高潮部分，即成年阿米尔与阿瑟夫对峙情节，但是相比之下，前半部分的高潮"如此残忍又如此美丽，令人不忍揭露。——《水牛城新闻》"（卡勒德·胡赛尼，2013：评论）

相比之下，电影版单高潮的安排淡化了前半部分的高潮，虽然有利于整个故事的完整叙述，但也使得影片缺乏让观众融入故事产生共鸣的痛苦情感，同时后面的情节也略显突兀、缺乏逻辑。

除了因果关系和双高潮情节，小说的对称结构巧妙地表现出了阿米尔的成长和某种生命的轮回。例如，阿米尔小的时候，看着爸爸"在吧台斟满酒杯，心里想着，要再过多久我们才能再次这样交谈呢？"当20岁的阿米尔高中毕业的那一天，爸爸带着他去了酒吧。再例如，爸爸看到少年阿米尔的懦弱，说道"一个不能保护自己的男孩，长大之后什么东西都保护不了。"而当阿米尔三十八岁，"头发日渐稀疏，两鬓开始灰白……老了，但也许还没有老到不能为自己挺身而出的地步。"为了营救哈桑留在世上的一部分，成年阿米尔决定回到喀布尔。正是这种"巧妙、惊人的情节交错，让这部小说值得瞩目。——《出版商周刊》"（卡勒德·胡赛尼，2003：评论）当然，这种对称结构也有利于作者将遭受俄国和塔利班蹂躏的阿富汗与之前的阿富汗进行对比，抒发他对故乡的疼惜和热爱。

由此看来，内核的对称结构带给《追风筝的人》小说巨大的叙事张力，更有利于作者安排情节，诠释因果，因此是小说获得成功的重要因素；但是对于电影来说，要在120分钟内讲述一个完整的故事，同时必须要求观众在 120 分钟之内全神贯注地完成观影，对称结构有很大的风险，还是三幕式结构比较稳妥，因此要对人物、情节甚至主题做出必要的取舍。

二、人　物

抛却演员对角色的塑造，电影《追风筝的人》对于人物的最大改编恐怕非哈桑的兔唇莫属。在描述哈桑这一人物时，兔唇是他最显著的特征，爸爸出钱给哈桑做兔唇手术作为生日礼物这一行为，曾经让阿米尔嫉妒不已。但是在电影中，哈桑的这一特征却消失了，生日礼物变成了风筝。同样消失的还有阿里先天麻痹的右脸和萎缩的右腿。然而这些体貌特征正是父子二人社会和经济地位的象征，也是整个哈扎拉人在阿富汗民族受到的歧视的象征。

对于电影没有将兔唇再现出来的原因，导演马克·福斯特表示，"一是每天单是化妆就需要长达两个小时，二是在这种化妆下对这个男孩的表演是很有难度的，三是剧本确实也不需要人物的这个外形特征。"（时光网）可见，虽然有这样那样的客观限制，但是从主观上电影的确淡化了兔唇所象征的哈扎拉人的受压迫地位，淡化了阿米尔与哈桑友谊中的社会性因素——正是这个因素导致阿米尔在关键时刻为了得到父亲认可决定牺牲掉哈桑这个"替罪羊"——少年阿米尔"卑劣"的世界观中哈扎拉人应该扮演的角色。在此情况下，观众不了解阿富汗社会给年少的阿米尔造成的压力和伤痛，缺少对阿米尔行为动机的深入了解和对哈桑充沛的同情，使得影片前 30 分钟的铺垫略显薄弱，也使哈桑受辱事件缺乏足够的逻辑。

除了种族主义的淡化，兔唇的另外一个象征意义也消失了。在小说的对称结构中，阿米尔在与阿瑟夫对峙后嘴唇留下永久性的伤疤，看起来正像哈桑的兔唇，这样的呼应恰恰表明阿米尔的成长，在认同哈桑的种族身份和社会地位的过程中，阿米尔终于实现了自我救赎。

此外，"只有角色还不能构成完整的故事，因为角色必须通过表演才能实现。电影中的角色和小说中的角色有很大的差别，因为在电影中没有叙述者……因此，角色的复杂性只能通过演员的台词和表演来传达。"（Lynn, Andrew. 霍斯亮译，305）《追风筝的人》小说一开始就表明了主人公被痛苦的回忆煎熬着，这种忏悔的基调一直持续到与阿瑟夫对峙才结束。在改编成电影之后，如果没有旁白辅助，这种基调完全需要用电影语言表达出来，而其中最主要的就是演员的台词和表演。但是纵观整部电影，忏悔的基调似乎也已淡化，这主要体现在成年阿米尔的角色塑造上。除了影片一开始，拉辛汗在电话中说的那句"那儿有再次成为好人的路"，在成年阿米尔的行为和参与的对话中没有出现诸如"对不起""懊悔""内疚"之类的台词和表演。这不应该仅仅归咎于演员的表演，而是像前面提到的结构上的变化一样，是为了适应电影的特点而做出的人物、情节和主题的取舍。

三、情节与场景

《追风筝的人》小说中有很多细腻感人的微观情节和场景都受

制于电影时长的限制而省略掉了，比如描写阿米尔懦弱性格的比武比赛，突出爸爸冷漠的阿米尔坐在书房外偷听爸爸会客的场景，描写爸爸因为失去阿里和哈桑而嚎啕大哭的细节及当时滂沱大雨的场景，在逃亡路上卡莫在油罐车中窒息死亡而他的爸爸因此自杀的情境，以及再回阿富汗路上路过瓦希德家吃饭和阿米尔留钱和手表给他们的情节。这些细节都对读者理解人物和他们的命运起到了关键作用，相信对于改编者来说也是很难取舍的。

相比之下，小说中的宏观背景得到了比较忠实的再现。小说开始于20世纪70年代，阿富汗处于安详闲适的君主时代，即使有后来的共和党政变，人民至少还可以坚持原来的生活方式，可是苏联入侵后，阿米尔不得不随着爸爸逃亡美国；再回故土已是20年之后，阿富汗在塔利班武装控制下变得满目疮痍。影片基本忠实于这一描写，只是一开始就从共和党统治开始讲述，观众从千门万户的老城、熙熙攘攘的街市和热闹时髦的生日宴会上可以领略到阿富汗社会彼时生活富裕安定；可是当成年阿米尔再次回归时，阿富汗已经变得满目疮痍，民不聊生：镜头中几乎没有任何大树，没有一座完整的建筑，路边吊着被即时处死的"犯人"，孤儿院的场景尤其让人心酸，一座没有窗的房子，更别提任何家具，孩子们就睡在地上，似乎也没有任何御寒之物，而孩子们个个衣衫褴褛，最重要的似乎没有一个四肢健全。

据说因为无法实地到喀布尔取景，小说中阿富汗的场景全部在我国新疆的喀什地区取景，艰苦异常。这些宏观场景的真实再现足见这些电影人对于原著的热爱和对于读者的尊敬，也足以让原著读者们向他们致敬。

四、主 题

无论结构、人物还是情节和场景，一定都是为主题服务的。在分析完上面几个要素之后，我们不难发现《追风筝的人》小说和电影在主题上的异同。面对线索庞杂、主题众多的原著，电影编剧不得不考虑时间、空间和其他客观条件的限制，对线索和主题进行取舍，从而达到电影艺术所能取得的最好效果。这么做虽然达不到原著读者的预期，但是至少能够保持电影作品的完整和有机。从这个意义上来说，电影编剧们没有舍弃的就是他们极力保留的——那些能成为电影血液的成分。

正如以上分析所反映出的那样，编剧们淡化了原著中少年阿米尔与爸爸之间的紧张关系、淡化了20世纪70年代阿富汗社会浓重的种族歧视、淡化了整部作品忏悔的基调，以此来达到集中突出电影主题的目的。于是在上文提到的四个主题中，被极力保留的两个——主人公的自我救赎和个人与民族命运无法割裂的关系，正是电影所要表达的主题。

自我救赎属于好莱坞经典的"浮士德"故事类型，无甚新意，因此电影《追风筝的人》的真正着力点应该是把这个描述个人命运的故事镶嵌在阿富汗民族跨越30年的悲剧命运里——"阿富汗"三个字才应该是影片的真正卖点。彼时正值美国人从"9·11事件"的梦魇中渐渐醒来，而美国以报复为名发动的阿富汗战争进入到第7个年头，越来越多的美军士兵牺牲在阿富汗战场，美国大众正对这场战争心生厌倦，抱怨之声四起。虽然《追风筝的人》小说已经让很多人意识到阿富汗民族因为塔利班和恐怖主义凋敝不堪，但是电影仍然有更直观、传播更广的优势，也有着更震撼人心的力量，因此当电影中广角镜头和俯视镜头下出现了今日阿富汗荒凉贫瘠的田野、破败脏乱的街市，观众所感受到的是与小说不同的艺术魅力。因此可以说，电影选择保留并极力展现的两个主题是符合其特殊的艺术手段和特点的。

五、结　语

在对比了《追风筝的人》小说和电影的结构、人物、情节和场景后，我们发现小说和电影有着不同的侧重点：小说有着浓重的忏悔基调，而主人公对于友情的背叛有着深刻的人性和社会的原因，这种基调以及这些原因的刻画让读者与主人公一样痛苦不安，是小说最重要的主题；而电影则淡化了以上两点，突出了主人公成人之后救赎和替哈桑报仇的主题，也突出了新旧阿富汗社会场景的细致刻画。这种不同根植于小说与电影两种艺术形式的不同：它们有不同的艺术手段，也受制于不同的媒介，因此将小说改编成电影时必须进行适当的舍弃和保留。与其失望于电影没有体现小说的精髓，莫不如把它们看做两个单独的作品，欣赏它们各自的艺术魅力。

参考文献

［1］ Abrams, M. H. A.. Glossary of Literary Terms. Beijing: Foreign Language Teaching and Research Press, 2004.

［2］ Eagleton, Terry. Literary Theory: An Introduction . Beijing: Foreign Language Teaching and Research Press, 2004.

［3］ Griffith, Kelly. Writing Essays about Literature: A Guide and Style Sheet (7th Edition). Beijing: Peking University Press, 2006.

［4］ Khaled Hosseini, The Kite Runner. New York: Riverhead Books, 2013.

［5］ Khaled Hosseini, Sparknotes: The Kite Runner. New York: Spark Publishing, 2014.

［6］ Lynn, Andrew. 英语电影赏析. 霍斯亮, 译. 北京: 外语教学与研究出版社, 2005.

［7］ Saussure, F. de. Course in General Linguistics (trans. W. Baskin) . London: Fontana/ Collins, ［1916］ 1960.

［8］ Selden, R. Widdowson P., Brooker, P., A Reader's Guide to Contemporary Literary Theory. Beijing: Foreign Language Teaching and Research Press, 2004.

［9］ The Kite Runner. http: //www. readinggroupguides. com/ reviews/the_ kite_ runner. 2004-04-26.

［10］ 追风筝的人——拍摄花絮. 时光网: http: //movie. mtime. com/67394/behind_ the_ scene. html. 2015-07-02.

[11] 蔡青.《典型的美国佬》中的房宅意象分析//外语与外语教学，2006（3）：44-45.

[12] 方汉泉. 二元对立原则及其在文学批评中的应用//外语与外语教学，2004（7）：37-41.

[13] 格雷马斯. A. J. 符号学规则及实用. 吴泓缈，译. //国外文学，1998（1）：3-12.

[14] 何清. 意象：人类艺术心灵的直觉图像//求索，2010（8）：192-194.

[15] 黄卫星. 叙事理论中的"语义方阵"新探//江西社会科学，2008（11）：35-40.

[16] 李峰. 论色彩在文学意境创造中的美学意义//西南民族大学学报（人文社科版），2007（11）：114-116.

[17] ［美］卡勒德·胡赛尼. 追风筝的人. 李继宏，译. 上海：世纪出版集团，上海人民出版社，2006.

[18] 李晴. 解读色彩心理的折射效应//美术观察，2013（8）：111.

[19] 钱翰，黄秀端. 格雷马斯"符号矩阵"的旅行//文艺理论研究，2014（2）：190-199.

[20] 佟冰. 电影《断背山》的叙事张力//电影文学，2013（23）：115-116.

[21] 王建荣.《追风筝的人》风筝意象解读//北京交通大学学报（社会科学版），2009（2）：91-97.

（本章作者：刘建华）

6.《美食、祈祷和恋爱》

Eat Pray Love

作者简介

伊丽莎白·吉尔伯特（1969——），美国小说家、散文家、传记作者。早年在纽约做记者，曾为 GQ，Bazaar，《纽约时报杂志》等知名杂志撰稿，并两度获得"国家杂志深度报导奖"。2000 年，她的第一本小说《严肃的男人》（Stern Men）登上《纽约时报》好书榜。2002 年作品《最后的美国男人》（The Last American Man）获美国国家图书奖提名及国家书评奖提名。2006 年出版的回忆录小说《美食、祈祷和恋爱》（Eat Pray Love）是她迄今为止最受瞩目的作品，被译成三十多种语言出版，她本人也因此入选 2007 年《时代杂志》官方网站全球 100 位最具影响力的人物。她的最新小说《万物的签名》在 2013 年一经出版即登上《纽约时报》畅销榜，并得到众多主流媒体年度好书肯定。目前她与丈夫定居在纽泽西州法国镇的一个河边小城。

撷英采华

片段 1：

I walk back home, hoping to shake them, but they keep following me, these two goons. Depression has a firm hand on my shoulder and Loneliness harangues me with his interrogation. I don't even bother eating dinner; I don't want them watching me. I don't want to let them up the stairs to my apartment, either, but I know Depression, and he's got a billy club, so there's no stopping him from coming in if he decides that he wants to.

"It's not fair for you to come here," I tell Depression. "I paid you off already. I served my time back in New York."

But he just gives me that dark smile, settles into my favorite chair, puts his feet on my table and lights a cigar, filling the place with his awful smoke. Loneliness watches and sighs, then climbs into my bed and pulls the covers over himself, fully dressed, shoes and all. He's going to make me sleep with him again tonight, I just know it. (Gilbert, 2010：62)①

译文：

　　我走回家，希望甩掉他们，但这两个暴徒继续跟踪我。"抑郁"用一只手紧紧抓住我的肩，"寂寞"语调激昂地盘问我。我甚至懒得吃晚饭，我不要他们观看我。我也不想让他们上楼进我的公寓，但我知道"抑郁"持有警棍，我无法阻止它进门，如果它决定这么做的话。

　　"你们到这里来，这不公平，"我告诉"抑郁"，"我欠你们的已经付清。我在纽约已服了刑。"

　　但他只是朝我阴险地笑，在我最喜欢的椅子上坐下，双脚搁在我的桌上，点了一根雪茄，可怕的烟雾弥漫了整个房间。"寂寞"看着着一切，叹了口气，而后爬上我的床，盖上被单，穿戴齐全，鞋也没脱。今晚他又要逼我和他一起睡，我就晓得。（何佩桦译，2014：42）

---

　　①　本章内所引用的英文版本均出自 Penguin Books 出版社 2010 年版，中文译文均出自何佩华（2014，湖南文艺出版社）的译本。以下只在引文后标注页码，不另加注。个别译文笔者有所改动。

片段 2：

The child is taught from earliest consciousness that she has these four brothers with her in the world wherever she goes, and that they will always look after her. The brothers inhabit the four virtues a person needs in order to be safe and happy in life: intelligence, friendship, strength and (I love this one) poetry. The brothers can be called upon in any critical situation for rescue and assistance. When you die, your four spirit brothers collect your soul and bring you to heaven. (334)

译文：

孩子从懂事以来即得知无论他去哪里，四兄弟都永远伴随着他，他们也将永远照顾他。四兄弟呈现出让生命安全快乐所需的四种德行：智慧，友谊，力量和（我喜欢这项）诗意。在任何危急状况下，皆可传唤四兄弟前来救援。在你过世时，四兄弟收集你的灵魂，带你上天堂。（232）

片段 3：

My thoughts turn to something I read once, something the Zen Buddhists believe. They say that an oak tree is brought into creation by two forces at the same time. Obviously, there is the acorn from which it all begins, the seed which holds all the promise and potential, which grows into the tree. Everybody can see that. But only a few can recognize that there is another force operating here as well—the future tree itself, which wants so badly to exist that it pulls the acorn into being, drawing the seedling forth with longing out of the void, guiding the evolution from nothingness to maturity. In this respect, say the Zens, it is the oak tree that creates the very acorn from which it was born. (Gilbert, 439)

译文：

我想起自己读过禅宗信徒的信仰。他们说，同时有两种力量创造了橡树。显然，一切都始于一颗橡实，其包含所有的承诺与潜力，长大而成树木。每个人都了解这点。但仅有一些人认识到，还有另一种力量在此运作——未来的树本身，它渴望存在，于是拉扯橡实，将种子拔出来，希望脱离太虚，从虚无迈向圆熟。禅宗信徒说，就此而言，橡树创造出了自己的橡实。(306)

影片资料

彩色片，140 分钟

哥伦比亚影片公司（Columbia Pictures）摄制

导演：瑞恩·墨菲

编剧：瑞恩·墨菲，詹妮弗·索尔特

摄影：罗伯特·理查森

主演：朱莉娅·罗伯茨饰伊丽莎白·吉尔伯特

　　　哈维尔·巴登饰斐利贝

　　　詹姆斯·弗兰科饰戴维

　　　理查德·詹金斯饰理查德。

剧情梗概

　　《美食、祈祷和恋爱》是根据伊丽莎白·吉尔伯特的同名畅销书改编的一部浪漫剧情片，由瑞恩·墨菲改编并导演，朱莉娅·罗伯茨和哈维尔·巴登主演。影片于 2010 年上映，在全球取得不错的票房成绩。

莉兹是一家杂志的自由撰稿人，看似拥有现代女性所希望拥有的一切——丈夫、舒适的住宅和成功的事业。然而她像很多人一样，内心空虚困惑，挣扎着想要找寻迷失的自我，却又发现自己早已丧失对生活的渴望。她艰难地选择走出婚姻，放弃现有的舒适和安逸，站在一个人生的十字路口。这时一次偶然的机会，莉兹被演绎自己剧本中角色的男演员戴维所吸引，迅速进入了一段新的恋情。然而这段恋情进展得并不顺利，很快就陷入因琐事引起的误解和无休止的争吵之中。再度受到打击的莉兹作出了一个不同寻常的决定：她决定撇下一切，出发去做一年的旅行和反省，对于她而言，这是一次自我发现和自我领悟的朝圣之旅。

第一站意大利。学习意大利语，结交朋友，用味蕾跟美食谈一场轰轰烈烈的恋爱，这样的经历让莉兹重新找回对生活的热情和信心。意大利人的生活态度和生活方式也给了她很多启发，他们最懂得如何放松自己，尽情享受人生。最重要的是，她开始重拾自我，不再害怕经历沧桑，应对各种改变。正因为此，她写信正式结束了与戴维分分合合却注定无果的情感纠葛，开始新的人生篇章。

第二站印度。在和戴维相恋的那段时间，莉兹通过他认识了一位印度精神导师并对这种灵修的方式产生了兴趣，此次旅行的重要内容之一就是在印度的道场里修行。然而打坐冥想对于内心依旧躁动不安的莉兹来说并非易事。这期间一位年长的美国同修理查德给了她很多启迪，他们之间的交谈幽默风趣，充满智慧。也正是这个人用他的经历向莉兹展现了人如何面对过往，宽恕他人，同时也宽恕自己。在离开道场的前夕，莉兹总结了此番修行的感悟：神在我心中，即为我。她终于明白改变与救赎的前提是可以直面曾经让她痛苦焦虑、无法释怀的一切，包括她自己。

最后一站巴厘岛。来到这里是因为莉兹一年前曾到过这里，影片开头便交待了她因撰写文章而拜访当地的一位老药师，而她此后生活中的变故竟大多被老药师言中，仿佛一切命中注定。这次老药师给莉兹的忠告是"保持平衡"，然而爱情却不期而遇，打破了她宁静的生活。害怕重蹈覆辙、失去平衡的莉兹本能地抗拒，却再度陷入不知所措的困境。老药师再次提示她："有时为爱失去平衡，正是生活平衡的一种表现。"莉兹最终听从了自己的内心，与真爱斐利贝幸福相守。

【深度解读】之一：
自我发现之旅：
《美食、祈祷和恋爱》中的放逐与灵修

莉兹是纽约的一位作家，在经历了失败的婚姻和一次感情挫折后选择用一年时间分别在意大利、印度和巴厘岛探索享乐、修行的艺术以及二者的平衡。她在美食、祈祷和恋爱中实现了自我救赎，而这种在放逐中发现并找回自我的感觉，犹如新生。

当人们对现实生活感到极度沮丧、失望或困惑、迷惘时，往往渴望离开，以此作为一种告别过去的方式，开始新的人生。一段旅行可能会为生活提供全新的可能，同时让我们看清自己，更深刻地理解生活——伊丽莎白·吉尔伯特在《美食、祈祷和恋爱》中所讲述的旅行正是如此。

《美食、祈祷和恋爱》的副标题是“一个女人穿越意大利、印度和印度尼西亚的追寻之旅”，在这本自传体小说中，吉尔伯特讲述了她在经历了一段令人失望的婚姻以及离婚后的一段感情挫折后，心力交瘁，精神抑郁，频临崩溃的边缘。她选择用一年的时间自我放逐，游历三个国家：意大利、印度和印度尼西亚，分别代表不同层次和角度的自我发现和救赎。对于大多数人来说，这样的选择近乎奢侈，需要相当的勇气。人们即使再不满现状，在没有看

到、想清、确定更好的未来之前，都难以放手改变，毕竟我们都害怕平静的生活会一去不返，害怕另一个陌生的开始，害怕不珍惜拥有，幸福会转瞬即逝。在电影中莉兹引用一个古老的意大利笑话，讲的是一个人每天都去教堂对着一位圣人的雕像祷告，祈求自己中彩票，圣人最终忍无可忍地现身回应："孩子，你总得先买张彩票吧。"莉兹正是放弃了财产、婚姻和熟悉、安稳的生活才换到手中的彩票。她是幸运的，她用自己的经历再一次印证了精彩的人生需要有敢于放弃和改变的勇气，以及面对自己内心声音的力量。

意大利：享乐篇

莉兹选择意大利作为旅行的第一站，因为她发现自己似乎对一切都失去了兴趣，对生活的热忱包括食欲都大不如前。"我曾经如此热爱自己的生活，而今热情不再"。她需要感受激情，恢复体力和健康，找回对生活的信念。意大利的美食、美景乃至优美的语言都让莉兹感觉重新充满了活力，而她身边那些善于在生活中寻找快乐的意大利朋友也在时刻提醒着她：快乐可以如此简单。电影中展示了很多莉兹品尝过的、诱人的意大利美食，她在放任自己尽情享受的同时，内心也发生了微妙的变化。这也是一种自我治愈的本能吧：每一场舌尖上的盛宴都给心灵带来巨大的愉悦，虽然还未找到心中渴望的答案，但她已经可以开始微笑着面对自己。

意大利人似乎天生懂得如何享受生活，他们推崇的"无所事事之美"（the sweetness of doing nothing），给很多在无形的压力下终日忙碌的人们提示了人生的另一种价值。这个迷人的国度也是世界上历史文化遗迹最多的国家之一，伟大的罗马帝国所在地，同时又是个年轻的共和国。随着风云变幻、斗转星移，很多古老的建筑都历经沧桑，比如莉兹到访过的奥古斯都遗址（the Augusteum），曾随罗马帝国一起经历了盛世辉煌，也走过衰败和没落。这座曾经气势恢弘的建筑几经损毁，又修复重建，虽已废弃却因其承载的历史而被保留下来，成为闹市中仅存的安静之地。这是一个提示人们重塑自我，应对改变，甚至抛开一切重新开始的地方。电影中莉兹在给戴维的分手信中提到奥古斯都遗址："我看着这个地方，看到它所经历的沧桑，被人改建、烧毁、洗劫，满目疮痍却屹立至今，于是我明白了……沧桑是件幸事，它可以带来改变。即便在永恒之城罗马，也要面对源源不断、永不停息的改变。"在这里，在第一次与自己的相处中，莉兹渐渐摆脱了最初的忧郁与孤独的困扰，她正式告别了离婚后那段日渐痛苦却又不忍割舍的恋情，因为她最终决意不放弃对美好生活的经营和向往。

印度：修行篇

离开天堂般的意大利，莉兹来到物质相对匮乏的印度，她想用灵修的方式，梳理仍有些烦乱的内心，重新认识自己。她来到自己精神导师在印度的道场，开始渴望已久的、对心的修炼。然而每天凌晨三点起床，集体吟诵经文，吃简约的素食，跪着擦地板，长时间、不间断地打坐，这样的道场生活对她来说近乎严酷。莉兹再一次面临精神崩溃，她的困难其实和很多在这里的同修一样，那就是虽然身在道场，在世界上最神圣的地方之一，却苦于无法进入禅修的状态。打坐时最困难的挑战是在冥想之际，那最易被挑动的思维。"我请求脑子安静片刻的时候，它总是马上变得（一）无聊，（二）愤怒，（三）沮丧，（四）焦虑，（五）以上皆是。"(122)

好在莉兹并不孤单，她在此遇到了来自德州的理查德，两人很快成了忘年交，理查德的阅历和睿智经常令莉兹茅塞顿开。当莉兹抱怨自己无法静心打坐时，理查德主动劝说她：

"你要学会像每天挑选衣服那样挑选自己要思考什么。这才是你要修炼的。你不是想主宰生活吗？那就驾驭思想吧，这是你唯一可以掌控的。不能驾驭思想，你就会永远麻烦不断。"

而当莉兹说自己在努力尝试时，他再次回应：

"你看，这正是症结所在。别勉强自己，随它去。在花园里坐上一会儿，静下心来。顺其自然有什么不好？"

这是富有瑜伽精神的忠告。当人不拘泥于某个词、某种境界的时候，所求就变得不再难以触及，也便无足轻重，自然而然地放下，顺其自然地得到。莉兹此后也渐渐领悟了"瑜伽是关于自我驾驭和虔诚灵修的艺术，努力使自己摆脱对过去的无边的沉思以及对未来的无休止的焦虑，那样你便能找到一个永恒所在，在这种状态下，你会以平和的心态对自己和周围的环境加以关注。"在离开道场前，她已经可以自然、长久地打坐冥想，犹如热带风暴中的平静风眼。

莉兹在道场的另一个好友是一位十七岁的印度女孩图斯，马上就到婚嫁年龄的她对婚姻并不抱任何奢望，但在这一段时间，婚姻成了他们谈论的主要话题。对于莉兹而言，离婚是一道很长的、经常疼痛和永不愈合的创伤。她始终背负着罪恶感，等待着前夫的原谅。对此理查德的说法是："等着他原谅纯属浪费时间。关键是你要原谅自己。"但两人心里都明白，这谈何容易。于是理查德对莉兹讲述了自己的亲身经历：在他人生的低谷，也曾一度酗酒、堕落，直至一次酒后驾车，险些在自家车库前撞到自己八岁的儿子。他为此失去了家庭，失去了工作和尊严，也失去了陪伴和见证儿子成长的机会。他为自己犯下的错误悔恨终生，始终不能原谅自己。电影中理查德在讲述这段经历时几次克制不住痛不欲生，莉兹也深切体会过这种亲手毁掉美好所带来的刻骨铭心的痛苦。这样的讲述如同在教堂的忏悔，帮助理查德在一定程度上获得了对自己的原谅，同时也启发了莉兹。她仿佛看到前夫来到身旁，他们一起跳了那段本应在婚礼上跳的舞。当她的前夫说依旧爱她、想她时，莉兹回答：那就爱我、想我吧，然后放下，一切都会过去。这一刻笼罩在她心头的魔咒终于被打破，她终于可以坦然面对现实、接纳并原谅自己。

很多时候，对于自己曾经犯下的错误或伤害过的人，人们表面上不原谅自己的潜台词却是"我也已经为自己的错误付出了痛苦的代价"，这反映的恰恰是不愿承担错误并为此负责的心理，结果必定是不幸生活的不断延续和痛苦情绪的弥漫积聚。理查德和莉兹都有过类似的经历，他们不远万里来到印度修行也是为了在导师的感召下获得自我救赎的精神力量。

导师（Guru）一词是由梵语的两个音节组成，第一个音节是

"黑暗"之意，第二个则是"光明"。从这一点说，导师给与那些身处黑暗中的人们光的指引，正如瑞士心理学家荣格所说，"人类存在的唯一目的，就是要在纯粹自在的黑暗中，点起一盏灯。"对于莉兹来说，在印度道场的修行让她的自我救赎有了更多新的活力因素。她终于放下过往，开怀释然。

巴厘岛：平衡篇

巴厘岛是莉兹此行的最后一站，对她来说也是故地重游，因为她一年前曾来过这里为杂志撰写文章并认识了一位当地小有名气的老药师凯图，这次莉兹是专程为他而来。

凯图是个快乐的老人，很有智慧，莉兹向他询问了很多有关神灵、人性的问题。有一次他谈到有一种"向上"的冥想方式，即人可以在冥想中向上七层，最终到达天堂；还有一种"向下"的冥想方式，与其相反，即在冥想中向下七层，到达地狱。凯图说他到过天堂，也下过地狱，二者没有什么区别，都一样。只是到天堂去会经过七个快乐的地方，而去地狱是经过七个悲伤之地，因此还是向上比较好。这说法让莉兹感到费解，也让人思考：难道人们终其一生，或者是在冥想的尽头，所得相差无几，只是在过程中感受不同？

巴厘岛之行的重点是"保持平衡"，因为在离开印度道场之前，莉兹就意识到"我们面对这个令人费解的危险世界所能做出的最佳回应，即是练习保持内在的平衡——无论世界发生任何疯狂的事情。"（192）凯图也用他的方式诠释了平衡：在天堂与人间的交汇处，既不过于追求神性，也不过于追求自我。莉兹按照他的建议，早上用印度瑜伽的方式打坐冥想，然后出去游玩，下午到凯图家抄写他的家传文献，晚上用凯图教她的方式打坐：静坐微笑。莉兹生活得自在、悠闲，心态平和，有种任务完成的感觉。"在印尼的任务是寻求平衡，而我却不再觉得自己在寻求任何东西，因为平衡已自然到来。"（240）然而就在这时爱情出现了：一次意外让她邂逅了巴西人斐利贝，在随后的交往中他们两情相悦，共坠爱河。在激情缠绵中莉兹来之不易的平静、和谐的生活似乎被打乱了，她有些犹豫不决，但一次斐利贝特意安排的扬帆度假让她彻底退缩了。逃离爱情的莉兹失落地收拾行囊，准备离开。临行前她去与凯图告别，而凯图的一番话让她如梦初醒："有时为爱失去平衡，正是生活平衡的一种表现。"影片的结尾，她约斐利贝来到夕阳西下的小码头，用了那个她最喜欢的意大利语单词"attraversiamo"，意为"我们过去吧"。

总结自己的这次追寻、发现之旅，莉兹说她最终还是相信她称之为"求索物理学"的东西：一种自然的力量，如同万有引力一样真实存在。"求索物理学"的原理是：如果你有足够的勇气放弃你所熟悉的、给你带来安慰的一切，从你的房子到你始终憎恶的对象，开始一段追求真理的旅行，无论是内在还是外在，只要你真心情愿把途中遇到的一切都视为线索，把沿途遇见的人都视为老师，最重要的是，你可以直面并宽待自己非常不光彩的那一面，那真理就唾手可得。

认识你自己（Know thyself）是古希腊哲学家苏格拉底最著名的

主张之一，被刻在阿波罗神庙入口的石墙上，提醒人们这一生命最基本、也是最重要的命题。莉兹的经历给很多处于困境中的人们提供了借鉴：自我发现需要外力的触动，更需要自身的勇气与力量，而这种在放逐中发现并找回自我的感觉，犹如新生。

【深度解读】之二：
从情感危机到自我实现
——析《美食、祈祷和恋爱》中作者的身份
寻求

> 《美食、祈祷和恋爱》把一场在现代社会极为普遍的情感危机变为自我实现的心灵之旅。主人公莉兹经历了从迷失、依赖到觉悟和反省，找到自己的标签词，完成了自我定位和认识，这是一个自我实现的过程，给人深刻启迪。

    《美食、祈祷和恋爱》是一部非常适合女性阅读并引起她们共鸣的作品，它把一场在现代社会极为普遍的情感危机变为自我实现的心灵之旅。奥普拉·温弗瑞曾在自己的脱口秀节目里曾推荐过它："我把这本书放在枕边，每天晚上读一点，总是一边读一边想到我自己、我母亲，还有我认识的那些女人们的婚姻。"

一、婚姻中的"幸福女人"

    故事的主人公莉兹在纽约过着令人艳羡的生活：事业有成、衣食无忧、与丈夫相识八年，结婚六年，一年前刚买了漂亮的大房子，本应是"幸福女人的典范"，然而她却突然发现婚姻已变得令

她无法忍受。她像患了抑郁症一般，痛苦、压抑、迷失、困惑，连续四十七个晚上失眠，躲在卫生间的地板上哭泣、祈祷。这其中的原因作者不便公开，这也正是作品引起争议的原因之一，但可以想象，婚姻中的问题大多错综复杂，对错难辨，然而与大多数女性不同的是，莉兹离婚的原因不是丈夫出轨，而是她觉得爱情渐渐远去，婚姻难以维持。对于一个脆弱同时又极其敏感的灵魂，感觉不到爱是一种比背叛更令人绝望的情绪。

现实中的很多女性婚后便不再追求自我感受，除非对方出轨，否则大多会选择忍耐；即便两人早已貌合神离，也情愿保持现状，害怕改变会带来更糟糕的境遇。在不幸的婚姻中坚守，其结果很可能是波伏娃在《第二性》中所描述的婚姻生活："一种徒有其表却无抱负和热情的平庸，一种周而复始重复着的漫无目的的日子，一种渐渐走向死亡却不问及其目的的生命。"这听起来并不陌生，可以说是一些人现实生活的写照。莉兹的选择告诉人们：改变不是为了逃避无法解决的困境，而是为了面对心灵深处最惧怕的声音。走投无路时才看到峰回路转；也唯有打破表相的幸福，真正的幸福才会露出一线曙光。

然而离婚终究是痛苦的，很多人把它比作截肢：疼痛自然不必言说，截了肢的人有时也会感觉到他们失去的肢体上的疼痛和痉挛，正如莉兹说她依然拖着虚幻的肢体走动，总是碰掉架子上的东西。但人都有自我治愈的本能，放弃长久以来的习惯和习以为常的安全感，不再依赖熟悉的感觉生活，才开始真正意义的独立。

二、在爱情中迷失的女人

在带着愧疚和自责离开丈夫后，莉兹跳入了一段新的恋情。她迷恋上一位饰演自己剧本中角色的年轻英俊的男演员戴维，并受到他的影响开始追随一位印度精神导师。这是一段绝望的恋情，它帮助莉兹暂时逃脱了离婚过程中的痛苦和纠结，但前景却并不乐观。影片中莉兹这样描述这段感情：开始时就好像你心仪的对象给你注射了一剂连你自己也不敢承认你向往的、令你神魂颠倒的迷幻药，让你感受到如电闪雷鸣般猛烈的情感撞击。很快你就对这种情绪如饥似渴，好像染上毒瘾一般。当它变得有节制时，你会感到难受、疯狂，更不必说怨恨那位当初害你上瘾而现在却给你断货的毒贩了。该死，他以前可是免费给你的。下一阶段的你变得消瘦、蜷缩在角落里发抖、确信你宁可出卖灵魂也要再感受一次。而与此同时，你迷恋的对象却开始对你感到厌恶，好像根本不认识你。具有讽刺意味的是，你也不能全怪他。我的意思是，瞧瞧你自己吧，你已经面目全非，变得连自己都快认不出了。你终于到达了痴心迷恋的终点：彻底而无情的自我贬值。戴维的情感变化对莉兹来说是灾难性的，她又一次陷入更深的绝望之中，不过这一次，她开始打坐冥想。但这真能帮她解脱吗？她的好友苏珊一针见血地指出：这和你之前将厨房装饰一新，想要做好饭、做个好妻子其实没什么两样，形式不同而已。

莉兹曾说她从十五岁起就不断地更换男友，中间留给自己独处的时间连两周都不到。不愿或难以独处说明一个人需要他人不断的陪伴以填补其空虚的内在。自我对于莉兹来说有些陌生，她和很多女人一样，往往在深爱的男人面前迷失自我。爱上谁就恨不得倾其所有地付出，直至自己精疲力竭，一无所有。她和丈夫在一起时就像丈夫，和情人在一起时像情人。当对方的感情减退时，她会愈加需要他，否则便会精神崩溃；而她越是这样，对方就会加速退缩，直至她失魂落魄。一个无法和自己相处的人如何与他人保持和谐？因此挫败的关键是无法面对脆弱的自我，进而难以接受人与人之间可能不尽完美的真相。莉兹最终决定，离开这一切，用一年的时间自我放逐，倾听自己内在的声音，发现最真实的自我。

三、在路上寻找自我的女人

莉兹的勇气在于，她选择主动放弃世人眼里幸福安逸的婚姻生活，独自踏上发现与救赎之旅：在意大利学习享乐的艺术、在印度探寻虔诚的艺术，最后在巴厘岛实现二者的平衡。影片中她的好友苏珊在送别她时动情地说"知道我为什么对你这么刻薄吗？我爱我的丈夫、我的事业、我的孩子。可我真的很想出去。"这也表达了很多婚姻中的女人的心声。

一个人的旅行常会与寂寞相伴，但莉兹这次明确告诉自己，"那就寂寞吧……熟悉寂寞的感觉。与它并肩而坐。"（59）在意大利，莉兹经常一个人独自外出、用餐，却也安然自得，渐渐学会和自己相处，懂得一个人可以是孤独，也可以是满足。

在罗马，一次莉兹和朋友们在聊天中提到每个人、每个城市、乃至每个国家都有一个标签性的词语，代表其最显著的特质。比如伦敦，可以用"古板"；纽约，"雄心壮志"；罗马，"性"等等。最后朋友问莉兹，你的标签词呢？莉兹想不出确切的词代表自己，于是她的朋友索菲说她是个"在找寻自己的女人"。

在一路找寻的过程中，莉兹完成了意大利的美食之旅——重新找回对生活的热情和信念，之后又完成了印度的"精神"朝圣之旅——以灵修的方式洗涤心灵，探索灵魂深处的自我。在印度道场的图书馆里，她偶然看到了那个她觉得属于自己的词：antevasin。这是一个梵语词汇，意为"边缘人"：永远位于交界处，永远随边界移动变化，永远学习的人。相对于人们平时所说的"边缘人"，这是更为广义的概念：处于群体之间，但并非与主流格格不入。从这个意义上说，不应把这样的女人比作一朵花或一束花，因为"边缘人"的身上有某种中性的特质，从而使人更想把她们比作一个可以容纳所有花朵的花瓶。

确定自己是怎样的人，认识最内在的自我，是自我发现的重要环节。古希腊哲学家赫拉克里特曾说过："我寻找过自己（I sought for myself）。"然而这个最内在的自我是最隐蔽，也是最难认知的，唯有用灵魂的眼睛向内发现，才能看清最真实的自己，从而不断自我完善，保持合乎本性的最佳状态。

四、在不断反省中自我实现的女人

再次回到巴厘岛的莉兹已经变得心态轻松、平和，可以直面自己。老药师凯图见面时几乎没有认出她，"上次我见到你，你有太多忧虑和烦恼。这一次，你看起来很好，很美。"这是一种由内而外的平静之美，它源自内心深处的定力，强悍、有力而内敛。

这样的状态让莉兹感觉似乎已经完成了此行的任务，然而突如其来的爱情却打乱了她内心的平静，她再一次陷入困惑和纠结之中，最终还是老药师凯图的点拨让她明白：保持平衡的关键在于顺其自然。当我们不再刻意追求，担心偶尔失去平衡，才算是找到了持久的平衡之道。

这次的经历让莉兹认识到发现真实自我，探寻内心平静与平和的勇气与力量，这种信念应该一直存于女人的灵魂深处，相伴一生。此次旅行中的发现固然重要，但不能永久地解决人生中所有的问题，必须让自我反省成为一种生活习惯，不断发现自身独特的天赋与价值，从而实现自我，真正成为自己。

《美食、祈祷和恋爱》动人之处在于它刻画了一个女人的成长，一个自我发现的过程，真诚的读者可以从中读出作者感受到的所有情绪，也能感同身受地置身于那些曾经望见的路口。

【深度解读】之三：
记录成长与感悟
——《美食、祈祷和恋爱》文本与电影的
对比研究

电影是文学作品的影像化表现，然而要把为期一年且内容丰富的救赎之旅压缩成两个多小时，电影所呈现的注定是叙事的关键环节以及最具吸引力的场景，此外对话的设计、人物的刻画以及细节的改编在一定程度上增强了剧情的丰富性和完整性。

伊丽莎白·吉尔伯特2006年出版的自传体小说《美食、祈祷和恋爱》集风趣、尖锐和近乎无情的坦率为一体，记录了她本人婚姻的终结以及随后的自我发现与救赎。这部畅销书于2010年被好莱坞新锐瑞恩·墨菲改编并搬上屏幕，由布拉德·皮特担任执行制片，朱莉娅·罗伯茨领衔主演。

瑞恩·墨菲最为人熟知的作品是热播美剧《整容室》《欢乐合唱团》和《美国恐怖故事》，均为他本人自编自导，其中《欢乐合唱团》获第62届艾美奖19项提名。《美食、祈祷和恋爱》的演员阵容强大，特别是朱莉娅·罗伯茨的加盟为这部作品带来巨大的话题性和关注度。

一、叙事层次

把一场为期一年且内容丰富的旅行压缩成两个多小时，电影所呈现的注定是叙事的关键环节以及最吸引人的场景。这的确是一部令人赏心悦目的电影，摄影上把几位主角以柔光的效果拍摄得美轮美奂，取景和配乐可以说是视觉和听觉的享受。整部电影几乎没有明显的高潮界限，一切都在自然而然中最单纯地发生，从巴厘岛开始，又在巴厘岛结束。这一点和原著中以年轻的意大利朋友乔凡尼开头不同。影片以莉兹第一次在巴厘岛拜访当地小有名气的老药师开头，她先自报家门，清楚地表明了身份和采访所要提问的关键问题。老药师面带微笑，平易近人，他预言了莉兹的婚姻，说她还会回来并送给她一幅画。画的内容像是一种隐喻：脚踏实地，就像你有四条腿那样，这样才不至于脱离这个世界。不要用你的头脑看待世界，要用你的内心，这样才能看到神。而这正是莉兹原本打算问他的问题。老药师超乎寻常的感知力令莉兹惊讶，也引起了她的兴趣。原著中也有这一段的描写，只不过发生在莉兹离婚大战的尾声。导演采用回朔穿插的手法让莉兹的回忆浮现其中，让电影的流程有所变化，凸显贯穿剧情的主线。

二、叙事角度

无论是自传体小说还是改编电影都自然而然地选择了第一人称叙述者，集叙述者功能和角色功能于一身。电影中几次出现莉兹的画外音，为银幕和视觉表现作了有效的补充和总结。

三、人物概念

原著中关于莉兹前夫史蒂芬的描述几乎为零，作者对此的解释是：这本自传体小说出版后，对前夫有任何描写都是不公平的。改编电影为了让故事更具说服力而加入了对史蒂芬的刻画。比利·克鲁德普的戏份虽然不多，但表演到位，弥补了原著文本中对人物描写的缺失。

四、电影叙述者与文学叙述者

原著文本由三个章节构成，分别为意大利、印度和印度尼西亚，每一章讲述作者四个月的心路历程；电影也以此为框架。意大利的重点是美食，影片中在纽约食欲不佳的莉兹面对新鲜诱人的意大利面，仿佛忽然顿悟似的，开始卷动面条，大口吃了起来。这一幕配上意大利歌剧中女高音的片段，竟给人灵魂再生的感觉。很多人看这部电影是出于对朱莉娅·罗伯茨的喜爱，而罗伯茨本人也很喜欢原著，她用自己的演技和悟性，一点一滴撑起这个女人的形象，乃至这部电影的灵魂。

身处意大利，很难不被这个国家的奔放和率直所影响。意大利语是世界上最美的语言之一，然而在生活中，意大利人之间的交流还少不了动用各种手势，配合语言表达各种情绪。这一点在电影中被很生动地呈现出来，而阅读原著文本的读者只能脑补了。在莉兹离开意大利之前，朋友们聚在一起过了一个感恩节。这是一个热爱生活、注重本质的民族，家庭聚会的场面温馨，令人感动，尼尔·

杨（Neil Young）的"Heart of Gold（金子般的心）"适时地响起，感人的旋律为莉兹的意大利之行画上完美的句号。

在印度修行的这部分，文本中由三十六则追求信仰的故事构成，点点滴滴记录了莉兹在道场的很多困惑和感悟的片段。而在电影中，很多具有启发性的话语出自同修理查德的口中，两人之间的对话风趣幽默，又不乏智慧的火花，成为影片的亮点之一。莉兹初到印度道场时很不适应，第一次打坐时就静不下心来，如坐针毡。她怒气冲冲地告诉理查德，打坐时自己满脑子想的都是家里的打坐间该怎么装修之类的，理查马上说："你开什么玩笑？打坐间在你心里，你打算怎么装修？"他还语重心长地提醒莉兹，"你要去城堡，就得先游过护城河。"

莉兹在道场还认识了一位十七岁的印度女孩图斯，当时她正憧憬大学生活，却被迫接受了家人为她安排的婚姻。图斯心情沮丧，作为朋友的莉兹不断安慰并鼓励她。影片中展现了她的婚礼——一场典型的传统印度婚礼，热闹、喜气，而配乐则使用了融合当地特色的歌曲"Long Journey（漫长的旅程）"。这个场景在原著中没有描述，但在电影中，这个增加的环节很有感染力，以一种深入心灵的方式，在呈现婚姻仪式感的同时烘托其喻意。

影片中还有一个场景值得一提：莉兹在即将离开道场前，坐在菩提树下，写下她此行最重要的心得："神在你心里，即为你。"修行不必成为圣徒，普通人身上也有神性，这何尝不是对信仰虔诚的领悟。就在这时，那只先前从马戏团逃走的大象走了过来，它并不像人们想象的那样易怒，而是温顺地走近莉兹，仿佛有灵性一般。

大象在印度教中意指吉祥，而"菩提"在梵文中的意思是指人突然如梦初醒，顿时彻悟，这一幕正是隐喻莉兹追求神性的努力终成正果，给人很强的震撼力。然而在原著中，这句瑜伽真谛并未被莉兹完全领悟，虽然她确信"我要我内心的神。我要神在我的血液中玩耍，像阳光在水面上自娱。"（163）

在巴厘岛的这一段关键词是平衡，电影中朱莉娅·罗伯茨在乌布的乡间小路上自在、从容地骑着单车，脸上不时露出微笑，这已成为本片中最经典的画面之一。她的生活的确如原著中所说"自由得简直荒唐"，她每天除去早晚打坐冥想，下午到老药师凯图家帮他抄写家传秘籍，还有大把时间自由地安排生活。这样毫无压力、随心所欲的生活状态在现代社会并不多见，而影片中最令人羡慕的是她租住的地方：有庭院，有池塘，被浓密的绿色植物环绕其中，亲近自然，如伊甸园一般。人很容易在这样的环境里变得心平气和，而对于修行的人，何处青山不道场。

老药师凯图是莉兹这段生活中最重要的人，原著中对他的描写很多。他是一位和蔼的智者，给莉兹讲了很多富有东方智慧的道理，比如"四兄弟法""七层天堂和地狱"等，给她带来很多启迪，帮助她保持平衡的状态。正是在这种悠闲自得的生活状态中，她邂逅了斐利贝。哈维尔·巴登饰演的这个英俊的巴西老男人和莉兹情投意合，却在很长时间内只是以朋友的名义交往。莉兹总是不自觉地回避着激情的诱惑，她从未期待这次旅行中遇见爱情，更担心来之不易的身心平衡被破坏，生活再次失控。原著中对这段感情的描述并不多，重点在于莉兹内心的纠结；而影片则为营造浪漫、增加看点而加入了一些爱情戏份，正是好莱坞电影的擅长之道。两位演员互有好感，表演得心应手，为影片增添了不少浪漫的气息。还有一点情节安排不同是：原著中莉兹自从开始接受斐利贝就没有再离开过他，而影片中他们一度分手，直至结尾才重归于好。但不管怎样，爱情的到来还是让莉兹的自我发现之旅更加圆满，也让仍旧处于情感危机中的人们看到了希望。

一个有趣的细节在原著和电影中以不同的形式分别呈现，那就是莉兹为诊所女医师和她的女儿图蒂发起生日募捐，以帮助她们实现买房的愿望。碰巧的是，图蒂（Tutti）在意大利语中意为"每个人"，而更大的寓意正在于此：你出走世界寻求自我解救，结果是解救、帮助了"图蒂"／"每个人"。电影中没有出现原著中所提到的女医师后来试图利用这笔善款谋取更大利益的情节，这样的编排一方面突出了莉兹此举的正能量含义，另一方面，去掉节外生枝的内容，也使得影片的主体线索更加清晰，同时也符合影片整体轻松、明快的风格。

《美食、祈祷和恋爱》是一部文艺气息浓郁的作品，而且正如接受采访时朱莉娅·罗伯茨所说的，是特别写给曾经心碎过的人。原著作者以美国女人特有的直率、富有活力又不失幽默的语言，带给读者一段生动的阅读时光，同时也启发他们从中汲取成长的力量。改编电影虽然整体评价不高，但人物刻画细腻，色调唯美柔和，给人感觉浪漫、温馨，同时又引发对于婚姻和成长的深刻思考。而且退一步说，仅凭片中朱莉娅·罗伯茨温暖的笑容和哈维尔·巴登的邋遢性感就足以弥补它给观众带来的所有不快，并赢得不俗的票房成绩。这正也是电影叙述的魅力之一：它易于将外貌和性格化的言行方式结合起来，并凭借其直观特性和非凡的生动性将电影事件以完全不同的方式"击中"观众。

参考文献

［1］Gilbert, E. Eat Pray Love. New York: Penguin Group, 2010.

［2］西蒙娜，波伏娃. 第二性. 上海：上海译文出版社，2011.

［2］伊丽莎白，吉尔伯特. 一辈子做女孩. 何佩桦，译. 长沙：湖南文艺出版社，2014。

［3］蒂莫西，科里根. 如何写影评. 宋美凤，译. 北京：世界图书出版公司，2013。

［4］雅各布，卢特. 小说与电影中的叙事. 徐强，译. 北京：北京大学出版社，2012。

［5］徐盈. 寻找最真实的自己——Eat Pray Love// 文史博览（理论），2013（05）：31-32。

（本章作者：张雪丹）

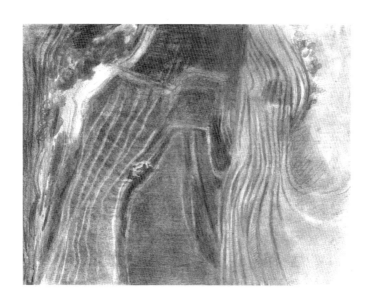

7.《偷书贼》

The Book Thief

作者简介

马克斯·苏萨克（Markus Zusak）（1975—），出生于悉尼，父母分别为奥地利及德国后裔。他是当代澳大利亚小说界获奖最多、著作最丰、读者群最广的作家，迄今已出版《输家》（The Underdog）《与鲁本·乌尔夫战斗》（Fighting Ruben Wolfe）（美国图书馆协会青少年类最佳图书）《得到那女孩》（Getting the Girl）《传信人》（I Am the Messenger，澳大利亚儿童图书协会年度最佳图书奖）。2005年他发表了著名反战小说《偷书贼》，该书荣登《纽约时报》畅销榜230周，全球销量超过900万册，已经被翻译成超过30种语言。青少年文学排行榜第一名，是2006年亚马逊网络书店年度选书，一度稳居台湾诚品书店、金石堂网络书店畅销书榜首。《偷书贼》的故事源自他幼年时父母讲述的情节，二战时他的父母年纪还小，曾经亲眼目睹盟军轰炸汉堡之后的惨状，也看过纳粹押解犹太人前往死亡集中营的悲剧。苏萨克说，父母讲述的情景他一直记在心里，也晓得自己总有一天会把这些故事写成书。目前，他除了写作之外，另经营写作工作坊，并应邀赴各地演讲。

撷英采华

片段1：

Summer came,
For the book thief, everything was going nicely.
For me, the sky was the color of Jews.

When their bodies had finished scouring for gaps in the door, their souls rose up. When their fingernails had scratched at the wood and in some cases were nailed into it by the sheer force of desperation, their spirits came toward me, into my arms, and we climbed out of those shower facilities, onto the roof and up, into eternity's certain breadth. They just keep feeding me. Minute after minute. Shower after shower.

I'll never forget the first day in Auschwits, the first time in Mauthausen. At that second place, as time wore on, I also picked them up from the bottom of the great cliff, when their escape fell awfully awry. There were broken bodies and dead, sweet hearts. Still, it was better than the gas. Some of them I caught when they were only halfway down. Saved you, I'd think, holding their souls in midair as the rest of their being—their physical shells—plummeted to the earth. All of them were light, like the cases of empty walnuts. Smoky sky in those places. The smell like a stove, but still so cold.

I shiver when I remember—as I try to de-realize it.

I blow warm air into my hands, to heat them up.

But it's hard to keep them warm when the souls still shiver.

God.

I always say that name when I think of it.

Twice. I speak it.

I say His name in a futile attempt to understand. "But it's not your job to understand." That's me who answers. God never says anything. You think you're the only one he never answers? "Your job is to ..." And I stop listening to me, because to put it bluntly, I tire me. When I start thinking like that, I become so exhausted, and I don't have the luxury of indulging fatigue. I'm compelled to continue on, because although it's not true for every person on earth, it's true for the vast majority—that death waits for no man—and if he does, he doesn't usually wait very long.

(Zusak, 2005：349-350)①

译文：

夏天来了。

对偷书贼来说，一切顺利，

对我来说，天空是犹太人的颜色。

当他们的躯体停止寻找门上的缝隙时，他们的灵魂升了起来。他们的手指甲抠着木头，因为极度的绝望，指甲深深陷进木头里。他们的灵魂来到我身边，投进我的怀抱。我们爬上了那些毒气设备，来到屋顶，升上天空，到达那永恒的尽头。他们不断来到我身旁，每分钟，每秒钟，一次淋浴，接着又是一场淋浴。

我永远忘不了第一天在奥斯维辛集中营和毛特豪森集中营目睹的惨状。在那些地方，随着时间的流逝，犹太人的逃跑不幸失败后，我也会从陡峭的悬崖下拾起他们的灵魂，那下面到处是人的残肢断臂，不过，这还是比毒气室好一点儿。至少我可以在他们跌落悬崖的过程中就接住他们，在半空中将他们的灵魂托上天空。只剩下他们的肉体——那些物质的躯壳——骤然跌落到地面。他们都很轻，像空空如也的胡桃。那些集中营上方的天空中烟雾弥漫，就像一只炉子在燃烧，不过却是冷冰冰的炉子。

当我回忆往事的时候，我会浑身颤抖——因为我想努力忘

---

① 本章内所引用的英文版本均出自 Alfred A. Knopf Books 出版社 2005年版，中文译文均出自张孙静（2014，北京联合出版社）的译本。以下只在引文后标注页码，不另加注。

记它。

我向手中吹了口热气，好让他们暖和起来。

可是，那些灵魂还在不停哆嗦的时候，是很难让他们暖和起来的。

"上帝啊！"

每当我回忆至此就会呼唤这个名字。

"上帝啊！"

我呼唤了两遍。

我叫他的名字只是想徒劳地理解眼前发生的一切。"你的工作并不是要理解这一切。"这是我自己的回答，上帝从来不会给我任何答案，你以为他只是不回答你一个人的问题吗？"你的工作是……"我不想再听自己的回答，因为，坦白地说，我对自己感到了厌倦，当我开始考虑这些问题的时候，我会变得浑身乏力，无法抗拒疲劳。我被迫继续工作，虽然我会让个别人等待，但对大多数人来说我都是公平的——那就是死亡不等人——他一旦死亡，通常不会有漫长的等待，我就会出现在他面前。（张孙静译，2014：235-236）

片段 2：

Did they deserve any better, these people?

How many had persecuted others, high on the scent of Hitler's gaze, repeating his sentences, his paragraphs, his opus? Was RosaHubermann responsible? The hider of a Jew? Or Hans? Did they all deserve to die? The children?

The answer to each of these questions interests me very much, though I cannot allow them to seduce me. I only know that all of those people could have sensed me that night, excluding the youngest of the children. I was the suggestion. I was the advice, my imagined feet walking into the kitchen and down the corridor.

As is often the case with humans, when I read about them in the book thief's words, I pitied them, though not as much as I felt for the ones I scooped up from various camps in that time. The Germans in basements were pitiable, surely, but at least they had a chance. That basement was not a washroom. They were not sent there for a shower. For those people, life was still achievable. (374-375)

译文:

他们该得到更好的结局吗?

他们中有多少人主动迫害过他人,有多少人追随着希特勒的目光,背诵着他的语录?罗莎·休伯曼,这个窝藏犹太人的女人,她需要负什么责任吗?还有汉斯·休伯曼呢?他们都是罪有应得吗?那孩子们呢?

虽然我不能允许他们引我误入歧途,但是我对每个问题的答案都饶有兴趣。我只知道这一点,这天晚上,除了最小的孩子们以外,所有人都感受到了我的存在。他们想到了我,听到了我的声音,想象着我的两只脚踏进了厨房,走下了楼梯。我是他们口中的建议,是他们内心的忠告。

人类大抵如此。当我读到偷书贼描述这晚的文字时,心中涌出对他们的怜悯之情,尽管这种怜悯比不上我从集中营拾起灵魂时感受到的怜悯那般深切。地下室的德国人值得同情,不过他们至少还有机会。地下室不是沐浴室,他们不会被送到里面去"洗澡"。对

这些德国人来说，生命仍然可以延续。(255)

片段3：

It's probably fair to say that in all the years of Hitler's reign, no person was able to serve the Fubrer as loyally as me. A human doesn't have a heart like mine. The human heart is a line, whereas my own is a circle, and I have the endless ability to be in the right place at the right time. The consequence of this is that I'm always finding humans at their best and worst. I see their ugly and their beauty, and I wonder how the same thing can be both. Still, they have one thing I envy. Humans, if nothing else, have the good sense to die. (491)

译文：

也许，公平地说，在希特勒多年的统治中，没有谁能像我这样忠心耿耿地为元首服务了。人类没有像我一样的心脏，人类的心脏是一条线，有始有终，而我的心脏却是一个圆圈。我有无穷无尽的能量，可以出现在正确的时间和正确的地点。因此，我总能在人类最享福和最不幸的时候找到他们。我看到他们的丑恶和美好，我很好奇，人类怎么能够同时兼具善与恶？不过，他们有一种本领让我妒忌，只有人类，能够选择死亡。(357-368)

片段4：

I wanted to tell the book thief many things, about beauty and brutality. But what could I tell her about those things that she didn't already know? I wanted to explain that I am constantly overestimating and underestimating the human race—that rarely do I ever simply estimate it. I wanted to ask her how the same thing could be so ugly and so glorious, and its words and stories so damning and brilliant.

None of those things, however, came out of my mouth.

All I was able to do was turn to Liesel Meminger and tell her the only truth I truly know. I said it to the book thief and I say it now to you.

A Last Note From Your Narrator: I am haunted by humans. (550)

译文：

我想告诉偷书贼许多事情，关于美好和残暴的事，但是对于她不知道的那些事儿，我能告诉她什么？我想说的是，我不断地高估人类，也不停地低估他们——我几乎，没对他们有过正确的评价。我想问她，同样的一件事，怎么会如此丑恶又如此美好，有关于此的文字和故事怎么可以这么具有毁灭性，又同时这么熠熠生辉。

然而我没有把这些话说出口。

我能做的只有面对莉赛尔·梅明格，告诉她我唯一知道的真相。我对偷书贼说的这句话，现在也要对你们说。

本书讲述者的最后一句话：人类真让我捉摸不透。（357-368）

影片资料

彩色片，131 分钟

20 世纪福克斯公司（20th Century Fox）出品

导演：布莱恩·派西维尔

编剧：迈克尔·彼得罗尼，马克斯·苏萨克

摄影：弗洛莲·包豪斯

主演：苏菲·奈丽丝饰莉赛尔

杰弗里·拉什饰汉斯

艾米丽·沃森饰罗莎

本·施耐泽饰马克斯

尼克·里尔斯饰鲁迪

获奖情况：约翰·威廉姆斯获第 86 届奥斯卡金像奖最佳原创配乐提名，第 71 届美国金球奖最佳电影配乐提名，第 67 届英国电影和电视安东尼·阿斯奎斯奖最佳电影音乐提名。艾米丽·沃森获第 40 届土星奖最佳女配角提名，苏菲·奈丽丝获第 40 届土星奖最佳女年轻演员提名，《偷书贼》获第 40 届土星奖最佳动作/冒险电影提名；苏菲·奈丽丝获得第 17 届好莱坞电影奖（2013）最受关注奖，第 13 届凤凰城影评人协会奖（2013）最佳青年女演员奖以及 2013 年金卫星奖演技突破奖。约翰·威廉姆斯获 2013 年金卫星奖最佳配乐奖。

剧情梗概

9 岁小女孩莉赛尔和弟弟在战乱中被迫送往寄养家庭，但弟弟不幸死在途中，莉赛尔在弟弟冷清的丧礼后拾了一本《掘墓工人手册》带在身边。寄养家庭位于慕尼黑凋蔽贫困的区域，战火时时威胁着人们的生命。莉赛尔每晚抱着《掘墓工人手册》入睡，噩梦不断。养父汉斯为了让她安眠，为她朗诵手册内容，并开始教她识字。学会认字然后开始读书的莉赛尔，尽管生活艰苦，吃不饱穿不暖，却发现了一项比食物更让她难以抗拒的东西——书，她忍不住开始偷书，用偷来的书继续学习认字。她与邻家男孩鲁迪以及来养父家躲藏的马克斯相继结下了真挚的友谊。在养父和马克斯的教导下，莉赛尔进入了文字的奇妙世界，让她熬过了现实的苦难，也帮助了周围同样承受苦难的人：读书给重病的马克斯听，在空袭时为躲入防空洞中的街坊邻居朗读故事，安慰了每一颗惶惶不安的心。战争的阴影始终笼罩着小镇上的人们，为了不给汉斯一家带来麻烦，马克斯逃了出去。而莉赛尔的养父母和鲁迪一家终未逃脱战争的残害，死于一场大轰炸。莉赛尔幸存下来，得到了镇长夫人的照顾直至长大成人。战后马克斯回到镇上与莉赛尔团聚，从此成为终生的朋友。

【深度解读】之一:
充实心灵的阅读与成长
——分析《偷书贼》中莉赛尔的内心世界

在战乱中少女莉赛尔对文字和知识格外渴望与向注,从开始识字阅读到最后的思考写作,将阅读变成一种激励自己成长成熟的精神力量。女孩的三种精神世界:体味孤独的内心世界,感受友谊的快乐世界以及坚强隐忍的精神世界给世间留下了一部心灵成长的故事和永存于世的精神财富。

美国作家海明威曾经说过:"好书都有一个共同点——它们都比真实事件还真实。"这部由澳大利亚青年作家马克斯·苏萨克根据父母讲述的年幼时对二战情节的回忆而写成的书就是这样一部远远高于真实事件的佳作。正如作者在中文版扉页《致中国读者的信》中说,"《偷书贼》就是我生命的全部。不管别人怎么看这本书,不管评价是好是坏,我内心明白,这是我最好的一次创作。身为作者,当然会为自己'最好的一次创作'深感满意"。小说灰褐色的封面渲染着冷静阴森的战争气氛。简洁短促的电报式清单,洋洋洒洒的人物刻画,字典式的词条解释,带给读者一种简单明了、冷静理性的感觉,作品以独特的第一人称的死亡视角来描述二战期间德国慕尼黑郊区莫尔钦小镇上发生的人间故事,用拟人的手法将

308

"死亡"还原成一个人的形象，并用稍带揶揄的口吻叙述着那段历史背景下的人类境况。整部作品中处处充满着死亡的威胁，恐怖的味道时刻充斥着读者的鼻孔，死亡又像一块黑色的裹尸布，紧紧罩住读者的心灵，感觉心脏的不安与躁动，好像瞬间攫取了心跳，偷走了呼吸一样。小说的主题恰又与偷书读书以及阅读写作有关，而且正是阅读写作使主人公莉赛尔成为小镇上的战争幸存者之一。全书突出表现了少女莉赛尔在战乱中对读书和知识的渴望与向往，如何从开始识字阅读到最后思考写作的过程，如何将阅读变成一种激励自己成长成熟的精神力量，从这种滋养灵魂的方式中获得了无尽的生活勇气，给世间留下了一部心灵成长的故事和永存于世的精神财富。

一、体味孤独的内心世界

由于小说每个章节几乎都以主人公莉赛尔曾经偷过的书名来命名，读者很快就有了自己的阅读向导。然而，作者在叙述中别出心裁的给死神一个特权，在每个部分的开始给读者透露一下后面的结果。读者不会因为谜底被提前公布而扫兴，反而会更加认真地去体会故事情节发生的过程。

在小说的序幕中，死神提到见过莉赛尔三次，其中两次都是莉赛尔体味人间极致的孤独时刻。亲生父亲因为是共产主义分子而莫名失踪，妈妈因此受到牵连，她无法维持生计只得决定把莉赛尔和弟弟送去寄养家庭。可是就在1939年1月的一个寒冷冬夜他们一起搭车去慕尼黑寄养家庭的途中，死神降临了并轻轻托走了莉赛尔

6岁弟弟的灵魂，正在睡梦中的莉赛尔突然惊醒一眼看见弟弟的头歪到一旁，她的"神情里全是难以置信的震惊，她的头脑里不断重复着一句话：这不可能是真的。这不可能是真的。"（13）困窘的妈妈抱着弟弟冰冷的身体悲恸不已。她们只得在下一站临时下车处理后事，6岁的弟弟就被葬在了雪中的墓地里。这时给莉赛尔的生活带来色彩的重要物品出现了，一本黑色封皮的书从掘墓人的口袋里滑落到了雪地上却没有被觉察，莉赛尔碰巧捡到了并把它藏在了箱子里的衣服下面。当莉赛尔和妈妈再次坐上开往慕尼黑的火车时，她仿佛经历了世上的一切悲欢离合。然而悲欢离合还在后面，在收养所里人们费了好大劲才拉开了不愿意离开妈妈怀抱的莉赛尔。她初到养父母休伯曼家的第一天，拉着门拒绝进屋，眼里浸满泪水。她依恋妈妈却又怨恨妈妈，无法接受妈妈把她送走的事实，她感觉自己"是一个被丢掉的瘦骨嶙峋的孩子，独自和几个陌生人生活在一个陌生的地方，独自一人。"（20）在开始的几个月她处于极度焦虑和孤独的状态中，那本从墓地上偷来的《掘墓人手册》给了她莫大的安慰，尽管她不识字也不知道里面是什么内容，但这本书对她意味着最后一次见到弟弟和妈妈，妈妈和弟弟经常在她的噩梦中出现，在"那些绵绵无尽的噩梦中，她感到了从未有过的孤独。"还有一次死神见到莉赛尔是在炸弹轰炸小镇之后，一夜之间，莉赛尔痛失自己的养父母休伯曼夫妇，失去了和她一起成长的纯情可爱的男孩鲁迪，还有自己所熟悉的邻居，顷刻间生离死别摆在眼前。她在鲁迪和养父母的尸体旁边号啕大哭，摇晃着他们布满灰尘的身体，但是至亲至爱的人已经被死神带走了，她唯有紧紧攥着自己写的那本书，才不至于陷入孤独悲苦的深渊。这本书却受到了死神的青睐，愿意讲一讲书中的故事，并承认每个人的存在都是有价值的。死神在忠实地执行上帝的命令的漫长岁月中，独独留意到了莉赛尔。这个活着的普通人，甚至是有道德瑕疵——偷书的小女孩怎么会受到死神的关注呢？这个小姑娘却在还来不及长大之前就失去了所有的亲人，所有认识的人，却依然从文字写作中攫取精神力量，不屈服于命运的安排，勇敢地生活下去。

莉赛尔并不是典型的日耳曼人，头发虽然是金色，但由于父亲的遗传有一双深棕色的眼睛，这在德国比较危险而且不受欢迎。她还属于路德教教徒，与深受天主教会影响的学校氛围不符。更让她自卑的是自己既不会阅读也不会写字，只能和比她小的初学字母的小孩子们在一个班里学习。后来的尿床事件让养父汉斯发现了她藏在垫子下的《掘墓人手册》，从此后每天半夜养父开始教莉赛尔读书，为此她兴奋不已。"不管出于什么动机，她想读这本书的愿望是如此之强烈，不亚于任何一个同龄人身上所能表现出的饥渴。"（41-42）她为汉斯在她的教育中所起的作用而感到无比骄傲："你不会想到，教会我读书的不是老师，而是我爸爸，别人都以为他不是个聪明人，虽然他确实读得不快。但不久我就了解到，文字和写作曾经拯救过他的生命。或者，至少说，是文字和一个教他拉手风琴的人救了他……"（40）在班上背诵《掘墓人手册》失败后莉赛尔受到了莫大的屈辱，她又想起离散的家人，午夜的噩梦以及所受的耻辱，这些负面的感受聚拢在一起，击中了她那颗脆弱孤独的心灵，她在雨幕中痛哭流涕，虽然旁边有忠实的鲁迪一直相伴。但孤独无助的滋味总是能浸透到人的内心，体味多了才能使一个人变得坚强而自立，莉赛尔更加感到读书识字的重要性，她很快就会把文字像云一样攥在手里了。

二、感受友谊的快乐世界

　　一个孩子在成长的过程中能否与周围的人形成一种融洽的关系对丰富他的心灵起着至关重要的作用。小小年纪就遭受家庭离散亲人离世痛苦的莉赛尔怀着复杂的心情坐车来到养父母家，因为无法接受眼前的现实怎么也不愿下车，是善良的养父汉斯轻声细语哄她下车又拉着她的手走进家门。莉赛尔很快就觉察到了汉斯身上的可贵品质：举止沉静，和蔼可亲，眼睛里充满了慈爱，闪着柔光，像正在熔化的白银。汉斯甚至在莉赛尔做噩梦的时候到床边安慰她爱抚她，起初她以为养父只是帮助她排遣孤独的陌生人，但是一段时间以后，莉赛尔逐渐信赖她，开始喜欢他身上所具备的温柔感和安全感。更让莉赛尔感动的是养父非常支持莉赛尔学习读书，每天半夜起来教她识字甚至不让罗莎支使莉赛尔去送衣服，因为他要带着莉赛尔去安佩尔河上游练习手风琴和读书认字，而且鼓励莉赛尔说："要不了多久，你就是闭上眼睛都能够读那本可怕的掘墓的书了。"他们开始在地下室的墙上用油漆刷写单词学习，莉赛尔通过与养父一起读书识字感受到了胜似亲人的友谊的味道，也对自己可以很快离开"小矮人的班级"充满了自信。

　　从不掩饰对莉赛尔喜爱之情的鲁迪总是愿意站在莉赛尔一边支持她陪伴她。他们之间懵懵懂懂的感情，更多的还应该是一种友情。他们一起踢球、跑步、偷苹果一直到后来的偷书，鲁迪无不坚定地跟在莉赛尔左右。出于对镇长夫人解雇妈妈的报复心理，莉赛尔坚持要偷回那本《吹口哨的人》而不是接受镇长夫人的施舍得到那本书。结果当他俩偷完书气喘吁吁跑回慕尼黑大街的时候，发现莉赛尔的鞋子忘在窗户下面了。鲁迪打了自己一个耳光，执意跑回去找到莉赛尔的鞋子，莉赛尔对此充满了感激之情，鲁迪只是轻松一笑，第一次送给了莉赛尔"偷书贼"的名字。这本书被喜欢欺负人的舒马克抢在手里作为要挟鲁迪的借口，鲁迪立刻挺身而出说道"别纠缠她，你要找的人是我。随便你怎么对付我。"（204）可是维克多还是一甩手将书扔进了河里，鲁迪随即沿河而去追那本顺流而下的书，趟过冰冷刺骨的河水，伸手够到了那本书。同伴之间的真挚友情怎能不发展成为朦胧的爱意？两个孩子之间相携相助的友谊一定会永远成为莉赛尔心中最甜蜜的回忆。

如果说养父汉斯是莉赛尔开始读书的启蒙者，那么投奔汉斯夫妇的犹太人马克斯则为莉赛尔展示了文字背后充满神奇想象力的世界，给予莉赛尔莫大的精神快乐和真挚友情。由于窝藏犹太人是重罪，汉斯夫妇只好把马克斯藏在不见天日的地下室。为了驱除寒冷和焦虑，马克斯开始读书和写作并教授莉赛尔读那本她从火里偷来的《耸耸肩膀》，有时也会去读他并不喜欢但是却救了他性命的《我的奋斗》。马克斯也经常做噩梦，莉赛尔遂与他分享自己曾经的噩梦，这让他们有惺惺相惜的感觉。莉赛尔12岁的生日拥抱了马克斯，马克斯决定送她一件独具匠心的礼物。他用小号油漆刷把从《我的奋斗》里撕下的十三页纸刷成白色，然后在上面连写带画完成了《监视者》的小画册，里面回忆了曾经在他身边但是已经远离的亲人和朋友，更重点描绘了他与莉赛尔的相遇以及莉赛尔的友谊带给他的温暖感觉，也表达了自己希望早日见到阳光和水以及外出活动的愿望。他们的心靠得更近了。莉赛尔会有意搜集《莫尔钦快报》，就是为了让马克斯看报和做字谜游戏，他们因为无声的文字而走到一起。他还与莉赛尔分享他想象中与元首的拳击赛，沉浸在幻想带来的快乐中。为了不给汉斯家添麻烦，马克斯逃往其他地方，把自己最好的插画创作《撷取文字的人》留给了莉赛尔，用细腻的文字和巧妙的故事歌颂了他们的友谊，友谊之泪化作的种子长成一棵大树，而莉赛尔就是那个懂得文字的真正力量的撷取文字的女孩，内心充满了热切的求知欲。莉赛尔读得如痴如醉，每日抱着它进入甜美的梦乡。

养母罗莎虽然对莉赛尔一脸严肃，说话尖刻，终日怨声载道，动辄诉诸体罚，但却是一个"刀子嘴豆腐心"的女人，骨子里充满善良和勇气，颇具同情心，而且是一个细腻心软的母亲。寻求庇护的犹太人马克斯不期而至，罗莎一改平日的唠叨抱怨，默默接受了马克斯，而且很快为这个虚弱的年轻人做了一碗汤。在马克斯病倒的日子里她辛勤照料着他，而且深知莉赛尔与马克斯之间的友谊，对他的担心与牵挂，为了把马克斯苏醒的好消息告诉莉赛尔，不惜上演了一出去教室训斥莉赛尔的假戏，其实不过是借机悄悄透露好消息给莉赛尔。养母其实是一个"善于应对危机的善良女人"，她外冷内热的友善关爱之情也同样感动着莉赛尔。

三、坚强隐忍的精神世界

在莉赛尔到汉斯夫妇家后不久就发生了一次焚书事件，是纳粹党徒为表忠心献给希特勒的生日礼物，他们认为书籍是一种思想罪恶，是垃圾和毒药，烧书是阻止这种精神罪恶对德国思想进行腐蚀的正义行为。但是爱书的莉赛尔却有着自己的认识："虽然她的身体里有个声音告诉她这是一种罪恶——毕竟，她拥有的最宝贵的财富就是她的三本书——她还是忍不住想去看看那些燃烧的书籍……莉赛尔透过人墙中的一条缝隙看见那堆罪恶的东西还没有被点燃，心里顿时觉得安慰了许多……"（71）发言的纳粹党首告诫人们要警觉，要寻找并摧毁图谋颠覆祖国的一切阴谋，他喊着"共产主义分子！无耻！"与莉赛尔听过多次的"消灭犹太人！"如出一辙。莉赛尔痛苦地想起了失踪的爸爸和离去的妈妈都跟共产主义分子有关，狂热的人群和火光的烈焰再也引不起她的注意，陷入沉思的她在做一道加法题："共产主义分子"一词+一堆篝火+一堆石沉大海的信+亲生妈妈的遭遇+弟弟的死亡=元首"。（74）随后她反问汉斯自己的妈妈是不是元首带走的，吃惊的汉斯回答说："我想可能是的。"一阵愤怒袭上心头，"我恨元首，我恨他。"惊恐的爸爸用掌耳光的方式提醒莉赛尔不能说出招致祸患的话，可以在家里，但是在外面无论如何不能这样说，他还执意教莉赛尔练习"万岁，希特勒！"的身势语，一个十岁大的女孩，站在教堂的台阶上，强忍住眼泪，带着所有的痛苦，向虚无的元首致敬。对孩子来说，违背内心的真实感而不得不对现实采取隐忍态度是多么艰难的一件事情，但是莉赛尔做到了，就因为她把读书当作一种寄托，一种沉默的精神享受，当然她更不希望对她好的人因言获罪。

在莫尔钦小镇遭受的第二次空袭非常猛烈，吓坏了躲在地下室的人们，孩子哭声一片，大人也惊恐万分。"为了寻求安慰，也为了避开地下室的喧闹声，莉赛尔翻开一本书，开始朗读。放在最上面的一本书是《吹口哨的人》，她大声读着这本书，一边集中自己的注意力。"（258）人们逐渐安静下来，把受惊的眼神都转到了她身上。"年幼的孩子在她的声音中逐渐平静，每个人仿佛都看到了吹口哨的人逃离犯罪现场的情景。莉赛尔没有，偷书贼只看到了文字的力量——这些文字立在树上，催促她读下去。"（258-259）即便最后安全警报拉响，人们坚持听莉赛尔读完第一章，感谢了莉赛尔后才回家。莉赛尔就像一个吹口哨的人，一个柔弱的小姑娘有如此沉静淡定的心态，给惊恐的大人和孩子带来了心理安慰。这样的心态意味着她的成熟与成长，也增添了她应对未来的无尽勇气。这个小小细节也感动了马克斯，激发了他创作后来的《撷取文字的人》。

四、结　语

莉赛尔是孤独的，因为她失去了至亲，但是无助的她却遇到了莫尔钦小镇上的善良市民和寻求保护的犹太人马克斯，是休伯曼夫妇，鲁迪等小镇人民的友谊给了她庇护，是马克斯的言传身教让她领略到了文字的神奇力量，让她的内心世界充满了友情、感动和快乐，并最终塑造了她无比坚强和隐忍的心理世界。《偷书贼》中死神对所有人类一视同仁，他的冷酷无情是对上帝命令的绝对服从。然而，他也在不知不觉中变成了莉赛尔的隐形的守护者，让莉赛尔的生命留存并延续着读写文字的魅力，慢慢成长为一个坚强独立、热爱生活的女人。

【深度解读】之二：
战争笼罩下的爱与希望
——评电影《偷书贼》里的人间温情

　　避开正面战场上的残酷与血腥，电影将视角定格在德国后方同样遭受战争折磨的普通民众身上，突出表现了一个小女孩到了莫尔钦小镇的天堂街以后的成长历程，在养父母和邻居、逃亡的犹太人马克斯的关爱中，从读书识字到写作思考的慰藉中，她感受到了人与人之间的脉脉温情，也收获了无尽的勇气和希望。

　　从孩子的视角展现战争的残酷与罪恶的电影很多，如《西线无战事》《太阳帝国》《美丽人生》《铁皮鼓》《战马》等等。战争最悲剧的地方就是将纯真无邪的孩子逼上血雨腥风的杀戮战场，他们柔软的心被死亡和鲜血浸淫，他们孱弱的身体被战争碾碎化做最惊粟的冤魂。《偷书贼》这部电影改编自同名原著，虽然对原著有着较大删改，在很大程度上弱化了"偷书"这个原著中的核心情节，但改编并没有影响原著本身对人性的感动和战争的思考，相反电影中美丽动人的小女孩和出色的拍摄手法，让这个故事和人物顿时鲜活了起来。电影讲述了第二次世界大战时期纳粹统治下的德国，被寄养的小女孩与父母、邻居以及一个躲藏在她家中的犹太人身上的故事。电影避开了正面战场上的残酷与血腥，多以死亡的视角来侧面描述战争和杀戮的场景，更多的是将视角定格在德国后方同样遭受战争折磨的普通民众身上，突出表现了一个小女孩到了莫尔钦小镇的天堂街以后的成长历程，在养父母和邻居、马克斯和镇长夫人伊尔莎以及鲁迪的关爱中，从读书识字到写作思考的慰藉中，她感受到了人与人之间的脉脉温情，也得到了无尽的勇气和希望。

剧中的休伯曼夫妇是莫尔钦天堂街上的一户普通人家，为了领取政府的补贴才收养莉赛尔姐弟。当女主人罗莎得知莉赛尔的弟弟已经死于途中，有点气急败坏的抱怨只能领取一份津贴，甚至抱怨共产主义分子的子女又脏又蠢不好伺候，表现出一副冷冰冰不近人情的姿态。男主人汉斯一边制止罗莎激烈的言辞，一边细声细语用"我的公主"这样的尊称邀请莉赛尔下车。养父的手风琴拉出的美妙音乐，还有他明知莉赛尔偷拿了《掘墓人手册》一书却没有责备她，而是开始教他阅读识字，还在地下室布置出一间教室，墙壁当做黑板边写边学，这些做法都深深安慰了莉赛尔的那颗渴望亲人关爱的小小心灵。骨子里并不盲目追从德国民族社会主义德意志工人党的信仰，表面上既不支持也不反对战争的汉斯只想做一名苟且生存的普通人，尽管有纳粹党一再劝他看清形势尽快入党，改善自己的生活条件，但他要么沉默不语要么推辞另议。他十分清楚纳粹党的极端做法，包括对书籍的焚烧，对否定知识和艺术的激进言论他不做任何反应，既不像其他狂热分子一样振臂高呼"希特勒万岁!"，也不会拒绝参加公开场合的集会和游行。相反他还教育莉赛尔要学会自我保护，千万不能流露对党对希特勒的不满。斯图加特的"水晶之夜"事件使得犹太人的店铺和财产遭到打砸抢烧，很多犹太人开始被迫逃离，更多犹太人遭到囚禁并被押往集中营。汉斯根本不想加入迫害犹太人的行列，因为一个犹太人曾经救过他的命，心中的正义感让他笃信知恩必报的道理。他教育莉赛尔：人要言而有信。所以当救命恩人的儿子马克斯来家中避难时，汉斯毅然决然收留了马克斯。连罗莎也一改往日的严厉冷漠，默默认同了丈夫的做法，尽管内心也充满纠结与恐惧，但是作为讲义气有良知的善良之人，他们必须做出选择，必须给这个年轻的犹太人一份爱的关怀和生的希望。

同住一条街的邻居面包师雷曼被查出伪造非犹太人的证据，雷曼绝望地向纳粹军官祈求高呼："我的儿子在前线打仗，请饶了我吧。"同时向围观的群众求救，正要被强行带走的时候，汉斯勇敢站出来向纳粹军官解释道："他是好人，我们大家认识他很久了。"军官记下了汉斯的名字，一把将他推倒在地，还是带走了雷曼。除了莉赛尔和鲁迪以及鲁迪的母亲芭芭拉走上前来扶起了头部受伤的汉斯，其他人谁也不敢这么做。受伤的汉斯也非常后怕，担心这会给家庭带来灾祸，甚至在罗莎面前失声痛哭，更担心马克斯由此被发现，他们一家人更是难辞其咎，等待他们的只有牢狱之灾。平凡普通的家庭在战争中也面临两难，违背良知会终生内疚，不违背良知便随时会遭受灭顶之灾，他们也有胆怯无助的时刻，这种时刻只能依靠强大的内心和博大的胸怀抵抗过去，正是因爱而生的人性光芒散发出来的希望支撑着人们度过艰难的战争岁月。

莎士比亚曾经说："书籍是全世界的营养品。"书，寄托着人类热切的希望，蕴含着人类丰富的感悟。与书结缘的莉赛尔因此也与马克斯和镇长夫人伊尔莎走得更近，他们都是战争直接或间接的受害者。既要忍受因战争所带来的家破人亡的现实，还要在战争罪恶的笼罩下寻找庇护心灵的一席之地。读书便成了一种暂时的享受与解脱。在广场上镇长发表了一番激烈的"思想大清洗"的言论，焚烧了无数本与犹太人和共产主义思想有关的书籍，坐在一旁的镇长夫人伊尔莎表情严肃而又茫然，只能无助地看着慷慨陈词的丈夫。焚烧过后，她在车里等待丈夫回家，却一眼瞥见还站在焚烧现场发呆的莉赛尔，她肯定是看到了莉赛尔偷书的动作，便记住了这个小女孩。当莉赛尔出现在镇长家门口送衣物时，伊尔莎友好地邀请莉赛尔进她的书房，并夸奖她是一个勇敢的小女孩。莉赛尔被满屋满架的各种书籍惊呆了，在伊尔莎的允许下，她拿下一本书开始阅读。原来这间书房寄托着一位母亲对儿子的哀思，他以阅读的方式怀念在一战中失踪的儿子。因为书房里的一切全部是儿子生前喜欢阅读的书籍和布置的样子。莉赛尔从伊尔莎那里体察了一位母亲对孩子永久的怀念以及热爱文字的习惯。伊尔莎也从莉赛尔身上发现了某种珍贵的品质，与自己的儿子相似的阅读习惯。尽管镇长还要宣誓对希特勒的效忠，坚决奉行元首的号召，但他的内心深处对自己的妻子还是拥有一份体谅之心和理解之情，所以很多时候他都保持缄默。但是镇长显然还要为自己的言行负责，所以不能容忍莉赛尔这种身份的孩子来家里读书，甚至还停止了莉赛尔家洗衣熨衣的活计。伊尔莎也只能默默接受，可是她家的书就像磁石一样牢牢吸引着莉赛尔的心，于是她又开始大胆偷书。莉赛尔偷书的行为也许伊尔莎是知道的，但是她从内心里喜欢这个孩子，欣赏她爱读书，愿意她多从书中学到美好的事物。后面的事情不得而知，最终救助在轰炸中幸存的莉赛尔的肯定还是镇长夫妇。在人间真情面前，政治倾向难以压倒人性的小小光芒。书就如同一枚小小蜡烛，虽没有熠熠光辉，却总能给人的心灵带来一丝温暖和爱意。

莉赛尔最亲密的小伙伴鲁迪是一个健康快乐的男孩，非常崇拜奥运会短跑冠军美国黑人杰西·欧文斯，经常幻想自己也可以像他一样在运动场上驰骋。为了模仿欧文斯，他用油漆把自己全身涂成黑色，在操场上奔跑，结果被操场管理员扭送回家，并警告和要求父亲亚历克斯要想继续当党员就要好好管教儿子。亚历克斯也是一个没有强烈政治倾向的男人，只是为了糊口不得不入党。他并没有训斥鲁迪，只是告诫他不应该让自己成为一个黑人。天真的鲁迪不解，父亲欲言又止，因为他觉得不该让一个孩子过早知道那些有关人种的不公平不准确的事实。鲁迪喜爱并一直保护莉赛尔，没有泄露莉赛尔偷书的秘密，更是在暗中帮助莉赛尔保守马克斯藏匿家中的秘密，理解莉赛尔爱书之切，不顾生命危险跑进河中捞起被河水冲走的书。天真无邪的孩子难道不是本应该生活在和平美好的环境中吗？为什么他们要遭受战争罪恶的浸染，过早被谎言蒙蔽，过早经受人与人之间的不公平待遇呢？

在"水晶之夜"行动后，母亲把生的希望留给了马克斯，马克斯也有幸得到朋友的帮助，几经周折最终来到莫尔钦小镇的休伯曼夫妇家避难。同样失去母亲和家人的莉赛尔很快与马克斯成了好朋友，两人同住一室共同调侃元首的长相和话语，无不表达了对战争的厌恶和对自由生活的希冀。为安全起见，马克斯后来搬到寒冷的地下室，在那里他们一起学习读书，探讨生活，共同探寻文字背后的奇妙世界。马克斯对莉赛尔说出了亚里士多德的一句名言："记忆是灵魂的文士。"记忆仅靠大脑是不够的，而是要靠文字的记录和描述来增加和延续记忆。那么灵魂势必也要依靠文字来喂养和滋润。圣诞夜他们在地下室一起打雪仗寻找快乐，他送给莉赛尔一件圣诞礼物：他用白漆把《我的奋斗》刷成了一个空白笔记本，在扉页上写下希伯来语"写作"两个字。她告诉莉赛尔犹太人的古老宗教信仰："每样生物，每片树叶和每只鸟活着是因为他们拥有生命的秘语，我们和泥土之间的唯一区别就是言语，言语即生命。"马克斯鼓励莉赛尔要用文字填满这个空白笔记本，用文字抒写内心的情感故事。轰炸经常光顾天堂街，死神随时会带走任何人。每当躲避轰炸的时刻，莉赛尔就无比担心马克斯的安危，马克斯只能听天由命。在地下室平安躲藏了两年之久的马克斯如此渴望外面的世界，在别人都躲进防空洞的夜晚，他大胆走出了室外，使劲呼吸了一下空气，凝视着繁星密布的天空，凝望着这看似宁静却危机四伏的世界。为了不再继续给汉斯夫妇增添麻烦和危险，马克斯决定离开去别处逃生。莉赛尔依依不舍，因为马克斯已经成了她的家人，马克斯则安慰莉赛尔："你会在文字里找到我。"罗莎把家里仅有的奶酪送给马克斯路上用。轰炸继续光顾天堂街，躲在防空洞里的莉赛尔用读书声安慰了邻居们惶恐不安的心，向人们展现了书中的另一个美丽宁静的世界。走出防空洞的莉赛尔正巧看见一群犹太人被押解路过天堂街，如此想念马克斯的她疯狂地在人群中寻找着马克斯，希望看见但又怕见到马克斯，哪怕被押解军官殴打推搡也不退却。养父汉斯再次奔赴前线打仗，好朋友鲁迪也被征召为精英训练营的一员，为什么战争就一定意味着与亲人的分离呢？莉赛尔与鲁迪在森林湖畔高喊着憎恨希特勒的话语，他们只能通过这种方式来表达对战争的不满与控诉。幸运的养父再次从死神手里脱险，负伤回家，一家人团聚在一起听汉斯演奏手风琴。感念的莉赛尔在地下室打开马克斯送给她的笔记本，用心灵写下了美丽的故事："我只知道生活没有承诺可言，我最好还是把它写下来。我总是不愿意提起它，但我知道一切都是从那列火车开始，故事里有皑皑白雪，还有我的弟弟。车窗外面的世界飞雪漫天，一个叫天堂街的地方，一位有着手风琴般美好心灵的男人和一位表面强势的女人，等待着他们的养女。他像个没有翅膀的猫头鹰生活在地下室，直到太阳都忘记了他的样子。书本漂浮在水面上，像一条红鱼一样被一个黄头发的男孩追逐着。马克斯，让我拥有了认识世界的眼睛。"这些都体现了莉赛尔对人间真情的感悟，激励着她迎接前面未知的生活，也积聚了她对未来生活的希望。

电影最后的结局看似悲剧，但也许是一个圆满的故事。空袭最后摧毁了整个天堂街，小街上熟悉的人几乎都死去了，养父汉斯第三次没能逃过死神的双手，死神还是将他的灵魂带走了。唯有莉赛尔存活了下来，她第一个反应就是寻找那本自己在入睡前还在书写的笔记本，庆幸它没有完全烧毁。养父母、鲁迪及鲁迪的妈妈兄弟姐妹全部都满身灰尘安静得躺在地上，莉赛尔悲痛欲绝。此时镇长夫妇赶到满是废墟的现场，莉赛尔与伊尔莎相拥而泣。莉赛尔今后的生活肯定是在镇长夫妇的关照下成长，并度过了自已漫长的幸福人生。或许我们会问：所有挚爱的人们都死去了，这不令人绝望吗？让我们引用《基督山伯爵》里的一句话："只有那些曾经在大海里抱着木板经受凄风苦雨的人，才能体会到幸福有多么的可贵。尽情地享受生命的快乐吧，永远记住，在上帝揭开人类未来的图景前，人类的智慧就包含在两个词中：等待和希望。"也许战争能够夺去小镇上所有人的生命，却带不走一个人的回忆，一个人的平静，一个人对生活的爱与希望。在任何时候生活只要还有爱与希望，人生就一定是圆满的。

【深度解读】之三：
"死神" 视角的叙事异同
——《偷书贼》文本与电影的叙事视角对比分析

文学作品《偷书贼》将第一人称视角和第三人称视角自然融合，强化了"死神"视角在作品中的独特作用，而同名电影只使用了画外音的方式插叙于情节当中，在某种程度上淡化了"死神"视角。本文将从"死神"叙事视角的四个作用：贯穿者、见证者、主旨揭示者和主人公烘托者的角度对文本和电影进行分析对比。

任何艺术作品都会采用叙事视角来记录和描述所要展现的内容，文学作品和电影都不例外。作为修辞学和文学术语的"叙事视角"，就是指叙述故事的方法，即作者采用的表达方式或观点，也可指作者将自己的观点通过作品中某个人物之口进行表达的方法。同样的主题、情节和冲突，可以以不同的视角进行叙述，效果也可以大相径庭。从大部分分析叙事特色的研究中，基本可以概括出两种常用叙述视角：第一人称视角和第三人称视角。为了增强效果和真实感，有越来越多的文学作品倾向于选择第一人称视角。而在第一人称视角中，有些作者还是会将第一人称的叙述任务交给不同分量的角色去承担。因此第一人称叙述又可分为主要人物叙述，次要人物叙述和旁观者叙述三种。第三人称的视角分为全知视角，和有限视角。

文学作品《偷书贼》的作者将第一人称视角和第三人称视角很自然地融合在一部作品中。其第一人称视角选择了旁观者的叙述视角。但与其他作品不同的是这部作品的旁观者是一个不受时空限制、超越生命真实的"死神"。表面上看，这个叙事视角单一，而结合故事的主题和宏观背景，作者选择这个极具个性的第一人称叙事视角可谓新颖独到，可以让作者本人超脱于简单的历史评判的道德层面，而向人们展示更多的二战背景下的人间惨景。《偷书贼》同时又使用了第三人称叙事的全知视角，"死神"比任何人物知道的都多，他全知全觉，而且可以不向读者解释这一切他是如何知道的。"死神"虽然是个局外人，但却是整个故事的见证者，了解故事所有的线索、发展和结局，洞察所有人物的心理过去、现在和未来。有着全知视角的"死神"与其第一人称视角分工明确，运用自然。"死神"不紧不慢、远远静观一切的口吻在故事的开篇足以吊足读者的胃口，指引着读者认真读下去，以免遗漏任何细节（贾娜，2012）。在作品中，"死神"无处不在，借"死神"的所见所闻，用强化死亡的方式让读者自己去感受和反思战争的罪恶和人性的光芒。由同名作品改编的电影虽然继续沿用"死神"的第一人称叙述手法，但是在短短两个小时的电影中只使用了画外音的方式插叙于情节当中，给人一种可有可无的感觉，在某种程度上淡化了"死神"视角，更像是在放映独立于"死神"视角之外的故事，虽然故事与"死神"息息相关。本文则从第一人称视角的三个作用谈起，分别举例比较文本和电影中"死亡"视角的叙事异同。

一、作为贯穿者的"死神"视角

小说《偷书贼》由序幕和尾声以及十个章节组成，其中的九个章节都以故事的主人公偷到的书的名字中的一个来命名，而每一个章节的开始都由"死神"叙述故事，并借由他的眼睛深入到每一个人物的生活中去。第十章则是主人公自己写下的故事《偷书贼》来命名。序幕和尾声对应得尤其精彩，都突出了"死神"眼中天空的色彩。"当我逼近你的那一刻，天空会用什么颜色发出信息?"；"我最喜欢巧克力颜色的天空，很深，很深的巧克力色。人们说这种颜色适合我。"(2) 对死神来说，天空每时每刻都呈现出不同的色彩，因为他要忙于带走千千万万的灵魂，所以颜色舒解了他的压力。繁忙工作之余他还有一个消遣，就是观察那些幸存者，而偷书贼则是其中之一。死神描述了三次见到偷书贼时天空的颜色。第一次是莉赛尔的弟弟死在白雪茫茫的铁路上，天空是刺眼的白色。第二次见莉赛尔是黎明前最黑暗的时刻，一个飞机坠毁的场面的引来了莉赛尔，飞行员悲惨地死去，"飞行员的身体苍白，毫无血色。他那双褐色的眼睛冰凉冰凉的——就像咖啡渍一样"(6)。最后一次见莉赛尔是红色的天空下炸弹侵袭小镇的场景，残垣断壁，尸首遍野，莉赛尔手里握着一本书号啕大哭，天空是可怕的红色，那夺去了莉赛尔所有亲人的致命红色。死亡总是与阴沉灰暗、血腥残酷的色调联系在一起，预示着人类难以逃脱战争的暴行，生命被死亡轻易剥夺，遭受生离死别的痛苦。在尾声"最后的色彩"里，长寿的莉赛尔在悉尼的郊区去世，"那天下午，天空一片湛蓝。和她爸爸一样，她的灵魂能够站起来"。（364）这说明经历了残酷战争的洗礼，经受了爱恨离别之苦的莉赛尔坚强面对了战后的生活，安静祥和地度过了幸福人生，她亲手书写的故事为世间留下了宝贵精神财富，令死神也对她肃然起敬。"我不断地高估人类，也不停地低估他们——我几乎没有对他们有过正确的评价。我想问她，同样的一件事，怎么会如此丑恶又如此美好，有关于此的文字和故事怎么可以这么具有毁灭性，又同时这么熠熠生辉？"（367）死神最想告诉莉赛尔她唯一知道的真相"人类真让我捉摸不透。"对照着战场上万人之间的争相残杀，莉赛尔借由阅读与文字所散发的力量，让死神惊讶地睁大了眼睛，一面收取战场上的灵魂，一面思索人性的深奥：为什么人类一面展现残酷的杀戮，一面又有发自内心的关爱呢？这也更加体现了人性最真实的一面，还有那句话：人性中有一点善有一点恶，只需要加水和和。

电影在开始的一刻就以画外音的形式让"死神"登场，"一个简单的事实是人都有一死。不管用什么方法，没人能永生。我的建议是，当死亡来临的时候不要惊慌，因为你惊慌似乎帮不上什么忙。"接着优美音乐声响起，茫茫白雪场景中奔驰的火车。然后死神接着做了自我介绍，强调自己避免遭遇活人，但也有例外的时候，接着便引出了让死神在意并感兴趣的主人公莉赛尔。电影的结尾，在云层缭绕的天空背景下，死神再次登场独白："我目睹了许多事情，我总是伴随着最不幸的灾难，我总是为最邪恶的罪犯工作。但我也见证了最伟大的奇迹，但正如我所说，人固有一死。"接着展示了莉赛尔客厅的场景，无数的书籍和照片，"当我最终带走莉赛尔的时候有些暗自高兴，因为她明明白白活了九十岁，那时她的故事已经感动了许多人……我想告诉偷书贼，她是为数不多的让我思考生命意义的灵魂之一。但最后我什么也没说，只有沉默。我唯一知道的真相是人类让我捉摸不透。"语言改编得虽然也很优美，加之画面的唯美效果和美妙的背景音乐，也突出了死神的困惑与不解，但是简短的话语却难以将文字与故事结合的深度体现出来。

二、作为见证者的"死神"视角

全知视角是在小说创作常用的叙述形式，即叙述者处于全知全能的地位，是无处不在、无所不知的权威，能够洞察秋毫，作品中的人物、故事、场景等无不处于其主宰之下、调度之中，把事件和人物的方方面面都展现出来，极富有立体感。叙述者如同无所不知的上帝，可以在同一时间内出现在各个不同的地点，可以了解过去、预知未来，还可随意进入任何一个人物的心灵深处挖掘隐私。作为全知全能的"死神"，目睹了二战期间发生在欧洲各个角落里的悲惨故事。由于偷书贼的独特吸引力，莫尔钦小镇只是"死神"选取的其中一个战争缩影。但实际上在文学作品中作者借用死神日记描述了二战中不止一个国家不止一个民族的悲惨境遇，很有震撼力。在"第六章之死神的日记：1942 年"的小节里，"死神"开篇就举了庞贝古城和黑死病的例子来说明这一年也是死亡人数巨大的一年。他在地球上巡回好几次，从波兰到苏联到非洲，最后又回来。"人类有时喜欢加快速度，它们制造了更多的尸体和逃避的灵魂。几枚炸弹就可以达到这个效果，几间毒气室或是几声演员的枪声也可以。"（208）在1942年删节版的花名册里，"死神"列举了三个例子：绝望的犹太人、苏联士兵和法国海滩上的尸体。这表明还有更多死亡的例子被见证下来。而在"死神日记：科隆"小节里，一千多架轰炸机飞向科隆，死神收走了五百人的灵魂，致使五万人无家可归。当"死神"在别处接纳许多灵魂后返回科隆时，看到了可悲的一幕。烧得如同焦炭一样的美丽少女在"死神"的手里奄奄一息，无人关注，可是地面的汽油桶却引起了一群幸存少女的兴趣，在废墟上开始搜集敌人投下的空燃料桶。在"死神日记：巴黎人"小节里，"死神"说这个夏季的天空是犹太人的颜色。作者使用无比凝重但又超脱的笔触描写了备受摧残的犹太人被残杀前的惨状。"他们的手指甲抠着木头，因为极度的绝望，指甲深深陷进木头里。他们的灵魂来到我身边，投进我的怀抱。我们爬上了那些毒气设备……他们不断来到我身旁，每分钟，每秒钟，一次淋浴，接着又是一场淋浴。"（235）"死神"目睹了两个著名集中营部分犹太人逃跑跌下悬崖的惨景，但总比毒气室痛苦地等待死亡好一点儿，因为可以在他们跌落的过程中轻轻托住他们的灵魂。"死神"回忆往事就会浑身颤抖，会呼喊"上帝啊!"因为眼前的一切让死神也难以理解，会让他变得疲劳乏力，但又无法抗拒只能积极工作，带走更多人类的灵魂。一群法籍犹太人被关押在德国监狱里慢慢死亡，在最后的绝望声中"死神"听见了他们的法语，仿佛是在用这种叫喊努力使自己解脱。天空变得灰暗甚至下起雨来，云朵都不忍看到这一切。"死神"说:"他们是法国人,他们是犹太人,他们也是你们。"(237)简短的一句话使人类遭受战争涂炭的境况昭然若揭,连冷酷的"死神"都会在这种惨境中变得感慨甚至同情,不解于人类为何要互相迫害与屠杀,这样的笔触带来的震撼效果远远胜过战场上血淋淋的杀戮,视觉上的冲击只能产生一时的强烈效果,但是文字的描述却能带来心灵的冲击。

改编后的电影由于受时间的局限,只突出表现了几个主要战争受害者的命运,却远不能覆盖到更多的人物。如文学作品中休伯曼一家的邻居霍佩菲茨尔太太,是坚定的反犹太人分子,可是为了这场残酷的战争,付出了惨重代价。一个儿子死于战场,另一个儿子承受不住战争的创伤自杀身亡。邻里之间的敌视也因共同的命运化作了同情和关怀。电影中的"死神"仅仅充当了注视者和叙述者,在牵引着故事情节向前发展。在第十九分钟左右,画面展现了斯图加特的"水晶之夜"事件,犹太人的商店被毁,家居被抄,很多犹太人被无端逮捕。在这样一个白色恐怖下,马克斯的妈妈催促他赶紧跟朋友逃走,坚持自己一个人留下。这时"死神"登场了:"我最终与马克斯·范登伯格的灵魂相遇时,发现这是最让他不能释怀的一个瞬间,抛下母亲,独自体会那种幸存者糟糕而令人晕眩的感觉。"死神也理解马克斯的左右为难的境地,可是弱小的他又能怎么选择呢?生离死别就在那短短的时间内做出决定,这样的痛苦困扰了他整个逃生过程。这是战争受害者最无法言说的伤痛。在影片的第51分钟左右,天堂街的舒马克带着一帮孩子们在街上奔走相告,兴奋地大喊:"英国对我们宣战啦!我们要跟英国打仗啦!"受民族主义情绪鼓动的孩子们怎么知道打仗对他们意味着什么呢？旁边的莉赛尔一点也高兴不起来，因为她隐隐预感到什么可怕的事情要发生了，可也只能以沉默应对。这时又响起"死神"超然的画外音："年轻人总是对战争充满狂热和向往。这些年来我见过很多年轻人，都自以为在冲向敌人，但实际上在冲向我。"这是一段很有哲理的插叙语言。表现了在狂热的民族主义情绪的影响下孩子们无法判断孰是孰非，他们天真得以为拥护元首就是拥护国家，稀里糊涂得就被卷入了战争，沦为战争的牺牲品，无论是在前方还是在后方。

三、作为主旨揭示者和主人公烘托者的"死神"视角

在第三人称有限视角叙述中，叙述者一般采用故事中人物的眼光来叙述。叙述声音与叙述眼光不再统一于叙述者，而是分别存在于故事外的叙述者与故事内的聚焦人物这两个不同实体当中。"偷书贼"莉赛尔作为本书的主人公，其行为势必与偷书行为紧密联系在一起。偷书、读书和写作的主题在文本中表现多样而且深刻，可是电影却多少有些偏离这个主题，只是轻描淡写地展示了几个情节画面，未免显得单薄。尤其是在表现莉赛尔多次去镇长夫人家偷书的情节方面，似乎有头无尾，没有后续的交代。

在文本中这些故事情节的描述中，"死神"似乎隐形了，读者几乎完全随着故事中的第三人称人物的叙述来体验偷书贼的奇特经历。起初莉赛尔只是去镇长家取送换洗衣物，镇长夫人伊尔莎总是寡言少语。第二次登门时，伊尔莎没有给莉赛尔换洗衣物，却抱着

一大摞书邀请莉赛尔进屋。走进伊尔莎满是书籍的书房，莉赛尔睁大了一双好奇的眼睛，禁不住用手掌心抚摸每本书的书脊，伊尔莎也露出了笑容鼓励她把自己手里抱着的书放到书架上去。可是莉赛尔突然觉得这样做太唐突就匆匆告别离去，随后又返回来感谢镇长夫人，因为一排排的书籍是她见到的最美丽的景色。而第四次莉赛尔进书房时，伊尔莎也在埋头读书，从书架上取书来读对莉赛尔来说太具有吸引力了，"她坐在地板上，镇长夫人坐在她丈夫的书桌旁，莉赛尔感受到一种与生俱来的力量。当她认识了一个生词或是把一句话连贯起来后，她就感受到了这股力量。"（96）因为在书中看到了一个人的名字，莉赛尔得知了伊尔莎在一战中失去了儿子。伊尔莎坚持认为儿子是冻死的，她的有限视角不可能让她知道真相。"死神"忍不住开始回忆一个年轻人的死亡场景：流沙一般灰暗阴沉的天空下，浑身缠着带刺的铁丝的一具尸体。伊尔莎的儿子显然是在冲锋的时候被打死的。莉赛尔开始怜悯镇长夫人。在读书的过程中莉赛尔与伊尔莎之间肯定增进了了解，莉赛尔肯定也与伊尔莎分享了自己前两次的偷书经历，伊尔莎也认同莉赛尔的偷书行为不是因贪婪而起，她只偷自己想拥有的书。所以当莉赛尔的心底藏着马克斯隐匿家中的秘密时，几乎要冲动地告诉伊尔莎，是书籍让她们之间拉近了距离。可是好景不长，镇长必须带头在战争期间渡过难关，不应该再享受雇人洗衣的小奢生活。伊尔莎送给莉赛尔一本书和额外的洗衣费用作为补偿，并欢迎她再来看书。生气失望的莉赛尔冲着伊尔莎说出了刻薄恶毒的语言，并把那本书重重扔在了伊尔莎脚下。但伊尔莎只是默默退回到房间里。莉赛尔也承认自己狠狠踹了一脚她和伊尔莎之间逐步建立起来的友谊，她开始憎恨镇长一家，并用偷书的行为来报复，其实是抑制不住自己对书的渴望，第一次她顺利偷回了扔回给伊尔莎的《吹口哨的人》，随后又相继偷了《梦的挑夫》和《黑暗中的歌》，始终遵守一次只偷一本的原则。正在莉赛尔考虑想偷新书的时候，恰巧发现《杜登德语词典》放在了窗户边上，这本词典轻易到手，但是她预感这一切不是偶然。果然等莉赛尔再回头时就看见了站在窗户边上的伊尔莎，向她做了一个挥手的姿势。书中夹着伊尔莎的一封信："我很高兴看到你带走了本该属于你的东西"，她诚恳地告诉莉赛尔自己故意没有惊动来偷书的她，唯一的希望是莉赛尔能以更文明的方式进书房取书、读书或者借书，还希望这本词典可以帮助莉赛尔阅读偷去的那些书。伊尔莎很委婉地指出了莉赛尔的不当行为，并以宽容善良心对待一个喜爱读书的女孩子。

好不容易出逃的马克斯被押解在去往集中营的犹太人队伍里，莉赛尔万分绝望，只能无助地看着马克斯奔向渺茫的命运，她需要去伊尔莎的书房寻找疗伤的方法。坐在地板上读书的莉赛尔突然间无比憎恶手里的书，开始一页一章地撕起书来，并给伊尔莎写了一封忏悔信，决定不再回来看书。没想到三天以后，伊尔莎亲自登门送给了莉赛尔一个小黑本子并告诉她："我想要是你不想再读我的任何一本书了，也许你会愿意自己写书。"伊尔莎给了莉赛尔一个写下自己文字的理由，因为是文字让她获得重生，虽然会有惩罚和痛苦，但也有欢乐，这就是写作的意义所在。也恰恰是写作的愿望让莉赛尔经常待在地下室，使她最终逃脱了轰炸幸存下来。应该说是发生在莉赛尔身上的故事让她对生活有了全新和痛彻的感悟，无论是养父母，还是鲁迪，还是马克斯和伊尔莎，他们都为莉赛尔的写作提供了源源不断的素材。尤其是伊尔莎的书房，马克斯自我设计的两本画书在某种程度上成为莉赛尔文字启蒙的源泉。文本紧紧围绕偷书、读书、写书的主题，为主人公的成长注入了精神动力。大篇幅的第三人称描写增加了真实感，连"死神"都为之折服。

电影中似乎突出了马克斯作为莉赛尔写作启蒙老师的内容，弱化了伊尔莎在电影中的作用，因而也弱化了偷书的主题。期间也没有"死神"的任何参与和解释。只有几次进书房看书读书的场景，到后来的莉赛尔翻窗户偷书，电影中也没有交代伊尔莎知道不知道莉赛尔的行为，更略去了书信事件，容易让观众陷入道德评判的圈子中，很难从小小事件中体会出人与人之间的宽容与包涵，虽然在战争的特殊背景下，一切有道德瑕疵的行为都可以原谅。但电影的情节设计显然没有文本的叙述更合常理。

四、结　语

作者选择听命于上帝的"死神"作为故事的叙述者，是无声的传达给读者这样的感悟：人类标榜自身的伟大并通过战争来满足自己无限扩大的欲望。然而当战争开始后，人类才惊恐地发现，战争是人类所无法掌控的；它既可以毁灭战争发起者想要毁灭的，同样也可以毁灭其想保留的（贾娜，2012：35）。这是人类贪欲的悲剧。文本《偷书贼》中作者叙事视角的选择，使得战争的残酷不仅仅跃然纸上，更加敲打着每一位读者的心灵。还有什么比让一个未成年的小女孩被动地失去所有亲人，甚至所有她认识的人来得更残酷呢？无须作者直言，无须"死神"开口。死神对这个普通的生者的不同寻常的留意正说明了这一点。综上所述，《偷书贼》这部作品对第一人称和第三人称的复视角应用，从某种程度上使小说的主题深化，达到无声胜有声的效果。成功的叙事视角的应用让这部作品的艺术魅力能够让更多的读者真正认识到战争的残酷与无情。电影作品的主题虽然有些弱化，叙述视角没有文本那么清晰突出，但也通过唯美镜头的切换和优美自然的音乐展现出了战争的恐惧和阴霾，带给观众不一样的艺术享受。

参考文献

［1］Adams，J. "Into Eternity's Certain Breadth"：Ambivalent Escapes in MarkusZusak's The Book Thief//Children's Literature in Education，2012（41）：222-233.

［2］Zusak，M. The Book Thief . New York：Alfred A. Knopf，2005.

［3］［加］安德烈·戈德罗. 从文学到影片——叙事体系. 刘云舟，译. 北京：商务印书馆，2010.

［4］陈思广. 论当代战争小说对战争中人的心理世界的艺术展示//解放军艺术学院学报，2012（3）：32-35.

［5］chenfengyun928. 二战电影《偷书贼》观后感. http：//blog. 163. com/teach ＿ math/blog/static/16260030320143 6112146378/. 2014-04-06.

［6］郝建. 影视类型学. 北京：北京大学出版社，2002.

［7］贾红分. 文学名著改编现象引发的思考. http：//media. people. com. cn/n/2014/0729/c387044-25362063. html. 2014-7-29.

［8］贾娜. 试析《偷书贼》的叙事视角//湖北广播电视大学学报，2012（7）：35-36.

［9］［澳］马克斯·苏萨克. 偷书贼. 张孙静，译. 北京：北京联合出版社，2014.

［10］梦里诗书. 爱与希望. http：//baike. baidu. com/link？url=j2S51iUDAOK5MEHqohQVcOWS5Xbeo1Olwfv9TLQe N5IQcoaXJS7t8w4 pjm3n9Rh4 _ EyVTYwXyqyOz3DWjaI7 kvZLjSn02lN 5l82dcK09ESi. 2014-07-15.

［11］莫小溪. 偷书贼改编自澳洲作家 Markus Zusak 的同名畅销小说偷书贼. http：//www. duanjuzi. com/oumei/3459. htm. 2014-09-05.

［12］潘先伟. 论文学与电影的关系//电影文学，2008（8）：44-46.

［13］［美］乔治. 布鲁斯东. 从小说到电影. 高骏千，译. 北京：中国电影出版社，1981.

［14］申丹，王丽亚. 西方叙事学：经典与后经典. 北京：北京大学出版社，2010.

［15］武志红. 我们天然有一个精神胚胎——心灵成长的六个定律（一）. http：//blog. sina. com. cn/s/blog_ 547645590102vdc4. html. 2015-01-23.

［16］［美］西摩. 查特曼. 故事与话语：小说和电影的叙事结构. 徐强，译. 北京：中国人民大学出版社，2013.

［17］薛澈，张敏. 死亡的控诉——外国现代战争片的反战思忖//电影评介，2009（15）：5-6.

［18］岳巍巍，崔丹. 解读马克斯·苏萨克. 偷书贼//云南社会主义学院学报. 2013（6）：354-355.

［19］张玉霞. 论文学作品的影视改编//山东理工大学学报（社会科学版）. 2009（4）：67-70.

（本章作者：李　华）

8.《相助》

The Help

作者简介

凯瑟琳·斯多克特（Kathryn Stockett, 1969—），生长于密西西比州首府杰克逊，在阿拉巴马大学获得文学与创作学位，毕业后移居纽约，从事杂志出版与市场工作九年，她目前与丈夫和女儿居住在亚特兰大。本书是她处女作。小说中的核心人物斯基特有着和斯多克特相似的人生经历，有人说这部小说其实是作者本人的半自传，承载了她对幼时家中黑佣德米特里的无限怀念和感激。

小说一经出版立即席卷美国书市，连续51周稳居美国畅销书榜首，美国亚马逊读者评其为2009年度读者最喜爱100本图书第1名。《相助》得到了《纽约时报》《时代周刊》《今日美国报》《华盛顿邮报》《美国娱乐周刊》《出版商务周报》六大权威媒体的联名推荐，并被《名利场》杂志列为"床头必读书列"，2009摘得南非波克图书奖桂冠，成为2010年女性文学柑橘奖入围作品，并在包括中国有内的其他三十五个国家出版。

撷英采华

片段 1：

"Every morning, until you dead in the ground, you gone have to make this decision." Constantine was so close, I could see the blackness of her gums. "You gone have to ask yourself, Am I gone believe what them fools say about me today?" (Stockett：63）①

译文：

"每天早上你都得思考这么个问题，直到你躺进棺材，"康斯坦丁凑近我面前，我都能瞅见她黑黑的牙龈，"你问自己，我今天该不该相信那些蠢人说我的话。(60)

I linger at the window. Outside, a fine rain has started to fall, misting the glassy cars and slicking the black pavement. I watch Lou Anne slip away in the parking lot, thinking, There is so much you don't know about a person. I wonder if I could've made her days a little bit easier, if I'd tried. If I'd treated her a little nicer. Wasn't that the point of the book? For women to realize, We are just two people. Not that much separates us. Not nearly as much as I'd thought. (419)

译文：

我仍逗留在窗下，外面蒙蒙细雨开始飘洒下来，沾着水珠的车子泛着光泽，黑色的马路溜滑光亮。我望着露·安妮走进停车场，心里想，一个人有这么多事你不曾了解。假如我过去尝试着去了解她，假如我对她友善些，她的日子会不会好过一点。这不正是这本书的宗旨吗？让女人们知道，我们只是不同的两个人，但我们之间在存在难以逾越的隔阂。远远没有我以为的那么难。(397)

---

① 本章内所引用的英文版本均出自艾米·艾因霍恩图书出版社 2009 年版。中文译文除特殊说明外，均出自唐颖华（2010，中国城市出版社）的译本。以下只在引文处标注页码，不另加注。

片段 2:

I go out to my bathroom and just set, thinking what's gone happen if I have to leave Mae Mobley. Lord, I pray, if I have to leave her, give her somebody good. Don't leave her with just Miss Taylor telling her black is dirty and her granmama pinching the thank-yous out a her and cold Miss Leefolt. (427)

译文:

我出门进了车库的卫生间,只是干坐着,想着假如非得离开梅·莫布丽该怎么办。上帝啊,我默默祈祷着,假如我要离开女娃儿,但愿能碰上个正直的好人带她,不要听凭泰勒小姐告诉她黑人是肮脏的这种鬼话,不要任由她外婆逼她遵从三从四德,不要把她留给硬心肠的李弗特太太。(405)

片段 3:

I look deep into her rich brown eyes and she look into mine. Law, she got old-soul eyes, like she done lived a thousand years. And I swear I see, down inside, the woman she gone grow up to be. A flash from the future. She is tall and straight. She is proud. She got a better haircut. And she is remembering the words I put in her head. Remembering as a full-grown woman. (443)

译文:

我望进她那生动的棕色眼睛,她也凝视着我。老天,那是多么老成的一双眼睛,仿佛已经活了 1000 年。我在她的眼里看到她的未来,她修长挺拔,她自信满满,她有个漂亮的发型,即使她已经长在成人,她仍记得我对她说的话。(420)

片段 4：

The sun is bright but my eyes is wide open. I stand at the bus stop like I been doing for forty—odd years. In thirty minutes, my whole life's … done. Maybe I ought to keep writing, not just for the paper, but something else, about all the people I know and the things I seen and done. Maybe I ain't too old to start over, I think and I laugh and cry at the same time at this. Cause just last night I thought I was finished with everything new. (444)

译文：

阳光明亮刺目，可我仍睁大着眼睛。我站在公交车站边，40 多年来我始终如一站在这儿，但那仅仅的 30 分钟，我整个生活便完结了……或许我该继续写作，不仅仅是为报社的专栏，而是写所有些我认识的人，写我的所见所闻，或许这还不算晚。想到这点，我又哭又笑。就在昨天晚上，我还以为自己老得无法拥有一个崭新的生活。(421)

影片资料

片名：相助（The Help）

译名：帮助/相助/女仆/姊妹（台）/写出友共鸣（港）

摄制：梦工厂（Dream Works）

发行：试金石影业

年代：2011

彩色片 146 分钟

导演：塔特·泰勒

编剧：塔特·泰勒

摄影：斯蒂芬·戈德布拉特

主演：艾玛·斯通饰斯基特小姐

维奥拉·戴维斯饰艾碧莲

奥克塔维亚·斯宾瑟饰明尼

布莱丝·达拉斯·霍华德饰西丽

杰西卡·查斯坦饰希莉亚

阿娜·欧蕾利饰伊丽莎白（李弗特夫人）

阿丽森·詹尼饰菲兰夫人（斯基特的母亲）

西西莉·泰森饰康斯坦丁

获奖情况：2012 年获第 84 届奥斯卡金像奖最佳女配角奖（奥克塔维亚·斯宾瑟），并获得三项提名：克里斯·哥伦布的最佳影片提名，维奥拉·戴维斯的最佳女主角提名，杰西卡·查斯坦的最佳女配角提名。2012 年获第 19 届金球奖电影类最佳女配角奖（奥克塔维亚·斯宾瑟），并获得三项提名：维奥拉·戴维斯的电影类剧情片最佳女主角提名，杰西卡·查斯坦的电影类最佳女配角提名，以及托马斯·纽曼／玛丽·布莱姬的电影类最佳原创歌曲提名。

剧情梗概

由斯多克特的同名小说改编而来的电影《相助》以 1962—1964 年的密西西比州杰克逊镇为背景。性情平和稳重的黑人女性艾碧莲，一直为白人家庭帮佣。在唯一的儿子在工作事故中惨死后，她便开始为李弗特家工作。她的快言快语、厨艺超群的好朋友明尼，因用了白人卫生间而被辞退后，又因西丽到处散布她偷窃的谣言而无法找到新的雇主，最后到出身农村、为白人太太们排斥，单纯善良无种族意识的希莉亚家工作。斯基特是一个对黑人态度友善且有独立精神的白人女孩。她同西丽和伊丽莎白是闺中密友，却是白人阵营中的一个另类。当她大学毕业回到镇上，发现为她家工作了 29 年、抚养她长大并和她结下深厚情谊的女佣康斯坦丁已经离开，便开始打听其离开的真正原因及去向，并由此开始关注黑佣的生存状态。白人文化霸权的化身，独断专行的西丽有着极强的种族歧视意识，倡议镇上所有的白人家庭为黑佣在室外建独立、当然是非常简陋的卫生间，因为她认为黑人带有特殊的病菌，会对白人的健康造成威胁。

出于对自己女佣康斯坦丁的想念，并受艾碧莲的儿子写白人老板想法的启发，斯基特想写一本书，采访黑人女佣，让人们了解她们为白人家庭工作的甘苦及感受。她希望得到艾碧莲的帮助却被拒绝，原因是担心白人不择手段的报复。但残酷的现实使艾碧莲逐渐醒悟，最终同意接受采访，明尼和其他女佣也逐渐加入进来。在与艾碧莲等合作写书的过程中，斯基特越来越了解种族隔离制度给黑人带来的痛苦，并与艾碧莲和明尼建立了超出种族界限的友谊。

名为《相助》的书匿名出版后，在杰克逊引起巨大反响，也给主人公们的命运带来转折。斯基特的男友与她分手，她在家人及艾碧莲的劝说下接受了纽约著名出版公司的职位，准备开始新的生活。艾碧莲体会到吐露心声所带来的前所未有的自由的感觉，所以在遭到西丽的诬陷被李弗特夫人辞退后，她决定自己开始写作。而明尼最终独立意识觉醒，带着孩子离开施暴成性的丈夫。

【深度解读】之一:
《相助》中错位无助的母爱

凯瑟琳·斯托克特的畅销书《相助》通过对三位女性的日常生活的描述,真实生动地再现了 20 世纪 60 年代密西西比的种族问题现状。书中母爱的错位和无助对读者和观众造成的强烈的心灵冲击,本文将通过对故事中主要人物艾碧莲、康斯坦丁、伊莉莎白、和芙兰夫人的分析,探讨错位、无助的母爱。

凯瑟琳·斯托克特的畅销书《相助》自 2009 年出版以来好评如潮,小说通过对三位女性的日常生活的描述,真实生动地再现了 20 世纪 60 年代密西西比的种族问题现状。这是一部典型的女性作品,故事中主人公全部是女性,因此母爱自然成为故事的主题之一。但是这部作品中的母爱除了给我们温馨幸福的感觉之外,更多的是母爱的错位和无助对读者造成的心灵冲击,使我们在看似平静的故事中对造成这种现象的种族隔离制度的残酷性有了更加深入的理解。本文将通过对故事中主要人物的分析,探讨错位、无助的母爱。

一、母爱的无助

母爱是人类的天性,它是不受任何爱恨交织的矛盾心理和愤怒所左右，而愿意为孩子付出所有一切的强烈感情。母爱是伟大的，但在种族隔离制度所造成的严酷现实面前，母爱却显得如此无助。这种无助在黑人女佣康斯坦汀和艾碧莲身上得到了集中体现。

根据小说的描述，康斯坦汀的父亲是一个白人而母亲却是一个黑人，由于父母的结合是不为社会所接受的，康斯坦汀的生活便有了许多的无奈。尽管白人父亲总是说她是自己最喜欢的孩子，每周却只能来看她们母女一次。她坐在父亲怀里，一起和着母亲的琴声唱歌，这是多么温馨的画面，但每次的幸福时光都是那么短暂。当她因为各种境遇悲伤时，父亲只能流着泪对她说对不起，抱歉带给她这样的生活，却又无力帮助她改变。

还是因为肤色，她爱自己的女儿洛拉却无法让她在自己爱的怀抱中成长。虽然父母都是黑人，但洛拉继承了她外祖父的白皮肤。作为黑人的孩子却有白人的肤色，这在当时的密西西比是很难生存的。你不被任何人接纳，因为你好像不属于任何一个群体。而对作为母亲的康斯坦汀来说同样艰难——丈夫在孩子出生后便离开了她，亲戚朋友对她侧目，不信任她，白人警察还经常拦住她，怀疑地质问她怀里的白孩子是怎么回事。当时，很多黑人母亲为了能为白人家庭工作不得不将自己的孩子送走，大部分是送给别的家庭。而洛拉情况更糟，由于她的白皙肤色当地没人敢收养她，康斯坦汀只好在她四岁时将她送到芝加哥的一家黑人孤儿院。

对女儿的思念及送走女儿的自责使康斯坦汀的生活失去了一切乐趣。她有着动人的歌喉，之前经常在教堂唱歌，但女儿走后便再也听不到她的歌声。当几年后她意识到这是她一生中最大的错误并想把女儿领回来时，女儿已经被别人领养了。作为母亲这是她一生中最大的痛。

她将全部的母爱都给了白人家庭的斯基特，将她抚育成人，并对她百般关爱。却又因自己失而复得的女儿没有表现出黑人家的孩子应有的卑微，被斯基特的妈妈菲兰夫人从这个她服务了二十九年的家里赶了出来，而且不许她和斯基特联系。这是在她一生中第二次被迫与深爱的孩子分离，年事已高的她不堪这种重大精神打击，三周后便去世了。她爱自己的孩子却被迫亲手将她送走，爱斯基特却不得不从她生活中消失，在她的一生中，浓烈的母爱总是被严酷的现实践踏，母爱的无助是她悲剧命运的写照。

艾碧莲，故事的叙述者之一，也是无助母爱的体现者。她本有一个优秀的令她无比骄傲的儿子崔洛尔。他喜欢阅读，已经开始写自己的书——一本关于生活和劳作在密西西比的黑人的书，而且有一个很不错的女朋友。在他工作时被卡车碾轧之后，白人工头只是将他扔进小卡车的后厢，拉到黑人医院的门口。他们把他从车上扔下来，然后便开车扬长而去。由于没得到及时的救治，他在二十四岁，一个人最好的时光，在还没来得及享受生命时死去。对于一个母亲，眼看着孩子的生命一点点消逝时的无助是怎样的一种撕心裂肺的痛楚。史铁生在《我与天坛》中曾说过："儿子的不幸在母亲那儿总是要加倍的"，那么儿子如此凄惨的离去对艾碧莲的打击可想而知。梵文谚语说"丧子之痛，终生泣咽"，儿子去世后对艾碧莲来说整个世界变得一片漆黑，她曾失去了活下去的勇气。即使是在三年后，她还是难抑悲痛和眼泪，连墓地也不敢去。但是一个黑人青年的惨死，在当时的社会环境下是不会引起任何关注的，所以如此巨大的悲痛，艾碧莲作为一个母亲只能默默忍受。看到别的孩子她就会想到自己的儿子，苦痛也就重复一次，她只能一遍遍咀嚼着内心的痛苦。

在李弗特家工作后，她的母爱复苏，全部倾注在梅·莫布丽身上。尽管艾碧莲努力地弥补孩子情感需要的不足，但看着孩子幼小的心灵因自己母亲的冷漠受到伤害，她却不能阻止。她努力地教孩子去爱所有人，而不是以肤色来判断。但外界的影响却使她的母爱显得如此无力。四岁的梅·莫布丽从学校回来会忧郁地问为什么她是黑人，因为老师泰勒小姐告诉他们"黑人不能上学，因为他们不够聪明，黑皮肤意味着肮脏，丑恶"。她的妈妈在她使用了女佣的卫生间时也边打她边告诉她黑人脏，她们带有病菌。艾碧莲知道，梅·莫布丽在一天天长大，仅仅她的"你是一个聪明、和善、重要的人"的话语将不再能保证让孩子自信并且在这样的环境中保持内心安宁。而且她也明白，这些可爱的孩子，在长大之后，又会成为她们这些黑佣的主人，或变成她们妈妈那样的人。"我看着这个女孩，心里明白，她长大后也会像她妈妈一样，这是我无法阻止的。"(29)①

当她在最后因被辞退，不得不将紧抱着自己的梅·莫布丽轻轻推开时，孩子的眼里流露出的是对今后十几年生活的恐惧。这时她的心在滴血。她流着泪走在路上，担心自己走后如果找不到一个好

---

① 此处为李瑞青译.

的帮佣，孩子的世界里将只有告诉她黑人脏的泰勒小姐，因为她没说谢谢就拧她的外祖母，还有整日对她紧皱的眉头的冷漠的妈妈。满怀浓厚深沉的母爱，她却不能像自己渴望的那样陪伴这个缺乏家人关爱的孩子成长，保护她不受伤害及外界邪恶力量的影响。母爱的无助再一次以如此令人心碎的方式呈现出来。

二、母爱的错位

将女儿送走之后，康斯坦汀将全部母爱都给了故事的女主人公之一斯基特——她照看的白人孩子女孩。虽然只是一个女佣，除了日常生活中的呵护之外，她更知道如何保护孩子的感情和自尊，培养他们面对外界困扰和打击时应有的自信和坚定。虽然斯基特的长相不佳，连她的母亲都不喜欢，班里的男孩子也经常说她丑，但康斯坦汀鼓励她，称她为漂亮女孩，并告诉她每天都要问自己一个问题：是否要相信别人说的自己的坏话并受其影响。像所有疼爱孩子的母亲一样，她有时也会溺爱斯基特，如容忍斯基特吸烟，并在妈妈即将发现时为她打掩护。她的爱换来的是斯基特对她超过对自己母亲的依恋，并愿意把自己所有的秘密告诉她。当毕业后发现康斯坦汀已经离开时，斯基特感觉没有康斯坦汀的家显得空荡荡的。家里的一切都令她想起这个将她抚养成人、在她受挫时给她安慰和鼓励的朋友、母亲、保护者、那个宠她爱她的人，她感觉自己被遗弃了。

而菲兰夫人给女儿的感觉则完全不同。她虽然也爱女儿，但不懂得保护尊重女儿的感情，也不注意方法，一遍遍地絮叨，并经常拿女儿跟其他女孩相比。曾是选美亚军的她对女儿的容貌、身高和头发都不满意。她给孩子的感觉就是她对有这样的女儿感到羞愧，而女儿最大的愿望是自己的妈妈不要对自己如此失望。由此，女儿在她面前总是小心翼翼，甚至刻意避开她的目光。在女儿去上大学时，虽然她哭红了眼睛，但女儿却感觉终于获得了自由。

她最关心的是女儿的婚姻大事，认为受教育的最重要的目的是嫁一个好丈夫，文凭不过是一张好看的纸。所以她每日关注的是女儿的发型，衣着。即使写信，她给女儿的除了支票就是生硬的指令，如：别忘记做祷告，别穿高跟鞋，会让你显得更高。当女儿激动地告诉她找到了喜欢的报社工作，希望跟她分享快乐时，她的回答竟然是"整日坐在打字机前是找不到丈夫的"。

在李弗特家里情况也是如此。

儿子葬礼五个月后，艾碧莲穿上工作服，到李弗特家工作。她爱梅·莫布丽超过孩子的母亲，细心地呵护着孩子幼小的心灵。艾碧莲耐心地回答孩子的一切问题，在孩子被母亲打了之后，她以自己温暖的怀抱和轻柔的语言安慰她，并且庆幸在孩子遭受这一切时自己在场，不至于让孩子感到孤立无援。在孩子因为母亲的一再责骂而开始认为自己不好时，她耐心地安抚她，在她幼小的心灵里播下自尊自信的种子。对于孩子不完美的长相，比如头上的一小块斑秃，她不介意，却要为了让孩子的妈妈高兴而尽力遮盖，使它看上去好一些，为的是让本不喜欢梅·莫布丽的妈妈不会因此更讨厌她。在孩子三岁生日时，因为作为黑人不能参加晚上孩子的生日聚会，她特意从家里带来蜡烛，为孩子做一顿生日早餐，祝她生日快乐。

由于在其他人那里很少得到关注、拥抱和爱抚，小梅·莫布丽在艾碧莲的怀里感到无比幸福。她对艾碧莲极其依赖，因为艾碧莲好像是唯一爱她的人。在孩子刚刚会表达自己的感情时，就说出"你是我真正的妈妈，我是你真正的孩子"这样让人感动又心酸的话语。梅·莫布丽把她看作自己的救星，每当艾碧莲离开时，她抱着腿不肯松开，好像再也见不到似的。

不管是一大一小、一黑一白的两个人牵手散步，还是小梅·莫布丽伏在艾碧莲的怀里跟她进行着孩童式的对话，讨论艾碧有几个孩子，艾碧莲和梅·莫布丽在一起的时间总是那么温馨。

与艾碧莲细腻周到浓浓的母爱相比，小梅宝的妈妈李弗特夫人表现得完全是另一副模样。

作为一个母亲，她对孩子的冷漠是少见的。艾碧第一次见到她时，她好像被自己的孩子吓坏了，竟然对梅·莫布丽以"它"相称，并且一整天都不怎么抱她。她感叹为什么别人家的孩子都是天使，唯独她的孩子不好。对孩子的胖嘟嘟的身材她不满意，说她一天到晚只知道吃；当她在缝纫机前干活时，对在婴儿车中大哭的梅·莫布丽翻着白眼，好像那是一只趴在她家纱门外的讨厌的流浪猫；孩子渴望得到母亲的关注，伸出小手，希望得到母亲的拥抱，她视而不见；在与女儿同处一室时，她甚至都很少看她；连孩子夜间需要更换尿布她竟然也注意不到。她对梅·莫布丽在她打桥牌时打扰她厌烦至极，更因为孩子妨碍了她与那个让她俯首帖耳、言听计从的西丽通话而恼怒，狠狠地打了自己的女儿。

她也是自私的。与一般的母亲时时把孩子的需要放在首位不同，她首先考虑的是自己的需要。即使梅·莫布丽取得了生活中第一次突破性进步——学会自己如厕时，她少见地给予的拥抱也只是因为这样可以省掉她换尿布的麻烦，而且随即就因为孩子用了黑佣的卫生间而狠打了她。在为孩子准备三岁生日蛋糕时，她要求艾碧莲做自己喜欢的巧克力品味而不是孩子的最爱——草莓蛋糕。在谈论姐姐在好莱坞的家时，她最羡慕的是有住在家里的女佣，这样她就几乎不用看见梅·莫布丽，言语之间让人感到孩子是她最大的负担。

她的行为，已非简单的产后忧郁症所能解释，而是像她的母亲一样缺乏爱的能力。她的自私与冷漠，在孩子幼小的心里留下阴影。两岁多的孩子，听着父亲的摔门声，看着母亲愠怒的目光，已学会尽量控制不哭，并且开始认为自己是个不好的孩子才会得不到父母的关爱。而且，孩子对她没有一般孩子对妈妈的依恋，更多的是"她会打我"的恐惧。在艾碧莲由于受到诬陷而被辞退时，仅仅四岁的小梅·莫布丽眼里露出的是对以后十几年生活的恐惧。

两位黑佣，一个失去了自己的孩子，另一个长期与女儿分离无法照顾呵护她。是母亲而不能为，这是生命中最大的缺陷和伤痛。虽然她们自己承受了巨大的心灵及精神的痛苦，却将真挚的母爱无私地倾注在自己照顾的白人孩子身上，在她们成长的道路上细心呵护。艾碧莲和康斯坦丁有着和很多黑人女性一样的遭遇和经历。她们一方面像玛格丽特·米切尔《飘》中的黑妈妈一样，温暖、可靠、安全，像母亲一样时刻保护她所照顾的孩子；另一面又非常睿智而冷静，将人与人之间的爱，不分种族的爱浸润到幼小的心灵，以期将来有一天的变化来临（张瑞红，2012：58）。而两位本该为自己的孩子提供无微不至的呵护关爱的白人妈妈却似乎缺乏爱的能力，一心图慕虚荣，身为母亲却不为，没有尽到做母亲的责任。这种母爱错位的现象的受害者不仅是由于白人冷漠而失去年轻生命的崔洛尔、无法享受母爱的洛拉，及遭受骨肉分离和失子之痛的康斯坦汀和艾碧莲，还有两个因亲生母亲母爱的缺失而遭受心灵创伤的白人孩子，尤其是梅·莫布丽。

三、结　语

　　小说中反映的母爱的无助与错位归根结底是种族隔离制度造成的丑陋的社会现实，是对人性的扭曲。作品从对日常生活的描写中揭露了种族制度的丑陋和罪恶，同时也歌颂了黑佣们对白人孩子超越种族的无私的母爱，并引发读者与观众对人性及母爱的深入思考。

【深度解读】之二：
电影《相助》的叙事特点分析

电影《相助》叙事特点鲜明突出，不仅给人耳目一新的感觉，更准确有力地展现了作品的主题，是影片成功的重要因素。本文将分析声画分立、非线性叙事和长镜头的运用三个叙事特点对影片思想表达和故事铺展的作用。

叙事就是讲故事，是讲述包含时间过程和事件演变的一个故事；是我们人类认识和理解世界的一种基本方式。美国学者浦安迪将叙事定义为："叙事就是作者通过讲故事的方式把人生经验的本质和意义传示给他人。"他认为，伟大的叙事文学一定要有叙述者即作者的个性的介入。（刘云舟，2014：11）而电影化叙事即用电影独特的艺术手法及艺术观念叙事，即电影怎样讲述一个故事？谁讲述故事，以及如何运用时空、视听、蒙太奇语言、视点、剪辑等电影化叙事元素进行叙事。（林洪桐，2013：5）

在电影《相助》中，有许多鲜明的叙事特点，本文将从声画结合，非线性叙事和长镜头运用三个方面进行分析。

一、声 画 分 立

声画分立指画面中的声音和形象不同步，互相剥离，即声音和声源不在同一画面，声音以画外音的形式出现。它可以是写实音，也可以是非写实音。最能够体现声音作为第二条叙事轨道的功能。（林洪桐，2013：401）

1. 声画分立在叙述事件及背景的作用

在《相助》中，直接参与叙事的画外音有两个，第一个画外音出自尚未露面的斯基特，起到介绍引入的作用。

电影开头，在艾碧莲静静地说出自己的身世之后，第一个画外音出现。

画外音：你是否从小就知道自己长大后要做女佣？

艾碧莲：是的，小姐，我早就知道。

画外音：那是因为？

艾碧莲：我妈妈是个女佣，外婆是个家奴。

画外音：你有没有想过做别的？

沉默。

画外音：拉扯一个白人的孩子，而把自己的孩子留在家里让别人照顾是什么滋味？

艾碧莲转过头望着窗外，她的声音以画外音的形式开始叙述："我这辈子带过十七个孩子，抚养白人小孩，我就是干这个的。"

第一个画外音的任务宣告完成。

由此，艾碧莲的声音开始以第一人称展开叙述，这种叙述更多地是以一种画外音的形式。

比如在第二个场景，即她在李弗特家工作的场景中，镜头里是她早上照看梅·莫布丽的画面。她抱着孩子，哄她，跟她说话，但现场的声音很多情况下退到第二层次，居于声音前景的仍是艾碧莲的画外音："我擅长哄得孩子不哭不闹，乖乖睡觉，上厕所，这样妈妈们就可以安安稳稳睡觉。"

第三个场景，艾碧莲工作后回到家里。画面上她的假发放在桌上，而她疲惫地躺在浴缸里。

画外音："我在李弗特家做工，早八点到晚四点，一周六天，一小时挣 95 美分，这样一个月就能拿到 182 美元。"

镜头里她走出家门，乘公交车去工作的画面，而介绍她的生活的画外音仍在继续："缝缝补补、洗烫衣服，做饭、买东西，所有家务都是我的，可做最多的还是照顾小公主……"

这些画外音与画面结合，并在画面的基础上延展出去，大幅度地提高了固定时间内的信息量，不仅使观众了解了画面的信息，同时将观众看不到的黑人女佣生活的日常状态通过声音的形式更全面地呈现出来。

在明尼和第一天工作的女儿去乘车的场景中，明尼和女儿分手，登上不同的汽车，艾碧莲的画外音响起："雷洛伊逼着苏格尔辍学打工了，而且只要明尼一天没找到活干，她就有可能惨遭雷洛伊的毒手。"

画外音给画面提供了背景信息，告诉观众为什么明尼的女儿会早早去工作，以及明尼在家的处境。

随后一个远景镜头，明尼走到希莉亚·芙特家的院子前，这时艾碧莲的声音再次响起："可我知道，唯独有一个人不会听到西丽小姐关于明尼的谎言。"

这里的画外音填补了画面信息空缺，使观众明白在明尼因西丽的谣言不被白人雇用时，是艾碧莲想办法介绍她去希莉亚·芙特家工作。

这样的画外音贯穿整部电影，画面上显示的是某个具体场景，而画外音则提供更多概括性及补充性的信息，填补电影画面信息的空白，使观众的感官被充分调动起来，积极参与对故事的理解。"画外音叙述建立了角色、叙述者、电影制作者与观众的全新关系，因而创造了多重的故事层次：角色的行为、叙述者对那些行为的解说评价、电影制作者对二者的控制以及观众的反应。"（毛云飞，2009）

而在描述黑人民权人士埃弗斯被枪杀的夜晚时，男性播音员的画外音跨越 6 个场景，在观众心理上形成巨大冲击力，是整部电影中对当时社会现实的最直接清晰的描述，奠定了当时社会氛围的基调，也为后来的故事发展做好了铺垫。

这种声画分立的直接结果，突出了声音的作用，使它从依附于形象的从属地位解放出来，成为独立的艺术元素。它以分离的形式，加强了同画面形象的内在联系，使之更加富于感染力，从而丰

富了电影的表现手段。(林洪桐，2013：404)

2. 声音还可用来连接不同的镜头或场景，衔接电影片段

声音连接（audio bridge）是指场景中即将消失的声音延续到下一个画面或镜头中。在使用声音连接的时候，用来连接的声音在两个镜头或场景中都是可听到的。(詹尼弗，2015：220)

西丽因为明尼没有冒着暴风雨去使用自己的室外专用卫生间而将她辞退，在昏暗的大雨中，明尼走出了西丽家。

同样的风雨声中，镜头转到李弗特家梅宝的卧室，观众看到屋内倒着的家具，墙边的大床垫，艾碧莲抱着梅宝躲在下面，安慰着她。艾碧莲的画外音响起，"那天杰克逊死了十八个人，十个白人，八个黑人，上帝要用龙卷风把人带走时可不分肤色。"

雷雨的声音将两个画面自然地连接起来，证明这是发生在同一时间内的两个场景。而这时艾碧莲的画外音告诉人们，在上帝的眼里，黑人和白人是没有区别的，从而使得上一画面中西丽仅仅因为卫生间的事情便恼羞成怒，辞退明尼的做法显得极为可笑，对这种把荒谬的人为制造的隔阂看作行为准则的做法进行了嘲讽。

当斯基特到公交车站去找艾碧莲谈采访的事，艾碧莲告诉她对在公共场合跟她单独进行主个角色谈话这种做法比对《吉姆克劳法》(即当时在美国南部各州实行的主要针对黑人的种族隔离法令《黑人法》) 更加恐惧后，艾碧莲匆匆走在街上，她读《黑人法》的画外音响起："任何人不得要求白人女性进入黑人男性所处的病房或其他区域实施护理。"

镜头切换为斯基特在图书馆、走出图书馆的远景，画外音继续："任何教材资料，凡经任一种族使用，便应永续使用，而不可以不同肤色学校间互换。"

伴随她坐在图书馆前长椅上读《克劳法》的中景，以及《密西西比制约非白人及其他族裔行为的法律》（即《黑人法》）的特写镜头，画外音："任何黑人理发师不得向白人女性提供美发相关服务。"

仍然在艾碧读《黑人法》的声音中，镜头换到了艾碧家的卧室。"凡是印制、出版或传播以鼓吹公众接受白人与黑人种族平等为目的书籍的，皆应判处监禁。"

这种画外音将三个镜头连接起来，使整个叙事过程变得流畅起来。同时在画面中故事继续进行的情况下，使观众更直观系统地了解了60年前的那个将黑人困在地狱的法律。

二、非线性叙事

杨世真在《重估线性叙事的价值》中指出，"线性叙事乃是一种经典的叙事方式，在叙事时注重故事的完整性、时间的连贯性、情节的因果性，在这种叙事观念的背后包含着对世界的秩序感和确定性的信念和诉求。"（杨世真，2007：51）而非线性叙事就是指打乱了这些顺序的叙事方式。它既指从狭义上来看，非线性叙事就是指打乱了时间顺序的叙事方式。但从广义上来讲，可以将非线性叙事理解为一种反传统、多样化的叙事模式，不仅指叙述时间的错乱，也指叙述空间的混乱，以及叙述层的交替转换等有关叙事的各

个方面。(张秀娟，2010：3)

非线性叙事的两个标志性特色是时间常态的变异和多线条叙事。在《相助》中，我们可以清楚地看到这两个特征。

1. 时间常态的变异

时间常态就是自然时间的顺延，非线性叙事电影的最大特色就是打乱时间顺序，伸缩时间长度，制造时空交错。这些反常规的手法，将自然时间与叙事时间、放映时间之间产生激烈的碰撞，使叙事节奏快慢相宜、叙事频率高低有序。

在电影中，故事的叙事没有按照事件发生的正常时序进行。而是打破了时间常态，在几个事件之间跳跃，对几个事件穿插叙述，有利于设置悬念，增强作品的戏剧性。

在电影《相助》的开头，特写镜头：一只手的在笔记本上写下The Help. 这既是影片的片名，也是片中小斯基特的书名，同时表明她的采访正式开始。视角随着未知的书写者的目光转到艾碧莲的近景画面上，她开始介绍自己，可以看出她的拘束。画外音，即书写者的声音开始与艾碧莲进行交谈。

当下一个问题"照顾白人的孩子却把自己的孩子留下家里让别人照顾是什么滋味？"出现时，影片并没有像观众期望的那样按照线性时间趋势给出答案，交待人物事件，而是转向艾碧莲对自已生活常态的介绍。第一个悬念出现：刚才是谁在写，谁在问？她们在做什么？

桥牌聚会上，斯基特提起她家的女佣康斯坦丁的离开，并向艾碧莲询问她的消息。回到家里，她又追问她的母亲，没有得到答案。她走到院里的树下，触景生情，电影闪回到当年在树下她与康斯坦丁的一段对她影响深远的对话。

闪回使故事在现在与过去时间之间自由转换，完备了电影表现人物复杂心理活动的可能，为电影叙事提供更为丰富的表达方式，是典型的非线性叙事手法。

当观众对康斯坦丁刚有些了解时，闪回结束，故事回到现在，第二个悬念生成：在康斯坦丁身上到底发生了什么事情？她现在哪里？

明尼被辞退，而且由于西丽的谣言找不到新工作。她在电话中告诉艾碧莲她把事情了结了。艾碧莲问她做了什么，她回答"我不能，我不会告诉任何人"。而这时画面显示她托着蛋糕来到西丽家的画面。形成第三个悬念：她到底做了什么？和蛋糕有什么关系？

接下来的教堂仪式，其实是整个故事的转折点。现在三个悬念已制造完毕，影片要开始一一解迷了。

从教堂的布道中得到鼓舞，艾碧莲决定帮助斯基特写出黑人女佣的感受，揭露种族隔离给人们带来的痛苦。电影开头的场景重现，观众终于明白原来那是艾碧莲第一次在自己的厨房里接受斯基特采访。那个隐在后面，给艾碧莲机会并引导她说出自己的故事，推动整个叙事发展的人是斯基特。第一个悬念解开。

民权运动人士被枪杀，肯尼迪总统遇刺，社会环境恶化。在三人担心写书事件一旦暴露将面临的危险时，明尼决定要给她们的书加上一个保险措施——把她的秘密蛋糕事件写进书里。时间线索再次断开，关于蛋糕事件的另一段闪回揭开了第二个悬念谜底。

故事发展到这个阶段，斯基特的书已经基本完成，现在只差她自己和女佣的故事了，这使得她必须找出康斯坦丁离开的真相。回到家，她直接追问母亲，在母亲的叙述中出现最后一段闪回，康斯坦丁被辞退的真相大白，第三个悬念破解。

总之，这部电影的结构简单说来就是前半部分设计三个悬念，而后半部分三个谜团逐一破解。而在这个过程中，线性叙事被一再打破，三段闪回起到至关重要的作用。可以看出，角色的闪回往往不仅是补充遗漏在过去的关键性情节，其更进一步的作用是将角色隐秘的内心活动视觉化；这对于人物性格的塑造、引导观众的感知、自由拓展影片呈现的时空大有助力。（陈波：2012）

2. 多线条的叙事

多线条叙事一般指多条叙事线索的同时发展，在非线性叙事电影中，叙事的多线条有多重含义，它不仅指叙事线索的多线条发展，还包括叙述视角的多样化以及叙述者的多重身份。这些多样化的叙事手段，并不会带来杂乱无章的观影感受，反而使叙事结构显得有条不紊、井然有序。（张秀娟，2010：4）

电影《相助》中以斯基特决定写书并为之努力为主线，在这一过程中，另外几条线索同时展开。主要是以围绕卫生间问题铺展开的矛盾的激化过程，斯基特与斯图亚特的感情发展，有关蛋糕事件的故事，以及来自农村的希莉亚竭力融入这个团体的努力。

斯基特决定写一本南方女佣谈论自己的帮佣经历和感受的书，

寻求艾碧莲的帮助。由于种族隔离制度下的严酷的社会现实，黑人稍有越界便会遭受各种报复，艾碧莲几次拒绝了她的请求。但西丽太太对明尼的卑劣做法激起了她的愤怒，教堂里牧师布道时关于"勇气就是为同胞甘愿以身殉难"的道理给了她克服恐惧的勇气，她决定接受采访。而西丽太太的女佣梅的被捕和遭受的不公正审判使其他女佣也站了出来，愿意帮斯基特完成计划。最终这本名为《相助》的书得以出版并在杰克逊引起了强烈反响。

卫生间问题是故事的重要线索。西丽倡议每个白人家庭都为黑人女佣在外面建一个独立的卫生间，因为黑人和白人不同，他们带有特殊的病菌。她还鼓动李弗特太太给艾碧莲在车库建了一个简陋的卫生间。她让斯基特把她的倡议书发表在简报上。可斯基特不赞成她的说法和做法，故意拖延，并在看到她对黑人女佣们的恶劣行径后用这件事情作弄了她，制造了"马桶事件"，也彻底毁掉了她们多年的关系。西丽在各方面运用自己的影响，在镇上孤立斯基特，使她处境艰难。

从故事的开头，西丽安排的斯基特与斯图亚特的见面就是令这几位闺蜜们期盼的一个兴奋点。随着故事的发展，两人的感情一波三折，先是几次取消见面的安排，观众期盼已久的第一次见面不欢而散，在斯图亚特登门道歉后两人关系进展顺利，最后又因斯基特书的出版斯图亚特离她而去。作为影片的一条辅助叙事线索，它使斯基特的形象丰满起来。

另一条线索是明尼和西丽之间的秘密——蛋糕事件的逐步清晰。西丽以为明尼用了她的卫生间而解雇了她，并造谣说明尼偷窃而使她无法找到工作，明尼一怒之下做了一件极端的事情，即蛋糕事件。随着故事的逐步发展，明尼几次提到蛋糕事件，但又发誓不会告诉任何人，在观众心中引发越来越强的好奇心。当形势恶化，几个人的安全受到威胁时，明尼决定不顾自己的安危，为保护朋友，将蛋糕事件写进书里。这个事件最终使得西丽不敢承认书里写的是杰克逊的事，从而保护了斯基特和艾碧莲以及其他女佣。

希莉亚是来自农村的女性，她善良，正直，却又有些迟钝。因为嫁给西丽的前男友，所以一直被西丽为首的镇上白人妇女排斥。但她又一心想进入这个圈子，尽力讨好西丽和她的朋友们，一次次将自己陷入尴尬境地。最终在明尼的帮助下认清形势，自立起来。

值得一提的是，慈善会上，后两条线索相互交织，将故事推向高潮。

三、长镜头的运用

长镜头的实际全称应该是"长时间镜头"，英文表示是 long—take，即指长时间获取的镜头内容。它与 long—shot（远距离拍摄）的全景镜头不是一回事。长镜头是指从开机到关机的时间相对较长的镜头。更准确地说，是连续地对一个场景、一场戏进行拍摄，形成一个比较完整的镜头段落。（林洪桐，2013：527）

长镜头在空间营造上注重场面调度，多使用景深镜头，在镜头结构上多使用运动镜头替代固定镜头，能在运动过程中实现空间的自然转换，能完整、明了表现一段内容，因而更有真实感。通过变化拍摄角度和调整景别的距离，镜头内部的运动—场面调度—起起到了和蒙太奇相同的作用。

如枪击夜晚艾碧莲下车后的场景：

汽车边出现下车的艾碧莲和亨利的中景，可以看到背后街对面的店铺橱窗，没有其他人。随着汽车驶离，两个人影出现，然后一群人出现。镜头拉开，汽车驶去的方向，远处的街道上显现模糊的更大的人群。画面分为三个层次，前景的艾碧莲和她身后的亨利，中间是渐渐远去的汽车，最后的模糊的人群。随着艾碧莲和亨利走向街道的左侧，镜头向左摇，后面的汽车转弯驶出画面，街道只剩下转身离去的亨利，远处模糊的人群。随着汽车发动机的声音消失，嘈杂的人声，模糊的人群，交通信号灯的红点，及远方模糊的像是警车的车灯，使恐怖的气氛逐渐形成。亨利在道别后转身跑去，身影变得模糊，前景只留下艾碧莲孤单的身影，她转身看去，意识到身处的环境，脸上露出惊恐的神色。镜头进一步回拉，街道上的灯光被建筑物隐去，艾碧莲进入黑暗的街道，面部及其他细节已经看不清，只有一个黑色的轮廓。她开始小跑，镜头再往后拉，她的身影隐入一片漆黑，恐怖气氛增强。

慈善会的场景：

镜头里出现两行字的特写"杰克逊城市出租，只为白人服务"，种族隔离的不和谐感扑面而来。镜头拉开，原来是出租车门上的标示。然后镜头从车门摇上去，看到西丽妈妈怀特夫人在跟司机说10点来接她，镜头推进并上摇，衣着光鲜的白人们陆续走来，镜头继续上摇，出现慈善会现场门外的热闹场面。

这一长镜头表明"怀特夫人乘坐'只为白人服务'的出租车，

来和其他衣冠楚楚的白人参加为非洲黑人募捐的热闹的慈善会，并会在 10 点再乘只有白人能够享用的出租车离开"。这一镜头表现了一个事件相对完整的段落，观众感觉到身临其境的气氛。具有银幕时间和实际时间的同时性。同时，将"只为白人服务"的字眼与如此热闹的为黑人募捐的慈善会设计在一个镜头里，展现的只能是这些"慈善"的白人们的虚伪。

整部电影最长的是影片的最后一个镜头：

艾碧莲从画面左侧走来的中景镜头，背后是长长的街道。随着她迎着镜头走来，身影逐渐变大，镜头开始后拉。

内心独白："然后我又想到所有认识的人，所有经历的事。"

镜头继续向后拉，右侧的房屋向后移去。（她擦去脸上的泪水）走入镜头的中部，近景。

独白："我的儿子崔洛尔曾经说我们家会出个作家，我猜那个人就是我。"

仿佛看到希望，艾碧莲的脸上露出笑容，脚步也从开始时的沉重变得轻快，低垂的头慢慢昂起来。镜头后拉并向右摇，她从镜头前走过。

镜头继续后拉，她的背影从镜头的左下角沿着空旷的洒满阳光的大路向银幕的右上角走去，这仿佛是一个全新的世界，暗示艾碧莲今后生活中的无限可能性。

镜头渐渐拉远抬高，她的身影渐渐变小，前方的路延伸出去，前景变得越来越广阔，我们仿佛是在目送她走向充满希望和光明的未来。

这个延续 50 秒的长镜头表现了一个较长的电影段落，从艾碧莲对过去的人和事的回忆到憧憬未来的微笑，表现了人物复杂的心理变化。配合人物的内心活动，运动中的长镜头展现了她从苦痛的过去走来，向光明的未来走去，这是她，也是所有黑人的希望。

摄影机的运动使有限的视域逐渐地展现出事实空间的全貌，这种展现空间全貌的方式所产生的魅力是蒙太奇的剪辑绝对达不到的。

四、结 语

电影《相助》通过声画分立、非线性叙事和长镜头的有效运用及多种叙事手段的有机结合，给观众呈现出生动、真实、完整的美国南方 20 世纪 60 年代的社会生活画面，营造出一个又一个悬念，紧紧地吸引着观众的注意力，在多条叙事线索的交织下，讲述了一个动人心弦的在丑恶的社会环境中彰显人性光辉的故事。

【深度解读】之三:
温柔的光影:《相助》小说与电影的对比

> 电影《相助》在许多方面的处理手法与文本不同,其中以在叙事结构的设计、社会背景的描写及人物处理三个方面的差异最为明显,由此产生了与小说相比更加平和的人物关系和更加温婉的叙事基调。

根据斯多克特·凯瑟琳的成名处女作改编的电影《相助》受到广泛好评,并获第84届奥斯卡最佳女配角奖及多项提名。影片的导演塔特·泰勒也出生于密西西比州的杰克逊郡,是凯瑟琳幼年的好友。因为非常了解杰克逊,熟悉女佣的生活,塔特成了最佳的改编人选。

卡赞斯基说,影片的故事尽管可能是取材于一篇小说、一部戏剧、一首诗或一部叙事作品,"影片还必须对故事进行特殊的处理,以便故事的分段符合影片陈述的特有原则。"并且,电影情节的处理方法应该不同于小说一类的叙事。(刘云舟,2014:17)

由于电影相对的时间及空间的限制,会比小说有大幅度的删改,在删改时如何取舍反映了导演、编剧等等再创作人员的态度。电影《相助》基本忠于原著,人物关系和命运基本保持原作的设计,只是在影片的基调上更加平和,人物的关系和情节更加简单。

本文拟从叙事手法，社会背景及人物处理三个方面分析《相助》电影与小说的区别。

一、叙事手法

在小说中，作者采用了多视角的第一人称叙述方式，从三个人物的角度讲述了三个故事，每个人物都以第一人称讲述。第一人称是叙述者讲述故事的基本手段之一，在以它为叙述方法的小说作品中，叙述者是以"我"的身份参与者到故事中来，将看似自己亲身经历的故事娓娓道来。这种叙述方法能缩短叙述者与读者之间的距离，增强读者的真实感和亲切感觉，给人一种走进角色内心的感觉。但它的不足也是显而易见的："我"只能讲述我的所见所闻，无法叙述自己视野以外发生的事情。为了克服这种局限性，小说采用了多个叙述角度，即由艾碧莲、斯基特和明尼交替以第一人称讲述。三人提供的信息互相补充，勾勒出事件的全貌。这样即保证故事的真实感，又能克服第一人称的视角限制。"因为叙述者的增加，视角在不同人物之间转换，使人物和事件呈现了非同一般的复杂性和立体性，提供了观察人物，事件的不同侧面，增强了说服力。"（谭静，2012）

但在电影中，小说中的叙事结构就无法使用，因为三个人的故事发生在同一时间段，用三个叙事角度会产生混乱。改为以艾碧莲的画外音描述和全知视角的结合，两种视角有时交替，有时在一个场景中结合使用。

如在影片的开头部分，斯基特首次出现的场景，以全知视角表现她从家里开车去求职，行驶在田间道路上行驶的远景镜头，而艾碧莲的画外音则在介绍她的基本信息："说到那杰克逊地区的年轻白人女士，哦，上帝，她们可都做母亲了。除了斯基特小姐，没嫁人，也没孩子。"以她的故事开始之前，已经给观众一个印象："她与众不同。"

有艾碧莲在场的场景，这种画外音就变成了她的内心独白。如影片的结尾部分，当艾碧莲从李弗特家走出，迈向自由的光明的前景时，内心独白响起：

"梅·莫布丽是我照顾的最后一个孩子，那十分钟决定了我一生的命运。上帝要我们爱自己的敌人，很难做到，但可以从说实话做起。没有人问过我作真正的自己到底是什么感觉，一旦讲出了事实，心里感觉自由了。然后我又想到所有认识的人，所有经历的事。我的儿子崔洛尔曾经说我们家会出个作家，我猜那个人就是我。"这段独白是描述了艾碧莲内心的变化，也预示她今后的人生道路。

二、对于社会背景的描写

对于故事发生的社会背景，即种族隔离制度的重灾区的密西西比当时的情景，及黑人们的生活状态，小说和电影给人的感觉也有差异。

在小说中，虽然没有对于暴力场面的直接描述，但从黑人女佣的只言片语中，读者能感受到空气中弥漫的血腥味。罗伯特，那个艾碧莲儿子的朋友，为艾碧莲整理院子的男孩，因为用了没有标记的白人厕所，被两个白人轮胎撬棒追着打，被打瞎了眼。艾碧莲照顾的白人男孩把手指头切了，艾碧莲不知道白人医院在哪，所以把他带到黑人医院，可黑人医生不能给白人做手术。黑人民权活动家梅捷·埃弗斯说，"他们昨晚把他车库给烧了，就因为谈了感受"。（158）坡拉哈奇的黑人教师卡尔·罗伯茨向"华盛顿记者讲述了密西西比黑人过得是怎样非人的日子，被发现时，他身上像牲口一样被烙上火印，吊死在树下。"（228）温妮家的一个表妹，"他们把她舌头割了，就因为她跟华盛顿的一些人说人三K党的事。"（243）"伯明翰黑人教堂被炸，四个黑人女娃在爆炸案中丧生。"（280）而"白人太太行事和男人不同，她们会用不同的法子，她们手段更毒辣。"（243）

原作中的这些分散的描述，使黑人在这个社会中的恐惧和不安全感贯穿整部作品。

而在电影中，黑人们遭受的残暴对待我们都没有看到，只能从角色偶尔的转述中略知一二。除了表现埃弗斯被枪杀的夜晚黑人区的恐怖气氛外，整部电影的基调较为平和。

虽然电影里表现种族歧视，黑人遭受不公正待遇，却没有把黑佣和白人雇主简单地敌对起来。将那段让美国社会讳莫如深的历史作为背景，而重在展示黑佣和白人雇主之间的爱恨交织的复杂关系才是这部作品的主旨，也是这部影片获得成功的原因之一。

三、对于人物的处理

1. 人物的选择

　　长篇小说改编为电影时，由于篇幅的限制，其内容上的压缩是必然的。在小说中，除了故事发展的核心人物斯基特、艾碧莲、明尼，二级人物西丽、李弗特夫人、希莉亚等外，还对与核心人物密切相关的作为背景处理的一组人物也做了较为清晰的刻画，如艾碧的儿子、康斯坦丁的父亲及女儿，这些人物对于背景信息的完善和故事主题的表现也起到非常重要的作用，使主要人物变得更加丰满。小说中艾碧莲对儿子的描述，使读者更加深切地体会到她的丧子之痛，为这个优秀的黑人青年的惨死扼腕叹息。康斯坦丁的白人父亲对女儿的爱莫能助的无奈，以及康斯坦丁与白皮肤女儿的骨肉分离也使她的悲惨遭遇及内心痛苦跃然纸上，使我们不由对她为斯基特付出的无私的爱由衷钦佩，并对她最终被逐出家门大呼不公。这些人物的刻画虽然着墨不多，却能使人对造成这些悲剧的种族隔离制度的丑陋有更深刻的认识。

　　而在电影中，故事只能围绕核心人物展开，因此对有关艾碧莲儿子的信息做了大幅度删减，而只是作为种族制度的受害者被提及。康斯坦丁的父亲被删除，女儿的故事也进行了简化，不再是不被任何群体接受的、被妈妈送走的黑人生出的白皮肤的孩子，而成了普通的黑人，因而故事情节也少了些小说中的曲折起伏。

2. 人物形象的刻画

李弗特夫人和斯基特

或许是出于银幕形象的考虑，在原作中形象特点鲜明的人物李弗特夫人和斯基特在银幕上都失去了原来的个性。

如李弗特夫人在小说中的形象是：整天蹙着眉头，瘦得皮包骨头，单薄得像个 14 岁的小男孩。棕褐色的头发稀稀拉拉，能瞅见头皮。她的脸型和糖果盒子上的红色魔怪一个模样：都是尖下巴颏儿。事实上，她浑身上下没有一处骨瘦不硌人。(2)

而在电影中，由阿娜·欧蕾利扮演的李弗特夫人则是一个形象尚好，个头中等的女性形象。

小说中的斯基特可以说是在外形上与李弗特形成极大反差的人物，她"瘦高个子，(180)一头淡黄色的卷儿，常年蓬蓬拉拉地蜷结成一团，只得削薄剪短，支楞着也挨不到肩膀。穿件白色蕾丝上装，像修女一样将自己包裹得严严实实，脚上是双平底鞋，下身着条蓝裙子，可腰间扣裨那儿豁开个口子，穿得甭提多别扭了。"(4) 她是一个不太注意穿着，搭配欠考虑的人。而在电影中，除了脚上的平底鞋之处，她的装扮和其他人物并无太大不同，搭配倒或清新自然，或稳重大方。

斯基特的妈妈

原作中斯基特的妈妈很自然，形象描写随病情发展逐渐变化，非常合理。从斯基特为从西丽处取回遗落的装有重要文件的书包而和妈妈同车，妈妈首次提到去医院做检查，到时后来的妈妈病情加重时的描写，符合一般病人的形象特点。从"妈妈吁叹了声闭上眼，她最近被日趋恶化的胃溃疡折磨得疲惫不堪"（262）到"妈妈今晚体虚难支，可她仍强撑地坐着，面色苍白。"（264），以及医生打电话来通知逐渐恶化的化验报告，直到后来"妈妈每回眨眼，总要闭上眼喘息片刻才能睁开。她血肉耗尽，如同一骷髅披挂着锻带绸饰，穿着奇异花哨的白裙，天鹅似的长颈上滑荡着一串项链。她除了用吸管无法吞咽下别的食物。"（354）这些描述好像有一幅幅画面让我们看到了母亲被病痛折磨得日渐憔悴的状况。

即使是生病，母亲也不想让女儿知道，"小口吞咽着食物，她整个下午都躲着不让我知道她吐了。她揉着眉心忍着头痛。"（325）你妈得了癌症，在胃上。"她不想告诉你，但她又不愿意住院治疗，接下来几个月会非常痛苦，对她，或是对你，都是非常痛苦。（351）母亲要和家人一起有尊严地度过每一天，所以她"不会在医院里度过最后的日子"，她的家对她来说应该是温馨的，她"也不会把家变成个医院。"（353）一个意志坚强令人敬佩的母亲形象跃然纸上。

而在银幕上，斯基特的母亲自始至终光鲜亮丽、精力旺盛和骄傲的神态似乎有些刻板，缺乏些人物应有的维度和变化。除了假发和稀疏的头发给观众一些癌症之类的暗示，及最后需要斯基特搀扶进屋的虚弱表现，人们很难将她与重病患者联系起来。虽然她也提及自己是个病人，"女儿所为使她胃溃疡又犯了"，但这些说法倒像一个哀怨的人以病痛控制他人的手段，而失却了书中母亲的坚强，故而很难引起我们的同情。

3. 人物关系

电影中的人物关系基本没变，但处理得较为简单温和。失去了小说中的紧张和犀利。

在小说中艾碧莲的口中，李弗特太太对黑人女佣是刻薄的。"才23岁，却很喜欢对我指手画脚，差使支派我做这干那。"（3）虽然艾碧莲要照顾孩子，还得为女主人的桥牌会端茶倒水，但那些家务活也"得赶在李弗特太太发作前干完。"（5）当西丽太太谈到室外的黑人专用卫生间时，李弗特太太吁出缕缕细烟来，"得让她在外面上厕所。"（8）

而她对自己的女儿梅·莫布丽也缺乏母爱，极其冷漠。"李弗特太太每天搽脂抹粉，打扮得体体面面，但你定料不到她这会子正把自己的骨肉丢在床上，任她哭到气绝不管不顾。"（5）女儿为吸引她的注意揪掉话听筒，"她恨得咬牙切齿，扬手朝女娃裸露的后腿根子就是狠命一巴掌。接着挟拧着女娃的胳膊，一边喝骂一边拧扯'你胆敢再碰一下这电话，梅·莫布丽！'"（18）

而在电影中，李弗特太太给我们的印象只是一个对西丽太太言听计从的没有主见的人，她没表现出对女佣的关心和同情，却也没有特别的恶意，仍是一片祥和的气氛。对待自己的孩子梅·莫布丽，除因在西丽太太家门外小女孩坐在扔在草坪上的马桶上，打了她之外，她并没有给观众留下粗暴的印象。

小说中斯基特和母亲的关系是真实丰满的。有作为母亲对孩子因期望而生的过度要求，也有为女儿未来所做的精心安排；有女儿对母亲专制的反抗，也有女儿为母亲的病痛表现出的关心。

在原作中，母亲是典型的白人主妇，她对黑人女佣是居高临下的姿态，她对孩子关爱较少，把抚养教育孩子的任务交给了女佣康斯坦丁，使孩子对她的敬畏多于亲近，但我们能明白她对孩子未来的担忧和苦心。因为女儿没有美貌，她为女儿存好了基金，以保证女儿的生活。她和女儿之间有矛盾，偶尔会争吵，但也是母女关系的常态。即使在病重期间，她仍然对女儿生活的细节非常在意，"她完全丧失了嗅觉，可她仍然能在八百里外察觉到我差强人意的着装。"（354）

她希望把自己的女儿装扮得美丽动人，即使自己即将离开这个世界，她也希望能为女儿做些什么："别以为我走了，你就能放任自流了，等我能下床走动了，我就去厨房给范尼梅发廊打个电话，把1975年前的预约都是给你排上。"（352）从这些生动的描述里，读者体会到的是一个母亲对女儿幸福的殷切期盼，是在严厉外表下的浓浓母爱。

而长大成人的女儿也理解母亲的用心，而且对生病的母亲表现出应有的关心。"感觉怎么样?"我抚摸着她的头发，她闭上眼睛仿佛在辨析着体内的感觉，现在她像个孩子，而我成了母亲。（352）"妈妈的胃溃疡又发作了，晚饭她就喝了些鸡汤，再没吃别的了，我心里为她难过。但我又没法留下来陪她。把生病的妈妈丢在家里，我感到愧疚。"（244）"妈妈日渐消瘦，见到她突兀的锁骨，我便不忍心冲她发火。"（263）

这种亦嗔亦爱，亦疏亦恋的母女关系现实生活中常见的，也是合理的。

而这一关系，在电影里处理得过于简单，似乎母女俩的关系只有对立。斯基特几乎没有询问过妈妈的病情和感受，没有一般母女应有的关心，距离感过强。只有电影的后部，在共同面对气极败坏地闯来的西丽太太后，母女俩握手相拥，才有了亲情流露。

关于明尼答应帮助斯基特写书的过程，原作中表现出了明尼的心理斗争和转变的过程。当艾碧莲约明尼早点到教堂说了斯基特想写书，希望她们能谈谈为白人工作的感受时，明尼知道艾碧莲已经答应了，但她不想这么做。（125）她的叙述中提到："艾碧莲昨晚又打电话来，问我能不能帮她和斯基特小姐完成那本书。我爱艾碧莲，真心诚意地爱，但我认为她去和白人掏心挖肺是个弥天大错。她是在拿自己的饭碗，拿自己的身家性命冒险。"（131）只是经不住"说出自己的真实感受"诱惑，她最终才在附带很多条件的情况下答应了接受采访。

电影对这段内容的处理则是在艾碧莲和斯基特在艾碧莲的厨房里进行访谈时，明尼冲进来告诉艾碧莲梅捷·埃弗斯家的车库被炸的消息，看到眼前的情景她惊呆了，"梅把你们的事都告诉我了，我还不愿相信……"她恼怒地冲出房间，旋即回来，决定参与采访，使人不免感觉对于如此大的事情，这样的反应过于突然。而且作为艾碧莲最好朋友的她要从其他人口中听说这件如此重要的事情，不合常理。

而在艾碧莲对这件事的反应上，电影比原作交待得更清楚，也更易于被接受。小说中艾碧莲的转变细节没有交待，只是斯基特接到艾碧莲的电话，说她同意接受采访，当被问及原因时，她说是因为西丽太太。可在这之前，当斯基特到她家去问她这事时，她拒绝的原因是恐惧，怕表妹和罗伯特的命运在自己身上重演，"斯基特小姐"，我一字一顿地说，巴望她能听进去，"我要是跟你做了这事，我的屋子怕是我被烧得一干二净了。"（98）。但后来她如何克服了这处恐惧，不得而知。

在电影中，增加了一个教堂的场景。在教堂里，牧师在布道时说的话给了艾碧莲克服恐惧的勇气："武勇并非胆识的全部，胆识意味着即便是身犯险境，也要勇于匡扶正义，主教导我们，命令我们，驱使我们，勇敢去爱，去爱，就像我主耶稣基督亲身示范那样，勇于为了自己的同胞受尽苦难。"所以在当后来斯基特问是什么使她改变了主意时，她回答说"西丽夫人，和上帝"。这样人物的心理活动轨迹就更加清晰。

四、结　语

如同绝大多数文学作品及其改编的电影情况一样，《相助》的文字与银幕版本在故事结构、容量、人物设置、情节构成等方面都有差别。总的说来，小说中的人物形象更为鲜明，故事情节更为细腻、丰富，人物关系也更加清晰合理，矛盾更加尖锐。而相比之下，电影就要温和许多，这或许是由于黑人总统的年代人们希望看到的是不同族裔和谐相处的和平景象，所以在原作把民族间的矛盾弱化为白人主妇与黑佣间的冲突的基础上，电影进一步将这种冲突淡化，似乎是在艾碧莲家擦干了血迹的沙发上，讲述远离我们生活的种族过往。

正如蔡博所说："导演成功地将美国 1960 年代种族歧视和隔离制度的血腥历史置换成了一个女人间的故事。白人和黑人的对抗，暴力与反暴力的斗争，都被这部电影悄悄去除掉。那个年代最醒目的历史事件，城市街头的示威游行，在这部影片中一闪而过，它们仅仅出现在斯基特家的电视机上，并且立刻就被斯基特的母亲关掉。(蔡博，2012)

参考文献

[1] Cleanth Brooks & Robert Penn Warren. Understanding Fiction. 北京：外语教学与研究出版社，2004.

[2] Kelly Griffith. Writing Essays about Literature：A Guide and Style Sheet. 北京：北京大学出版社，2007.

[3] Kathryn Stockett. The Help. New York：Amy Einhorn Books 2009.

[4] Laurie G. Kirszner & Stephen R. Mandell. Literature Reading, Reacting, Writing 5th ed.. 北京：北京大学出版社，2006.

[5] M. H. Abrams. A Glossary of Literature Terms. 北京：外语教学与研究出版社，2004.

[6] Terry Eagleton. Literary Theory：An Introduction. 北京：外语教学与研究出版社，2004.

[7] 蔡博.《相助》：种族旗帜下的个人故事//社会观察，2012(3)：93-94.

［8］常媚.《相助》中的黑白人生//电影文学, 2014（18）：121-122.

［9］陈波. 闪回与画外音在美国黑色电影中的应用//电影文学, 2012（19）：40-41.

［10］凯瑟琳·斯多克特. 相助. 唐颖华, 译. 北京：中国城市出版社, 2010.

［11］李显杰. 电影叙事学：理论和实践. 北京：中国电影出版社, 2000.

［12］林洪桐. 电影化叙事技巧与手段. 北京：中国电影出版社, 2013.

［13］刘云舟. 电影叙事学研究. 北京：北京联合出版公司, 2014.

［14］毛云飞. 看见未可见的——画外音在电影叙事中的运用//电影艺术, 2009（3）.

［15］苏擘, 闫红梅. 奥斯卡获奖影片《相助》的主题研究//电影文学, 2012（24）：35-36.

［16］谭静. 从叙述模式解读长篇小说《相助》//乐山师范学院学报, 2012（9）：21-24.

［17］谭静. 电影《相助》中的黑人女佣形象分析//电影文学, 2013（2）：53-54.

［18］徐大宁等. 外国文学与电影鉴赏. 南京：东南大学出版社, 2012.

［19］杨世真. 重估线性叙事的价值——以小说与影视剧为例.

浙江大学出版社，2007.

　[20] 詹尼弗·范茜秋. 电影化叙事. 王旭锋，译. 桂林：广西师范大学出版社，2015.

　[21] 张瑞红. 超越种族肤色的爱//博览群书，2012（4）：55-58.

　[22] 张秀娟. 电影的非线性叙事. 兰州大学，2010.

　[23] 张艳. 浅析《相助》中艾碧莲的黑人女性形象//电影文学，2014（24）：90-91.

（本章作者：李瑞青）

9. 《一天》

One Day

作者简介

作者大卫·尼克斯（1966—），英国著名编剧、畅销书作家。大学毕业后从事音乐剧编辑、演员，后专事写作。小说处女作 Starter for Ten 名列 2004 年"理查与茱蒂"俱乐部选书第一名，2006 年改编为电影。《一天》是他的第二部小说，2009 年甫一出版大获好评，受《卫报》《泰晤士报》《纽约时报》《ELLE》等媒体大力推荐，仅英国销量就逾百万册，更斩获当年《卫报》年度图书大奖，荣膺 2010 年英国小说榜冠军。2011 年，由其担任编剧的同名电影《一天》全球热映。

撷英采华

片段 1：

"... But I had a really nice time anyway. I've not done a lot of ...that kind of thing. I've not made a study of it, not like you, but it was nice. I think you're nice, Dex, when you want to be. And maybe it's just bad timing or whatever, but I think you should head off to China or India or wherever and find yourself, and I'll get on quite happily with things here. I don't want to come with you, I don't want weekly postcards, I don't even want your phone number. I don't want to get married and have your babies either, or even have another fling. We had one really, really nice night together, that's all. I'll always remember it. And if we bump into each other sometime in the future at a party or something, then that's fine too. We'll just have a friendly chat. We won't be embarrassed 'cause you've had your hand down my top and there'll be no awkwardness and we'll be, whatever, "cool" about it, alright? Me and you. We'll just be ... friends.

Agreed?"

"Alright. Agreed."

"Right, that's that then. ..." (Nicholls, 2010：422)①

译文：

"……不过不管怎样我真的过得很愉快。那样的事……我没有经历过太多。也不像你那么有研究，不过昨晚是美好的。我认为，德克斯，只要你想成为一个好人，就可以做到。现在也许时机不合适，但我觉得你应该去中国或是印度之类的，去发现自己，而我，留在这里便已安然。我不想和你同行，不想每周收到明信片，甚至不想要你的电话号码。我也不想和你结婚生子，连放纵一次也不想了。昨晚就够美好了，我永远不会忘怀。未来有一天我们如果不期而遇，也会友善地聊聊天，这样就挺好。就算你曾经把手伸进我的上衣里，我们也不会觉得尴尬，照样谈笑自若。很酷，对不对？你和我。咱们只是……朋友。同意吗？"

"哦，同意。"

"嗯，那就这么说定了……"（王臻译，2012：350）

片段 2：

'... You're not who you used to be, Dex. I really, really liked the old one. I'd like him back, but in the meantime, I'm sorry, but I don't think you should phone me anymore.' She turned and, a little unsteadily,

---

① 本章内所引用的英文版本均出自霍德出版社（Hodder & Stoughton）2009 年版本。中文译文均出自王臻（2012，南海出版公司）的译本。以下只在引文后标注页码，不另加注。

began to walk off down the side alley in the direction of Leicester Square.

...

Then very quickly she turned, walked up to him and pulled his face to hers, her cheek warm and wet against his, speaking quickly and quietly in his ear, and for one bright moment he thought he was to be forgiven.

'Dexter, I love you so much. So, *so* much, and I probably always will.' Her lips touched his cheek. 'I just don't like you anymore. I'm sorry.'

And then she was gone, and he found himself on the street, standing alone in this back alley trying to imagine what he would possibly do next. (210)

译文：

"……从前的你已不复存在，德克斯。我希望他能回来。还有，很抱歉，我觉得你不该再联系我了。"她转过身，踉跄着沿小街朝莱斯特广场的方向走下去。

……

接着她迅速转身走到他面前，将他的脸摁向自己，湿润温暖的脸颊贴上他的颊，在它的耳边平静快速地开口说话。有那么一瞬他以为光明出现，以为自己要被原谅了。

"德克斯特，我很爱你，深深地爱着，这份爱可能会持续到永远。"她吻了吻他的面颊。"可我再也不喜欢你了。对不起。"

她已消失不见。他发觉自己形单影只地立在这僻静的小巷里，不知该何去何从。(178)。

片段 3：

Dexter noticed her blue dress, the kind of thing she never would

have worn ten years ago, and noticed too that the zip had come undone by
three inches or so at the back, that the hem had ridden up to halfway
along her thigh, and there followed a fleeting but still vivid memory of
Emma in an Edinburgh bedroom on Rankeillor Street. Dawn light through
the curtains, a low single bed, her skirt around her waist, arms above her
head. What had changed since then? Not that much. The same lines
formed around her mouth when she laughed, they were etched just a little
deeper now. she still had the same eyes, bright and shrewd and she still
laughed with her wide mouth tightly shut, as if holding in some secret. In
many ways she was far more attractive than her twenty-two-year-old self.
She was no longer cutting her own hair for one thing, and she had lost
some of that library pallor, that shoe-gazing petulance and surliness. How
would he feel, he wondered, if he were seeing that face for the first time
now? If he had been allocated table twenty-four, had sat down and
introduced himself. Of all the people here today, he thought, he would
only want to talk to her. He picked up his drink and pushed back his
chair. (279)

译文：

德克斯特注意到了她的蓝裙子，背露在外面，下摆也只及大腿
的一半。十年前她可绝不会这样穿。于是他又想起了爱丁堡兰基勒
街的小屋中的那一幕：晨曦透过窗帘，照在低矮的单人床上，她的
裙子围在腰际，手臂举过头顶。时光流转，红颜依旧。她的眼睛一
如从前，明亮，精明，她的笑容也没有变，依旧如保守秘密般紧抿
着唇，只不过嘴角爬上了一些细纹。她的魅力更胜二十二岁之时。
她不会再自己剪发，还少了几份书虫似的苍白，不再那样孤芳自
赏、乖戾愤怒。他想象今天是第一次邂逅她。想象他们若同桌，落
座后自我介绍，那是怎样的感觉……他意识到，今天到场的所有人

当中，他愿与之说话的只有她，于是拿起酒杯，将椅子向后推。
（237）

片段4：

'Let's just say that I think the best thing you could do is try and live
your life as if Emma were still here. Don't you think that would be
better?'

'I don't know if I can.'

'Well you'll have to try.' He reaches for the remote control. 'What
do you think I've been doing for the last ten years?' （408）

译文：

"听着，如果可以，你最好去努力地好好生活，就当爱玛还在。
你不觉得这样最好吗?"

"我不知道我能不能做到。"

"你必须努力去做。"他伸手去拿遥控器。"你想想，我过去的
十年是怎么过的?"（340）。

影片资料

彩色片，107 分钟

美国焦点电影公司（Focus Features）出品

导演：罗勒·莎菲

编剧：大卫·尼克斯

摄影：西蒙·芬尼

主演：安妮·海瑟薇饰爱玛

　　　吉姆·斯特吉斯饰德克斯特

派翠西娅·克拉克森饰艾莉森（母亲）

汤姆·米森饰卡勒姆

获奖情况：暂无介绍。

剧情梗概

德克斯特·梅休是玩世不恭、家境殷实的花花公子，爱玛·莫利是性格保守、家境普通的平凡女孩。1988 年 7 月 15 日，两人在爱丁堡大学的毕业派对上相遇。殊不知，爱玛早就对德克斯特一见钟情并爱恋至今。带着醉意，两人相拥来到爱玛的住处。当晚他们彻夜而谈，什么也没发生，却又注定改变了彼此的一生。第二天，他们即将踏上新的人生旅程。临行之际，他们约定成为好朋友，并在之后每年的 7 月 15 日那天见面。在之后的岁月里，他们焦灼、倾诉、挂念、幻想、安慰、伤害，两人以知己的身份时聚时散，收获了人生的苦辣酸甜和各种感悟。

曾几何时，自恋孤傲的德克斯特也尝试向爱玛吐露心扉，无奈命运的捉弄总是让他们在最需要彼此的时刻一再错过。伦敦、巴黎、罗马、印度、爱丁堡，爱玛远远地看着德克斯特满世界游走，而自己却在生活的旋涡里挣扎，找寻着理想的入口和现状的改变。机缘巧合，不愿付出努力却追求名声与金钱的德克斯特成了一个小众的电视主持人，精神空虚的他终日沉溺于酒精、毒品、性欲，只把爱玛当做精神的依靠和梦醒时分的宣泄。爱之深痛之切的爱玛与他断绝了联系，但心中仍不时将他挂念。相逢之日，两人相约和好，仍做对方最好的朋友。不曾想，德克斯特首先与爱玛分享的却是他即将为人夫、为人父的喜悦。心里带着伤痛、脸上挂着笑容，爱玛诚恳地祝福德克斯特。婚后，德克斯特收敛了诸多不良习气，努力地承担起丈夫和父亲的责任。大龄的爱玛虽也交了男友，却最终无法忍受有性无爱的生活。厌倦了周边同学朋友的相劝，爱玛孤身一人来到巴黎专职写作打拼自己的梦想，很快新交了法国男友，一切看似即将安定下来。世事难料，德克斯特遭遇了失业以及妻子的背叛，离婚后一身疲惫地来到巴黎，出现在爱玛面前。她该如何抉择？心伤、愤怒过后，爱玛抛开一切，敞开心胸接纳了内心这最深的爱和最不忍的割舍。

然而，爱情的甜蜜抵不过宿命的安排，三年后爱玛车祸去世。自此，历经曲折苦难岁月打磨才最终结合的两人竟是阴阳两隔！是颓废沉沦，还是勇敢前行？历经成长的德克斯特将会做出最好的抉择。

【深度解读】之一：
一日缘一生情
——《一天》中男女主人公爱恋关系解读

小说运用温婉如诗的笔调，娓娓讲述了一个跨越近二十年的爱情故事。男女主人公含蓄、细腻的心理以及曲折的人生经历，折射了他们之间那看似若即若离、实则耐人寻味的爱恋关系。该文以男女主人公的生活轨迹为主线，分析梳理其爱恋关系发展变化的曲折历程。然而无论世事如何变幻，伴随融入岁月、深入灵魂的丝丝关爱，为这份平凡的爱恋增添了许多抹不去的温情与感动。

　　假如，没有毕业那天的短暂邂逅；假如，他那天不是向她发出暧昧的邀请；假如，她不是早已默默爱上了他——一切也许将不会开始。假如，没有车祸那天的相约出行；假如，他的青春不是那么玩世不恭、懵里懵懂；假如，她的期待不是那么保守矜持、深沉忍让——幸福的时光或许会更长久一些。然而，一切没有假如。

　　英国作家大卫·尼克斯（David Nicholls）的畅销小说《一天》（One Day）用轻松又略带忧伤的笔调，讲述了男女主人公在近二十年的时光里相识、相知、相爱，直至分离的人生历程。出身平凡的爱玛与俊美自恋的花花公子德克斯特在毕业时相识，第二天即将各奔天涯，被彼此的特质所吸引，两人约定每年在毕业相识的这一天见面。作品随后讲述了 20 年里两人约定见面的那一天所发生的事，呈现了双方各自的生活经历和状态以及他们之间曲折、微妙的情感变化。随着青春无可奈何的逝去，男女主人公之间由岁月酝酿出来的至真至纯的感情经历，幻化成一个唯美的爱情故事，融化其中的浪漫与错失，在带给我们感动的同时，不免也充满了令人心碎的遗憾和惆怅。

一、美好相遇暗生情愫（1988）

德克斯特·梅休是玩世不恭、家境殷实的花花公子；爱玛·莫利则是性格保守、家境普通的平凡女孩。1988 年 7 月 15 日，两人在爱丁堡大学的毕业派对上相遇。被爱玛的美丽所吸引，德克斯特的视线一直围绕着她。殊不知，在四年前的一场派对上，爱玛早就对德克斯特一见钟情并爱恋至今。受其他毕业生的狂热和放纵所感染，两人带着醉意来到爱玛租住的小屋，打算共度这最后的狂欢与浪漫之夜。虽然对与心爱的人相处倍加珍惜，但出于紧张以及带着对未来生活的迷茫，爱玛建议只是拥抱而已，这虽受到期待及时行乐的德克斯特的鄙夷，但在爱玛身上，他体会到和其他女孩不同的感觉。二人之后略带尴尬的相处却隐藏着各自的期待。第二天，两人登上亚瑟王座山度过了一段单纯而又随意的时光。相遇的美好，已然让爱玛内心倍感欣慰，她并不奢望能就此与德克斯特进一步发展。"昨夜就够美好了，我永远不会忘怀。未来有一天我们如果不期而遇，也会友善地聊聊天，这样就挺好。"（350）

临近傍晚，两人将要各奔东西，相逢无日。一贯优柔寡断的爱玛虽感到一阵遗憾，却不知如何开口。而德克斯特也不甘心从此看不到这张漂亮的脸，暧昧地邀请爱玛到他的住处喝一杯，期待在父母到来前的两个小时能与爱玛有一次亲密的举动。不忍错过这最后的相处机会，爱玛和他飞快地奔向他装饰高雅的公寓，一路拉着手，大笑着。不曾想，德克斯特的父母提前到达，使二人的期待瞬间消散。梅休夫人的高贵与优雅更使爱玛自惭形秽，委婉拒绝了德克斯特的又一次邀请。一路失望地朝着租住的那间邋遢的公寓走去，爱玛再次充满了挫败感。自卑但清高孤傲的她没有主动留下电话号码，暗暗接受了与心爱的人难再相逢的事实，不断鼓励自己勇敢面对未来的迷茫，"尽可能地去改变，不是整个世界，而是你周遭的小世界"（359）。就在这时，德克斯特的脚步声从身后传来，爱玛努力按捺住内心的狂喜。德克斯特气喘吁吁地追上来，装出一副漫不经心的样子，为计划的挫败道着歉，随后吞吞吐吐地向爱玛索要她的联系方式。爱玛极力保持着矜持，仍毫不保留地留下了自己、父母的电话和地址，还格外强调了在爱丁堡的住址及邮政编码。德克斯特留给爱玛自己的联系电话，并邀请她在八月份自己从法国回来后来自己家小住，期待之情不予言表。二人在夏夜的暮色中情不自已，相拥而吻——平生最甜蜜的一吻。

二、时运捉弄隐爱为友（1989—1991 年）

"异性之间的友谊即使不能排除性的吸引，它仍然可以是一种真正的友谊。当然，性的神秘力量在其中起着的作用也是不言而喻。区别只在于，这种力量因客观情境或主观努力而被限制在一个有益无害的地位，既可为异性友谊罩上一种为同性友谊所未有的温馨情趣，又不致像爱情那样激起一种疯狂的占有欲。"（周国平，2014：122）

爱玛虽然早已对德克斯特心动不已，但保守矜持的性格使得她不敢也不愿表白，似是在等待两人心有灵犀的那一刻。而德克斯特见多了感情炽热的女子，对爱玛的淡然竟多了一份好感。然而，两人之间的情感并未像花朵般如期绽放，而是因各种客观情境或机缘巧合一再失去迸发的机会。

德克斯特在毕业那个夏季的最后几天信守了之前的承诺，邀请爱玛到他家位于牛津郡的房子里住了几天。古典风格、褪色地毯、抽象油画、药草飘香的后院，游泳池和网球场，这座华美的房子在家境普通的爱玛眼里简直是一座豪宅，让她想到了《了不起的盖茨比》。由于自卑与过分紧张，爱玛在酒精的作用下竟然吼了德克斯特的父亲是个法西斯，就因为他支持尼加拉瓜的桑地诺解放阵线。自然，浪漫的欢会成了泡影。之后在他们共同的朋友卡勒姆的生日派对上，二人见了面，虽然爱玛已得到德克斯特的谅解，但"他们的关系却就此定于亲密而又恼人的友谊"（20）。

此后德克斯特再度远游，趁着年轻及时行乐。两个人也变成了笔友，但每次都是爱玛一封封的长信幽默连篇，字里行间却是难以掩饰的渴望，承载着未曾言明的情愫，而德克斯特的回应则是充斥着喧嚣口号的明信片。在罗马的休闲之旅中，德克斯特仍不忘寻欢作乐，但在与自己辅导语言的学生缠绵时，还是不自觉地想到了爱玛，想到她不知该对此作何表态。抵制不住红酒和欲望的驱使，德克斯特继而自欺欺人地努力说服自己：爱玛远在天边正忙着改造世界，这里的一切同她又有什么关系？风流成性的德克斯特继承了母亲的很多特质，美貌自不用说，都享受一种非我莫属、众星捧月的感觉，甚至就连德克斯特也怀疑母亲偶尔同一些成功人士偷欢。但即便是这样，德克斯特并不因此生气，他真心喜欢母亲，也真心喜欢父亲。因而当母亲提到爱玛是个好姑娘，她不仅漂亮、热情，虽然父亲被她说成是资产阶级法西斯，但她有血性有激情，跟那些性感女孩不一样时，德克斯特的心头一颤。父母对爱玛的认可，无疑在德克斯特的心里激起了丝丝涟漪。

于是，1990 年的 7 月 15 日，身在印度的德克斯特虽不能与爱玛见面，却平生第一次给爱玛写了一封长信，鼓起勇气坦白了自己对她真挚的情感，并邀请她同来印度见面，甚至还搞笑地设计了两人在泰姬陵前手持玫瑰和小说见面的桥段。这封他认为"显然会改变一切"（44）的激情告白连他自己看了都心生疑惑，但他确定自己真的想见她，"不论这信有多么蠢，其中却包含着诚挚的感情，甚至不止感情"（44）。外在狂妄而内心敏感的德克斯特虽毫不怀疑自己的真诚，但还是为自己的表白可能受挫找好了退路。"是的，今晚一定会把信寄出去。如果她反应过激，他大可以推说是酒后乱写的。"（44）。

遗憾的是，这封作为礼物从此将改变人生的信，不等德克斯特把它寄出就被遗忘在了酒吧。这封信虽被一个德国学生发现，"知道它承载着重大意义"，但由于信封上没有收信人和写信人的地址，找寻其他线索也无果，这封信最终被遗忘在这个德国人的家里。一个将改变两人关系及生活轨迹的重要机会，由于德克斯特的疏忽，就此错失。错上加错的是，醉酒的德克斯特当时一定未意识到信件的丢失，之后也一定未向爱玛求证这封信的去向。就这样，激情告白的德克斯特就像在清澈的湖水中投入一枚石子，满怀期待却未见任何回声。"对满怀激情之爱的一方而言，如果对方对自己的热情做出了回应，那么他就会感到满足而快乐；如果对方对自己的热情没有做出回应，他就会觉得空虚而绝望"（戴维·迈尔斯，2006：333）。内心脆弱而又敏感的德克斯特，就此误认为是爱玛冷酷无情地拒绝了他。

在印度火车上偶遇的一位妇人给德克斯特提供了一份工作，由于表现优异，他很快在电视行业混得风生水起，自己也开始满足于这个光鲜体面的工作。事业上的风光更加凸显感情上的落寞。空虚而绝望的德克斯特开始不断地带着不同的女孩子，来到爱玛工作的餐厅招摇，恶意报复爱玛的拒绝。而毫不知情的爱玛却不知事出有因，只是不自信地认为"他们之间再也容不下男女之情了——他的经历丰富，而她过得平淡"，对于"德克斯特把她们一个个带到她面前来献宝，如同小狗叼来一只只肥鸽子"这种恶意的报复，就只是"因为她的学位比他的优异些"（51）。缺乏沟通使得二人相互误解，而各自内心的自卑又使双方失去了沟通的勇气。就这样，德克斯特不时向爱玛大谈自己的情爱生活加以刺探，这对爱玛来说就像被一个又一个网球砸中，但隐忍的爱玛不动声色，默默地忍受着内心的失望。"既然与他发生恋情的可能性愈来愈渺茫，爱玛便努力硬起心肠，应对他的冷漠无情"（55）。

就这样，双方对各自情感的隐藏，均被误解成了对对方情感的冷漠，就像两只做茧的蚕蛹，坚硬的外壳下，隐藏着深深的爱恋和不可触碰的自尊与脆弱。而双方默认的朋友关系，自然就变成了保护两人淡然交往的保护伞。

三、精神之恋 灵魂伴侣（1992—2000 年）

"什么是真正的友谊呢？就是人们在几乎不可能得到回报的时候也会去帮助朋友"（戴维·迈尔斯，2006：339）。虽然成为恋人已无可能，但两人还是默契地维持着朋友间的友谊。爱玛对德克斯特的一个又一个恋情不再回避，任其倾诉；德克斯特也开始以朋友的身份鼓励爱玛，帮助在追求梦想的道路上迷茫彷徨的爱玛振奋精神、提升自信。即便是为期十天的结伴旅行，两人也专门制定了"交往守则"，以期不要打破他们之间纯洁的友谊。尽管两人朝夕的单独相处难免会真情流露，但总是适时地以漫不经心的方式打断。"多年前曾短暂敞开的情感之窗已然关闭，两人都对对方产生了免疫力，如今是坚守分寸，安心地做起朋友"（65）。对目前的两个人来说，对方都是自己真正的朋友，也是最最重要的朋友，他们之间的友谊也是最最纯洁的友谊。

之后几年，两人的事业、生活状态发生了很多变化。

被电视主持人的风光和名气环绕，追求享乐的德克斯特逐渐迷失了自我。他沉溺于酒精、毒品和女人的声色场，放肆地挥霍着青春、身体及感情，疏离了周边的朋友与家人。哗众取宠的栏目也逐渐给他的事业带来了负面效应，他虽然变得有名，但也是臭名，主持能力得到质疑，事业逐渐走向了低迷。与此同时，爱玛的事业却不断有了起色，先是摆脱餐馆获得了一份教师的工作，辞职后又成为一名职业作家，一步步为她的理想打拼。情感生活中，德克斯特的女友换了一个又一个，直到遇到了美丽的富家女子西尔维，开始享受有序稳妥的生活。爱玛也不再独自忍受情感和肉体的孤寂，先是跟喜剧演员伊恩同居，分手后又跟所在学校的校长维持了一段地下情，之后重又恢复了单身。

但各自事业与情感生活的变化，最终改变不了两人对对方精神上的依赖，哪怕两人曾一度连做朋友都难以为继。在德克斯醉生梦死的日子里，爱玛便是他清醒时分的精神寄托。"他总是希望爱玛能在场，把她当作一项呼之即来的资源、可以求助的热线"（135），尤其在他的母亲过世后，"他发觉自己越来越依赖爱玛"（135）。在他主持的节目将在全国电视直播的大日子，他是那么地需要爱玛陪在他身边，给他精神动力。即便是跟平生第一次主动追求的女孩西尔维在一起，他也暗地希望把在女友家游戏时的遭遇讲给爱玛听。在爱玛室友蒂莉的婚礼上，德克斯特身边虽有女友西尔维陪伴，但"他意识到，今天到场的所有人当中，他愿与之说话的只有她（爱玛）"（237）。而爱玛虽精神上毫不空虚，但仍是期待着与德克斯特的相处。在同伊恩约会期间，虽作为喜剧演员的伊恩搞笑不断，但在爱玛看来却俗套厌烦，"不像德克斯特对笑话毫无兴趣，视幽默感如政治良知，尴尬而无趣，但反而会让她笑个没完"（124）。当与伊恩的生活变得乏味难以忍受时，爱玛也期待着向德克斯特"倾诉一下自己情感生活中的一团乱麻，以及对未来的迷茫（173）。即便在两人朋友关系分裂两年多，突然得知德克斯特即将走入婚姻为人夫为人父，爱玛悲伤之余也真诚地为他的改变和现在的幸福而高兴。正如百度百科对"灵魂伴侣"的解释，"灵魂伴侣并不一定跟我们终生不离，他的特质在于彼此心灵上的信赖和善解，好聚也好散，互相祝福。"在德克斯特失去母亲、失去工作、失去的婚姻的每一个需要朋友关心的时刻，爱玛总是以最好的朋友的身份，慷慨地给予德克斯特关心和力量。

在相处的这些日子里，德克斯特和爱玛的生活虽然时有交集，但各自有各自的感情甚至是家庭，即使两个人在一起也是毫无私念地分享生活中的感悟以及为对方的工作及生活提出一些建议。他们之间的这种关系，正如古希腊伟大哲学家柏拉图所提出的一种恋爱观，没有对恋爱对象的占有欲望和目的，与现实的婚姻爱情也不产生冲突，是超越现实的一种空灵的美好感情，是精神之恋，也是灵魂上的伴侣。

四、幸福短暂 思念悠长（2001—2007 年）

对爱玛来说，幸福来得是那么突然。已近中年的德克斯特生活一直走下坡路，在母亲病逝后，又相继失去了家庭、工作、妻子。环顾四周，他的身边似乎只剩下爱玛一个人。2001 年的 7 月 15 日，离婚的德克斯特来到巴黎，同两个月之前来到巴黎专职写作的爱玛相见。他勇敢地向爱玛道明了这次来的目的，希望两人走到一起。爱玛虽然已新交了男友，也告诉德克斯特自己不是他的候补，但还是果断取消了与男友的约会，接受了德克斯特的感情，不，是主动抓住了属于自己的感情。"她似乎想到什么，三步并作两步地穿过房间，双手捧起他的脸，吻他"……（292）。

爱情是美好的，相爱的日子也充满了魔力。德克斯特不再是那个放浪形骸的狂妄青年，在爱玛的支持下，他开了一家咖啡熟食店，一切走上了正轨。"多少年来，他第一次由衷地感到了自豪。……多年以来他第一次感到做回了自己。他有一个他心爱的渴望的女人，他的搭档兼最好的朋友，他有个聪慧漂亮的女儿，他有一份如意的工作。只要坚持，一切都会更好。"（300）。而爱玛也是生活得开心幸福，"如果说她之前的生活志得意满，那么现在的日子便是细水长流"（319）。

美好的爱情总会遭到上天的忌妒，2014 年的 7 月 15 日，爱玛骑着单车遭遇了车祸。从此，爱情中的两人阴阳两隔。

对于此时的德克斯特来说，爱玛是他的整个世界，是他在这世界上最后的灵魂之光。她死了，他的心也跟着一起死了。之后一年，德克斯特再次沉迷于酒精，在夜场的迷离灯光中寻找着和她相似的身影……"她的逝去并没有赋予他壮烈，他只是一味地变得堕落，丧失了品德和目标，成为一个粗鄙、寂寞的中年醉汉，在悔恨和羞愧的毒素里沉沦"（337）。好在父亲的话及时给了德克斯特最好的疗药，"如果可以，你最好去努力地好好生活，就当爱玛还在"（337）。于是，在爱玛逝世的两周年纪念日，德克斯特终于从伤痛中逐渐走了出来。他独自整理了爱玛的遗物，一些笔记本、信件和相册，盯着照片，他的思绪随着照片又回到了 1988 年，两人在亚瑟王座山上那个悠闲随意的日子。2007 年 7 月 15 日，爱玛逝世三周年纪念，也是两人相遇 20 年的纪念。德克斯特带着女儿又回到了亚瑟王座山，跟女儿轻声讲述着与爱玛的过去，那美好的一天。

五、结　语

美好而又浪漫的一天，一切始于此。此地，此日。却也止于此。但两个人之间的情感却走过了千山万水、走过了青春，也走过了阴阳两重天。从最初相遇那令人回味的一吻，到时运捉弄不得不互隐爱意的无奈，从两人超越婚姻的精神之恋，又到峰回路转后的短暂相伴，两人的情感像蜿蜒的小溪，弯弯绕绕，却带着历史使命般汇入爱的海洋。虽没有惊天动地的激情，也没有海誓山盟的浪漫，但萦绕在心间的牵挂与精神支持，却书写了两人生活中最本真的美好与眷恋。这一天，并没有在 20 年之久的等待与挣扎中淹没，而是像一朵圣洁的雪莲，点亮了他们平淡而又曲折的人生旅程。纯洁的情愫纵然令人向往，无奈的错过也总是令人叹息，但最触动心灵的，却是这份最深沉的爱和最不忍的割舍。一日的相见，一生的情缘。

【深度解读】之二：
解析影片《一天》中反经典叙事要素的构建

影片《一天》由英国作家大卫·尼克斯的同名畅销小说改编而成。该影片一反经典好莱坞电影的叙事传统，叙事风格独特而新奇。通过对该影片中反经典叙事的一些要素进行较为细致的分析，深入挖掘这几个叙事要素在影片中的作用及表达含义，以加深对影片的深层理解及其艺术魅力的领悟。

由英国作家大卫·尼克斯的同名畅销小说改编的电影《一天》，其独特的叙事风格虽令人感到一丝陌生与费解，却给人以耳目一新的感觉。它以每年的 7 月 15 日这一天为主线，讲述了男女主人公在二十年的时光里相遇、相知、相恋、相离的人生历程。但他们二人在二十年的光阴里所经历的事件，并非因果相扣，以一件事的解决引起另一件事为发展线索，而是结构松散，一反传统叙事平铺直叙的叙事风格，引起观众无尽的揣摩与遐想。

影片里的这种叙事风格，虽与文学叙事有着些许不同，却基本沿用了原著小说的叙事结构，具有意味深长的象征意义。正如著名作家莫言先生在《蛙》代序言《捍卫长篇小说的尊严》中所说，"长篇小说的结构，当然可以平铺直叙，这是那些批判现实主义的经典作家的习惯写法。这也是一种颇为省事的写法。结构从来就不是单纯的形式，它有时候就是内容。长篇小说的结构是长篇小说艺术的重要组成部分，是作家丰沛想象力的表现。好的结构，能够凸显故事的意义，也能够改变故事的单一意义。好的结构，可以超越故事，也可以解构故事。"这部影片以其不同于经典叙事的独特的表达，既赋予了故事个性化的表达手段，又升华了作品的主题表达与内在含义。

一、什么是经典叙事？

经典叙事，指的是经典好莱坞的叙事系统，20 世纪 30 年代在好莱坞逐渐形成，并在以后的四五十年代完全主宰了好莱坞的电影制作，其支配性的影响力至今在好莱坞和国际商业电影领域发挥着举足轻重的作用。"在经典叙事结构中，故事中的事件是围绕着谜和解谜的基本结构来组织的。故事开始的时候，往往有一个意外的事件打破了虚构的业已存在的世界的平静与和谐。现在，叙事的任务就是要着手对付失衡的世界，并重新找回世界的平静与和谐。经典叙事将会采取不同的手法来解决发生的问题，重建虚构世界的秩序。但重要的是叙事的过程（从初始事件爆发到最后问题解决的一切事件）都有一定的秩序安排，故事中的事件都是依照因果关系组织起来的，这样，叙事事件之间就有了逻辑的联系。经典叙事按照大致的线性架构逐次展开，直至到达最后那一显然是理所应当的结局。"（游飞、蔡卫，2002：32）

二、影片中构建的反经典叙事的要素

1. 叙事结构

经典叙事方式是一个情节推进可追踪的故事结构模式。这个模式强调叙事成分之间连贯性的组合/排列关系，以有利于情节因果性的线性发展，使观众在其间始终明确自己的心理时空位置，并保持明白无误的情感立足点和评价性审美走向。因此，它们的后一组组合/排列，必须是前一组的逻辑发展（杨剑明，1998）。悉德·菲尔德（悉德·菲尔德，2002）为经典叙事的故事结构提出了一个可以随意套用的格式：不受干扰的状态——干扰介入——努力排除干扰——干扰消除的过程。影片《阿凡达》就体现了经典叙述故事结构的典型特征。这部影片开场展示的是和谐美丽的潘多拉星球这种不受干扰的状态，随后代表人类的美国军队的入侵成为干扰介入，而土著纳威人在阿凡达的帮助下历经艰险努力地排除干扰，最终击退人类实现干扰消除的这样一个封闭的逻辑过程。正是基于经典叙事结构的因果性、线性发展，观众易于理解接受电影所讲述的故事并能将自身融入其中。

与经典叙事不同，影片《一天》的故事结构并没有强调叙事成分之间的连贯性。故事的事件发展虽以每年的 7 月 15 日为切入点，基本延续了按时间发展的线性叙述，但也同时穿插了倒叙和预叙的表达方式，时序偶尔被打乱和重组。更重要的是，影片的故事结构没有像经典叙事结构那样体现戏剧化的冲突，也没有以冲突的开端、发展、激化、解决为叙事逻辑来安排剧情，而是由一种更加脆弱的事件链来代替。每一年这一天发生的事件并不是上一年这一天所发生事件的逻辑延续，许多事件都是插曲式的，而机会和巧合在推进叙事中扮演了重要角色。这种松散的叙事结构，在很大程度上不是依赖于事件的因果关系，而是依赖于心理上的因果关系。故事表面上只是像摄像机一样机械地记录下每一年男女主人公的生活状态和生活轨迹，而观众却要不时地从故事中跳离出来，自问诸如"故事是怎样被讲出来的？问什么要用这种方式来讲故事？"这样的问题，而不是在观看经典叙事电影时常常要问的"某人会做某事吗？"这样的问题。

2. 叙事情节

"情节是一连串行动与事件的总和，而不是根据本质意义和因果关系构成的链条"（刘云舟，2014：47）。英国作家福斯特对故事和情节这两个概念进行了简洁而有效的定义：国王死了，后来王后也死了，这是故事；国王死了，然后王后因悲伤而死，就成为情节（刘云舟，2014：144）。当然，这里的情节特指的是经典叙事模式中的情节，因为在所有叙述模式中，经典叙事模式最重视剧情成分，因果关系是传统情节观的中心。但经典叙事由于过于追求因果逻辑，其逻辑性与叙事的真实性间由此可能构成矛盾。电影理论家安德烈·巴赞就是一个反对经典叙事情节观的现实主义者。他始终要求将叙事的真实性放在第一位，"主张采用一种亲近生活、包含偶然的叙事结构方式"（刘云舟，2014：47），这是为了让电影叙事更具有现实生活的真实性。

影片《一天》与经典叙事的情节观不同，展现的是一个去情节化的故事，部分体现了巴赞所主张的电影叙事要反映现实真实性的理念。该片让故事自行推展，并不遵循悬念的规则，以固定的时间为叙事切入点，仅仅注重对事物本身的描述，展现男女主人公或重大或无关紧要的生活经历，以保持生活原貌。在这种情形下，"支撑叙事结构的首先是时间的过程而较少因果的逻辑，让一些'突发'的事件展现在一个时间顺序的结构中，这些时间因而联结为一个相对的整体，由此获得叙事结构所需要的严谨性"（刘云舟，2014：48）。

3. 人物形象

在经典叙事的戏剧化故事情节模式确定之后，好莱坞经典叙事的人物形象构成也呈现类型化的倾向。"根据戏剧冲突的原则，人物形象被确立为正反两个阵营"（游飞、蔡卫，2002：35），如西部片总有代表正义和法律的警长和贪婪野蛮的印第安人，警匪片也有司法和犯罪的对峙等。"在经典好莱坞叙事中，人物形象在遵循类型原则的大前提下又有无穷的取舍和变化，但正反两方人物所构成的戏剧冲突则是好莱坞永恒的法宝"（游飞、蔡卫，2002：35）。另外，在经典叙事中，故事的主角（正面人物）是一个带有性格特征、动机和欲望的丰满个性，而构成故事的连环事件就受到这个人物行动动机的控制，并由他的行动来最终决定矛盾的解决。总之，以人物为中心的因果推动以及目的明显的人物行动是构成经典叙事的一个最基本的特征。剧本创作的宗师罗伯特·麦基（2001）对这种叙事下的人物形象作了最好的总结，他认为经典叙事是"在一段连续的时间内，在一个逻辑和因果关系协调的虚幻世界里，一个主人公积极地对抗外界的主要反对力量来实现自己的愿望，最后得到一个绝对的、无法改变的结局"。

而在影片《一天》中，人物形象显然并不具备经典叙事中人物形象的基本特征。首先，人物形象缺乏正反两方人物所构成的戏剧冲突。影片中，男主人公德克斯特和女主人公爱玛间虽有很大差距，一个是俊美自恋的花花公子，另一个是出身平凡的普通女孩，但两个人却成了最好的朋友，双方都是相互支持和尊重，并没有一些戏剧化的事件来展示双方的冲突。其次，人物形象缺乏明确的动机和目的。影片主要讲述的是一对年轻人从毕业晚会相识，继而相知、相恋、相离的跨越 20 年的生活历程，但推动叙事情节发展的并不是凭借其中任一主人公的积极努力，而是出于两人口头约定每年 7 月 15 日相见的生活状态的展现。而对两人相见时的描述也不是以展现两人共同经历的事件为主，而是主要通过对白的形式，缺乏人物行动动机的因果性推动。

4. 故事结局

"好莱坞大团圆结局作为经典好莱坞叙事系统的重要组成部分，在许多好莱坞主流影片中扮演着画龙点睛的作用"（游飞、蔡卫，2002：40）。虽然好莱坞也偶尔会出现开放性结尾的故事形式以跟上时代，但循环型或封闭型的故事结构是它最流行的的故事设计。

在故事的结尾，叙事将回到它的起点，主人公将完成自己的圆形旅程回归他（她）的出发地。当然，经典好莱坞电影的大团圆结局是与观众心理的需求和好莱坞成功的完美经验分不开的。一方面，观众抱着享受娱乐的目的走进电影院，拒绝费力去思考剖析电影故事、人物和细节；另一方面，好莱坞充分运用其成功经验，极力迎合观众的心理需求，来保障票房收入实现其商业化的目的。因而在经典好莱坞影片中，跟绝大多数观众一样的穷人总是好人，而好人总有好报，结局必定是幸福圆满。

在影片《一天》中，故事开头展现了一段爱玛骑着单车在街上穿行的画面。接着镜头切换到 1988 年的 7 月 15 日，两人毕业那天相遇的场景。随后故事按时间顺序徐徐展开，直至时间推进到 2006 年的 7 月 15 日，历经百般曲折的两人终成眷属后相约去看电影吃饭，镜头又重现了故事开头时爱玛骑着单车在街上穿行的画面。到此叙事看似回到了它的起点，如果影片到此结束，思想内涵虽不够深入倒也称的上是结局圆满。但这只是虚晃一枪，故事还远未结束，其后的故事更是远非美满团圆。女主人公因车祸去世，男主人公悲痛万分在痛苦中沉沦，后来虽逐渐走出丧妻的阴影，却也孑然一身孤独度日。由此可见，影片的结局并未遵循经典好莱坞叙事的大团圆的结局。

5. 时间与空间

"连续性剪辑代表了好莱坞经典叙事的根本电影特性"，因为自然流畅的连续性剪辑为观众提供了一个简洁方便而又真实可信的银幕世界。经典好莱坞叙事要求在剪辑中将"单一镜头按照发生事件的时间顺序组成段落，并最终构成整个故事"。这样，剪辑不但起到推进故事发展的作用，而且"能够建立一个共存的可信空间，更可以在叙事的时间和空间当中编制出相当复杂的互动关系"（游飞、蔡卫，2002：36-37），其目的在于确保观众已经构建起来的封闭、完整的时空感。在经典电影叙事中，叙事的过程严格地保证了时空的连接性，观众不会明显注意到时空的转变，而是仅仅被故事发生的事件所吸引，沉浸于紧张刺激的故事情节中。时间和空间的转换只是附属于事件发生的自然属性。

在影片《一天》中，时空的转换并不是按故事的推进而自然地进行，而是带有诸多人为和刻意的痕迹，观众不得不经常停下来在脑海中梳理时间和空间的逻辑顺序。该影片片段式地叙述了每年7月15日发生的事情，但每个片段间缺乏时间和空间的逻辑过渡，时间只是用字幕的形式标出，而空间则只能靠观众在剧情中去寻找和推测。另外，叙事的时间顺序也被刻意地重组和打乱。影片一开始爱玛骑着单车在街上穿行的画面可以被看作是一个预叙，之后的叙事从1998年一直推进到2009年爱玛去世三周年的日子。这天，逐渐从失去爱人的悲痛中走出的德克斯特正在忙碌，爱玛曾交往的男友伊恩来到德克斯特经营的这家咖啡店，对德克斯特说了一些意味深长的话，"她让你体面，反过来，你也让她那么幸福。"这句话无疑给失去爱人的德克斯特心中增添了些许慰藉，也勾起了德克斯特对往事的回忆。故事的推进时间由此定格为2009年的7月15日，但随着德克斯特的思绪，叙事的时间又回到了1988年，继续讲述了两人当晚相拥而眠后第二天发生的事情。由此可见，1988 年的叙事在影片开头被人为地中止并延后，随着两人相拥而眠的镜头逐渐淡出，随后淡入的镜头则是 1989 年的情景。究竟两人相遇的第二天发生了什么？怎样告别的？为什么一年后又相约在一起？观众不得不为这不顺畅的剪辑花费心思，思考其中的逻辑。而在影片的末尾部分镜头闪回到 1988 年相遇的第二天，当两人从亚瑟王座山上走下来时，又同时插入了德克斯特及其女儿上山的叠加镜头，根据字幕得知这是 2011 年发生的事情，却被人为地和 1988 年发生的场景剪辑在同一个镜头中。这又代表了什么含义？观众不得不在此细心揣摩导演的表达意图。可见，本影片的叙事与经典好莱坞系统的叙事大为不同，影片中既包括了倒叙，又首尾都插入了预叙，时空剪辑的错位既给观众带成了陌生感，也创造了新奇感。

6. 认同感

"以往的经典叙事学家没有关注读者的阐释过程，更没有考虑人物对事件的阐释或现实生活中人们对世界的体验"（申丹，2003：98）。在经典电影叙事中，影片的意义往往由故事中的人物来确定，观众和故事里的人物一起哭一起笑，站在故事中人物的视角来看待所发生的事，同故事里的人物一起经历共同的情感体验。而在影片《一天》中，由于其反经典叙事的表达方式，观众被迫不时地跳离故事，去思考"故事是怎样被讲出来的？""为什么要用这种方式来讲故事？"，而这恰恰是电影制作者事先考虑的问题。这样，电影制作者的表达意图不仅变得可视，也变得可听。观众的认同感由剧中人物转向了电影制作者。在这部影片中，观众不再像观看经典好莱坞电影一样激情地将自身情感抛入故事情节与主人公同呼吸共命运，而是跳出剧情以局外人的身份冷眼旁观剧中人的人生。除此之外，影片中观众还经常被告知影片人物无从知晓的特权信息，以强化观众对电影制作者的认同。

三、影片中反经典叙事要素的作用及表达含义

影片《一天》中所构建的几种反经典叙事的要素，无不与电影制作者的表达意图紧密地结合在一起，既展示了一种个性化的表达手段，又升华了作品的主题与内在含义。

首先，影片以每年 7 月 15 日为切入点的叙事结构，既是为了保障影片有限时长的需要，同时又能反映男女主人公感情发展的全貌。由于影片需要将男女主人公长达 20 年的生活和感情经历压缩到 100 分钟左右的时限内，以具有纪念意义的 7 月 15 日这一天作为叙事单元不失为一种很讨巧的设计。既能提炼生活中的一些重要事件，又能让观众不间断地见证他们的成长与改变，品味岁月荏苒留下的痕迹。感情的涓涓细流，在叙事宏大的时间长河面前，也更加凸显了它的柔美、坚韧与可贵。

其次，不靠戏剧性事件和人物动机或目的来推动的叙事情节，使这部影片超越了经典电影的表面真实，以更加贴近人类生活的方式触及了人生的若干命题，实现了其深层意义上的真实。这部影片没有激烈的戏剧冲突，也没有塑造一个"英雄"式的人物，但主人公看似平白乏味的生活却总在不经意间拨动观众的某一根心弦。年

少的懵懂与迷茫、理想与现实的落差、错失的爱情与流逝的青春、生离死别的悲苦与孤独、人生的顿悟与爱的成长，这些生活的真实就像一面镜子投射在银幕上，让观众更能感同身受。

再次，故事结局在一定程度上进一步体现了生活的真实，同时也体现了电影制作者的表达意图以及对待人生的态度。该影片中故事的结局不是经典叙事模式的幸福圆满，也不是悲剧式的凄凉，而是以一种更加贴近生活的方式给予了观众一个智慧的答案。男主人公在痛失爱人后虽经历了一段堕落沉沦的日子，但父亲的生活智慧给了他警醒，"如果可以，你最好去努力地好好生活，就当爱玛还在"，而伊恩的评价"她让你体面，反过来，你让她那么幸福"也从内心深处减弱了他内心的懊悔和内疚感。带着微笑，德克斯特陷入了对往事的美好追忆，而生活，也必定会像爱玛还在时一样继续。痛失亲人，是人生的宿命；孤独前行，是人生的必然。那么，带着微笑去追忆，带着爱继续前行。

最后，时空的顺序被刻意打乱和重组，这是一种艺术性的剪辑手法，旨在不断展示电影制作者的存在。即使观众没有意识到电影的制作过程，艺术电影也要运用各种方法来产生"间离效果"，（游飞、蔡卫，2002：244），以提示观众重视影片的内涵，强化观众对电影制作者的认同。由于影片采用这种艺术化的表达方式给观众带来了一定的理解障碍，多次观看揣摩影片就变得十分必要。这时候，带着对主人公人生历程的整体了解，观众与电影制作者的共鸣会继续发酵，就更能理解预叙部分设定的忧伤的感情基调，感受岁月淘沙所积淀的温情与感动。而倒叙部分，在之后人生经历的映衬下，尤其是见证了德克斯特的转变后，德克斯特日益温情、朴实的人物形象与性格魅力在大脑中持续升华，就像发生了神奇的化学反应，哪怕映入眼帘的仍是那个嘴角带着轻佻和自负的花花公子，刻入脑海的却是懵懂青春所特有的纯真与美好。

四、结　语

影片《一天》以其艺术化的表达手法，运用一些反经典叙事的要素构建出一个贴近生活的爱情故事。这些反经典叙事要素的运用，在电影制作者的精心安排下，营造出一种清新、温情、质朴的艺术效果，升华了影片的主题及表达含义，同时加深了观众对诸多人生命题的认识和感受。

【深度解读】之三:
论电影《一天》对同名小说主题的升华

成长伴随着人的一生,是人生经历起起落落的回报和馈赠,也是激励人类继续前行的动力源泉。影片在充分尊重原著的基础上进行了适度的艺术再创造,通过对小说中的故事结构、故事时间及故事情节进行改编,用直观唯美的画面呈现了一个更加凄美动人的爱情故事,其中隐现的却是人在生命历程中的领悟与成长。

电影《一天》改编自英国当代作家大卫·尼克斯的同名著作,由丹麦导演罗勒·莎菲执导,美国演员安妮·海瑟薇和英国演员吉姆·斯特吉斯联袂出演,主要讲述了一段感情在长时间洗礼中的起起落落及男女主人公的成长经历。影片于 2011 年 8 月 19 日在美国上映。电影《一天》仍然承袭了原著中的故事主线,基本上维持了原作的风格,但在很多具体方面做了大胆的取舍和删改。这样的改编与叙事策略虽然一定程度上削弱了对人物立体化的塑造,但更为成功地升华了主题,奠定了故事的感情基调。本文旨在通过对原著小说与电影版《一天》的对比分析,探讨电影版《一天》较之小说在主题深化方面更为成功之处。

一、小说的主题

小说《一天》讲述了追求及时行乐的富家公子德克斯特和为生活打拼的普通女孩爱玛从大学毕业时相识，继而在 20 年的时光里相知、相爱、相离的人生历程。表面上看，这部小说展现的是一个曲折的爱情故事，实则体现的是在爱情掩映下的人的成长。

成长是人类普遍的文化现象和人类个体生命的主要体验，因而成为文学作品关注的历久不衰的主题之一。成长是指青少年通过经历一系列的磨炼和考验后，突然顿悟，从而重新认识自我、人生和社会，获得独立应对社会和生活的知识、能力、和信心，进入人生的另一阶段—成熟阶段。它是人类从生命形态的成熟走向生命主体精神独立的生命蜕变历程。在小说《一天》中，男女主人公各自经历了不同形式、不同程度的成长，其中尤以男主人公德克斯特的成长更具代表性。德克斯特的成长主要包括其心智的逐渐成熟和自身责任意识的觉醒，主要由以下几个方面来体现。

1. 职业方面

身为富家公子，德克斯特经历了从毫无事业心、及时行乐到追求名利虚荣又到踏实做好平凡之事的渐进式转变，折射出其心智的逐渐成熟及自食其力的责任感的增强。

故事一开始，男女主人公即将大学毕业走向独立的成人生活。对此，女主人公爱玛既期待又对未来的日子充满焦虑，不断暗示自己要鼓起勇气、振作精神，要切实地有所改变，哪怕不是整个世界，而只是周遭的小世界而已。相比之下，德克斯特却对未来毫无准备也毫不忧虑，继续富家子弟的随性生活。当爱玛问起他毕业后的宏伟计划时，他不是希望通过自己的努力和才干一展宏图，闯出属于自己的一番事业，而是让父母先帮他搬走行李，自己随后及时行乐，去法国、中国、印度等地旅行。被追问未来，他也只是想出"富人"或"名人"这类模糊的概念，缺乏具体的目标和计划。随后，在罗马和妈妈谈起职业选择时，也是以虚荣为出发点，"眼下他选择职业的主要标准就是要在酒吧里有面子。贴着女孩子的耳朵大声喊上一句'我是专业摄影师'无疑是体面的，若能再来一句'我做一线战地新闻，或者其实，我是做纪录片的'就锦上添花了。"（30）然而，就是这虚荣的目标德克斯特还不曾努力去奋争就放弃了，因为"他不能确定自己是否适合辛苦打拼"（53）。

侥幸的是，在印度火车上邂逅的一位妇人给了他一份电视台的工作，起初打杂跑腿，接着当调研员、助理制片人，直至出镜当上主持人，在这个领域的登场辉煌而迅疾。虽然也有一丝怀疑自己会因才华欠缺而止步不前，或担心青春不再无法胜任这个行业后将何去何从，他还是沾沾自喜于这个行业的光鲜体面，并借此放纵着狂妄与迷乱。

好景不长，在电视行业混了七年的德克斯特被新的潮流所取代，他被栏目解聘了，留下的反而是不专业和傲慢的名声。之后，德克斯特沦落到主持一些深夜档节目，他的事业进入低迷期。即便如此，随着结婚生子，他的产假也尴尬地变成了失业。结婚生子似乎让德克斯特多了一份责任感，在妻子西尔维的约束下，他开始较为有序稳妥的生活，抽烟、喝酒、嗑药也有所节制。出于父亲的责任，他不得不接受同学卡勒姆的邀请，在他的"天然食府"三明治连锁店工作。然而，不久西尔维出轨卡勒姆，德克斯特离婚，自然是愤而辞去这份工作。

离婚后，德克斯特终于同爱玛走到了一起。在爱玛的支持下，利用自己喜欢美食、懂红酒的优势，德克斯特经营起一家兼卖食品的小咖啡馆。这与他曾经对职业的要求是天壤之别，但这却是"多少年来，他第一次由衷地感到了自豪"（300），远离流光溢彩的过去，如今这安静寻常的小店却让他第一次感到做回了自己。曾经花天酒地还不愿付出努力的德克斯特终于浪子回头，安分守己地开始自己平凡却幸福的人生。

2. 爱情生活方面

德克斯特是根本不懂得什么是爱的富家公子哥。凭借俊美的外形，他的身边不缺乏女性，大学四年期间乱搞一夜情，工作后更是女友如走马灯般轮换，滥情又纵欲。爱玛虽差一步成为他猎艳的尤物，却也因此给德克斯特留下了独特的印象。只不过及时行乐的他沉溺于纵欲享乐，爱玛这般矜持保守的性格不是他激情的出口，因而当爱玛坦白一直迷恋他时，他也回应自己也是如此，但像是急于摆脱责任，随即玩世不恭地说自己迷恋遇到的每一个人。爱玛一直压抑着自己的感情，德克斯特却一直浑浑噩噩地继续着醉生梦死般的生活。爱玛于他，只是最好的朋友，他的精神寄托。西尔维的出现，可以说是第一次让德克斯特对感情认真起来。这时的他刚被解聘，事业一落千丈，西尔维没有计较他的境遇，对他的不良生活习惯也进行了调整，对此他心怀感激。但挫败的性生活及西尔维家人的刁难却难以使德克斯特从心底接纳这段感情。或许是渐渐学会了向现实低头，或许是年龄的增长促使他有了稳定下来的打算，或许仅仅是因为西尔维有了身孕，德克斯特第一次有所担当地承担起了丈夫和父亲的职责。若不是西尔维出轨他的好友卡勒姆，或许这段婚姻仍会持续。离婚后，德克斯特来到巴黎同爱玛会面，遵循自己的内心，勇敢地提议两人在一起。自此，崇尚纵欲享乐的富家公子一点点收敛起自己的狂妄与滥情，勇敢承担起了爱的承诺与责任。

3. 朋友方面：

德克斯特朋友众多，但多是声色朋友、酒肉朋友。卡勒姆虽从大学时就是他的好友，在他失业时积极给予他帮助，给他提供工作，但也背叛了他，拐走了他的老婆。环顾四周，只有爱玛称得上是他真正的朋友。当然，这也是因为爱玛一直痴迷于他，心甘情愿做他梦醒时分的慰藉。不得不说，这是德克斯特的悲哀，纷繁复杂的社会交往竟留不下一个与之交心的人。这从一定程度上也反映出德克斯特为人处事的欠缺，狂妄自恋、以自我为中心的特质让他也品尝到了苦果。好在生活的磨难让他头脑逐渐清醒，他意识到爱玛才是他唯一想要与之交心的人。不再把她当作精神空虚时的解药，也不再将她视为精神支柱，而是自己内心强大起来，揽她入怀，给她雨露般的呵护，弥补她多年的隐忍与错失的青春。德克斯特的精神依赖和寄托自此实现了从他人到自身的转变。

4. 家人方面

　　家境优越的德克斯特像个被宠坏的孩子，以自我为中心，缺乏对他人的关心与同情。即便是对自己的家人，也无不透露出情感的麻木与不仁。病重的母亲都难以激发他的孝心与责任感，他仍徜徉于灯红酒绿，沉溺于情色，沦丧于酒精和毒品。在母亲去世后，不善言谈的父亲频繁给他打电话，这无非是为了排遣失去妻子的孤苦与无助，在他看来却是啰嗦结巴让人恼火和心烦意乱，"一个曾独立奋斗的男人如今似乎被最小的事情打败了。"（136）他缺乏对家人最基本的理解与支持，只是把家庭当成自身的资本和满足需求的庇护伞。就是这样一个自私狂妄的大男孩，德克斯特在经历了生活的多重磨难后才逐渐明白了家庭的含义。爱玛车祸去世一周年后，德克斯特陷入了无尽的悲痛，宿醉的他被送回父亲家中。经历过同样伤痛的父亲，以漫不经心地方式告诉他，"如果可以，你最好去努力地好好生活，就当爱玛还在。……你想想，我过去的十年是怎么过的？"一句惊醒梦中人，这句话不仅道出了德克斯特面对未来最好的方式，也勾起了他对往事的回忆。"在挂满家人照片的房间里，……他不知不觉安静地哭了起来"（340），这不再是失去爱玛的悲伤的发泄，更多的是对家人的忏悔，是对另一个世界的母亲的想念和对忽略父亲的自责与悔悟。

二、电影对小说主题的升华

　　电影既是一种娱乐大众的媒介，又是一种再创造的艺术形式。

电影《一天》虽由同名小说改编而来，但在忠实体现原著主题的基础上又做了进一步升华。对影片《一天》来说，它对同名小说主题的升华主要通过如下几个方面来实现。

1. 故事结构的完善

电影与小说的叙事脉络大致相同，都是以每年的 7 月 15 日这一天为叙事单位，展现男女主人公各自的生活状态及感情的交织。但电影还是在小说的基础上对故事结构进行了微调，不仅对插叙进行了增补和调整，还特意增加了故事开头两人相遇的那一段。

小说是从 1988 年两人毕业相遇第二天凌晨的相拥而谈开始的。而影片的开场却用预叙的方式呈现了 2006 年那天爱玛游泳、骑单车的镜头，而就在即将发生车祸之前，影片闪回到了 1988 年两人毕业相遇的那一刻，紧随其后的才是两人回到爱玛公寓"一夜情"未成而彻夜长谈的场景。电影运用这种艺术化的叙事手法自有它的作用和目的。首先，预叙中爱玛骑单车的镜头给观众留下了"女主人公要去哪里，为什么要去"的悬念，而轻松优美的曲调中隐现的发动机的轰鸣也带来了内心的不安和不祥的预兆，奠定了影片淡然又忧伤的情感基调。其次，电影以特有的镜像优势，不仅通过对话的方式交代了两人的身份及相互关系，使叙事更加完整，还通过两位演员细腻的表演，将爱玛的羞涩和德克斯特狂妄自恋、缺乏稳重与责任感的性格特点传神地展示出来。

影片中故事结构的完善还体现在插叙的删减上。小说中在爱玛车祸死亡后的三个周年纪念前后，都相继插叙了 1988 年的一个片段，将德克斯特的悲伤和释然与两人相遇的美好场景交替描述，这在一定程度上制造了让读者在感伤与唏嘘中回顾往事的文学艺术效果。影片却将这部分的结构进行了重点改造。首先，影片删去了在爱玛车祸死亡和一周年纪念之间回顾往事的插叙，增加了德克斯特侧躺在床上无声流泪的镜头，随后才是爱玛去世一周年时德克斯特仍悲痛地在夜总会买醉的场景。这样的改造虽改变了原著对死亡的沉重和悲剧色彩的淡化处理，却体现了德克斯特对爱玛的真心及深痛的怀念。其次，影片将三个周年纪念压缩成了两个，第一个重点体现了2007年德克斯特的买醉及父亲对他的点拨，第二个则将小说中第一个周年纪念时爱玛前男友伊恩写给德克斯特的信件，改编成了2009年第三个周年纪念日两个男人之间对话的场景。这时的德克斯特已看不出脸上的忧伤，正辛勤地在独自经营的咖啡店中忙碌。提及爱玛和往事，德克斯特露出宽厚仁和的笑容及满脸的幸福回忆，一个成熟、稳重、平和、有担当的男人形象瞬间和影片开头那个寻欢作乐、玩世不恭的帅气小伙形成了强烈的对比。

影片正是通过对故事结构首尾的增加和调整，将德克斯特的人物形象进行了提升，展现了其更加鲜明的人物转变，折射出成长的内涵。

2. 故事时间的延长

小说的故事时间从1988年的7月15日开始至2007年的7月15日结束，而电影的故事时间则将之延长到2009年的7月15日。增加的这两年的故事时间，并不是作为后续增加的，而是延长了男女主人公从相识到最终走到一起的历程，即将两人走到一起的 2001 年推迟到了 2003 年，相聚三年后爱玛车祸死去及三个周年纪念的时间则维持不变。大胆推测导演的意图，故事时间的延长可以实现两个目的。其一，两人感情的千回百转由小说中的 13 年延长到影片中的 15 年，会更加让人感叹于岁月的蹉跎及真情的隽永。其二，故事时间的延长为故事开头的情景埋下了伏笔。回顾影片开头，男女主人公来到爱玛住处时爱玛曾问了一个"40 岁时你会混成什么样"的问题，这个问题反映了爱玛对感情及对未来社会生活的期许和憧憬，也富含了更多的象征意义。他们 40 岁时应是 2004 年，德克斯特对此的回答是"有名、有钱"。结合小说和影片重新来回顾他们 40 岁时的状态，2004 年，在小说中正好是爱玛车祸去世的这一年，联想到开头爱玛问的这个问题，小说中给予的答案实在是太过残忍。而在影片中，故事时间的延长使得车祸时间后推了两年，影片中的 2004 年恰巧是两个人一生中最幸福的时刻。影片用了不到 80 秒的时长展现了德克斯特边工作边准备结婚发言稿，之后爱玛到来与之拥吻的画面，而拥吻的镜头一直从 2004 年持续到了 2005 年。这无疑是个圆满的答案。回想爱玛当初的问题，岁月蹉跎，已步入中年的两人却刚刚开始原本早该开始的爱情，不禁让人感叹不已，而德克斯特"有名、有钱"的回答也反讽般地嘲笑了当初那个不知天高地厚的狂妄青年。2004 年的德克斯特，已经不再是最初那个追求功名利禄却不肯付出努力的狂妄小子，虽也风光地以电视主持人的名义在虚荣中醉生梦死，却也经历了失业的挫折和前妻的背叛，不曾想在 40 岁时才真正找到了感情归宿，在爱玛的帮助和父亲的资助下经营起一个小小的咖啡馆。这种过山车似的转变发生在德克斯特身上，他也并未自怨自艾，勇敢地担当起自己的责任，实现了自身的成长与转变。

3. 故事情节的调整

电影版《一天》对原著小说故事情节的调整可谓众多，这些调整一方面是为了适应影片声色光影的特性以及时长的限制，另一方面则是独具匠心，旨在升华对成长主题的表达及效果。这些调整主要是通过对故事情节的增、删和改编完成的。

首先，电影中特意增加了爱玛让德克斯特帮忙搬床的故事情节，这是影片中 1989 年的情节设计，在原著小说中是没有的。这个情节设计有其深层的含义。由于 1988 年德克斯特和爱玛曾在这张床上彻夜相拥，这张床对痴情于德克斯特的爱玛来说就有了特殊的纪念意义。而德克斯特对此却毫无感知，这反衬出德克斯特最初寻欢作乐的本性及对感情的麻木无知。

其次，电影中删去了很多故事内容及情节，如爱玛在跟伊恩分手后曾做了所任教学校校长的情人，维持了一段有性无爱的"地下情"；德克斯特在 1990 年时曾给爱玛写过一封长信，邀请她到印度见面意欲表白，无奈信件还未寄出就已丢失，而他却误以为信已寄出后爱玛拒绝了他；德克斯特在与爱玛婚姻期间与所经营咖啡店新雇佣的经理马蒂偶尔打情骂俏，爱玛去世不到两周年时又与马蒂成为恋人……这些情节的删除使得人物形象更加明确单一，既塑造了爱玛专心与痴情的人物形象，又反衬了德克斯特初期的滥情纵欲、

432

缺乏责任感及后期的成熟稳重与感情的专一，强调了德克斯特前后的巨大反差与成长。

再次，电影将小说中的故事情节进行了恰到好处的改编，再一次升华了人物形象的魅力以及主人公的成长转变。以德克斯特离婚后到巴黎与爱玛相见为例。小说中，德克斯特离婚后来到巴黎，与在巴黎专心写作的爱玛见面，得知爱玛已有了新男友，德克斯特充满醋意，坦诚说出要在一起的想法，爱玛心中虽充满一丝委屈和怨恨，责怪当初他怎么就不说这些，但还是毅然电话推掉了与法国男友的邀约，与德克斯特相吻在一起。影片对此场景进行了更加戏剧性、艺术化的处理，当德克斯特提出要在一起的提议后，爱玛先是委婉拒绝，然后带着德克斯特去听新男友的音乐会。德克斯特意识到两人在一起无望，就推辞说不想去，还是自己去看场电影回公寓，第二天赶第一班火车回去。目送爱玛走向新男友的怀抱，德克斯特由满脸的失望继而露出一丝善意的微笑，像是在祝福爱玛找到幸福。穿过天桥，德克斯特迈着沉重的步伐往回走着，爱玛急匆匆的身影从天桥上掠过，追向德克斯特……经过影片对故事情节的改编，由爱玛打电话直接推掉新男友改编成爱玛思忖再三回头追上德克斯特，场景不仅更有艺术效果，还凸显了爱玛对新男友的尊重、对德克斯特真心的爱恋，以及德克斯特面临爱玛拒绝时对她的尊重、大度、宽容与成熟，展现了人物形象的性格魅力以及两人历经岁月考验的纯真情感。两人的共同成长成就了美好的感情归宿，爱玛的成长就在于她终于敢承认并遵从自己的内心，勇敢地奔向德克斯特，而德克斯特的成长却主要在于其心智的逐渐成熟和自身责任意识的觉醒。

三、结　语

电影《一天》在充分尊重原著小说的基础上进行了适度的艺术再创造，用直观的唯美画面呈现了一个更加凄美动人的爱情故事。从爱情故事表象中隐现的，却是人在生命历程中的领悟与成长。成长伴随着人的一生，是人生经历起起落落后的回报和馈赠，也是激励人类继续前行的动力源泉。影片通过对小说中故事结构、故事时间以及故事情节的重新再设计，进一步加强了人物形象的塑造，实现了对成长这一主题的升华。

参考文献

1. Nicholls, D. One Day. London：Hodder & Stoughton Ltd, 2009.

2. ［英］大卫·尼克斯. 一天. 王臻，译. 海口：南海出版公司，2012.

3. ［美］戴维·迈尔斯. 社会心理学. 候玉波，等译. 北京：人民邮电出版社，2006.

4. 刘云舟. 电影叙事学研究. 北京：北京联合出版公司，2014.

5. ［美］罗伯特·麦基. 故事：材质、结构、风格和银幕剧作的原理. 周铁东，译. 北京：中国电影出版社，2001.

6. ［美］乔·威尔逊. 经典叙事电影的一致性与透明性. 陈肖模，译// 世界电影，1997（6）：29-48.

7. 申丹. 经典叙事学究竟是否已经过时？// 外国文学评论，

2003（2）：92-102.

8.［美］悉德·菲尔德. 电影剧本写作基础. 鲍玉珩，等译. 北京：中国电影出版社，2002.

9. 杨剑明. 伦好莱坞类型电影的"经典叙事方式"// 戏剧艺术，1998（3）：100-110.

10. 游飞，蔡卫. 世界电影理论思潮. 北京：中国电影出版社，2002.

11. 周国平. 爱与孤独. 北京：人民文学出版社，2014.

（本章作者：张　娜）

图书在版编目（CIP）数据

爱与成长/李华，黄春燕著 . —北京：世界知识
出版社，2015. 12
（文学与影视比较大观）
ISBN 978-7-5012-5094-3

Ⅰ. ①爱… Ⅱ. ①李… ②黄… Ⅲ. ①电影文学评论—
世界—现代 Ⅳ. ①I106. 35

中国版本图书馆 CIP 数据核字（2015）第 304749 号

责任编辑	刘豫徽
责任出版	赵　玥
责任校对	陈可望

书　　名	爱与成长 Ai yu Chengzhang
作　　者	李　华　黄春燕
插　　画	张绍杰
出版发行	世界知识出版社
地址邮编	北京市东城区干面胡同 51 号　（100010）
经　　销	新华书店
网　　址	http：//www. ishizhi. cn
投稿信箱	lyhbbi@ hotmail. com
印　　刷	北京京科印刷有限公司
开本印张	850×1168 毫米　1/32　14½印张　9 插画
字　　数	300 千字
版次印次	2015 年 12 月第一版　2015 年 12 月第一次印刷
标准书号	ISBN 978-7-5012-5094-3
定　　价	45. 00 元